HEYNE <

DAS BUCH

In der fernen Galaxis Ambriador, Millionen Lichtjahre von der Erde entfernt, führt die Roboter-Zivilisation der Posbis einen erbarmungslosen Vernichtungsfeldzug gegen das Alteranische Imperium der Menschen und den Trovent der Laren. Eigentlich sollten sich die bedrohten Sternenreiche der Menschen und der Laren aus reinem Überlebenswillen gegen die Gefahr verbünden. Aber das Gegenteil ist der Fall: Zwischen dem Imperium der Menschen und dem Trovent herrscht ein Zustand des Kalten Krieges – man misstraut und verdächtigt einander.

In dieser Situation startet Perry Rhodan zu einer heiklen Expedition. Er will ins Zentralsystem der Posbis eindringen und dort die sogenannte Hass-Schaltung lahmlegen, in der er die Ursache des Krieges vermutet. Mit ihm an Bord seines Raumschiffes reist eine zusammengewürfelte Besatzung, wie sie in Ambriador brisanter nicht sein könnte: Menschen des Imperiums von Altera, ein Lare und Tausende von Posbis, die bereits von der Hass-Schaltung befreit werden konnten. Was Rhodan aber nicht weiß: Unter den Expeditionsteilnehmern befindet sich jemand, der ganz eigene Ziel verfolgt und für das Alteranische Imperium eine tödliche Bedrohung darstellt: Es ist der Milliardenmörder ...

DER AUTOR

Hubert Haensel, Jahrgang 1952, zählt spätestens seit seinen umfangreichen Romanen um Reginald Bull und Alaska Saedelaere zu den beliebtesten Autoren von PERRY RHODAN. Neben PERRY RHODAN verfasste er auch Krimis sowie zahlreiche Fantasy- und Abenteuer-Romane.

DER UMSCHLAGILLUSTRATOR

James Clyne studierte zunächst Kunst und Malerei und später Industriedesign, bevor er Mitte der 90er-Jahre begann, Kulissen und Figuren für Computerspiele zu entwickeln. Seit 1997 arbeitet Clyne als Illustrator in Hollywood, unter anderem für Filme wie *Krieg der Welten, Poseidon, Charly und die Schokoladenfabrik, Der Polarexpress* und *Minority Report.*

Perry Rhodan

DER POSBI-KRIEG

HUBERT HAENSEL

DER MILLIARDEN-MÖRDER

Roman

Perry Rhodan » Der Posbi-Krieg 4

Mit einem Anhang von Hartmut Kasper

Originalausgabe

WILHELM HEYNE VERLAG
MÜNCHEN

Umwelthinweis:
Dieses Buch wurde auf chlor- und säurefreiem Papier gedruckt.

Originalausgabe 2/07
Redaktion » Hartmut Kasper
Lektorat » Sascha Mamczak & Ursula Bergenthal

www.heyne.de
Printed in Germany 2007
Umschlagbild » James Clyne
Umschlaggestaltung » Nele Schütz Design, München
Satz » C. Schaber Datentechnik, Wels
Druck und Bindung » GGP Media GmbH, Pößneck

ISBN: 978-3-453-53265-6

1. Kapitel
Verbündete

Es war schwül geworden. Drückend schwer erschien Perry Rhodan die Luft, als lege sie sich erstickend auf die Atemwege. Ohne sich dessen bewusst zu werden, fuhr er sich mit den Fingern unter den Kragen. Er schwitzte.

Der aufkommende Wind brachte den stechend-scharfen Geruch von Ozon, aber auch das Aroma regenschwerer Erde. Beides überdeckte die Ausdünstungen metallischer Legierungen und Chemikalien, die über dem Landefeld lasteten. In Minutenschnelle hatte sich die rote Riesensonne Blossom hinter hoch aufwachsenden Wolkentürmen verborgen, nur hier und da huschten noch fahle Lichtfinger über die Ebene.

Rhodans Blick wanderte über den weitgehend verlassenen Raumhafen. Eines der wenigen hier stehenden Schiffe, die RAPHAO, hatte Mondra und ihn gestern nach Fort Blossom zurückgebracht. Für den Weiterflug stand die HANSHAO bereit, ebenfalls ein vierhundert Meter durchmessendes Schlachtschiff, in dessen spärlich bemessenen Laderäumen mittlerweile die erste Fracht verschwand. Lastenschweber und Antigravplattformen lieferten Posbi-Aggregate an.

Am jenseitigen Ende des Hafengeländes brodelte Schwärze; dort war das Unwetter schon mit voller Wucht losgebrochen. Rhodan gewann den Eindruck, als rücke eine undurchdringliche Wasserwand näher.

Mehrere Schwebegleiter zogen über ihn hinweg und setzten unter dem Kugelrund der HANSHAO auf. In dem Bereich wimmelte es plötzlich von Technikern und Offizieren; verzerrt trug der Wind ihre Stimmen heran.

Befehlsfetzen ... die Arbeitsgeräusche der vielfältigen Maschinen ... Alles wurde von rollendem Donner übertönt.

Die Stimmung über dem Raumhafen ähnelte Rhodans Gemütslage: eine bedrückende Anspannung, die sich entladen musste, damit das Atmen endlich wieder leichter fiel. Für die Menschen des Imperiums Altera ging es um das nackte Überleben; einem massierten Angriff der Posbis würde keines ihrer über hundert besiedelten Sonnensysteme lange standhalten können.

Nicht minder erbitterte Gegner waren die Laren.

Nur mehr vage konnte Rhodan den Leichten Kreuzer erkennen, der Verduto-Cruz am Rand des Systems von einem larischen Troventaar übernommen und nach Fort Blossom gebracht hatte. Beide Seiten hatten sich während jenes Manövers um einen korrekten Ablauf bemüht, doch das war alles andere als ein Schritt hin zu gegenseitigem Verstehen gewesen, sondern bittere Notwendigkeit. Rhodan bezweifelte nicht, dass die Laren ebenso verbissen wie die Alteraner der Wachflotte darauf gewartet hatten, dass die Gegenseite einen Anlass bot, kompromisslos das Feuer zu eröffnen.

Das konsequente Vorgehen des Administrators kannte Rhodan zur Genüge. Goberto Ho hatte sich nicht gescheut, Mondra und ihn in Arrest zu nehmen. Der Mann mit den stahlgrauen Augen hielt die Geschichte vom Großadministrator des Solaren Imperiums weiterhin für eine abgefeimte Lüge. Andererseits fügte er sich zähneknirschend, weil Laertes Michou es so verlangte. Das Imperium Altera hatte nichts zu verlieren, wenn es in den wrackgeschossenen

Fragmentraumer der Posbis investierte, sondern konnte dabei nur gewinnen.

Rings um Rhodan klatschten die ersten schweren Tropfen auf die Piste. Sekunden später brach der Platzregen los, aber die dampfende Nässe erreichte den terranischen Residenten nicht mehr. Im Nahbereich der HANSHAO waren Prallfelder entstanden, über die sich der Regen wie ein Wasserfall ergoss.

Die Verladearbeiten wurden davon nicht behindert. Rhodan schritt an den massigen Aggregaten vorbei. Es handelte sich um Energieerzeuger und Triebwerksblöcke aus einem Posbi-Wrack, das nicht sofort vernichtet worden war.

Die Alteraner arbeiteten hastig. Viele hatten verinnerlicht, dass ausgerechnet von Perry Rhodan ihr Überleben abhing. Falls es ihm und seinen Begleitern nicht gelang, die Hass-Schaltung der Posbis zu unterbinden, war das Schicksal der menschlichen Kolonie in Ambriador besiegelt. Die Roboterzivilisation unterwarf nicht, Ziel der positronisch-biologischen Maschinen war, alle Intelligenzen auszulöschen, die für sie nicht das »Wahre Leben« bedeuteten. Das taten sie so kompromisslos und unbeirrbar, wie es Roboter eben tun konnten.

Sinnend blieb Rhodan vor einem monströsen Komplex stehen, den er als Linearkonverter identifizierte. Seine Miene verhärtete sich. Die Ähnlichkeit der Posbi-Technik mit terranischen Aggregaten war nicht zu übersehen. Sogar mehr als fünf Millionen Lichtjahre von der Milchstraße entfernt glichen ihre Linearkonverter für den überlichtschnellen Flug durch den Zwischenraum frappierend den Kalups von einst.

Selten hatte sich Rhodan so oft an die Vergangenheit erinnert wie in Ambriador. Die Zeit war keineswegs stehen geblieben, das tat sie nie, denn in dieser Hinsicht war sie gnadenlos, aber sie hatte Dinge konserviert und lebendig erhalten, die andernorts längst ihren Platz im Museum gefunden hatten.

Während der Regen auf die Piste trommelte und Blitze in die Prallfelder einschlugen, strich der Resident sinnend mit beiden Händen über den Stahl des Kompensationskonverters.

Damals ...

Die Menschheit hatte sich gegen die etablierten Völker in der Milchstraße behauptet und nicht nur die Unabhängigkeit bewahrt, sondern war zu einem kleinen Sternenreich herangewachsen, dem Solaren Imperium. Er selbst hatte fasziniert die Auswirkung der potenziellen Unsterblichkeit an sich beobachtet, das Anhalten des Alterungsprozesses durch eine höhere Macht, nicht mit Hilfe eines implantierten Aktivatorchips wie heute, sondern aufgrund der ihm und seinen Gefährten gewährten Zelldusche. Alle Kraft hatte er darangesetzt, seinen Traum zu verwirklichen, Terra und die Terraner im Kosmos zu etablieren und die Menschheit weit hinauszuführen in eine Zukunft, die eines Tages das Paradies bringen musste.

Rhodan dachte zurück an die Druuf, in deren Universum die Zeit sehr viel langsamer verlaufen war als im Einstein-Raum. Von den Druuf stammte das Prinzip des Lineartriebwerks, das der Hyperphysiker Arno Kalup letztlich weiterentwickelt und zur Serienreife geführt hatte. Die zwangsläufige Folge dessen war der Griff nach der Nachbargalaxis Andromeda gewesen, und genau in jener Sturm- und Drangzeit, nur drei Jahre nach dem Sieg über die Meister der Insel, hatte ein schwerer Hypersturm die Siedlerschiffe nach Ambriador verschlagen.

Rhodans Hände berührten eine der Redundanz-Konsolen. Die Schaltroutine war nicht schwer zu ergründen. Er zögerte nur unmerklich, als er die holographischen Bereitschaftsanzeigen abrief.

Die autarke Energieversorgung der Peripherie war intakt.

Hatte er anderes erwartet als die in Sekundenabständen aufleuchtenden Funktionswerte? Eigentlich nicht, gestand er sich ein. *Oder doch?* Ein Hauch von Zweifel ließ sich nicht vertreiben. Staatsmarschall Michou folgte eigenen Plänen, das hatte er schon mit dem Entzug der Silberkugel bewiesen. Natürlich wollte er, dass Rhodan für ihn die Kastanien aus dem Feuer holte, also sorgte er dafür, dass die benötigte Ausrüstung zur Verfügung gestellt wurde. Mit funktionsunfähigen Linearkonvertern für die Posbi-BOX-1122-UM hätte er sich selbst einen schlechten Dienst erwiesen.

Rhodan atmete tief durch. Mondra war an Bord der HANSHAO gegangen, ohne den Ersatzaggregaten übermäßige Beachtung beizumessen. Sie zweifelte nicht daran, dass die Vorbereitungen reibungslos ablaufen würden. Für viele Alteraner war Perry Rhodan nach wie vor der Großadministrator des Solaren Imperiums, der die Menschheit entscheidend vorangebracht hatte – das unerwartet Fleisch gewordene Idol ihrer Stammväter. Ihn, der gekommen war, um zu helfen, behinderte man nicht. Man beraubte ihn höchstens seiner Rückkehrmöglichkeit in die Milchstraße, wie es der Staatsmarschall getan hatte, und zwang ihn kompromisslos zur Unterstützung.

Er hatte seinen Ärger darüber längst verdrängt. Michou war nicht das Problem, sein Verhalten wurde angesichts des seit mehr als einer Generation tobenden Vernichtungskriegs der Posbis gegen Altera durchaus verständlich. Eines der großen Rätsel war der jähe Umschwung der Roboter von friedlichen Mitbewohnern Ambriadors hin zu erbitterten Eroberern. Zu gnadenlosen Mördern sogar.

Rhodan nahm Kontrollschaltungen vor, die üblicherweise von einer Hauptpositronik erledigt wurden. Die manuelle Vorgehensweise war für Notfälle vorgesehen und ohne externe Energieversorgung nicht mehr als eine Simulation des Kompensatorfeldes gegen vier- und fünfdimensionale Einflüsse.

Dennoch reagierte der Resident überrascht auf die ersten Warnanzeigen. Der Energiekreislauf stabilisierte sich nicht. Offenbar endete der Kontrollfluss im Bereich der Kompensatorröhren, und der Anregungsimpuls für die Hyperkristall-Folienbeschichtung drang nicht nach innen durch. Das Ergebnis blieb negativ, als Rhodan die Schaltungen wiederholte. Die mehrfach mannsgroßen Röhren waren als sperrigste Bauteile des Kalups nur schwer auszutauschen, hingegen vergleichsweise einfach von innen in Augenschein zu nehmen.

Mit einer wischenden Handbewegung ließ der Terraner die Holofelder erlöschen und suchte nach einer Möglichkeit, weiter in die Höhe zu steigen. Terranische Linearkonverter wiesen in dem Bereich angeflanschte Griffe aus, Roboter benötigten solche Unterstützungen nicht.

Das Gewitter tobte über dem Landeplatz der HANSHAO. Auch der Lärm der Verladearbeiten schwoll an. Rhodan registrierte eine wachsende Hektik, und ihm war, als hätte er seinen Namen rufen gehört. Abrupt hielt er inne.

»Großadministrator!«

Ein Techniker stand schräg unter ihm und schaute verkniffen zu ihm herauf. Rhodan blickte dem Mann fragend entgegen.

»Bitte, Mister Rhodan, die Verladearbeiten müssen zügig vorangehen. Tun Sie mir einen Gefallen ...!«

»Ja?«

»Kommen Sie da herunter, Sir! Ich trage die Verantwortung, falls Ihnen etwas zustößt.«

Mit einem schnellen Rundblick überzeugte sich der Terraner davon, dass frühestens in zehn Minuten die Traktorstrahlen das Aggregat zu einer der großen Schleusen emporheben würden.

»Ich kann ganz gut auf mich aufpassen. Danke jedenfalls für den Hinweis«, erwiderte Rhodan lächelnd.

»Sir ...!« Das klang drängend. Der Techniker schwang sich zu ihm nach oben. »Sie sind für uns unersetzlich. Altera ist auf Ihr Wissen und Ihre Unterstützung angewiesen und ...«

»... ebenso darauf, dass es an Bord der BOX keine Ausfälle geben wird. Was ist mit diesem Konverter?«

Eine unausgesprochene Frage zeichnete sich in dem verkniffenen Gesicht des Alteraners ab.

»Die Anregungsimpulse werden blockiert«, stellte Rhodan unumwunden fest.

Eine steile Falte erschien auf der Stirn seines Gegenübers. »Ich kümmere mich darum«, versprach der Mann. »Sicher haben wir es nur mit einer Irritation im Prüfablauf zu tun.«

»Dann klären wir das gemeinsam, bevor der Konverter verladen wird.«

»Das ist meine Aufgabe, Sir.«

Rhodans Blick streifte den Overall des Alteraners und dessen Rangabzeichen. Nur das Namensschild konnte er nicht lesen. »Cheftechniker ...«

»Troham, Sir. Reginald Troham. Sie können sich darauf verlassen, dass alles Menschenmögliche getan wird.«

Der Mann war nervös. Wer das übersah, dem fehlte jede Menschenkenntnis. Rhodan fragte sich, ob er selbst die Ursache dieser Nervosität sein konnte. Er war für die meisten Alteraner wie ein Fossil: ein Held, von dem ihre Überlieferungen berichteten, eigentlich eine Legende. Wie oft hatte er in den letzten Wochen schon darüber nachgedacht, wie er reagiert hätte, damals, zur Zeit seiner ersten Mondlandung, als die Welt noch aus Ost und West, aus Schwarz, Weiß und Gelb und sich eifersüchtig abgrenzenden Religionen bestanden hatte, wäre ihm in jenem Jahr 1971 Alexander der Große begegnet. Wahrscheinlich hätte er verwirrt den Kopf geschüttelt und sich selbst für verrückt erklärt oder den vermeintlich geschichtsträchtigen Feldherrn als erbärmlichen Hochstapler angesehen.

Sicher, er trug einen Aktivatorchip, aber machte das *den* Unterschied? Zweieinhalb Jahrtausende waren mehr als ein Dutzend Lebensspannen. Eigentlich verblüffend, dass in dem Sternenreich Altera überhaupt jemand wusste, dass es einen Großadministrator namens Perry Rhodan gegeben hatte. Angesichts der schwierigen Verhältnisse, mit denen die irreguläre Kleingalaxis Ambriador die Siedlerschiffe empfangen hatte, wäre es durchaus logisch erschienen, hätten die Überlebenden allen Ballast abgeworfen und sich nur darauf konzentriert, ihre Existenz zu sichern.

Rhodans Blick wanderte von dem Techniker weiter zu den Kompensatorröhren. Es war in der Tat nicht seine Aufgabe, sich darum zu kümmern, er hatte nur gern Gewissheit, kein Detail übersehen zu haben.

Das Schicksal von neunundzwanzig Milliarden Alteranern stand auf Messers Schneide. Zudem glaubte Perry Rhodan zu spüren, dass Ambriador von weit größerer Bedeutung sein musste als zunächst angenommen. Er fragte sich, ob hier ein Kapitel kosmischer Geschichte geschrieben wurde. Hätte sich sonst Lotho Keraete eingeschaltet, der Bote von ES?

Sein Kombiarmband aktivierte den Empfang. Über seinem linken Handrücken entstand das holographische Miniaturkonterfei von Mondra Diamond. Selbst in der Bildübertragung lag ein geheimnisvoller Schimmer in ihren Augen.

»Du solltest an Bord kommen, Perry!«

Er schwieg dazu, erwiderte nur Mondras eindringlichen Blick. Die Zeit stand zwischen ihnen beiden; sie hatte die Partner von einst nicht getrennt, aber ihre Leidenschaft für einander abkühlen lassen. Weil menschliche Gefühle nicht für die Ewigkeit geschaffen waren; wenn er es recht bedachte, nicht einmal für die Dauer eines Menschenlebens.

Mit einer auffordernden Handbewegung fuhr sich Mondra durch das dunkle Haar. »Von der Zentralverwaltung wurde gemeldet, dass Verduto-Cruz an Bord gebracht wird! Das bedeutet, wir können starten, Perry.« Die Übertragung erlosch.

Immer noch goss es in Strömen, obwohl das Gewitter weiterzog. Im Osten klarte der Himmel wieder auf. Ungefähr dort, in Richtung der Stadt und vor dem in gleißender Helligkeit badenden Horizont, entdeckte Rhodan einen winzigen dunklen Punkt. Möglicherweise war das schon der Fluggleiter, der den Laren überstellte.

Ein hässliches Wort. Perry Rhodan verzog die Mundwinkel. Niemand hatte es nötig, Verduto-Cruz zu *überstellen*.

Ihm behagte nicht, dass der Lare von den Behörden festgehalten worden war. Noch weniger gefiel ihm, dass die zuständigen Beamten den vorübergehenden Aufenthaltsort des Mannes verschwiegen und ihn damit von jeder Einflussnahme ausgeschlossen hatten.

Rhodan wandte sich dem Techniker zu: »Sie kümmern sich um den Konverter! Aggregate, deren Funktionsfähigkeit nicht hundertprozentig ist, haben auf der BOX nichts verloren.«

»Selbstverständlich, Großadministrator.«

Rhodan sah nicht mehr den verdrehten Augenaufschlag des Alteraners, und dass die Anspannung von ihm abfiel, denn da hatte er sich schon an Reginald Troham vorbeigezwängt. Mit schnellen Schritten ging er zwischen fragmentarischen Maschinenblöcken hindurch auf die Bodenschleuse des Schlachtschiffs zu.

»Perry.« Erneut klang Mondra Diamonds Stimme aus dem Armbandholo. »Unser *spezieller Freund* Ho hat es endlich mächtig eilig, uns loszuwerden. Ein Gleiterpulk nähert sich ...«

»Die Maschinen habe ich schon bemerkt«, antwortete der Terraner. »Ich kümmere mich darum.«

Der dunkle Punkt wuchs schnell an und teilte sich. Es mussten mindestens drei oder vier große Gleiter sein.

Nahe der zentralen Bodenschleuse blieb Rhodan stehen. Es regnete noch, schüttete aber nicht mehr wie aus Kübeln. Die Prallfelder waren vor wenigen Sekunden erloschen, nun schäumte das Wasser über den Ringwulst des Schlachtschiffs auf die Piste.

Zehn Uniformierte polterten die ausgefahrene Rampe herab. Schwer bewaffnet sollten sie Eindruck schinden, nur wirkte dieser Aufwand angesichts eines einzigen Laren weit überzogen – Rhodan selbst empfand den Auftritt eher als lächerlich. Zudem erschien ihm das martialische Gehabe überflüssig wie ein Kropf. Verduto-Cruz war zweifellos nicht als wahrer Freund, aber wenigstens als Helfer gekommen. Der Zwang zur Zusammenarbeit ließ sich nicht mehr leugnen.

Bis zuletzt hatte der Resident auf ein Team von Technikern und Wissenschaftlern gehofft, denn Verduto-Cruz war seinerzeit nicht allein bei den Posbis gewesen. Andererseits musste er schon zufrieden sein, dass der Erste Hetran der Laren überhaupt auf sein Ansinnen reagiert hatte.

»Der Feind meines Feindes ist zwar im Allgemeinen nicht automatisch mein Verbündeter, doch für die Verhältnisse in Ambriador trifft das zweifelsohne zu«, stellte Mondra Diamonds Hologramm fest, als könne sie seine Gedanken erraten. In der Zentrale der HANSHAO sah sie über die Außenbeobachtung besser, was geschah, und war nicht auf die Übertragung von Perrys Armbandoptik angewiesen. »Nach dem Imperium Altera werden sich die Posbis gegen den Trovent der Laren wenden. Das dürfte die einzige Motivation sein, die Kat-Greer und Verduto-Cruz antreibt. Andernfalls würden sie lachend zusehen, wie Altera untergeht.«

Fünf schwere Kampfgleiter flogen in den Schatten der HANSHAO ein.

War Verduto-Cruz eine derart bedrohliche Persönlichkeit, dass Administrator Ho gar nicht anders konnte, als dessen Überlegenheit mit militärischer Präsenz zu kompensieren? Rhodan ertappte sich dabei, dass er mit dem rechten Daumen über seinen Nasenflügel rieb.

Die Gleiter landeten nebeneinander. Soldaten in Kampfanzügen verließen die vier äußeren Maschinen, als gelte es, ein Kontingent von Posbis oder Laren zu bekämpfen, dem der Durchbruch gelungen war.

Mit den Strahlern im Anschlag sicherten sie eine fiktive Gasse bis zur Bodenschleuse der HANSHAO. Von Rhodan nahm keiner Notiz. Oder, ging es dem Terraner durch den Sinn, war diese Demonstration der Macht zugleich für ihn bestimmt? Hatte Goberto Ho angeordnet, dem vermeintlichen Großadministrator vorzuführen, was ihn erwartete, sollte er nicht der sein, als der er sich ausgab?

Es waren oft die Überheblichen und ewig Gestrigen, die glaubten, Geschichte schreiben zu müssen, indes irgendwann kläglich scheiterten. Rhodan verschränkte die Arme und warf einen flüchtigen Blick auf das Hologramm über seinem linken Handrücken – Mondra hatte sich halb aus dem Erfassungsbereich entfernt, im Hintergrund war der Kommandostand zu erkennen.

Er ging weiter auf die Rampe zu, konnte den mittleren Gleiter nun besser sehen und fragte sich, was geschehen wäre, hätte Verduto-Cruz darauf bestanden, mit dem Troventaar auf Fort Blossom zu landen. Vielleicht, überlegte Perry Rhodan, war der Laren-Techniker doch ein umgänglicher Typ.

Dann sah er ihn.

Verduto-Cruz verharrte in der geöffneten Luke und schaute über die Phalanx der Bewaffneten hinweg. Seine Haltung wirkte lässig und irgendwie gelangweilt.

2. Kapitel
Gefährliche Arbeiten

Die letzten brüchigen Verankerungen zerfetzten, und inmitten von Wolken aufstiebender Asche löste sich das Wandsegment. Messerscharfe Splitter peitschten geschossgleich durch den Raum, hämmerten ein kurzes Stakkato gegen die Wände.

»Auf die Fesselfelder achten!«

Das Kreischen des spröde gewordenen Stahls übertönte den Befehl sogar in den Ohrwürmern. Ruckartig hetzten Scheinwerferkegel über die Wand. Wie eine alles verschlingende Woge breitete sich der Staub aus, als müsse er das Leben stoppen, das tief in den verwundeten Schiffsleib vordrang, um ihm seine Bedrohung zu nehmen. Nichts in dem technischen Labyrinth war für Menschen bestimmt – für sie gab es in dieser Umgebung keine Existenzberechtigung, und das keineswegs erst, seit ihre durchschlagenden Waffenenergien sich ausgetobt hatten.

»Im oberen Bereich alle Energie auf die Projektoren!«, brüllte Yi Han. »Die Sicherungstruppe weiter zurück! Schnell ... schnell ...!« Seine Stimme überschlug sich.

Es regnete Staub, Asche und große Flocken verbrannter Materialien. Die Schwärze verschlang die Silhouetten der Männer ebenso wie die geisterhaft fahlen Lichtfinger ihrer Scheinwerfer. Für Yi Han war es, als verwehrte ein siebenköpfiger Dämon den Zutritt in sein Reich.

Ein lächerlicher Gedanke. Nichts würde ihn und seinen Räumtrupp aufhalten. Sie waren hier, um ihr Leben und das ihrer Familien zu verteidigen. Wenn dazu gehörte, dass sie weit hinter die Linien der mörderischen Gegner vordrangen, standen sie auch das durch, irgendwie jedenfalls.

Der Treffer aus dem Röhrenfokus-Geschütz eines alteranischen Kampfraumschiffs hatte sich weit in die Deckstruktur der Posbi-BOX hineingefressen, wobei der Thermostrahl trotz zunehmender Tiefe enorme Zerstörungen angerichtet hatte. Schäden, die es so weit wie möglich zu beheben galt. Niemand erwartete perfekte Reparaturen, die ohnehin nicht zu bewerkstelligen gewesen wären.

Im Ohrwurm überschlugen sich die Stimmen, als die Wandstruktur auseinanderbrach.

Ein Schatten stürzte auf Yi Han herab, ein riesiges Fragment, das nicht mehr stabilisiert wurde. Gerade noch rechtzeitig warf er sich zur Seite, bevor neben ihm der ausgeglühte Stahl aufschlug. Die Erschütterung pflanzte sich nach allen Seiten fort.

Wütend auf sich selbst wischte Han fette Rußflocken von der Sichtscheibe. Die Tücken eines Schusskanals quer durch Decks und Räume unterschiedlichster Verwendung lagen auf der Hand, dennoch hatte er die einfachsten Vorsichtsmaßnahmen ignoriert. Weil jeder von ihm verlangte, schnell die letzten Sektoren des Fragmentraumers zugänglich zu machen. Dabei wusste er, dass nichts in dem Wrack eines Posbi-Schiffes ungefährlich sein konnte, nicht einmal, wenn diese seelenlosen Bestien mit ihren eigenen Befehlskodes gebändigt worden waren. Unter anderen Gegebenheiten wäre das Schiff umgehend atomisiert worden.

Mehr als fünfhundert Meter tief hatte sich der Thermostrahl in das bizarre Würfelschiff hineingefressen, und das war nur einer von mehreren Treffern gewesen. Voller

Inbrunst hoffte Yi Han, dass möglichst viele Maschinenteufel von den einschlagenden Energien vernichtet worden waren.

Die Roboter waren schlimmer als eine Pestepidemie. Bis vor wenigen Jahrzehnten hatte sie sich als Freunde ausgegeben – aber dann von einer Stunde zur anderen mit dem Morden begonnen. Kompromisslos. Nicht, um zu unterwerfen, sondern um auszulöschen.

Yi Han hatte nicht mehr auf die Stimmen im Ohrwurm geachtet. Die Männer an den Projektoren stimmten sich ab, und dazu waren sie allein besser in der Lage, als wenn er sich einmischte. *Wofür brauchen sie mich überhaupt noch?*, dachte er bestürzt.

Die Erkenntnis, eigentlich überflüssig zu sein, traf ihn mit neuer Härte. Seit zwei Monaten lebte er mit der Lüge, dass alles weiterging, wie es immer gewesen war. Jetzt hatte ihn die Wahrheit eingeholt; er konnte nicht für alle Zeit die Wunden ignorieren und sich einreden, Sinja warte auf ihn.

Nie wieder würde er sie in die Arme schließen, nie mehr die Wärme ihres Körpers spüren und ihren Atem in seinem Gesicht, wenn sie in seiner Umarmung ihre Leidenschaft hinausschrie. Sinja war Vergangenheit. Wie vieles in seinem Leben. Wie fast alles, wenn er die Scheuklappen des erzwungenen Vergessens ignorierte und sich der Gefahr aussetzte, nicht nur die Hoffnung, sondern ebenso den Verstand zu verlieren.

Die Erinnerung quälte ihn. Seine Finger krachten gegen die Helmscheibe, weil er zu spät erkannte, dass er die Tränen nicht abwischen konnte, die brennend heiß über seine Wangen liefen.

Die Posbis hatten Sinja ermordet. Am schlimmsten für ihn war, dass er nicht wusste, wie sie gestorben war. Er fürchtete, dass sie lange gelitten und vergeblich auf Hilfe gehofft hatte. Ein solches Schicksal war grausam – zumal Sinja ihren humanitären Einsatz an Bord eines Schlachtschiffs mit dem Leben bezahlt hatte. Ausgerechnet sie, die nie anderes getan hatte, als Kranke und Verletzte zusammenzuflicken und jedem neuen Lebensmut einzureden.

Die Meldung, die Yi Han von den Behörden erhalten hatte, war für ihn bis heute eine Farce. *Das Schlachtschiff STERN VON ALTERA wurde von überlegenen Posbi-Einheiten aufgebracht und vernichtet,* hatte es geheißen. *Es gab keine Überlebenden. Wir bedauern den Tod Ihrer Lebensgefährtin.* Signiert gewesen war die Nachricht von Laertes Michou.

Nach dem ersten Lesen hätte Yi Han dem Staatsmarschall liebend gern den Hals umgedreht, und daran hatte sich für ihn bislang nichts geändert. Selbst wenn in diesem Krieg schon Hunderttausende gestorben waren und das Leben von Milliarden auf dem Spiel stand, gab es keinen Grund für eine derart kalte und unmenschliche Art. Er hatte darin kein Mitgefühl entdeckt, nur eine sachliche Statistik. *Tot ... abgehakt ... vergessen.*

Yi Han starrte in die Finsternis. Die Wandsegmente wurden zur Seite bugsiert. Hinter ihnen öffnete sich ein Labyrinth. Hier hatte nicht nur die Hölle getobt – das *war* die Hölle! Am entsetzlichsten war für ihn der Gedanke, in dieser Schwärze könnten noch Maschinenteufel lauern.

Yi Han hielt die Lampe in der Linken, seine rechte Hand griff nach dem Thermostrahler. Er war nervös.

Tief atmete er ein, ging dann entschlossen weiter. Es gab keine Beleuchtung, nicht in den Sektionen, die längst schon in Besitz genommen waren und schon gar nicht in den zerstörten Bereichen. Wenigstens setzte sich der aufgewirbelte Ruß langsam wieder; im Lichtkegel erinnerte er an ein Schneegestöber, nur dass dieser Schnee aus schwarzen Flocken bestand.

Yi Hans Finger umklammerten den Strahler. Angespannt wartete er darauf, die Teufel aus der Schwärze auftauchen zu sehen ...

... oder den grellen Blitz eines Energieschusses und danach nichts mehr. Aber alles blieb ruhig, nur das Licht verlor sich in dem Chaos.

Han streifte Gebilde, die wie Stalagmiten aufwuchsen. *Die Überreste in der Hitze geschmolzener Maschinen,* vermutete er. Was sie wirklich dargestellt hatten, würde ihm verborgen bleiben. Ziemlich alles kam dafür in Betracht: Reserveaggregate, Produktionsanlagen oder einfach nur Fracht und Ersatzteile.

Der aberwitzige Gedanke, dass die Maschinenteufel sogar an Bord ihrer Raumschiffe fortwährend neue ihrer Art konstruierten, um sie auf exponierten Welten als Sturmtruppen abzusetzen, ließ seinen Herzschlag stocken. Ein solcher Feind konnte jede Zivilisation überrennen, er war unbesiegbar.

Yi Han lief weiter, tiefer hinein in das Dunkel des gewaltigen Raumschiffs. Die allgegenwärtige Bedrohung war mit dem lächerlich schwachen Lichtkegel nicht zu erfassen. Sensoren fixierten ihn, während er sich einen Weg suchte, er sah sie nicht, aber er glaubte, ihre Nähe wie eisige Blicke zu spüren. Die Ortungsfunktion seines Kombi-Armbands behauptete hingegen, dass da nichts sei, was er fürchten müsse. Keine Energiequelle im Halbkreis von gut zehn Metern. Tot. Alles war tot.

Er leuchtete den Boden ab, um Durchbrüche oder andere tückische Stellen rechtzeitig zu erkennen. Das war eine Moränenlandschaft aus ausgeglühtem Metall, durchsetzt von einem vagen Schimmern, reflektierend, als hätten sich in der Hitze neue Legierungen gebildet.

Hier mochte ein Korridor auf eine größere Halle gestoßen sein, vielleicht eine Produktionsstätte. Die Wände waren nicht nur ausgeglüht, es hatte sogar Explosionen gegeben, deren Druckwelle die Zerstörung weitergetragen hatte.

Ein Konglomerat aus zerfetzten Verkleidungsplatten und verdrehten Spanten und Verstrebungen machte das Durchkommen nahezu unmöglich. Flüchtig schaute Yi Han zurück. Etwa vierzig Meter hinter ihm tanzten die Scheinwerferfinger seines Trupps, der den Durchgang sicherte. Den Ohrwurm hatte Han ein Stück weit gelockert, dennoch verstand er die Warnung, dass ein Deckensegment nachzurutschen drohte. Weil erst die Absicherung vorgenommen werden musst, folgte ihm niemand.

Er leuchtete in die Finsternis zwischen den herabgebrochenen Platten.

»Pass auf dich auf!«, hatte er Sinja während ihres letzten kurzen Holovidkontakts gebeten. »Ich brauche dich!«

Ihr Lachen klang ihm noch im Ohr. Amüsiert und nachdenklich zugleich war es gewesen. »Was sollte mir schon zustoßen, Yi? Ausgerechnet auf einem schwer armierten Schiff wie der STERN VON ALTERA? Aber versprich mir, dass *du* vorsichtig sein wirst!«

»Das bin ich immer!«

Ihn mit ihrem Blick liebkosend, hatte Sinja kaum merklich den Kopf geschüttelt. Der stumme Vorwurf und ihre unterschwellige Furcht waren ihm nicht entgangen. Doch Augenblicke später war die Verbindung zusammengebrochen, weil einer dieser verdammten Hyperstürme tobte. Sie hielten Ambriador im Griff und machten jeden Raumflug zum Risiko, auch ohne mörderische Roboter und die nicht minder bedrohlichen Begehrlichkeiten der Laren.

Warum, fragte sich Yi Han, war es so verdammt schwer, in Frieden zu leben? Er wollte nichts anderes als nur sein Leben genießen, ohne täglich von unterschwelliger Furcht begleitet zu werden. Von einer Furcht, die längst zur Gewohnheit geworden war und deshalb unvorsichtig machte.

Heftig zuckte er zusammen. Am Rand des Lichtkegels, der zwischen den Trümmern auffaserte und viele Schatten warf, lag ein menschlicher Körper, eingeklemmt und unfähig, sich aus eigener Kraft zu befreien. Yi Han blinzelte gegen die Tränen an, die immer noch seinen Blick verschleierten. Doch erst, als er den Helm ruckartig zurückklappte und sich die klebrige Nässe aus den Augen wischte, wurde ihm bewusst, dass ihn das Spiel von Licht und Schatten genarrt hatte.

Zitternd tanzte der Lichtschein über die ineinander verbackenen Verstrebungen. Sie waren ein Stück gebleichtes Skelett des riesigen Schiffes, nachdem das Fleisch von den Knochen gefetzt und halb verbrannt worden war. Nur mehr die Eingeweide hingen herab, Leitungsstränge unterschiedlichster Stärke, ein künstliches Geflecht von Adern und Sehnen. Verfilzt und undurchdringlich.

Die Schatten, die all das warf, wuchsen bedrohlich an. Sie bewegten sich. Wie Posbis, die in der Dunkelheit lauerten.

Mörder!, schrien Hans Gedanken. *Aber ich werde Rache nehmen. Sobald dieses Schiff eure Zentralwelt erreicht ...*

Ein letzter Rest seines Verstandes warnte ihn, dass er im Begriff war, den Bezug zur Realität zu verlieren. Er hatte die Waffe gezogen und richtete sie auf die Schatten.

Gebt dieses Versteckspiel auf und kämpft! Mann gegen ...

Gegen Teufel? Waren diese Ungeheuer tatsächlich nur Maschinen? Oder machten ihre Bioplasmazusätze sie zu einer besonderen Art von Leben?

Die Finsternis quälte ihn mit ihren Schatten und der Ungewissheit. Nicht nur hier – sie war überall. Ein Monstrum wuchs nur wenige Meter von der Stelle entfernt auf, wo er eben Sinja zu sehen geglaubt hatte.

Han riss die Waffe herum. Obwohl alles in ihm danach schrie, abzudrücken und den Glutstrahl wandern zu lassen, zögerte er. Er war krank. Das wurde ihm zunehmend deutlicher bewusst. Die Belastungen der letzten Wochen waren zu viel für ihn gewesen, er hatte sich selbst systematisch zugrunde gerichtet. Seine Unruhe raubte ihm den Schlaf, und sobald ihm vor Erschöpfung die Auge zufielen, wurde er von Sinjas quälenden Schreien aufgeschreckt. Jede Nacht war er schweißgebadet, und die Qual nahm kein Ende. Aufgefallen war sein Zustand bislang niemandem. Die Medikamente, die er schluckte, ließen ihn wenigstens äußerlich ruhig erscheinen. Wie es in ihm aussah, und dass seine Seele verkümmerte, das ging keinen etwas an. *Es wird wieder!*, redete er sich ein. *Die Zeit wird alle Wunden heilen. Wenn nicht heute, dann doch eines Tages.*

Er gurgelte erschrocken und wirbelte herum, als sich eine Hand auf seinen rechten Arm legte und den Thermostrahler nach unten drückte.

»Ich beobachte dich seit Stunden, Yi. Was ist los mit dir?«

»Nichts!« Er starrte Jake an – seinen besten Freund, dem er dennoch nicht sagen konnte, was ihn quälte. »Nichts. Ich bin nur ... erschöpft.«

»Das sind wir alle. Trotzdem laufen wir nicht vor der Verantwortung davon.«

Schroff schüttelte Yi Han die Hand ab. »Das hier ringsum ist meine Verantwortung!«, stieß er heiser hervor und wandte den Blick wieder den Verwüstungen zu. »Irgendwo haben sich Maschinenteufel versteckt ...«

Jake Henderson zog den Truppleiter am Arm herum. »Du hältst dich nur mit Aufputschmitteln auf den Beinen. Bilde dir nicht ein, dass ich das nicht bemerkt hätte. Ich sehe lange zu, Yi, doch bevor du für dich selbst und für uns alle zur Bedrohung wirst, werde ich Meldung machen.«

»Dann tu, was du dir einbildest, aber lass mich in Frieden!« Yi Han riss sich los und stapfte weiter. Der Lichtkegel seines Handscheinwerfers sprang ruckartig über das Trümmerfeld.

Hastig schaute er um sich. Nichts. Nur Schwärze, Schatten und geschmolzene und wiedererstarrte Fragmente.

Aber die Teufel, die wie eine Apokalypse über das Imperium gekommen waren ...? Waren auch sie nur eine Ausgeburt seiner überreizten Nerven? Vielleicht hatte Jake recht. Vielleicht war es das Beste, wenn Captain Olexa von seinem Zustand erfuhr und ihm die Verantwortung entzog. Han hätte nur um seine Rückversetzung nach Altera ersuchen müssen. Doch das konnte er nicht. Weil ihn das Gefühl, Sinja im Stich gelassen zu haben, binnen kürzester Zeit von innen heraus auffressen würde.

Die Angreifer zu bekämpfen, war sein Lebensinhalt. Yi Han kannte den erbarmungslosen Krieg, seit er denken konnte. Noch nicht einmal drei Jahre alt war er gewesen, als sein Vater den Robotern zum Opfer gefallen war. Weit draußen, an den Grenzen des Imperiums, hatten ihre Würfelschiffe seinen Frachterkonvoi vernichtet. Erst viel später war Yi klar geworden, dass mit diesem Überfall der Krieg begonnen hatte.

Er zwängte sich zwischen herabhängenden Leitungen hindurch. Mit dem linken Arm und dem Scheinwerfer bahnte er sich den Weg. Die halb verkohlten Eingeweide des Schiffes verströmten einen erbärmlichen Gestank. Möglicherweise waren die Ausgasungen giftig, aber das interessierte ihn nicht.

Yi Han feuerte, als sich ihm jäh eine Greifklaue entgegenreckte.

Flammen loderten auf, fraßen sich an immer noch brennbaren Materialen in die Höhe, erloschen aber ebenso schnell wieder. Entlang der Schussbahn, die das Dickicht wie ein Spinnennetz aufgerissen hatte, blieb ein irrlichterndes Glühen zurück. Der Gestank war kaum mehr zu ertragen.

Die labile Statik geriet in Bewegung. Als sich über ihm ein Knistern fortpflanzte und schwarzer Staub aus der Höhe herabrieselte, wich Han instinktiv zurück. Schrott krachte zu Boden, dazwischen ein deformierter Maschinenteufel. Zuvor hatte Yi Han nicht mehr als einen seiner Arme erkennen können, nun schlug der tonnenschwere Roboter vor ihm auf.

Wieder feuerte Han. Der Thermostrahl traf den klobigen Schädel des Posbis und fraß sich Funken sprühend durch die Sehzellen hindurch. Mehrere schwache Explosionen rissen den gut fünfzig Zentimeter durchmessenden Kopf auf. Stumm blickte der Alteraner auf das dicht gepackte, schwelende Innenleben.

Dieses Monstrum hätte ohnehin niemandem mehr gefährlich werden können. Erst allmählich wurde Han klar, dass der gut zweieinhalb Meter messende Körper schwere Schäden aufwies. Die Maschine verfügte außerdem nicht über Waffenarme oder eingebaute Geschütze, sie hatte lediglich Arbeitsaufgaben erfüllt. Das Ende eines Tentakelarms ähnelte einem Desintegratorschneider, ein anderer Arm lief in Glasfaserbüscheln für positronische Arbeiten aus.

Nachdem Yi Han den Roboter abgeleuchtet hatte, ließ er den Scheinwerferkegel wieder über den Schutt wandern. Er rüttelte an einigen Platten. Ineinander verkeilt, saßen sie unverrückbar fest. Schließlich tauchte er unter schenkeldicken Kabeln hindurch und drang tiefer in das Gewirr ein. Die Deckenkonstruktion in diesem Abschnitt war nicht sonderlich hoch angelegt gewesen, wies jedoch einen geräumigen Zwischenboden auf. Der Geschütztreffer hatte offenbar einen Versorgungsbereich erwischt.

Einige Meter vor sich bemerkte Han ein fahles Glimmen wie von einer robotischen Sehzelle.

»Da besteht ein schwacher Energiefluss, Yi«, sagte Jake hinter ihm. »Sei vorsichtig!«

»Bist du lebensmüde, Jake? Schleich dich nicht so an! Ich hätte dich für einen dieser Teufel halten und erschießen können.«

»Aber du hast es nicht. Mensch, Yi, es wird Zeit, dass du dich wieder besinnst, was wichtig ist. Das Leben geht weiter ...«

»Wie lange, Jake? Gegen die Roboter haben wir keine Chance, und nicht einmal der Großadministrator kann Tote wieder zum Leben erwecken. Egal, ob er selbst unsterblich ist oder nicht. Das konnte nur einer.«

»Wer?«, fragte Jake Henderson verwirrt. Gleichzeitig erstarrte er. Etwas hatte sich bewegt. So schnell, dass ein Ausweichen unmöglich war.

Ein Schatten fiel aus mehreren Metern Höhe herab, ein undefinierbares vielgliedriges Ding, und sein Aufprall riss Jake Henderson von den Beinen. Vergeblich suchte er nach Halt, als mehrere Tentakeln ihn mit sich schleiften, dann schrie er gellend auf.

Alles geschah aberwitzig schnell. Was Yi Han aus der Höhe herabsinken sah, war ein metallisches, wurmförmiges Gebilde, aus dem ein Dutzend und mehr unterschiedlichster Gliedmaßen ragten.

Dieses Etwas krallte sich an Jakes Oberkörper fest und riss den Mann mühelos von den Beinen.

Yi Han handelte instinktiv, als wäre er selbst eine Maschine, die nur ein einziges Ziel kannte, nämlich den Teufel zu vernichten. Er riss die Waffe hoch und feuerte auf den angreifenden Roboter.

Yi Han fragte nicht, weshalb dieses unförmige Ding den Befehlskodes trotzte. Alle Feinde an Bord des Fragmentraumers sollten eigentlich außer Gefecht gesetzt sein.

Jake schrie immer noch. Wie wohl auch Sinja geschrien hatte, als die Maschinenteufel ... Der Raupenleib verfärbte sich unter dem einschlagenden Thermostrahl. Er zuckte, krümmte sich, und in dem Moment wurde der gepulste Schuss abgelenkt und brannte eine lodernde Spur quer über Jakes Brustkorb. Wahrscheinlich spürte Henderson nicht einmal mehr, dass er starb.

Nur Sekundenbruchteile blieben Yi Han, zu begreifen, dass er in seiner Überreaktion den Freund getötet hatte. Ein verheerender Tentakelhieb traf ihn an der Schulter und trieb ihn zurück. Er spürte seine Knochen splittern. Der Handscheinwerfer fiel zu Boden, er selbst schlug rücklings zwischen den Verstrebungen auf.

Der Schmerz trieb ihm die Luft aus der Lunge. Vergeblich versuchte Han, die Waffe noch einmal abzufeuern, sie wurde ihm aus der Hand gerissen. Ein anderer biegsamer Arm wickelte sich um seinen Hals und drückte ihm die Luft ab.

Zwei Deckenplatten dröhnten herab. Yi Han ahnte sie mehr, als er sie in dem erlöschenden Streulicht der Lampe erkennen konnte, dann war da ein grässlicher Schmerz ...

... und danach nichts mehr.

3. Kapitel

Der Lare

Ruckartig schwang er sich aus dem Gleiter, kam federnd auf und straffte sich sofort zu seiner vollen, wenngleich keineswegs imposanten Größe. Perry Rhodan schätzte den Mann kleiner ein als den Durchschnitt der Laren. Wahrscheinlich erreichte er nicht einmal einen Meter fünfundfünfzig. Außerdem schien er nicht mehr der Jüngste zu sein.

Mit beiden Händen streifte Verduto-Cruz – es gab im Blossom-System mit Sicherheit keinen zweiten Laren, der sich einigermaßen frei hätte bewegen können – über seine schwarze Kleidung. Sein Blick huschte die Doppelreihe der Bewaffneten entlang und glitt am Rumpf der HANSHAO in die Höhe. In einem geringschätzig anmutenden Ausdruck verzog er die Mundwinkel.

Die Wachen nahmen ihn in ihre Mitte. Jeder der Alteraner war mindestens eine Handspanne größer als der Lare. Trotzdem stach er zwischen ihnen hervor wie ein Fuchs inmitten einer Hühnerschar. Sein aufgestelltes rotes Haarnest, wirklich ein kreisrunder und borstiger Kranz auf der Schädeldecke, und die grell zu dem schwarzen Gesicht kontrastierenden gelben Lippen verliehen ihm mehr als nur einen Hauch Fremdartigkeit.

Rhodan nagte an seiner Unterlippe. Er hätte nicht zu sagen vermocht, was er erwartet hatte. Einen Mann wie einst Hotrenor-Taak, der Verkünder der Hetosonen und »Eroberer der

Milchstraße«? Das wohl besser nicht, denn das hätte unweigerlich schwerwiegende Probleme nach sich gezogen. Die Frage stellte sich ohnehin, wie eine reibungslose Zusammenarbeit aller Beteiligten aussehen würde. Schon die Posbis Nano Aluminiumgärtner und Drover waren für die Alteraner identisch mit ihrem Feindbild Nummer Eins. Und nun noch der Lare, den gleichfalls niemand mit offenen Armen empfing.

Verduto-Cruz und seine Eskorte schritten steif vorbei. Das war Militarismus pur, völlig überflüssig, aber seitens der Alteraner offensichtlich unerlässlich. Äußerlichkeiten wie diese, so empfand Rhodan, waren Anzeichen des Niedergangs. Die Verluste an Leben, Material und Territorium wurden durch eine immer straffere Führung scheinbar kompensiert. Dazu passte Staatsmarschall Michous Verhalten. Für Altera war es fünf vor Zwölf.

Rhodans Blick traf sich mit dem des Laren, der ihn eindringlich musterte. In Verduto-Cruz' Augen loderte ein Feuer aus Zorn und Tatkraft. Groß und weit auseinanderstehend, zogen sie in dem faltig und eingetrocknet wirkenden Gesicht sofort jede Aufmerksamkeit auf sich.

Rhodan hielt sich zurück. Nur der Sergeant, der die Raumsoldaten der HANSHAO befehligte, ging dem Laren entgegen. Verduto-Cruz betrachtete das alteranische Schlachtschiff mit einer Akribie, als gelte es für ihn, jedes noch so unscheinbare Detail zu analysieren. Aus seiner Haltung sprach unverkennbarer Stolz. Er ignorierte sogar, dass seine Bewacher zur Seite traten.

Ob der Lare aus völlig freiem Entschluss gekommen war, wagte Rhodan nicht zu beurteilen. Er vermutete, dass der Erste Hetran dabei doch ein gewichtiges Wort gesprochen und Cruz abkommandiert hatte.

»Ich bin beauftragt, dich an Bord zu bringen!«, sagte der Sergeant schroff.

Verduto-Cruz übersah den Uniformierten geflissentlich.

»Bist du schwerhörig, Großohr?«

Ruckartig hob der Techniker den Kopf. »Nein, das bin ich nicht.«

»Worauf wartest du dann? Wir vergeuden hier kostbare Zeit.«

»Sie sollten sich eines anderen Tonfalls bedienen, Alteraner! Ich bin freiwillig gekommen, und ich bin keinesfalls Ihr Gefangener. Wenn Sie das nicht akzeptieren, ist unsere Zusammenarbeit beendet, bevor sie beginnen kann. Wobei« – der Lare schaute den Sergeanten herausfordernd an – »Sie mich brauchen, nicht ich Sie. Ihr Imperium steht am Abgrund.«

»Umso mehr Grund, keine Zeit zu verlieren.« Der Uniformierte ergriff Verduto-Cruz am Kragen. Er glaubte offenbar, mit dem kleineren Laren leichtes Spiel zu haben.

Seinen Irrtum begriff er schnell.

Der Schwarzhäutige explodierte förmlich. Rhodan sah seine Arme auseinanderfliegen, ein Ellenbogen krachte dumpf in die Magengrube des Alteraners. Der Sergeant stürzte rücklings auf die Piste, und als er die Waffe zog, setzte der Lare nach. Der Strahler schlitterte zwar über den Stahlbeton davon, aber mindestens zwanzig Thermogewehre ruckten hoch. Ihre flirrenden Projektormündungen zeigten unmissverständlich auf den Laren.

»Hände in den Nacken!«

»Beine auseinander!«

Die Befehle überschlugen sich.

»Falls du an deinem Leben hängst, keine unvorsichtige Bewegung mehr, Lare!«

Breitbeinig stand Verduto-Cruz da, leicht nach vorn geneigt und die Hände tatsächlich im Nacken verschränkt. Ihm war also bewusst, dass er gegen die Soldaten keine

Chance hatte. Dennoch erinnerte er Rhodan weiterhin an einen gereizten und sprungbereit lauernden Panther.

»Euer Offizier wird nicht lange bewusstlos sein«, sagte der Lare geringschätzig. »Ich mag es nur nicht, wenn mich jemand anfasst.«

»Geh endlich weiter!« Einer der Soldaten winkte unmissverständlich mit der Waffe.

Das war kein Geplänkel mehr, das war beinahe schon Hass, der sich entlud. Der Graben zwischen beiden Völkern schien längst unüberbrückbar tief eingebrochen zu sein. Daran konnte auch der Zwang zur Zusammenarbeit wenig ändern. Rhodan war jedoch keineswegs bereit, einer Eskalation auch nur im Kleinen tatenlos zuzuschauen.

»Ist es zu viel verlangt, von Alteranern so etwas wie Höflichkeit zu erwarten?«, fragte Verduto-Cruz in dem Moment schrill.

»*Gib einem Laren den kleinen Finger, und er nimmt sofort den ganzen Arm.* Trotzdem, wenn du Wert darauf legst, Schwarzgesicht: Sei so freundlich und lass dich nicht bitten!« Die langläufige Waffe in seiner Armbeuge redete nach wie vor eine unmissverständliche Sprache.

»Ich kann nicht behaupten, dass mir die Zusammenarbeit mit den Alteranern erstrebenswert erscheint.« Immerhin ging Verduto-Cruz nun auf die Rampe zu. »Trotzdem muss ich wohl meine Bedenken hintanstellen. Das ist schwer, verdammt schwer. Erst halten mich die Behörden einen halben Tag lang und die ganze Nacht hindurch fest, weil sie mich grundsätzlich als verdächtig ansehen, obwohl ich freiwillig gekommen bin ... Und nun das hier.«

»Die Situation wird sich ändern, sobald wir im Raum sind.« Rhodan trat zwischen den Bewaffneten hindurch vor.

Verduto-Cruz musterte ihn mit einem halb spöttischen, halb interessierten Blick. »Sie sind keiner von diesen Halunken«, stellte er fest. »General Kat-Greer ließ mir zwei Porträts übermitteln. Demnach müssen Sie Perry Rhodan sein.«

»Das stimmt. Wir beide werden einige Zeit miteinander verbringen.«

»Mir fällt auf, dass Sie keine Waffe tragen, Rhodan. Fürchten Sie mich nicht?«

»Muss ich das, wenn ich mit Ihnen zusammenarbeiten will, Verduto-Cruz?«

Da war ein flüchtiges Aufblitzen in den Augen des Laren. »Nein«, versicherte er. »Wahrscheinlich nicht. Letztlich hängt das von Ihnen ab.«

Perry Rhodan hielt die Wachen zurück, die einschreiten wollten. Er sah, dass sie dem Laren nicht trauten. Verduto-Cruz mochte bissig und leicht reizbar sein, aber wer war das nicht?

Neben dem Laren ging Rhodan die Rampe hinauf und hielt erst in der geräumigen Schleusenkammer inne.

Die Neugierde stand Verduto-Cruz mittlerweile ins Gesicht geschrieben. Mit knapp gehaltenen Erklärungen hätte Rhodan ihm schon das Wichtigste klarlegen können, während sie in dem zentralen Antigravschacht in die Höhe schwebten, doch er ließ den Laren vorerst in Ungewissheit. Verduto-Cruz sollte erkennen, dass seiner herausfordernden Art tatsächlich Grenzen gesetzt waren.

Die HANSHAO verließ Fort Blossom eine Stunde später. Zu dem Zeitpunkt setzten sich Perry Rhodan und Mondra Diamond mit dem Laren in einem geräumten Aufenthaltsraum zusammen. Zuvor hatte der Terraner sichergestellt, dass kein Besatzungsmitglied des Schlachtschiffs in die Besprechung hineinplatzen würde.

»Mir fehlen alle brisanten Informationen«, unterbrach der Lare Rhodans erste Erklärungen. »Sie beide wollen mir also einreden, Sie stammten nicht aus Ambriador und seien demzufolge keine Alteraner?«

»Niemand will Ihnen etwas einreden, Verduto-Cruz«, korrigierte Mondra. Der Lare bedachte sie nur mit einem abschätzenden Blick und wandte sich sofort wieder Rhodan zu.

»Wer sind Sie wirklich?« In seiner Stimme schwang Verärgerung mit.

»Der Erste Hetran hat Ihnen nicht bis ins Detail berichtet?«, antwortete der terranische Resident mit einer Gegenfrage.

»General Kat-Greer nannte mir lediglich Ihren Namen und erwähnte, dass es um die Posbis geht.«

»Wir sind vor Kurzem aus einer Galaxis namens Milchstraße eingetroffen.«

Verduto-Cruz' Geste verriet, dass ihn das nicht interessierte. »Sie sehen den Alteranern sehr ähnlich«, stellte er anzüglich fest. »Muss ich betonen, dass wir Laren mit diesem Volk nicht immer gute Erfahrungen gemacht haben?«

Mondra setzte zu einer Erwiderung an, doch Rhodans Blick forderte sie zur Zurückhaltung auf. Also zuckte sie nur beiläufig mit den Schultern und griff nach einem der gefüllten Wassergläser, die ein kleiner Schweberoboter soeben brachte. Während sie trank, ließ sie den Laren nicht eine Sekunde lang aus den Augen.

Verduto-Cruz nippte nur und stellte sein Glas sofort wieder ab, als fürchtete er irgendeine Art von Beeinflussung.

»Sie dürfen unbesorgt sein«, sagte Rhodan. »Niemandem liegt daran, Ihrer Gesundheit zu schaden.«

»Diesen Eindruck hatte ich keineswegs.« Verduto-Cruz beugte sich jäh nach vorn, stützte beide Hände auf der Tischkante ab und stemmte sich ruckartig in die Höhe. »Ich wurde über Stunden hinweg verhört. Leider bin ich kein Verbrecher, wie Ihre Legion Alter-X und andere zu glauben scheinen.«

Mit schnellen Schritten durchmaß er den Raum und wandte sich erst um, als das Schott nicht auf seine Annäherung reagierte. Er schnaubte ungehalten. »Fragen Sie Ihre Freunde, Rhodan! So lasse ich nicht mit mir umspringen, auch dann nicht, wenn der Erste Hetran Kat-Greer mich anweist, das Imperium Altera zu unterstützen.«

»Wir brauchen Sie, Verduto-Cruz«, bestätigte Rhodan. »Damit wir zu den Posbis fliegen können.«

Sekundenlang stand der Lare wie erstarrt, sogar sein Gesicht wirkte versteinert. Dann lachte er dröhnend und fuhr sich mit beiden Händen durch den Haarkranz. »Erwarten Sie, dass ich Ihnen das abnehme? Das ist schizophren. Eine Nacht lang verhören mich Ihre Agenten wegen meiner Kontakte zu den Posbis und was ich für sie getan habe. Sie wollen herausfinden, wie gut ich ihre Raumschiffe kenne, ihre Waffensysteme, ihre Technik überhaupt. Wo sich die Werftplaneten der Roboter befinden, wie sie ihre Welten absichern ...«

»Keine Fragen über den Trovent der Laren?«, platzte Mondra Diamond überrascht heraus.

Um Verduto-Cruz' Mundwinkel zuckte es verhalten. »Sehr viele sogar. Ich habe alle überhört.«

Rhodan hatte es vorgezogen, sitzen zu bleiben, weil er den Laren nicht zwingen wollte, zu ihm aufzuschauen. »Ich bedauere den Vorfall, und ich entschuldige mich in aller Form für das Vorgehen der Behörden.«

Natürlich steckte Administrator Ho dahinter. Wer außer ihm hätte auf Fort Blossom die Fäden auf diese Weise ziehen können? Goberto Ho zweifelte weiterhin Rhodans Geschichte an und zog es folglich vor, sein eigenes Spiel zu spielen. Möglicherweise würde er nicht einmal davor zurückschrecken, den größten Teil des alteranischen Imperiums zu opfern, wenn es ihm den Machterhalt und dem Blossom-

System das Überleben sicherte. Für eine Handvoll Informationen gefährdete er das Projekt BOX-1122-UM. Damit war klar, warum alle Anfragen nach Verduto-Cruz' Verbleib unbeantwortet geblieben und Rhodan und Mondra frühzeitig aufgefordert worden waren, an Bord der HANSHAO zu gehen.

»Bitte!« Rhodan deutete auf den freien Sessel. »Nehmen Sie wieder Platz, Verduto-Cruz.«

Der Lare zögerte. Ob aus verletzter Eitelkeit oder Misstrauen, war nicht zu erkennen.

»Wir fliegen das Alter-System an«, fuhr Rhodan fort. »Dort wartet eine Posbi-BOX auf uns, die während eines Angriffs schwer, aber keineswegs irreparabel beschädigt wurde.«

Verduto-Cruz hatte sich hinter dem Sessel aufgebaut. Seine Finger umschlossen die Rückenlehne und gruben sich in die Polsterung. Stumm blickte er Rhodan an, die gelben Lippen zu einem schmalen Strich aufeinandergepresst.

»Mondra Diamond und ich sind Terraner«, erklärte Perry Rhodan. »Unsere Heimat ist eine Galaxis namens Milchstraße, mehr als fünf Millionen Lichtjahre entfernt. Vor langer Zeit verschwanden dort zwölf Siedlerraumschiffe während eines Hypersturms. Inzwischen wissen wir, dass diese Schiffe nach Ambriador verschlagen wurden und die Überlebenden eine neue Zivilisation aufgebaut haben.«

Er beobachtete den Laren, der sich keine Regung anmerken ließ und unverändert steif hinter dem Sessel stand, als habe er einen Stecken verschluckt.

»Aus technischen Gründen wäre es derzeit keinem Milchstraßenvolk möglich, eine Hilfsflotte nach Ambriador zu senden.«

Verduto-Cruz fragte nicht nach, dokumentierte sein Interesse jedoch, indem er geschmeidig wieder Platz nahm.

»Der Bote einer Superintelligenz half uns, nach Ambriador zu gelangen«, sagte Rhodan.

»Ich bin mit der Existenz übergeordneter Wesenheiten vertraut, wenngleich nur rein theoretisch«, bestätigte Verduto-Cruz, als der Terraner eine Pause einlegte. »Wo befindet sich der Bote jetzt?«

»Er verließ uns unterwegs«, wandte Mondra ein.

»Wir wissen, dass wir diese Kleingalaxis vor einem Vernichtungskrieg bewahren müssen, der alles intelligente Leben auslöschen würde«, fuhr Rhodan fort. »Andernfalls kann es nur einen Sieger geben, die Posbis.«

»Weiter!«

»Die Alteraner konnten mehrere Fragmentraumer manövrierunfähig schießen. Eines dieser Schiffe wird nach Kräften instand gesetzt. Die BOX soll den Zentralplaneten der Posbis anfliegen.«

»Das ist verrückt!« Verduto-Cruz erschrak, gleich darauf lächelte er nachsichtig. »Andererseits ... Nein. Keiner von Ihnen wird wie ein Posbis handeln und reagieren können, solange er nicht in der Lage ist, wie ein Posbi zu denken.«

»Es sei denn, wir hätten Verbündete, die uns in dieser Hinsicht alle Hindernisse aus dem Weg räumen.«

Zum ersten Mal schaute der Lare Mondra Diamond länger als nur für Sekundenbruchteile an. Es schien, als akzeptiere er keine Frau als Gesprächspartnerin. »Hindernisse dieser Art können nur Posbis selbst ausräumen«, wandte er sich wieder an den Terraner.

»Eben«, sagte Mondra mit Nachdruck. »Genau so verhält es sich.«

Verduto-Cruz ruckte herum. Auf seiner Stirn gruben sich einige Falten mehr ein. Seine vollen Lippen bebten, als wolle er heftig widersprechen, doch er zögerte aus unerfindlichem Grund.

Mondra Diamond grinste breit, vor allem, weil Rhodan keine Anstalt machte, den Laren aufzuklären. Das überließ Perry ihr. Bewusst, um Verduto-Cruz von seiner Überheblichkeit herunterzuholen.

»Bis zum Trovent hat es sich also nicht herumgesprochen, dass wir in Begleitung zweier Posbis gekommen sind. Die Roboter sind unsere Freunde.« Mondra hatte die Stimme gehoben, sie sprach langsam und eindrucksvoll, was den Laren sichtlich irritierte. »Die Posbi-Zivilisation in der Milchstraße dürfte um einiges bedeutungsvoller sein als hier in Ambriador.«

Verduto-Cruz blickte sie entgeistert an, er musste das Gehörte erst verarbeiten. *»Freunde ...?«*, fragte er dumpf, wie um sich zu vergewissern, dass er richtig verstanden hatte.

»Freunde!«, bestätigte Mondra. »Leider sind sie ebenfalls nicht in der Lage, mit ihren Flotten Ambriador zu erreichen. Sonst wäre dem kriegerischen Spuk bald ein Ende gesetzt.«

Verduto-Cruz schwieg lange. Er schien zu überlegen, welche Konsequenzen sich aus dem Gehörten ergeben konnten.

»Weil Sie auf *Ihre* Posbis verzichten müssen, rechnen Sie mit meiner Unterstützung?«, fragte er endlich.

Rhodan nickte knapp. »Wir wissen, dass Sie vor dem Ausbruch des Krieges ein großes Technikprojekt für die Roboter abgewickelt haben. Der alteranische Geheimdienst bezeichnet Sie als den Posbi-Experten Nummer Eins.«

»Soll das ein Lob sein? Ausgerechnet von der Legion Alter-X? Mir war bislang nicht bekannt, dass die Alteraner meine Kenntnisse zu schätzen wissen.« Verduto-Cruz verzog das eingefallene Gesicht zu einer Grimasse. »Auf eine derart zweifelhafte Ehre kann ich verzichten. Warum lassen Sie sich nicht von Ihren eigenen Robotern helfen und halten mich da raus, Rhodan?«

»Nano Aluminiumgärtner und Drover – unsere Posbis aus der Milchstraße – sind damit beschäftigt, die Roboter des Fragmentraumers für unsere Zwecke umzuprogrammieren. Und dafür zu sorgen, dass sie keine Bedrohung mehr darstellen.«

»Was erwarten Sie von mir? Soll ich Sie bei der Reparatur des Fragmentraumers unterstützen? Suchen Sie außerdem Informationen über die Posbi-Welten? Ihnen sollte bekannt sein, dass meine Kenntnisse sechsunddreißig Jahre alt sind.«

»Das ist uns bewusst«, bestätigte Mondra. »Können wir auf Ihre Mitarbeit zählen, Verduto-Cruz?«

Der Lare verzog das Gesicht. »Der Trovent und das Imperium Altera sind Gegner«, erwiderte er ausweichend, als versuche er zu pokern. Vielleicht wollte er wirklich seinen Preis in die Höhe treiben. Dass es ohne Probleme abgehen würde, hatten weder Mondra noch Rhodan erwartet.

Mondra stützte das Kinn auf die ineinander verschränkten Hände und blickte den Laren durchdringend an, genau so, wie er es perfekt beherrschte. »Ja oder nein, Verduto-Cruz? Sie kommen nicht umhin, eine Entscheidung zu treffen. Denken Sie darüber nach!«

»Das muss ich nicht. Die Entscheidung hat mir der Erste Hetran längst abgenommen. Was ich allerdings wirklich tun kann, wird sich an Bord des Fragmentraumers zeigen.«

Fort Blossom galt als einer der wichtigsten Außenposten des Imperiums. Wiederholt war das System von den Laren attackiert worden, jedoch hatte der Trovent nie größere Flottenkontingente in Marsch gesetzt, obwohl die Verteidiger einem massierten Angriff schwerlich widerstanden hätten.

Perry Rhodan vermutete, dass Taktik eine gewichtige Rolle spielte. Für die Laren bedeuteten Blossom und etliche andere Sonnensysteme der Alteraner zweifellos einen willkommenen Schutzwall gegen die Posbi-Gefahr. Denn noch galten die Angriffe der Roboter überwiegend dem Imperium Altera. Erst nach dessen Fall würden die Posbis zum konzentrierten Sturm auf den Trovent der Laren ansetzen. Je weiter dieser Zeitpunkt in die Zukunft rückte, desto effektiver konnten die Laren Abwehrmaßnahmen treffen.

Fort Blossom lag 624 Lichtjahre von Altera entfernt. Für die HANSHAO kalkulierte Rhodan mit einer Flugdauer von knapp einem Tag. Letztlich entschieden jedoch die aktuellen hyperphysikalischen Bedingungen auf der Flugroute. Schon ein aufziehender Hypersturm konnte alle Berechnungen zu Makulatur werden lassen.

Der Start der HANSHAO hatte die Dinge endgültig ins Rollen gebracht. Nun galt es, sie unter allen Umständen in Bewegung zu halten.

Das Gespräch mit Verduto-Cruz stellte den terranischen Residenten bislang keineswegs zufrieden. Darauf angesprochen, hätte er es als mühsam und schleppend bezeichnet. Außerdem von gegenseitigem Misstrauen geprägt, was nicht zuletzt die Schuld von Goberto Ho und einigen Agenten der Legion war. Ihr Versuch, dem Laren Informationen zu entlocken, war nicht nur dumm und unnötig gewesen, sondern von vornherein zum Scheitern verurteilt. Verduto-Cruz war mental präpariert, daran hegte Rhodan nicht den geringsten Zweifel. Alles andere hätte ihn an der Kompetenz des Ersten Hetrans zweifeln lassen.

Rhodan hatte die Stirnwand des Besprechungsraums in eine Projektionsfläche verwandelt. Der Eindruck war nicht so perfekt wie auf terranischen Schiffen, gleichwohl wuchs das überwältigende Gefühl, unmittelbar in den Weltraum hinauszublicken.

Ein von dichten Wolkenbändern verhüllter riesiger Planet stand nahe. Mit bloßem Auge waren zwei Dutzend

Trabanten auf unterschiedlichsten Umlaufbahnen zu erkennen.

»Das muss Blo VII sein«, kommentierte Verduto-Cruz und warf dem Terraner einen bedeutungsvollen Blick zu. »Der Planet durchmisst mehr als einhundertfünfundvierzigtausend Kilometer und hat neununddreißig Monde. Die Alteraner unterhalten Stützpunkte auf einigen der äußeren Monde, insgesamt gelten diese Anlagen aber als bedeutungslos.«

»Sie sind gut informiert, Verduto-Cruz«, stellte Mondra fest. »Wir hoffen, das gilt ebenso für alles, was die Posbis betrifft.«

»Als es noch möglich gewesen wäre, die Roboter so umfangreich zu studieren wie die Alteraner, gab es keinen Anlass dafür. Posbis eignen sich nicht für die Rolle von Untergebenen.«

»Wir Menschen ebenfalls nicht!«

»Wer nicht in Ambriador geboren wurde, kann das nicht beurteilen«, wies Verduto-Cruz Mondras Einwand zurück. »Im Übrigen habe ich den Eindruck gewonnen, dass Sie auf mich angewiesen sind. Also fordern Sie nicht meinen Unmut heraus.«

»Die Selbstüberschätzung des Konzils und der Laren kenne ich hinreichend.« Rhodan legte es im Moment darauf an, sein Gegenüber zu provozieren. »Das Konzil wurde zerschlagen, die Laren haben wir aus der Milchstraße vertrieben. Ich denke, die Posbis werden das Gleiche in Ambriador vollziehen. Nur hat es nicht den Anschein, als wollten sie die hier lebenden Völker lediglich vertreiben. Sie vernichten. Die Roboter werden kein Leben neben sich dulden, wenn wir nicht gemeinsam dagegen einschreiten.«

Der Lare sah ihn zornig an. Seine übermäßig breite und flache Nase bebte unter hastigen Atemzügen, und der rote

Haarkranz stand drahtig wirr ab, weil Verduto-Cruz sich beidhändig über den Schädel gefahren war. Offensichtlich erreichte Rhodan die beabsichtigte Wirkung, denn die jetzt kräftig gelben Lippen verrieten, dass der Kreislauf des Laren-Technikers in Aufruhr geriet. Ganz so unbeeindruckt und überheblich, wie er sich gab, war er demnach nicht.

»Ich habe schon Posbis befriedet.« Rhodan betonte jedes Wort. »Das war sehr lange vor Ihrer Geburt, Verduto-Cruz. Geben Sie sich also nicht dem Irrtum hin, Sie wären für uns unersetzlich. Wir wollen eine gute Zusammenarbeit, aber es wird dabei nicht nur einen Gewinner geben. Jeder soll profitieren.«

Der Lare ging darauf nicht ein. »Sie reden von seltsamen Gegebenheiten, vor allem von Geschehnissen, die weit in der Vergangenheit liegen«, sagte er stattdessen. »Wie alt sind Sie eigentlich?«

»Hat General Kat-Greer Sie weder über unsere Absichten noch über uns selbst ausreichend in Kenntnis gesetzt?«, warf Mondra spöttisch ein. »Dann muss ich meine Anerkennung Ihrer guten Informationen zurücknehmen.«

Verduto-Cruz' Blick flog zwischen beiden hin und her. Erstmals bröckelte seine Fassade, die Überraschung und der Ärger waren ihm anzusehen. Sie hielten sich die Waage. Der Lare vergrub die Finger in die Armlehnen des Sessels. Rhodan gewann den Eindruck, dass Verduto-Cruz zwar keineswegs vorhatte, ihre Probleme zu ignorieren, aber dennoch seinem Geltungsbedürfnis folgte.

»Perry Rhodan steht im Schatten der Hohen Mächte des Universums, er gehört zu den potenziell Unsterblichen«, erklärte Mondra. »Trotzdem ist er ein Mensch geblieben.«

Ein Hauch von Wehmut schwang in ihrer Stimme mit, eine Erinnerung an die gemeinsam verbrachte Zeit. Sie hatten einander sehr viel bedeutet, wären um ein Haar bereit gewesen, miteinander zu leben: er, der Mann, der nicht alterte, und sie, eine lebensfrohe Frau, deren Schicksal es war, den biologischen Gesetzen gehorchen zu müssen wie jeder normale Mensch. Sie würde mit hundert noch attraktiv sein und trotzdem eines Tages nur mehr eine Greisin an Rhodans Seite. Davor hatten sie beide sich gefürchtet, auch wenn keiner das eingestanden hätte. Vielleicht waren sie heute sogar froh, diesen Punkt überwunden zu haben. Und vielleicht erwies sich ihr neues Miteinander als eher sachliches Verhältnis, das geprägt war von einem einst schönen Traum.

Rhodan warf einen abschätzenden Blick auf die Panoramawand.

Blo VII, der Fort Blossom benachbarte Gasriese, fiel merklich zurück. Das Schlachtschiff hatte seinen Kurs geändert und verließ das System im spitzen Winkel zur Ekliptik. Beschleunigung weiterhin mit Höchstwert. Der erste Übertritt in den Linearraum stand vermutlich kurz bevor.

Rhodan setzte sich wieder und sah den Laren eindringlich an. »Wir müssen die tödliche Bedrohung beseitigen, die von den Posbis in Ambriador ausgeht. Dabei sind wir weder lebensmüde noch größenwahnsinnig, vielmehr sehen wir eine reelle Chance, dieses Ziel zu erreichen. Unsere Milchstraßen-Posbis verfügen über wirkungsvolle Befehlskodes. Mit ihrer Hilfe gelang es bereits, einen Angriff auf das Alter-System abzuwehren. Das wird nicht immer so sein, dessen sind wir uns bewusst. Über kurz oder lang werden die Befehlskodes nicht mehr greifen – deshalb sind wir auf Ihre Unterstützung angewiesen, Verduto-Cruz.«

»Nach der besagten Raumschlacht wurden wrackgeschossene Posbi-BOXEN auf ihre Tauglichkeit für unsere Zwecke überprüft«, erklärte Mondra weiter. »Eines dieser Schiffe, die BOX-1122-UM, wird unter Hochdruck instand gesetzt. Wir beabsichtigen, das Hauptsystem der Posbis anzufliegen.«

Ein zynisches Lächeln umspielte Verduto-Cruz' Mundwinkel. Jedenfalls empfand Rhodan es so.

»Wissen Sie, was Sie da von sich geben?«, fragte der Lare. »Die Posbis werden Sie auf Anhieb identifizieren. Allein schon ihre mangelhafte Kommunikationsmöglichkeit ...« Er verstummte. Sein Blick flog von einem zum anderen.

»Ich gehe von Ihrer Bereitschaft aus, uns zu unterstützen«, sagte Rhodan. »Sie tun das schließlich auch für Ihr Volk.«

»Sie wollen mein Wissen?«

»In erster Linie.«

»Trotzdem werden Sie improvisieren müssen, mehr als Sie bislang annehmen.«

»Das sind wir gewohnt.«

»Hoffen Sie, dass ich mit Ihnen fliege? Dass ich Sie begleite?« Der Lare erwartete keine Antwort, denn er sprach im selben Atemzug weiter: »Vor achtunddreißig Jahren verfügte ich über ein Team erstklassiger Techniker. Es gab für uns kaum ein Problem, mit dem wir nicht fertig geworden wären. Heute leben nur noch wenige meiner Leute. Einige sind bei Gefechten mit Alteranern umgekommen, aber auch bei der Erprobung neuer Waffensysteme. Auseinandersetzungen fordern nun einmal Opfer.«

»Sie reden, als wäre der Krieg der Laren gegen Altera ein unabwendbares Schicksal.«

Der Techniker verzog das Gesicht. »Geplänkel werden zu einem Krieg hochstilisiert. Ich mache Ihnen einen Vorschlag. Blenden Sie dieses Thema aus, widmen wir uns einzig und allein den Posbis. Ich bin bestimmt nicht gekommen, um tiefsinnige Betrachtungen über das Verhältnis von Laren und Alteranern anzustellen.«

Die HANSHAO ging in den Überlichtflug. Die Weltraumschwärze mit den wenigen Sternbildern wich dem monotonen Wogen des Zwischenraums. Fast eine halbe Minute lang lauschte Verduto-Cruz den vielfältigen Geräuschen des Schiffes, als könne er daraus wichtige Informationen gewinnen, dann gab er sich einen kaum merklichen Ruck.

»Wir waren die Besten im Trovent, deshalb kamen die Posbis mit technischen Fragestellungen zu uns, die sie selbst nicht bewältigen konnten. Sie brachten uns zu ihrer Stützpunktwelt Dreydon und ließen uns eine Reihe von Hochenergie-Maschinen konstruieren, deren Verwendung mir bis heute nicht klar geworden ist.«

»Diese Maschinen müssen für die Posbis sehr wichtig gewesen sein ...«

»Ich kann das nicht nachvollziehen. Weil ich nicht einmal ansatzweise verstanden habe, was wir zu jener Zeit tatsächlich gebaut haben. Nach meiner Ansicht waren diese Maschinen niemals funktionsfähig. Sie wurden für den Betrieb mit einer Sorte Hyperkristall ausgelegt, die nicht existiert. Deshalb hielt ich die Posbis bald schon für verrückt oder von einer fixen Idee besessen oder gar beides. Nicht einmal mit dem reinsten Howalgonium hätten diese Aggregate je arbeiten können.«

»Was wollen die Posbis mit Maschinen, die sie nicht einsetzen können?«, fragte Mondra irritiert. »Roboter denken logisch. Es ist unsinnig, solchen Aufwand für ein Projekt zu betreiben, das von vornherein zum Scheitern verurteilt ist.«

»Ich weiß es nicht«, wiederholte der Lare. »Sooft ich versucht habe, Details aus dem Gedächtnis zu rekonstruieren, war das vergebliche Mühe.«

»Warum haben die Posbis bei den Laren Unterstützung angefordert und nicht bei den Alteranern?«

»Weil wir Laren grundsätzlich ein höheres Wissen im Bereich der Hypertechnologie haben. Als unsere Vorfahren nach Ambriador verschlagen wurden, verfügten sie über SVE-Raumer.«

Genau das hatte Rhodan erwartet. In der Milchstraße waren die Strukturvariablen-Energiezellen-Raumer lange Zeit gefürchtet gewesen, diese Schiffe mit Wandungen aus geformter Energie. Die terranischen Siedler hingegen hatten nur das technische Wissen des Jahres 2409 nach Christus nach Ambriador mitgebracht.

»Der Kontakt zwischen ihnen, mir und meinen Technikern war und blieb der Einzige überhaupt«, fuhr Verduto-Cruz fort. »Ich kann nicht einmal beurteilen, ob es eine weitere und vor allem intensivere Zusammenarbeit hätte geben können. Die Roboter überließen uns als Bezahlung für unsere Arbeit eine beachtliche Menge Howalgonium ...«

»Für eine Arbeit, die im Grunde genommen wertlos war?«

Verduto-Cruz machte eine irritierte Geste. »Mag sein, dass die Posbis das Ergebnis als in ihrem Sinne positiv empfanden. Wir haben das nie erfahren. Die Zusammenarbeit dauerte knapp zwei Jahre, dann brach der Krieg aus.«

»Ein eigenartiges Zusammentreffen«, stellte Rhodan fest.

Weitere Falten gruben sich auf der Stirn des Laren ein. Sie ließen seinen Kopf noch flacher erscheinen, als dies ohnehin schon der Fall war.

»Zufall«, antwortete er. »Mehr kann ich dazu nicht sagen. In nicht einmal zwei Jahren bei den Posbis habe ich jedoch sehr viel über ihre Technologie gelernt. Sie rechnen mit meiner Unterstützung, Rhodan. Was ich tun kann, um Ihren Fragmentraumer startklar zu machen und zu den Posbis zu bringen, werde ich tun.«

4. Kapitel
BOX-1122-UM

Ganz Ambriador befand sich im Ausnahmezustand. So jedenfalls erschien es, als die HANSHAO am späten Nachmittag des 14. Mai 1343 NGZ die letzte Linearetappe beendete.

Das Schlachtschiff fiel am Rand des Alter-Systems aus dem Zwischenraum, fast genau auf der Höhe der Ekliptik und nicht einmal fünf Millionen Kilometer von der Umlaufbahn des äußeren Planeten Hades entfernt. Dennoch waren die Jäger innerhalb Minutenfrist präsent. Wie ein Schwarm angriffslustiger Insekten rasten sie dem Kugelraumschiff auf Kollisionskurs entgegen und fächerten auf. Es sah aus, als wollten zwei Dutzend torpedoförmige Winzlinge ein Monstrum attackieren.

Das Manöver, mit dem die Jäger eindrehten und ihre vermeintlich wütende Attacke als aufgezwungenen Geleitschutz erkennen ließen, nötigte Perry Rhodan ein anerkennendes Nicken ab. Er fühlte sich an waghalsige Flugfiguren erinnert, die er oft genug erlebt hatte, und prompt erwachten Gefahrten von einst wie Don Redhorse und Brazos Surfat in seiner Erinnerung zu neuem Leben. Redete er sich das nur ein, oder hatte sich in den Alteranern viel von dem Abenteuergeist in die heutige Zeit herübergerettet, der zur Zeit des Aufbruchs nach Andromeda das Leben geprägt hatte? Andromeda war der erste Schritt in kosmische Fernen gewesen. Außerdem hatte die Nachbargalaxis die

Menschheit mit ihrer eigenen Vergangenheit konfrontiert, die Frage nach dem Woher aber nicht beantwortet. Ein Zipfel kosmischer Geheimnisse war angehoben worden, und mancher hatte einen flüchtigen Blick erhascht, nicht mehr.

Knapp und unmissverständlich wurde der HANSHAO ein Flugkorridor zugewiesen. Außerdem erging die Anordnung, die Geschwindigkeit nicht über ein Drittel Licht zu erhöhen.

»... jeder Verstoß wird mit einem sofortigen Feuerschlag beantwortet!«

»Das erweckt den Anschein, als rechne das Alter-System mit einem Angriff«, stellte Verduto-Cruz fest.

Vor nicht einmal zwanzig Minuten, während der letzten Linearetappe, hatten Rhodan und Mondra gemeinsam mit dem Laren die Hauptzentrale betreten. Vorangegangen war ein heftiger Disput mit der Schiffsführung, denn der Kommandant hatte Verduto-Cruz von allen neuralgischen Positionen fernhalten wollen. Am liebsten wäre es ihm gewesen, den »Gast« bis zum Übersetzen auf die Posbi-BOX in dem Konferenzraum zu arrestieren.

Rhodan hatte sich freilich durchgesetzt. Zwei Wachen waren dennoch neben der Sitzgruppe postiert worden.

Als eins der großen TRIANGOLO-Raumforts in die optische Erfassung des Hauptschirms wanderte, richteten sich zwei Strahlerläufe auf den Laren.

»Was soll das?«, fuhr Rhodan die Wachen an.

Einer von beiden, ein Kadett mit stark ausgeprägten Wangenknochen und leicht verengten Augen, klopfte mit zwei Fingern demonstrativ auf seinen Ohrwurm. Dabei drückte er das Drahtgestell noch ein wenig tiefer in die Ohrmuschel.

»Befehl von ganz oben! Der Lare darf keine Gelegenheit für Rückschlüsse auf unsere Verteidigungsbereitschaft erhalten.«

Ein spöttischer Ausdruck trat in Verduto-Cruz' Gesicht. Demonstrativ lehnte er sich zurück und musterte die Kadetten. »Diese Schizophrenie verstehe, wer will. Erkennen Sie allmählich, Rhodan, dass Sie auf der falschen Seite stehen?«

Der Terraner ging nicht darauf ein. »Etwas ist vorgefallen, von dem wir noch nichts wissen«, vermutete er.

»Ihre Posbis werden versagt haben! Falls sich der Kommandant der oberen Schicht den falschen Kodes entziehen konnte, gibt es ein schwer zu behebendes Problem.«

»Das wird nicht geschehen«, behauptete Mondra Diamond.

»Sie vertrauen Ihren eigenen Maschinenteufeln?« Zum ersten Mal verwendete der Lare den alteranischen Jargon für die Posbis.

Mondra nickte nur. Zwei weitere Bewaffnete kamen heran. Sie trugen schwere Paralysatoren. Unmissverständlich ihr Wink an den Laren, sich zu erheben und mit ihnen die Zentrale zu verlassen.

»So geht es nicht!«, widersprach Rhodan. »Sagen Sie dem Kommandanten, dass er diesen Befehl zurück...«

»Es handelt sich um einen Überrangbefehl des Kommandeurs! Niemand an Bord wird diese Anordnung in Zweifel ziehen oder gar widerrufen.«

Verduto-Cruz lachte schallend. »Bemühen Sie sich nicht meinetwegen, Rhodan. Ich finde es sogar gut, dass Sie mitbekommen, wie effektiv Hilfeleistung mit Misstrauen vergolten wird. Ich habe es nicht nötig, ein TRIANGOLO Raum fort auszuspionieren – was sollte daran für einen wie mich neu sein?«

Er erhob sich, überkreuzte demonstrativ die Handgelenke und hielt die Arme den Kadetten entgegen. Dass der Wortführer der Alteraner diese Geste ignorierte und ihn stattdessen an der Schulter packte, ließ ihn zusammenzucken.

»Nehmen Sie Ihre Finger weg!«, herrschte er den Mann an und schüttelte dessen Griff ab.

Hoch erhobenen Hauptes verließ Verduto-Cruz die Zentrale.

Aufmerksam blickte Captain Bo Perry Rhodan entgegen. »Wir müssen befürchten, dass die Maschinenteufel von den Vorbereitungen Wind bekommen haben«, stellte er fest. »Vor wenigen Augenblicken traf die Nachricht ein, dass zwei Fragmentraumschiffe in geringer Distanz zum Alter-System angemessen wurden. Beide BOXEN haben Ortungen vorgenommen.«

»Wo stehen diese Schiffe jetzt?«

»Sie sind wieder in den Überlichtflug eingetreten, ein Ende ihres Linearmanövers wurde bislang nicht angemessen. Im schlimmsten Fall müssen wir davon ausgehen, dass es sich um Späher einer neuen Angriffsflotte handelt.«

»Verduto-Cruz hat damit nichts zu tun.«

Captain Bo zuckte mit den Schultern. »Mir sind die Hände gebunden. Staatsmarschall Michou hat unmissverständliche Anweisungen erteilt. Keine Risiken hinsichtlich das Laren eingehen, solange er BOX-1122-UM noch nicht betreten hat.«

»... danach ist dem Kommandeur egal, was geschieht?«, fragte Mondra Diamond ungläubig. »Hauptsache, keine alteranische Einheit ist davon betroffen.«

»Es tut mir leid ...«

Die ehemalige TLD-Agentin musterte den Kommandanten durchdringend. »Mir ebenfalls. Der Staatsmarschall verkennt die Gegebenheiten.«

Im Zentrum des Hauptschirms stand eine schmale Planetensichel. Die eingeblendeten Datenkolonnen wiesen den Stern als fünfte Welt des Alter-Systems aus, mit einer durchschnittlichen Sonnenentfernung von 725 Millionen Kilometern.

»Die BOX der Maschinenteufel wurde in die Nähe des Planeten Hera geschleppt«, erläuterte Captain Bo.

Flugzeit bei gleichbleibenden Werten vier Stunden und vierzig Minuten.

Perry Rhodan und Mondra Diamond wussten, dass sich im Bereich des Gasriesen und seiner zweiundzwanzig Monde die Ausweichzentrale der äußeren Systemverteidigung befand. Zudem waren große Fernortungsstationen in der oberen Atmosphäre verankert. Reflexionen der Gashülle beeinträchtigten jede von außen kommende Ortung zusätzlich zu den ohnehin schwierigen hyperphysikalischen Verhältnissen von Ambriador. Insofern bedeutete die Nähe von BOX-1122-UM zu Hera einen nicht zu unterschätzenden Sicherheitsfaktor.

Antriebslos fiel die HANSHAO ihrem Ziel entgegen.

Erst nach eineinhalb Stunden kam die erlösende Nachricht vom endgültigen Abzug der beiden Posbi-Schiffe.

Erreichen kann Michou mit solchen Maßnahmen gar nichts, sagte Mondras Blick. *Die Posbis wissen längst, woran sie mit Altera sind.*

Rhodan nickte ihr nur knapp zu.

Das Schlachtschiff beschleunigte für die letzte Überlichtetappe und fiel kurz darauf wenige Millionen Kilometer vor der Posbi-BOX in den Normalraum zurück.

Die optische Erfassung zeigte einen schnell größer werdenden Stern, mehrere Planetendurchmesser von Hera entfernt: BOX-1122-UM. Riesige Scheinwerferbatterien erhellten den Fragmentraumer bis in den letzten Winkel seiner zerklüfteten, von unterschiedlichsten Aufbauten übersäten Hülle. Das würfelförmige Schiff war ein verwirrendes Konglomerat, wie es Wesen aus Fleisch und Blut in dieser Ausprägung wohl niemals konstruieren würden.

Es war unüberschaubar.

Und es wirkte bedrohlich.

Eigentlich mutete es fremd an, als hätte der Weltraum dieses bizarre Objekt ausgespien. Ebenso wirkten die Posbis. Sie waren skurrile Maschinen für jeden denkbaren Einsatzzweck, Roboter eben. Das Schlimme daran: aufgrund der Verzahnung ihrer positronischen Gehirne mit einem mehr oder minder gewichtigen Anteil biologisch lebenden Plasmas nicht nur rein maschineller Logik folgend, sondern mit Denkstrukturen behaftet, die denen eines Lebewesens sehr nahe kamen.

Gerade diese Verknüpfung von Technik und Leben machte sie zur extremen Bedrohung. Sie waren weder Fisch noch Fleisch, sagte sich Rhodan. Wobei sich seine Überlegungen allein auf die Posbi-Zivilisation von Ambriador bezogen.

Mit minimaler Restfahrt näherte sich die HANSHAO dem Fragmentraumer. Bei knapp einhundertundfünfzig Kilometern Distanz erreichte das Schlachtschiff den relativen Stillstand.

Vergeblich suchte Rhodan nach äußerlichen Hinweisen, dass dieses Schiff vor wenigen Wochen schwere Geschütztreffer erhalten hatte. Bei seinem ersten Anflug hatte er tiefe Krater in der zerklüfteten Stahllandschaft gesehen und ebenso unheimlich leuchtende Glutnester, die von Wirkungstreffern der alteranischen Röhrenfokus-Geschütze zeugten. Zumindest die der HANSHAO zugewandten Seiten des Würfels ließen nun keine Schäden mehr erkennen.

Reparaturplattformen bewegten sich zwischen den vielfältigen Erkern, Türmen und Kuppeln, die mitunter wie aufgeplatzte Geschwüre wirkten. Ein Schwarm von Korvetten umgab den Fragmentraumer; im Vergleich mit dem kantigen Schiffsungetüm erschienen sie winzig, geradezu verloren. Sogar die HANSHAO mit ihren vierhundert Metern Rumpfdurchmesser musste wie ein Zwerg anmuten.

Dabei hatte BOX-1122-UM nur eine Seitenlänge von zwei Kilometern. Die Posbi-Schiffe in der Milchstraße maßen bis zu dreitausend Metern und waren ihrerseits, verglichen mit Schiffen wie der BASIS oder der SOL, klein zu nennen. Ihr Volumen von siebenundzwanzig Kubikkilometern, ausgefüllt mit einem in keiner Hinsicht mehr überschaubaren technischen Labyrinth, war trotzdem mit Superlativen schwer beschreibbar. Imposant, gigantisch – all das erschien für die verfilzte Vielfalt zu gering. Bedrückend, ein Albtraum – auch das zeigte die Empfindungen eines Lebewesens angesichts der auf robotische Bedürfnisse zugeschnittenen Schiffskolosse nur höchst unvollkommen.

Keine halbe Minute hatte Rhodan den Anblick auf sich wirken lassen. »Captain Bo«, wandte er sich an den Kommandanten, »ich brauche eine Holovid-Verbindung ...«

»Kontakt steht!«, meldete der Funker. »Wir werden von der BOX angerufen. Ihr Gesprächspartner, Mr. Rhodan, Sir!«

Rhodan registrierte Mondras verhaltenes Lächeln – sie amüsierte sich über die Anrede, die der Funker hörbar ehrfürchtig gebraucht hatte –, und dann entstand dicht vor ihm die Bildübertragung.

Ein Robotergesicht grinste ihn an. Vielen Alteranern ringsum raubte dieses Abbild den Atem. Für sie war das eine Fratze des Schreckens, einer der verhassten Maschinenteufel. Zu akzeptieren, dass ausgerechnet diese skurrile Gestalt anders sein sollte, ein Freund der Menschen, fiel ihnen schwer. Rhodan sah, dass selbst Captain Bos Rechte zum Waffenholster glitt.

»Willkommen zurück, Perry«, schnarrte eine kratzende Stimme. »Und n-natürlich auch du, Mondra, schönste Terranerin in Ambriador.«

Nano dreht durch, las Rhodan in dem Blick, den Mondra Diamond ihm zuwarf. *Wir waren einen Monat lang fort, und das scheint ihm nicht bekommen zu sein.*

Wahrscheinlich war die Wahrheit nicht ganz so extrem. Andererseits entsprach Nano dem dunkelsten Feindbild der Alteraner. Auch wenn er von ihnen nicht angegriffen worden war, musste er zumindest das Gefühl haben, keineswegs willkommen zu sein und sogar gehasst zu werden.

Deshalb hatte er an sich gearbeitet und sein Äußeres umgestaltet.

Die Multi-Sensorflächen, die aus größerer Distanz wie Augen wirkten, waren näher zusammengerückt und erweckten in der Holovid-Übertragung den Eindruck, dass Nano schielte. Mitten in das Blaugrau seines kantigen, eigentlich nur stilisierten Gesichts hatte er anthrazitfarbene Plättchen eingepasst. Sie blähten sich wie die Wangen eines überdimensionalen Frosches, sobald der Posbi den Mund aufmachte.

Überhaupt ... dieser Mund. Der Schlitz für die Sprachausgabe war nach wie vor halbmondförmig gebogen und erinnerte an die heruntergezogenen Mundwinkel eines Menschen. Deshalb haftete ihm der Ausdruck eines stummen Vorwurfs und sogar von Traurigkeit an. Mit leuchtend roter Farbe, zweifellos um das zu kaschieren, hatte er sich kräftig geschwungene Lippen aufgemalt.

»Ich freue mich, euch wohlbehalten wiederzusehen!«, erklang es aus diesem üppigen Schmollmund.

»Du hast dich verändert«, stellte Mondra fest.

»Was soll dieser Unsinn?« Rhodans Frage war deutlicher.

»Angewandte Psychologie«, erklärte der Posbi stolz. »Ich war es leid, stetig erklären zu müssen, dass ich kein Maschinenteufel bin, da...«

»Lass es gut sein! Sag mir kurz und bündig, ob alles in Ordnung ist.«

Einer von Nanos Multi-Sensoren blinzelte. »Drover geht es wieder gut. Und Mauerblum – ja, es ist alles in Ordnung.«

Zweifel waren angebracht. Dass Posbis eine Ader hatten, jeden an den Rand der Verzweiflung zu treiben, gehörte zu den Dingen, die man einfach als gegeben hinnehmen musste, weil sie sich nicht ändern ließen.

»Eigentlich wollte ich hören, wie die Arbeiten an dem Fragmentraumer voranschreiten.«

»Sehr gut, Großadministrator!«, erklärte Nano Aluminiumgärtner ein wenig zu großspurig. »Wir können die Kabel so verlegen, dass sie für die Alteraner nicht sofort zur Stolperfalle werden.«

»Was für Kabel?« Rhodan hielt sekundenlang die Luft an. Die schlimmsten Befürchtungen brauten sich wie düstere Gewitterwolken zusammen.

»Die Kabel für die Beleuchtung natürlich«, erklärte der Posbi im Tonfall purer Unschuld. »Und da wir schon dabei sind, die Grundversorgung abzuklären: Zwei Lagerräume wurden ausreichend präpariert und in Tanks umgewandelt. Wir werden nicht einen Tropfen Wasser durch schadhafte Verbindungsnähte verlieren ...«

»Wasser?«, unterbrach Mondra ungläubig.

»W-wasser!« Der Roboter verzog die Mundwinkel zur Grimasse. »Ein Tankschiff ist unterwegs. Entsprechend der veranschlagten Einsatzdauer sollte ein Volumen von einer Million Kubikmetern ausreichend sein. Ich habe darauf verzichtet, die Grundkonstruktion der BOX 1122 UM durch den Einbau einer Wiederaufbereitungsanlage ...«

Ein gellender Aufschrei hallte aus den Akustikfeldern. Die Stimme überschlug sich, verlegte sich aufs Wimmern. Gleichzeitig flackerte die Holovid-Übertragung grell auf. Rhodan erkannte, dass im Hintergrund ein Thermoschuss eingeschlagen hatte.

»Nichts von Bedeutung!«, beschwichtigte Nano Aluminiumgärtner sofort. Das fette Grinsen in seinem Gesicht wirkte dazu wie eine unpassende Karikatur. »Das geschieht hin und wieder.«

»Was geschieht?«, drängte der Terraner. »Ich habe nicht vor, dir die Würmer einzeln aus der Nase zu ziehen.«

Mittlerweile hatte sich beinahe die gesamte Zentralebesatzung der HANSHAO dem Roboterholo zugewandt. Vielen war anzusehen, dass die Szene sie fast überforderte.

»Drover reaktiviert einzelne Posbis«, erklärte Nano Aluminiumgärtner. Er klang plötzlich reserviert und irgendwie kleinlaut. »Das funktioniert nicht immer schon beim ersten Versuch. Manche Ambriador-Posbis sind wirklich ...«

»Was?«

»Maschinenteufel, Perry!« Nano flüsterte nur noch, als bereite es ihm Probleme, diese Bezeichnung für seinesgleichen auszusprechen.

»Wie viele Posbis sind wieder funktionsfähig?«

»Ein paar«, antwortete Aluminiumgärtner ausweichend, als sei ihm das Thema schlagartig unangenehm geworden. Hinter ihm geriet für wenige Sekunden der Matten-Willy Mauerblum in den Aufnahmebereich. Zweifellos hatte er eben den Schrei ausgestoßen, der wohl eine Warnung für Drover gewesen war.

Ungehalten winkte Rhodan ab. Nano schwieg daraufhin.

»Wir setzen sofort zur BOX über!«, wandte der Terraner sich an den Kommandanten. »Eine Space-Jet steht bereit?«

»Die Piloten sind schon an Bord.« Bo salutierte militärisch exakt. »Es war mir eine Ehre, Großadministrator ...«

»Brechen Sie sich nichts ab, Captain!« Rhodan winkte lässig ab. »Vor allem: Sparen Sie sich die Lobreden für den Zeitpunkt auf, an dem die Gefahr aus der Welt geschafft ist.«

Auf dem Absatz machte er kehrt und folgte Mondra, die schon auf das Hauptschott zuging.

Wie einfach war es doch, einem Teleporter die Hand zu reichen und mit ihm ohne Zeitverlust zwischen zwei Raumschiffen zu wechseln. Auf diese Weise hätte Perry Rhodan gedankenschnell von der HANSHAO auf den Fragmentraumer gelangen können.

Während die Space-Jet den Hangar des Schlachtschiffs verließ, weilten die Gedanken des terranischen Residenten nicht etwa schon an Bord der BOX-1122-UM. Er sorgte sich um den Teleporter Startac Schroeder. Andererseits würde die ORTON-TAPH unter Captain Demetrius Onmout bestimmt über kurz oder lang den Treffpunkt erreichen. So altersschwach der Trovent-Mörser auch sein mochte, und so unkalkulierbar die hyperphysikalischen Gegebenheiten der permanent von Hyperstürmen durchtobten Kleingalaxis Ambriador, so sehr vertraute Rhodan den Fähigkeiten und dem Überlebenswillen der Besatzung. Außerdem war Startac kein Mann, der sich leicht unterkriegen ließ. Rhodan wollte gar nicht daran denken, dass er gezwungen sein könnte, ohne den Mutanten in die Milchstraße zurückzukehren.

Die Space-Jet hatte ihre Drift der Posbi-BOX angeglichen und hing nur mehr hundert Meter über der zerklüfteten Oberfläche des Würfelschiffs. Aus der geöffneten Mannschleuse gesehen, gab es keinen Weltraum mehr, weder die matte Schwärze des Nichts, noch fern hingestreute Sterne, sondern nur einen bedrückenden, vermeintlich zum Greifen nahen Wall aus schrundigem Stahl. Ein Gefängnis, hatte es den Anschein, in dem jeder Gefahr lief, den Verstand zu verlieren.

»Worauf warten wir?«, drängte die Stimme des Laren im Helmempfang.

Rhodan bedachte Verduto-Cruz mit einem knappen Seitenblick, dann trat er wortlos nach draußen. Für Sekundenbruchteile war da das längst vertraute Gefühl, in endlose Tiefe zu stürzen – es ließ sich wohl nie wirklich verdrängen –, doch dann registrierte der Terraner den schwachen Zug eines Traktorstrahls, der nach ihm griff.

Augenblicke später setzte er in einer Schleuse des Posbi-Würfels auf. Verduto-Cruz und Mondra Diamond kamen dicht hinter ihm. Das Schott schloss sich, und die Armbänder zeigten an, dass atmosphärischer Druck aufgebaut wurde.

Als das Innenschott geöffnet wurde, glitt Rhodans Rechte in einer Instinktreaktion zur Waffe. Er hatte erwartet, Drover, Nano Aluminiumgärtner oder sogar den Matten-Willy Mauerblum zu sehen. Aber nicht einmal Alteraner waren als Empfangskomitee gekommen, sondern ein Posbi.

Der Roboter war knapp zweieinhalb Meter groß und klobig. Er wirkte keinem bekannten Vorbild nachempfunden. Das begann schon bei den drei kräftigen, mehrgelenkigen Beinen, ging über den tropfenförmigen, leicht konkav eingewölbten Körper weiter und hörte mit dem übergangslos aufsitzenden und schlank auslaufenden Schädel auf. Ein Kranz ungewöhnlich kurzer Vielzweck-Gliedmaßen umgab den Tropfen an der dicksten Stelle.

Darüber hatten sich wohl noch vor Kurzem schwere Waffensysteme befunden. Sie waren bis auf den Grund ihrer Verankerungen entfernt worden, aber niemand hatte die unregelmäßig wirkenden Höhlungen kaschiert.

»Bitte mitkommen!« Der Posbi schnarrte ein schwerfälliges Interkosmo. Er reagierte nicht darauf, dass die beiden Terraner und der Lare die Helme ihrer Monturen öffneten.

»Und wenn nicht?«

Der seltsame Schädel neigte sich Mondra Diamond entgegen und wurde dabei noch etwas länger, als verfüge das verwendete Material über sehr flexible Eigenschaften.

»Bitte mitkommen!«, wiederholte der Roboter.

»Wohin bringst du uns?«

Keine Antwort. Stattdessen wandte sich der Posbi um und eilte auf seinen drei Beinen geschmeidig voraus.

»Interessant«, bemerkte Verduto-Cruz. »Jemand hat diese Maschine ihrer Waffen beraubt und hofft wohl, sie stelle keine Gefahr mehr dar. Der Betreffende hat den Roboter trotzdem nicht im Griff, sonst hätten wir eine Antwort erhalten.«

»Was schließen Sie daraus?«, fragte Rhodan.

In einer durchaus menschlich anmutenden Geste fuhr sich der Techniker mit der flachen Hand über das Gesicht. »Hier sind selbst ernannte Fachkräfte am Werk, die einen gewissen Erfolg erzielen können. Aber wenn es darauf ankommen wird ...« Er lachte spöttisch und griff sich unmissverständlich an die Kehle. »Sie haben meine Unterstützung wirklich nötig, Terraner.«

Der zunehmend schneller ausschreitende Posbi bog den Oberkörper halb zur Seite und drehte ihn zugleich nach hinten. »Sie irren sich, Nestschädel. Das ist eine f-falsche Feststellung.«

»Nano!«, rief Mondra Diamond schneidend. »Ich will keine beleidigenden Äußerungen hören! Weder aus deinem Mund noch von einem Dritten. Du hast den Posbi im Griff?«

»Selbstverständlich. Ich würde nichts tun, was einem von uns schaden könnte.«

»Das hoffe ich!«

Weiter als zweihundert Meter hatten sie sich noch nicht von der Schleusenkammer entfernt. Während in deren Bereich alles hell erleuchtet gewesen war, herrschte hier schon Zwielicht. Die Schattenbereiche wurden düsterer und weiteten sich aus. Als der Roboter gleich darauf das Ende einer in Windungen aufwärts führenden Rampe erreichte, war die Finsternis bereits vollkommen. In größerer Distanz tanzten Scheinwerferfinger und entrissen der Schwärze schlaglichtartig skurrile Details. Die Eindrücke blieben jedoch unzusammenhängende Puzzleteile.

»Wurde die Energieversorgung für diesen Sektor abgeschaltet?«

Zu den Schutzanzügen gehörten Stablampen, die sie schon aktiviert hatten. Die Lichtkegel brachen sich auf verschachtelten Aggregatblöcken, huschten auseinander und sollten mehr von dieser Umgebung sichtbar machen, aber die räumliche Enge konnten sie nicht überwinden. Rhodan richtete seine Lampe auf den Posbi.

»Mir fehlt die Zugriffsmöglichkeit auf relevante Daten«, behauptete der Roboter.

»Warum wurde die Beleuchtung bislang nicht wiederhergestellt?«

»Ich habe darauf keine Antwort.«

»Wie weit reicht dein Erinnerungsvermögen zurück?«, wollte jetzt der Lare wissen.

»Mein Gedächtnisspeicher ist intakt.«

»Was ist das erste Ereignis, auf das du zugreifen kannst?«

»Ich wurde geweckt.«

Triumphierend schaute Verduto-Cruz zu Rhodan auf, dann wandte er sich wieder dem Posbi zu.

»Von wem geweckt?«

»Durch einen Befehlsimpuls.«

»Ein Befehl des Robotkommandanten?«

»Nein.«

»Wer erteilte dir den Befehl?«

»Der Herr!«

»Hat dieser *Herr* einen Namen?«

»Nano Aluminiumgärtner.«

Ein beinahe zufriedenes Lächeln zeichnete sich um Rhodans Mundwinkel ab. Er brauchte nicht zu sagen, dass er diese Antwort erwartet hatte, das konnte Mondra sehen, und das erkannte auch der Lare.

»Wer außer dem Herrn erteilt dir Befehle?«, fasste Mondra Diamond nach.

Der Spitzkopf, den eine einzige multiple Sensorzelle zierte, neigte sich ihr entgegen. »Da ist niemand außer Nano Aluminiumgärtner, der mit mir kommunizieren könnte.«

»Weißt du von Speicherdaten, auf die du keinen Zugriff hast?«

»Es gibt keine solchen Daten!«

Die Aussage war falsch. Das wusste jeder der drei, die dem wieder schnell ausschreitenden Posbi folgten.

»Dieser Nano Aluminiumgärtner scheint trotz meiner anfänglichen Bedenken recht gut mit den Posbis zurechtzukommen«, stellte Verduto-Cruz anerkennend fest. »Indem er ihre Erinnerungssektoren blockiert, vermeidet er zumindest vorerst Loyalitätskonflikte. Hundertprozentig erscheint mir diese Methode aber nicht. Der Schwachpunkt ist der Plasmaanteil des Posbi-Gehirns.«

»Ich bin überzeugt, dass Nano das berücksichtigt«, versicherte Mondra.

Das Lachen des Laren wirkte spöttisch. »Ich habe darauf hingewiesen, mehr kann ich nicht tun. Für Sie mag dieser Posbi, der Sie begleitet, über jeden Zweifel erhaben sein – für mich ist er eine Gefahrenquelle, die ich nicht aus den Augen lassen werde. Nano Aluminiumgärtner hat dieses Schiff noch lange nicht im Griff.«

5. Kapitel
Aufbruchstimmung

Fremd und unheimlich erschien BOX-1122-UM, ein Schiff, das keinesfalls für Menschen geschaffen worden war. So kantig, kalt und abweisend wie die Tausende Roboter der ursprünglichen Besatzung, von denen nur wenige einander glichen.

Vielleicht, ging es Perry Rhodan durch den Sinn, pervertierte die Evolution ihre eigenen Prinzipien und war im Begriff, künstlicher Intelligenz alle Vorteile einzuräumen. Eines fernen Tages würden dann unüberschaubare Maschinenheere die Sterne verdunkeln und das Universum unter sich aufteilen – gefräßiger als Heuschreckenschwärme und gründlicher in ihrem Zerstörungswerk, als der Mensch es jemals hätte sein können.

Bestand haben würde nicht mehr der Geist eines göttlichen Funkens, sondern allein der logische und damit tödlich gefährliche Impuls denkender Mechanismen. Ein entsetzlicher Gedanke, dass Roboter sich aufschwangen, die Ewigkeit zu überdauern und entweder nach einem neuen Urknall wie Phoenix aus der Asche aufzuerstehen oder alle Materie eines auf ewig expandierenden und damit erkaltenden Weltalls zu ihresgleichen umzuformen.

Diese Überlegungen erschreckten den Terraner. Jeder andere hätte über solche Befürchtungen nur mitleidig gelächelt, dennoch lagen sie für einen relativ Unsterblichen wie ihn nahe. Nicht, dass er geglaubt hätte, eine derart albtraumhafte Epoche jemals zu erleben – eine nach Äonen messende Spanne überstand auch kein Aktivatorchip –, doch Rhodan zweifelte keineswegs an der Anpassungsfähigkeit denkender, sich selbst reproduzierender Maschinen. Kleiner als Mikroben konnten sie sein, sogar die Winzigkeit eines Atoms erreichen, und andererseits größer werden als die massigsten Saurier. Maschinen von Planetengröße waren nichts Undenkbares. Vielleicht, sagte er sich, waren die Posbis ein erster zaghafter Schritt der Evolution in diese Richtung.

Roboter als das einzige und wahre Leben? Wer traf eine solche Definition, wenn nicht derjenige, der sich die Intelligenz einbildete, darüber entscheiden zu können?

Seid ihr Wahres Leben? Die über Funk gestellte Frage der Posbis konnte von denen, an die sie gerichtet war, nicht zufriedenstellend beantwortet werden und öffnete damit zwangsläufig den Weg zur Vernichtung alles Andersartigen.

Die Zivilisation der Roboter, fand Perry Rhodan, war nur ein Symptom von vielen. An ihrer Stelle hätten unzählige andere Namen stehen können, die eine ähnliche Entwicklung durchgemacht hatten. Namen von Einzelwesen, von Völkern, sogar von höheren Mächten.

Alles ringsum atmete Unheil aus. Nichts in diesem Würfelraumschiff wirkte vertraut, und falls doch, verblasste es in der bordeigenen Finsternis zur Bedeutungslosigkeit.

Sternförmig blähte sich ein Lichtbogen auf, begleitet von unheilvoll anschwellendem Prasseln, und zerstob in einem Meer von Funken. Außerhalb des von alteranischen Leuchtplatten erhellten, diesen Bereich nur tangierenden Durchgangs, wurde für Sekunden eine weitläufige Halle erkennbar. Flackernd offenbarten sich skurrile Aggregate, scheinbar von der Hand eines Riesen wahllos verstreut, aneinandergeklebt und hoch aufgeschichtet – Formen, als setze sich die Architektur der Schiffshülle übergangslos nach innen fort. Irrlichtern gleich stob ein neuer Funkenregen auf, ließ Schatten wachsen und ebenso schnell vergehen ... Dazwischen, winzig klein, zeichneten sich die Silhouetten von Alteranern ab, die Scheinwerferbatterien aufbauten und im Begriff waren, endlich auch von dieser Region im Herzen des Posbi-Schiffes Besitz zu ergreifen.

»Wann, sagten Sie, wollten Sie mit diesem Fragmentraumer zu den Posbis fliegen?«

Nur ihr Atmen und die leisen Geräusche, die der voranschreitende Posbis verursachte, begleiteten sie. Daher war deutlich jede Nuance in der Stimme des Laren herauszuhören. Dieses leichte Vibrieren, in dem Ärger und Verwunderung gleichermaßen mitschwangen ... Dazu sein verhaltener Spott, als wolle er sagen, dass sie auch in Monaten das Alter-System noch nicht verlassen würden.

Zielgenau traf Verduto-Cruz den empfindlichen Punkt, und Perry Rhodan konnte dem nicht einmal widersprechen. In den knapp fünfundzwanzig Minuten, seit sie BOX-1122-UM betreten hatten, waren seine Illusionen weitgehend verflogen. Er hatte mehr erwartet, sehr viel mehr, als Nano Aluminiumgärtner, Drover und der Matten-Willy zu leisten imstande gewesen waren.

Überrascht schaute er auf, als er Mondras Hand auf seinem Arm spürte. Wortlos grub sie ihre Finger in sein Fleisch – und nein, sie suchte nicht Halt bei ihm, weil sie ebenfalls erkannt hatte, dass sie so kaum vorankamen, sie wollte vielmehr ihm Halt geben.

Seine erste Reaktion war, ihre Hand abzuschütteln. Glaubte Mondra, dass er nicht selbst damit fertig würde? Er hatte andere Enttäuschungen erlebt als diese zeitliche Verzögerung. Selbst wenn das Leben von Milliarden Alteranern bedroht war, durfte er nicht mit Hektik reagieren. Gerade deshalb nicht.

Ohne darüber nachzudenken, legte Rhodan seine Rechte auf Mondras Hand. Durch die hauchdünne Folie der Handschuhe spürte er ihre Wärme, und schon drehte Mondra die Hand, schob ihre Finger zwischen seine und drückte fester zu.

Tief atmete der Terraner ein. Kaum etwas lag ihm momentan ferner, als sich ausgerechnet in solche Erinnerungen zu verlieren. Die Zeit hatte vieles von dem zerstört, was zwischen Mondra und ihm gewesen war, und diese Gefühle ließen sich nicht zurückholen. Das wollte er nicht, und er glaubte zu wissen, dass Mondra das ebenso wenig wollte. Oder täuschte er sich? Beinahe war er froh darüber, dass sie ihre Hand schon wieder zurückzog.

»Ich befürchte, dass bislang nicht einmal alle Energieerzeuger arbeiten«, stellte Verduto-Cruz fest und fügte amüsiert hinzu: »Planen die Alteraner, die BOX mit den Energiezellen ihrer Scheinwerferbatterien zu fliegen?«

»Bestimmt nicht!«, entgegnete Rhodan.

»Sie glauben wirklich, den Flug zu den Posbis schaffen zu können?«

»Ich bin sogar davon überzeugt.«

»Dann sollten Sie Ihren sogenannten Spezialisten endlich in den Arsch treten. Genauso sagen die Alteraner; ich hoffe, Ihnen ist die Redewendung nicht unbekannt.«

»Unsere Spezialisten sind die beiden Posbis aus der Milchstraße.«

Verduto-Cruz verzog das breite Gesicht zu einer geringschätzigen Grimasse. »Das besagt gar nichts«, bemerkte er mit unverkennbarem Spott in der Stimme.

Zwei Roboter salutierten militärisch exakt, was Perry Rhodan einen verwunderten Blick des Laren eintrug. Auch ohne diese Reaktion hätte der Terraner sich vorgenommen, mit Drover und Nano Aluminiumgärtner Klartext zu reden. BOX-1122-UM war keinesfalls die Spielwiese eines halb durchgeknallten Plasmazusatzes, sondern der sprichwörtlich rettende Ast für das Imperium Altera.

»W-willkommen an Bord!«, plärrten beide Roboter. Der eine, gut zwei Meter groß, mit flexiblem Zylinderkörper und einer Vielzahl in zwei senkrechten Reihen angeordneter büschelartiger Gliedmaßen, erinnerte an eine auf dem Hinterleib aufgerichtete Raupe. Der andere wirkte mit seiner breiten Rückenpanzerung und dem plumpen Körper eher wie das Zerrbild eines Käfers.

Rhodans Miene verdunkelte sich endgültig. Mit zwei Fingern stieß er den Raupen-Posbi an. »Wer hat deine Sprachprogrammierung vorgenommen?«

»N-nano A-a...«

»Genug!«, fuhr der Terraner auf. »Ich will dieses Stottern nicht mehr hören! Von keinem von euch!«

»B-befehle kann ich nur von Nano entgegen...«

Rhodans Faust krachte auf den Raupenleib, aber der Roboter traf keine Anstalt, deshalb zurückzuweichen. Nicht einmal millimeterweise gab er dem Druck nach. »Ich habe den Auftrag ...«

Rhodan ging weiter auf das sich öffnende Schott zu. Dutzendfach angebrachte Leuchtfolien erfüllten den Ringkorridor nur mit düsterem Halbdunkel. Demgegenüber war die Hauptzentrale in die gleißende Helligkeit etlicher Scheinwerferbatterien getaucht.

Der Terraner blinzelte geblendet. Knapp wandte er sich um und vergewisserte sich, dass Mondra und der Lare nicht aufgehalten wurden. Er traute den umprogrammierten oder zumindest von Nanos Befehlskodes befriedeten Posbis nicht mehr. Nano Aluminiumgärtner musste verrückt geworden sein, sich diesen Privatzoo aufzubauen. Einen treffenderen Ausdruck dafür fand Rhodan nicht. Steckte Geltungssucht dahinter? Er fragte sich, ob es Schlimmeres geben konnte als einen Roboter mit derartiger Profilneurose.

Mehrere Scheinwerfer blendeten ihn, dann war Rhodan daran vorbei. Während er sich einmal um sich selbst drehte und gegen die seinen Blick verschleiernden Tränen anblinzelte, registrierte er ein vielfältiges Gewirr von Anlagen, Arbeitsstationen, Holoschirmen und undefinierbaren Aggregaten, das sich in atemberaubender Vielfalt zu einem geschlossenen Ganzen vereinte. Unregelmäßig angeordnete Nischen führten weit in das technische Gewirr hinein. Zwischen Galerien spannten sich Übergänge, etliche davon als transparente Tunnelröhren ausgebildet. Auch der Boden wirkte je nach Blickwinkel transparent und ließ die unteren Sektionen einsehen. Rhodan glaubte, in der Tiefe sperrige Schirmfeldprojektoren und Speicherbänke zu erkennen. Eine autarke Versorgung schützte also das Zentrum des Fragmentraumers und den Robotkommandanten. Im Prinzip war das nichts anderes als die Kernschale terranischer Kugelraumer.

Lediglich Sekunden hatte Rhodan für seine Feststellungen benötigt. Indessen waren alle Gespräche verstummt.

Etwa dreißig Personen hatten an geöffneten Konsolen hantiert. Überhaupt gab es nicht viele verkleidete Aggregate im Zentralebereich. Der Blick fiel ungehindert auf komplexe Steckschaltungen und mannsdicke, in verwirrenden Strukturen auffasernde Bündel glänzender Impulsleiter – das alles nicht sehr verschieden von dem Bild, das sich an Bord anderer Raumschiffe bot, nur dass Roboter ohne nen-

nenswertes ästhetisches Empfinden sich nicht an offenliegenden Schaltungen störten. Für sie waren Verkleidungen unnütz, eher hinderlich, sobald es darauf ankam, Systemfehler effektiv zu beheben.

»Der Großadministrator ist gekommen!«, jubelte eine schrille Stimme. »Nun wird alles gut werden!«

Die Gestalt, die so freudig alle wissen ließ, was sie dachte, und die sich mit ruckartigen Verrenkungen näherte, war nur wenig größer als eineinhalb Meter. Ein unförmiger, sich stetig verändernder Körper balancierte auf kurzen Säulenbeinen. Anstelle eines Kopfes ragten aus den Schultern dieses Wesens unterschiedlich lange armdicke Stiele, die hektisch blinzelnde Augen trugen.

»Wann starten wir, Perry?« Zwei der Stielaugen verknoteten sich in einer nicht nachvollziehbaren Bewegung, lösten sich aber ebenso hastig wieder voneinander und pendelten wie suchend seitwärts. »Mondra ist auch endlich wieder da. Und ein Nestschädel – so sagen doch unsere Siedlerfreunde – und ...« Der Körper brodelte, als wolle er auseinanderfließen. Er schrumpfte, während sich rings um seine Füße Blasen werfende Gallerte ausbreitete.

»Wo um alles in der Welt ist Startac Schroeder?«, gellte Mauerblums neuerlicher spitzer Ruf durch die Zentrale. »Warum ist er nicht längst zu uns teleportiert?«

»Startac ist nichts zugestoßen, oder?« Ein fassförmiger Posbi schwebte auf Prallfeldern heran. Erst dicht vor Rhodan stoppte er, ließ seine dreigelenkigen Arme vorschnellen und umfasste mit den fingerartigen Greifern die Schultern des Terraners. »Sag, dass unserem Freund Startac nichts geschehen ist, Perry! Wir würden es uns nie verzeihen, ihn allein gelassen zu haben.«

Wortlos griff Rhodan nach den Armen des Roboters und drückte sie zur Seite. Drover dachte nicht daran, ihm Widerstand entgegenzusetzen, er gab jedoch Geräusche von sich, die wie das gequälte Schnaufen eines Menschen klangen.

Der Matten-Willy Mauerblum war weitestgehend auseinandergeflossen. Wie ein übergroßer Quecksilbertropfen wölbte er sich zitternd am Boden und bildete Pseudopodien und in schneller, aufgeregter Folge immer neue Stielaugen aus.

»Startac befindet sich an Bord eines Raumschiffs, das vorläufig noch als verschollen gilt. Aber was bedeutet eine Vermisstenmeldung schon angesichts der besonderen Verhältnisse in Ambriador? Ich bin sicher, wir werden bald erfahren, dass er wohlbehalten den Treffpunkt erreicht hat.« Rhodan schaute in die Runde. Nano Aluminiumgärtner hatte seinen Standort vor einer halb in ihre Bestandteile zerlegten kegelförmigen Apparatur verlassen und kam näher. Kein Alteraner arbeitete mehr. Die meisten verhielten sich abwartend. In ihrer Haltung drückte sich zum Teil Furcht aus. Die eine oder andere verkrampft an den Körper gepresste Faust signalisierte Zorn. Doch diese Reaktionen galten nicht dem Mann, der für sie immer noch den Titel des Großadministrators trug, sondern dem Laren.

Ein flüchtiger Seitenblick ließ Rhodan Verduto-Cruz' Anspannung erkennen. Der Techniker drückte trotzig die Lippen zusammen, die Augen lagen tief in ihren Höhlen.

Sekunden später trat Nano Aluminiumgärtner mit wiegender Hüfte vor den Laren und breitete die Arme aus, als müsse er einem heranstürmenden Mob Widerstand bieten. Rhodan sah, dass der Techniker den aus unterschiedlichsten Komponenten zusammengesetzten Rundron-Posbi abschätzend taxierte.

»Dieses Schiff wird in die Geschichte von Ambriador eingehen!«, verkündete Nano großspurig und in einer Lautstärke, die einem anlaufenden Beiboot-Triebwerke kaum nachstand. »Wir haben es in der Hand, die tödliche Bedrohung durch die Maschinenteufel abzuwenden.«

»Es wird nicht einfach werden, und wir brauchen Freunde, die uns mit ihren Kenntnissen und besonderen Fähigkeiten unterstützen.« Rhodan gab dem Posbi einen Wink, zur Seite zu treten. Es behagte ihm schon nicht, dass der Matten-Willy weiterhin bebend und verhalten wimmernd vor ihm lag. »Jeder ist gefordert, sein Bestes für das gemeinsame Ziel zu geben. Wir werden darauf angewiesen sein, dass dieses Schiff, die BOX-1122-UM, ebenso perfekt funktioniert, als würden Maschinenteufel damit fliegen. Dass wir es überhaupt erobern und an Bord gehen konnten, verdanken wir den Posbis aus unserer Heimatgalaxis. Andererseits kennen sie die Technik der Ambriador-Roboter nicht in jeder Hinsicht und müssen Funktionen erst ergründen und nachvollziehen. Deshalb sind wir auf einen weiteren Spezialisten angewiesen. Verduto-Cruz hat vor dem Kriegsausbruch für die Posbis gearbeitet. Er weiß, dass sie nicht nur das Imperium Altera auslöschen werden, wenn es nicht gelingt, sie zu stoppen, sondern ebenso den Trovent der Laren, die Screews und Moefonen und wie die Völker alle heißen mögen, die sich in der Eastside von Ambriador angesiedelt haben.

Verduto-Cruz ist auf meine Bitte hin ins Alter-System gekommen. Da Laren und Alteraner sich bislang unversöhnlich gegenüberstehen, sage ich unmissverständlich, dass ich an Bord keine Vorurteile dulden werde.«

»Dann soll der Nestschädel mit gutem Beispiel vorangehen!«, rief jemand aus dem Hintergrund. »Die Laren haben nie versucht, Freunde zu gewinnen, sie wollen Sklaven!«

Obwohl Rhodan sofort den Kopf reckte, konnte er den Sprecher nicht identifizieren. Derjenige traf auch keine Anstalten, sich zu erkennen zu geben.

»Sie alle haben es geschafft, sich mit der Anwesenheit unserer Milchstraßen-Posbis zu arrangieren«, fuhr der Terraner fort und übersah geflissentlich den Arm und die hektisch winkende Hand, die Mauerblum nach oben reckte. »Sie werden ebenso akzeptieren, dass Verduto-Cruz mithilft, dieses Schiff absolut flugfähig zu machen. Wer sich dazu aus irgendeinem Grund nicht in der Lage fühlt, sollte BOX-1122-UM schnellstmöglich verlassen. Das ist alles, was ich dazu zu sagen habe. Ich hoffe, jeder hat mich verstanden, denn ich wiederhole mich höchst ungern.«

Damit war dieses brisante Thema für Rhodan erledigt. Er hoffte, dass es dabei auch bleiben würde. Für die Alteraner ging es schlicht um die Existenz. Rhodan war überzeugt, dass sie sich arrangieren und über ihren Schatten springen würden, zumal ihnen keine andere Wahl blieb. Das Schwarz-Weiß-Bild, das sich in sechsunddreißig Kriegsjahren zwangsläufig in ihre Vorstellungen eingebrannt hatte, war eine starke Vereinfachung. Aber so einfach war das Leben nicht, es hielt alle nur denkbaren Schattierungen bereit.

Rhodan nickte dem Laren zu und wandte sich an Nano Aluminiumgärtner. Hatte der Posbi bislang schon etwas von einer traurigen Gestalt an sich gehabt, so wirkte er mit seiner lackierten Sprachmembran geradezu tuntenhaft. Es fehlten nur noch exaltiert gezierte Bewegungen und ein veränderter stimmlicher Ausdruck ... Ärgerlich schüttelte Rhodan den Kopf. Es gab wahrhaft Wichtigeres, als sich über das Outfit eines Roboters Gedanken zu machen, der aus seiner Sicht hinreichend Anlass gehabt hatte, sich so darzustellen.

»Die Reparaturarbeiten sind zügig vorangeschritten?«, erkundigte er sich.

Nanos Gesicht wirkte mit einem Mal leicht schief, ganz so, als ziehe er eine nicht vorhandene Augenbraue in die

Höhe. »Selbstverständlich, Perry«, versicherte er. »Wir hahaben alles im Griff, rund um die Uhr. Das heißt, Mauerblum braucht seinen Schlaf, aber ich und Drover ...« Ruckartig hob er den Kopf und zog die Mundwinkel hoch, was ein gänzlich undefinierbares Bild ergab. »... wir können einfach nicht überall sein.«

»Mit anderen Worten: Es gibt Probleme.«

»Die Außenhülle der BOX ist dicht und in jeder Hinsicht belastbar. Die Röhrenfokus-Geschütze haben allerdings größere Schäden angerichtet, als ursprünglich ersichtlich war. Nur soweit wichtige Sektionen betroffen waren, wurden alle Funktionen theoretisch wiederhergestellt.«

»Was ist mit der praktischen Erprobung ...?«

»Nichts Genaues weiß man nicht.« Mauerblum erhob sich als halbwegs humanoide Gestalt, doch weder schaffte er es, einen Mensch nachzubilden, noch zeigte er sich in seiner eigentlichen Form. Er wirkte erschreckend glatt und unproportioniert.

Rhodan schob den protestierenden Matten-Willy mit Nachdruck zur Seite. Dass Verduto-Cruz ihn durchdringend musterte, entging ihm keineswegs. Allerdings ließ der Lare sich nicht anmerken, ob er Nano Aluminiumgärtner nur als verrückt einstufte, ihn für gefährlich hielt oder gar beides gleichzeitig in Erwägung zog.

»Ich habe nicht erwartet, ein startbereites Schiff vorzufinden«, schränkte der Terraner ein. »Unabhängig davon, welche Arbeiten ausstehen, wird Verduto-Cruz die Dinge zu einem vernünftigen Ende bringen. Wichtig für mich ist vor allem, dass du die Speicherinhalte der BOX-Rechner entziffern konntest, Nano. Wir sind auf alle Informationen über die Stützpunkte und Flotten der Ambriador-Posbis angewiesen, die wir bekommen können. Vorrangig will ich die Positionsdaten ihrer Zentralwelt.«

Nano Aluminiumgärtner schwieg, was Mondra Diamond zu einem enttäuschten Kopfschütteln veranlasste. Verduto-Cruz registrierte ebenfalls, dass sehr viel im Argen lag. Sein Blick wanderte von dem Milchstraßen-Posbi zu Rhodan und sofort wieder zurück. Etliche Alteraner, die in unmittelbarer Nähe hantierten und auf jedes Wort gelauscht hatten, zeigten ihr bis eben verstecktes Interesse mittlerweile ganz offen.

»Ich will keine Ausflüchte hören, Nano!«, drängte Rhodan. »Wenn jemand mit der Biopositronik des Fragmentraumers umzugehen weiß, dann in erster Linie ein Posbi selbst.«

»Das da-dachte ich e-ebenfalls.« Der Roboter stotterte wieder. Es musste sein Bioplasmaanteil sein, der diese Fehlschaltung verursachte. Möglicherweise äußerte sich darin ein Hauch emotionaler Verlegenheit, den rein positronische Schaltkreise niemals hätten aufkommen lassen.

Rhodan taxierte den Roboter abschätzend. In seinem Blick lag ein Zwang, dem Nano Aluminiumgärtner tatsächlich auszuweichen versuchte. Der Zweimeterkoloss fühlte sich nicht wohl, sofern man bei einer Maschine überhaupt von wohlfühlen sprechen durfte.

»Es hat nicht funktioniert. Keine Daten«, gestand der Posbi ein. »Andererseits hat Drover mich dabei unterstützt, eine große Zahl von Ambriador-Posbis unter meinen Befehl zu nehmen. Da gibt es keine Schwierigkeiten. Ebenso viele sind weiterhin deaktiviert ...«

»Genau das sollte ich mit dir ebenfalls tun. Was ist schiefgelaufen?« Rhodans Tonfall war bedrohlich leise geworden.

»Ich weiß es nicht, Perry. Ich habe alle Möglichkeiten mehrfach geprüft und neu berechnet, die Speicher der Biopositronik erweisen sich trotzdem als unzugänglich. Jeder gewaltsame Versuch würde sie zerstören. Dabei kann ich nicht einmal erkennen, ob entsprechende Datensätze überhaupt vorhanden sind.«

»Ist das alles?«, fragte Verduto-Cruz.

Langsam wandte der Posbi den Kopf. Er verzog die lackierten Mundwinkel zu einer Grimasse. »Etliche Reparaturmaßnahmen sind bislang ebenso fehlgeschlagen. Das betrifft die Energieversorgung ...«

»... und im Besonderen die Triebwerke«, unterbrach der Lare. »Die Koordination im Unterlichtbereich wird Fehlerquellen aufweisen, ebenso das Hochfahren der Kompensationskonverter.«

Mit einer knappen Handbewegung umfasste Verduto-Cruz die Zentrale. Aber eigentlich meinte er das gesamte Schiff.

»Gibt es einen besonderen Grund für den Aufbau der Scheinwerferbatterien? Und für die banalen Leuchtfolien? Das Zeug hat an Bord nur Müllstatus. Im schlimmsten Fall trägt es dazu bei, die Mission scheitern zu lassen.«

»Es war unmöglich, in BOX-1122-UM eine d-durchgehende Beleuchtung zu aktivieren«, protestierte Aluminiumgärtner. »Wir haben keine Informationen gefunden, dass eine solche Beleuchtung überhaupt existiert. Wir Posbis brauchen kein Licht, wir orientieren uns im Infrarotbereich oder mit den Ortungen. Solange keine biologischen Wesen an Bord sind ...«

Was Verduto-Cruz von sich gab, war kaum verständlich, eine Bemerkung nur im Selbstgespräch und für niemand sonst bestimmt. Rhodan schürzte die Lippen, als er sich ein »Unfähiges Roboterpack« zusammenreimte. Auch Mondra hatte etwas in der Art herausgehört, wie ihr leicht amüsierter Blick verriet.

Der Lare ignorierte, dass jeder ihn anstarrte. Geschmeidig glitt er zu der nächsten Arbeitsstation hinüber, aktivierte mit Schaltungen in rascher Folge holographische Anzeigen und schaute sich suchend um. Nicht mehr als zwanzig Sekunden mochten vergangen sein, da ging er zielstrebig auf eine Gruppe alteranischer Mechaniker zu, die vor einer der offenen Schaltwände standen. Zögernd wichen die Männer vor dem Laren zur Seite, nicht schnell genug allerdings, denn Verduto-Cruz verschaffte sich mit einer unwilligen Bewegung mehr Platz. Dass der eine oder andere sein Werkzeug fester umklammerte, als müsse er sich damit zur Wehr setzen, schien er nicht einmal zu registrieren.

Verduto-Cruz widmete sich den verschachtelten Elementen. Selbst wenn er sich streckte, reichte er mit den Fingerspitzen kaum zu den oberen Strukturen hinauf. Zögernd, wie um den Überblick zu behalten, fuhr er mit beiden Händen Teilbereiche der Schaltblöcke nach.

Lediglich zwei Mal veränderte der Lare Steckverbindungen, dann wandte er sich wieder um. Seine unmittelbare Nähe zu den Alteranern war in dem Moment wie ein stummes Kräftemessen; keiner von ihnen wich erneut zur Seite, um den Laren passieren zu lassen.

Rhodan spannte sich. Er würde eingreifen müssen, bevor es zur Konfrontation kam. Andererseits waren die Alteraner und der Lare gezwungen, sich zusammenzuraufen. Je eher jeder über seinen Schatten sprang und die Gegebenheiten akzeptierte, desto besser.

»Das geht nicht gut«, achzte Mauerblum. »Ich muss den Laren schützen.« Er floss auseinander und breitete sich zu einer nur Zentimeter dicken wogenden Masse aus, die Verduto-Cruz mühelos einhüllen konnte.

»Du bleibst hier!«, befahl Rhodan. »Keine Diskussion.«

Gleichzeitig trat der Lare vor, griff mit beiden Händen zu und nahm einem der Mechaniker ein größeres Werkzeug ab. Die Selbstverständlichkeit in seiner Haltung machte deutlich, wie sehr er sich den Alteranern überlegen fühlte. Offensichtlich zog er nicht in Erwägung, dass sie ihn tatsächlich angreifen könnten.

»Ich brauche das Justierelement!« So hatte Rhodan den hastig hingeworfenen Satz verstanden. Keine Bitte war dem gefolgt, keine Erklärung. Der Ärger war und blieb programmiert.

Verduto-Cruz widmete sich den Schaltungen, als hätte er sein Umfeld völlig vergessen. Augenblicke später wurde die Zentrale in eine angenehme Helligkeit getaucht, die alle provisorisch aufgebauten Scheinwerfer überflüssig machte.

Deutlicher hätte der Lare seine Kompetenz nicht zeigen können. Seine Miene blieb unbewegt, als er dem Alteraner das Werkzeug zurückgab.

Er sagte nichts. Erst als er Perry Rhodan und Mondra Diamond erreichte, zog er eine geringschätzige Grimasse.

»Diese Leute sind unfähig. Die beiden Posbis ebenfalls. Ab sofort ist die Beleuchtung überall im Schiff aktiv. Sagen Sie Ihren Lakaien, dass sie ihren Schrott aus dem Schiff werfen sollen! Anschließend will ich eine Definition aller Probleme. Oder zumindest dessen, was diese Stümper für Probleme halten.« Herausfordernd sah er den Terraner an. »Ich nehme an, Sie wollen meine Unterstützung nach wie vor? Für den Fall noch etwas: Ich habe einigen Ärger abzubauen. Falls Ihnen das nicht gefällt, beschweren Sie sich bei den Verrückten, die geglaubt haben, mich unbedingt verhören zu müssen.«

»Das ist alles?«, fragte Rhodan gelassen. »Keine Verhandlungen?«

»Worüber? Ich habe keine Bezahlung verlangt, und ich werde auch keine Forderungen nachschieben. Mir genügt es, den Alteranern vorzuführen, was sie können und was nicht. Sie sollten glücklich darüber sein, dass der Trovent sich ihrer annehmen will ...«

»Hören Sie auf, Verduto-Cruz!«, fiel Rhodan dem Laren ins Wort. »Ich sagte schon, dass ich keinen Ärger haben will. Das gilt für jeden, auch für Sie.«

Die Pupillen des Laren verengten sich. Verbissen blickte er den Terraner an, und es war ein stummes Kräftemessen zwischen ihnen, ein Versuch, herauszufinden, wer an Bord von BOX-1122-UM letztlich das Sagen haben würde.

Schließlich senkte Verduto-Cruz den Blick.

»Gut.« Als sei nichts vorgefallen, streckte der Terraner dem Laren die Hand entgegen. »Auf uns wartet sehr viel Arbeit.«

Sekunden vergingen, dann ergriff Verduto-Cruz die ihm dargebotene Rechte. Es mochte sein, dass ihm diese Geste tatsächlich unbekannt gewesen war, aber vielleicht hatte er durchaus bewusst gezögert. Sein krampfhaftes Lächeln erlaubte keine zutreffende Deutung.

»Wo sind die Unterkünfte?«, wandte Rhodan sich an die Posbis.

»Ich führe euch«, bot Drover an.

Mauerblum hatte seine ausgebreitete Körpermasse wieder zusammengezogen. In deformierter Kugelgestalt rollte er kichernd vor dem Posbi und seinen Begleitern her in Richtung Hauptschott.

6. Kapitel

Bedrohungen

»Sehr schön!«, sagte Mondra Diamond mit Nachdruck. »Wirklich sehr schön!«

Die Ironie in ihrer Stimme verstand der klobige Rundron-Posbi nicht, und Mauerblum zeigte sich schon gar nicht gewillt, die feinen Nuancen menschlicher Phonetik zu analysieren. Der Matten-Willy hatte ein halbes Dutzend plumper Fortsätze ausgebildet, auf denen er sich an Perry Rhodan und Mondra vorbeizwängte, bevor sie beide die Kabine betraten.

Drover verharrte neben dem Schott. »Es freut mich, wenn dir der Raum zusagt«, stellte er mit positronischer Zufriedenheit fest. »Vor allem, weil ich diese spontane Zustimmung nicht erwartet habe. Im Gegensatz zu dir waren die Alteraner ...«

»Ja?«, drängte Mondra, die sich kopfschüttelnd umsah und die zuckende Riesenamöbe vor ihren Füßen ignorierte. »Was ist mit unseren Freunden?«

Rhodan schwieg. Nachdenklich massierte er sich den Nasenrücken. Als ihn Mondras Blick traf, zuckte er fatalistisch mit den Schultern. *Es ist eben so,* besagte seine Geste. *Was haben wir erwartet? Keinesfalls Verhältnisse wie in der Milchstraße. Die Posbis von Ambriador hatten wohl nie für längere Zeit Gäste an Bord ihrer Schiffe.*

»Ein Teil der Alteraner sprach von desolaten Verhältnissen«, schnarrte Drover. »Sie bezeichnen die Unterkünfte als *Mu.*«

Mondra hatte nur Sekunden gebraucht, um alles zu erfassen, was es zu sehen gab. Auffordernd schaute sie den Posbi an. »Ich vermute, du sprichst von den Han, die zu den Arbeitsteams an Bord gehören?«

»Von wem denn sonst?« Mauerblum bildete mehrere Extremitäten aus und gestikulierte heftig. »Die anderen sind genügsamer – sie sagen, schon ihre Vorfahren wären gezwungen gewesen, sich mit wenig zu bescheiden. Und um Altera vor dem Untergang zu retten, brauchen sie keinen Prunk ...«

»... was bedeuten schon ein paar Tage unter einfachen Bedingungen?«, vollendete Drover.

»Sehr einfachen.« Quietschend rieben Mondras Stiefelsohlen bei jedem Schritt über den Boden. Nach dem Zugang zu einem Sanitärraum suchend, schritt sie die Wände ab.

Das für sie vorgesehene Quartier hatte grob geschätzt eine Tiefe zwischen zwölf und fünfzehn Metern, war etwa zwei Drittel dessen breit und ebenso hoch. Schalldämpfende Materialien waren nicht verbaut worden, jedes laut gesprochene Wort hallte als Echo zurück. Das Mobiliar beschränkte sich auf einen primitiven runden Kunststofftisch, zwei nicht eben bequem wirkende Stühle und ein breites Bett. Alles überschüttet von der Schiffsbeleuchtung. In der bis vor Kurzem herrschenden Finsternis musste die Kabine wie ein kahles Loch gewirkt haben, egal, welchen Zwecken sie bislang gedient hatte.

»Gibt es keine Nasszelle?«, wollte Mondra wissen, nachdem ihre Suche vergeblich geblieben war. »Wenigstens eine Waschgelegenheit und eine banale Desintegratortoilette?«

»Für den Abbau unverwertbarer Stoffwechselprodukte wurden mehrere Hallen umgerüstet«, erklärte Drover. »Ebenso haben wir Duschmöglichkeiten geschaffen.«

»An Bord dieses Schiffes haben niemals Matten-Willys gelebt!«, rief Mauerblum entrüstet. »Hier waren immer nur

Posbis. Ich verstehe nicht, warum sie keine Helfer brauchten. Diese Roboter haben sich in die Primitivität zurückentwickelt, sonst würden sie keinesfalls ohne Matten-Willys auskommen.«

»Was heißt *Mu*, Drover?«, fragte Rhodan. Auf das Geschwätz des Posbi-Kindermädchens ging er nicht ein.

Der fassförmige Roboter schwebte auf seinem Prallfeld über dem Boden. »Für die Han bezeichnet das Wort eine Grabanlage, jedoch nichts, was heutzutage standesgemäß wäre. Ein einfacher Erdhügel oder sogar eine größere Anlage aus unterirdischen Kammern und Gängen. Damit verbinden sie Begriffe wie dunkel, muffig, feucht.«

»Dunkel ist es nicht mehr. Feucht ebenso wenig.«

»Und Wasser hat es auf diesem Schiff nie gegeben, Perry. Wenigstens nicht in größerer Menge.«

»Wo ist meine Unterkunft?«

»Nebenan«, antwortete Drover.

»Und die Räume für die Besatzung?«

»Dezentralisiert auf mehreren Decks. Die Techniker wohnen in der Nähe der Energieerzeuger und Maschinenräume.«

»Unter den Umständen halte ich es für sinnvoll, wir campieren gleich in der Hauptzentrale«, bemerkte Mondra. Sie reagierte mit einer abwehrenden Bewegung, als Drover sich ihr zuwandte. »Ist schon gut, du musst das nicht kommentieren. Ich frage mich eben, weshalb ich keine Direktverbindung zur Zentrale entdecken kann.«

»Weil wir uns in ehemaligen Lagerräumen für Ersatzteile und defekte Maschinenteufel befinden ...«

»Sehr reizend!«, spottete die ehemalige TLD-Agentin.

»Allerdings werden kabelgebundene Kommunikationsvorrichtungen installiert. Ein Großteil der Posbis unter unserem Befehl arbeitet schon daran.«

»Zeige mir jetzt meine Unterkunft!«, sagte Rhodan.

Der Raum, in den Drover ihn führte, wirkte nicht viel anders. Lediglich das Inventar gehörte zur gehobenen Kategorie: zwei Sitzgelegenheiten mehr und der Tisch deutlich größer.

Unter der Decke gähnte die Öffnung eines rechteckigen Schachtes in der rückwärtigen Wand. Armdicke Kabelstränge hingen herab. Rhodan registrierte sie sofort, und ebenso die schleifenden Geräusche aus dem Schacht. Forschend blickte er in die Höhe.

»Das ist ein Lüftungsschacht«, erklärte Drover. »Einzelne Stränge können separiert und mit unterschiedlicher Atmosphäre geflutet werden. Knotenpunkte bestehen zu Wartungsgängen und den Versorgungssträngen in den Zwischendecks.«

Das Geräusch wurde lauter, die Ursache dafür musste bereits sehr nahe sein. Rhodan stellte fest, dass die Kabelstränge in Bewegung geraten waren. Er registrierte zudem, dass Mondra geschmeidig zur Seite wich. Was immer sich näherte, sie traute dem Frieden ebenso wenig.

Ein dünner, metallisch glänzender Tentakel peitschte ins Leere. Ein zweiter biegsamer Arm folgte, tastete suchend über die Decke und umschlang eines der blanken Kabelenden. Im nächsten Moment schwang sich ein halb transparentes, fluoreszierendes Etwas aus dem Schacht.

Mondra war vollends bis an die gegenüberliegende Wand zurückgewichen. Sie zog ihren Strahler, feuerte aber nicht.

Rhodans Rechte lag nur auf seiner Waffe. Angespannt blickte er dem höchstens zwei Fäuste großen Roboter entgegen, aus dessen unregelmäßigem Körper beinahe zwei Dutzend dünne, jeweils gut einen Meter lange Tentakeln hervorwuchsen.

Der Posbi arbeitete flink und ohne die Zuschauer zu beachten. Er klammerte sich mit mehreren Armen innerhalb des Schachts fest. Zumindest einige der anderen Tentakel mündeten in winzigen Desintegratorprojektoren, mit denen er die Kabel aufschnitt. Er verknüpfte die feinen Enden mit Sensoren und anderen positronischen Elementen und verschweißte das Ganze zu einem größer werdenden Bündel. Der Vorgang nahm nur Minuten in Anspruch, danach zog sich der Roboter zurück.

»Wie viele solcher Arbeiter befinden sich im Schiff?«, fragte Rhodan.

»Drei«, antwortete Drover.

»Mir gefällt nicht, dass sie über die Schachtsysteme überall Zutritt erlangen können.«

Ein helles Kichern erklang und ein Flüstern, das gerade noch laut genug war, dass jeder es verstehen konnte. Blasenwerfend hatte Mauerblum sich aufgerichtet und mit mehreren Pseudopodien nach Drover gegriffen. Mit wellenförmigen Bewegungen seines flachen Körpers, die an die Fortbewegung eines terranischen Rochens erinnerten, glitt er an dem Posbi in die Höhe. »Ich habe euch beiden gesagt, dass Perry damit nicht einverstanden sein wird. Und was ist? Er mag das nicht.«

Wie ein dicker Kragen rollte der Matten-Willy sich im Nacken des Posbis zusammen. Rhodan fühlte sich an die Symboflexpartner der Zeitpolizisten erinnert, aber von derart lange zurückliegenden Ereignissen hatte Mauerblum vermutlich nicht den geringsten Schimmer. Es war Zufall, dass er diese Position einnahm. Andererseits formte er zwei wulstlippige Münder, mit denen er von beiden Seiten zugleich auf den Posbi einredete.

»Perry mag das nicht«, wisperte er in einer Lautstärke, die schwerlich zu überhören war. »Menschen haben ein übersteigertes Sicherheitsbedürfnis, daran ist ihr größerer Bio-Anteil schuld.«

»Es reicht!«, fuhr Rhodan auf. »Sobald diese Posbis das Holovid installiert haben, werden sie abgeschaltet. Hast du verstanden, Drover?«

»Vollkommen!«, bestätigte der Rundron-Posbi, der sich selbst als Schwerer Arbeiter bezeichnet hatte, hinter dessen Fassade sich aber ein hochspezialisierter Kampfroboter verbarg.

»Dann will ich jetzt die sanitären Einrichtungen sehen!«

Rhodan wandte sich zur Seite, weil er aus dem Augenwinkel eine Bewegung auf dem Korridor bemerkt hatte. Jemand näherte sich schnell.

Der Mann in der lindgrünen Uniform trug die Rangabzeichen eines alteranischen Captains. Er lächelte, als er Rhodans taxierenden Blick bemerkte.

Der Resident schätzte ihn auf gut einen Meter neunzig, wenn nicht sogar ein wenig größer; das war ungewöhnlich für Alteraner, deren Durchschnittsgröße bei einem Meter fünfundsiebzig lag. Er hatte schwarzes, im Nacken gerafftes Haar und ein kantiges Gesicht. Allerdings suchte Rhodan vergeblich nach leicht schräg stehenden Augen oder ausgeprägten Wangenknochen. Vielmehr waren es das markant vorspringende Kinn und die scharfrückige, leicht gebogene Nase, die dem Captain Profil verliehen. Die dunklen Bartschatten ließen seine Haut wie von Wind und Wetter gegerbt erscheinen.

Dieser Mann hatte kein Han-Blut in den Adern, er führte seine Abstammung wohl in durchgängiger Linie auf die anderen gestrandeten Siedler zurück. Keiner seiner Vorfahren war den sinnlichen Reizen einer mandeläugigen Schönen verfallen. Ein leichtes Lächeln umspielte seine Mundwinkel. Augenscheinlich war ihm die flüchtige Musterung durch den Terraner nicht entgangen.

Auf gewisse Weise fühlte Rhodan sich an Don Redhorse

erinnert, aber das war ein Vergleich, den er sofort wieder von sich schob. Das Imperium Altera war nicht das Solare Imperium.

»Die Sanitäranlagen sind weitgehend fertiggestellt ...«

Rhodan ignorierte Drovers Wortschwall. Er ging auf den Captain zu, der ihm erwartungsvoll entgegensah und Haltung annahm.

»Großadministrator, es ist mir eine Ehre ...«

»Stehen Sie bequem, Captain!« In der Zentrale hatte er den Mann nicht gesehen, nur Unteroffiziere und einen Leutnant. »Ich nehme an, Ihnen wurde das militärische Kommando übertragen ...?«

Der Offizier zögerte nur den Bruchteil eines Augenblicks, bevor er die ihm dargebotene Hand ergriff.

»Olexa, Sir. Captain Telemach Olexa«, stellte er sich vor. Sein Händedruck war sehr fest, zeugte von Durchsetzungsvermögen und einer gehörigen Portion Hartnäckigkeit. Aus dem Blick seiner braunen Augen sprach die Entschlossenheit, durch die Hölle zu gehen, wenn es sein musste.

Wahrscheinlich wartet auf uns auch die Hölle, resümierte Rhodan.

Das Alter des Captains konnte er nur schwer schätzen. In der Spanne zwischen vierzig und fünfzig, wahrscheinlich eher auf die fünfzig zu. Es waren Kleinigkeiten, Nuancen in der Körperhaltung, Falten um die Augenwinkel und die sehnigen Handrücken, die alle anderen Eindrücke in der Hinsicht ein klein wenig der Lüge straften.

»Ich war zuletzt auf Fort Kanton stationiert«, erklärte der Captain wie beiläufig. »Staatsmarschall Michou hat mich für diesen Sondereinsatz angefordert – um was es sich handelt, wurde mir erst in der Administration von Neo-Tera eröffnet. Ein gewagtes Unternehmen.«

Perry Rhodan konnte erkennen, dass Telemach Olexa

sich am liebsten auf die Zunge gebissen hätte, weil ihm im Nachhinein bewusst wurde, was er da gesagt hatte.

»Ich bitte um Verzeihung, Großadministrator. Natürlich bleibt uns keine andere Wahl ...«

»Schon gut, Captain.« Rhodan winkte ab. »Sagen Sie mir lieber, wie es bei Fort Kanton aussieht! Und noch etwas: Ich bin nicht mehr Großadministrator. Dieses Amt gibt es nicht in der Liga Freier Terraner.«

Sein Gegenüber leckte sich über die Lippen. Offensichtlich besann er sich, dass nicht die Zeit dafür war, Fragen über die Milchstraße zu stellen.

»Das Kanton-System befindet sich wieder unter unserer Kontrolle«, sagte der Captain. »Zumindest, als ich abgezogen wurde, hielten sich die Schiffe der Maschinenteufel fern. Aber das wird nicht lange so bleiben. Fort Kanton ist unser Außenposten zum Einflussgebiet der Posbis und den Robotern längst ein Dorn im Auge. Fragen Sie mich nicht nach unseren Chancen, Sir, das Kanton-System zu halten. Wir haben keine. Auf die Bevölkerung und unsere Truppen wartet der Tod. Der nächste Angriff der Posbis wird nur Wracks und verbrannte Planeten zurücklassen. Und mehr als zwei Milliarden Tote. Die Maschinenteufel werden auf eine Herde von Schlachtvieh treffen, die sich nicht mehr wirkungsvoll verteidigen, aber auch nicht schnell genug fliehen kann.«

»Die Frage stellt sich, wohin diese Menschen fliehen sollten«, wandte Drover ein. Er war lautlos herangeschwebt. Mauerblum hing wie ein Cape über seinem Rücken.

Der Captain versteifte sich. Sein Blick sprang zwischen Rhodan und dem klobigen Roboter hin und her; schließlich fixierte er den Matten-Willy, der zwei Hautlappen ausstülpte, groß wie die Pranken eines Haluters, und mit ihnen die Sensorfelder seines Schützlings verdeckte.

»Drover ist harmlos!«, rief Mauerblum. »Er sieht zwar aus wie einer dieser schrecklichen Teufel, dabei kann er nicht mal eine Fliege erschlagen.«

»Drover ...« Verbissen schüttelte der Captain den Kopf. »Dieses Schiff mit seinen Maschinenteufeln ist ein Albtraum. Der Staatsmarschall hat nicht gesagt, dass es so schlimm sein würde.«

»Die deaktivierten Posbis sind nicht schlimm, Captain. Und alle anderen werden von Nano Aluminiumgärtner kontrolliert.« Mondra Diamond kam nun heran. »Würden in Kürze die Posbi-Flotten zum Entscheidungsschlag über das Imperium herfallen ... das wäre schlimm. Wir müssen dem zuvorkommen und sind deshalb auf die Maschinenteufel an Bord angewiesen. Machen Sie sich mit dieser Vorstellung vertraut, je eher, desto besser.«

Im ersten Moment schien der Offizier zu einer geharnischten Erwiderung ansetzen zu wollen, dann entspannte sich seine verkniffene Miene. Dass ihn, dessen Haar schon die ersten silbernen Fäden erkennen ließ, der Anblick der dunkelhäutigen Schönheit ein klein wenig von der eigentlich unerträglichen Nähe der Posbis ablenkte, stand ihm sekundenlang ins Gesicht geschrieben. Doch er hatte sich sofort wieder unter Kontrolle.

»Sie müssen Mondra Diamond sein, die Lebensgefährtin des Großadministrators.« Er deutete eine knappe Verbeugung an. »Der Staatsmarschall sprach mit aller Hochachtung von Ihnen.«

»So, hat er das?«, bemerkte die ehemalige Agentin des Terranischen Liga-Dienstes spitz. »In einem irrt Laertes Michou: Ich bin nicht die Lebensgefährtin Perry Rhodans, ich begleite ihn.«

Rhodan überging diese Bemerkung mit einem Schulterzucken. Nur vorübergehend war er sich unschlüssig, ob

Mondra möglicherweise doch die frühere erotische Spannung zwischen ihnen vermisste. Zumindest eine Zeit lang hatten sie beide auf eine gemeinsame Zukunft hoffen dürfen. Mittlerweile hatte das Gefühl aus gegenseitiger Achtung heraus gewachsener Vertrautheit den sexuellen Reiz erstickt. Sie waren nie ein Ehepaar gewesen, nicht einmal entsprechend den Klauseln eines äußerst kurzfristigen Ehekontrakts, dennoch fühlten sie sich, als hätten sie schon Jahrhunderte gemeinsam verbracht. Miteinander oder auch nebeneinander; sich nahe, aber trotzdem auf Distanz. Zu vieles stand zwischen ihnen, was sie verband, zugleich jedoch die Kluft zwischen ihnen aufrechterhielt.

Rhodan entging nicht, dass der Captain Mondra in Gedanken entblätterte. Olexa stand ein wenig zu starr, und seine Kiefer pressten sich zu fest aufeinander. Er atmete flach, aber seine Augäpfel glitten auf und ab, als könne er allein mit Willenskraft den Magnetsaum von Mondras Schutzanzug öffnen. Und Mondra dachte nicht daran, sich abzuwenden, obwohl sie das ebenfalls registrieren musste. Sie genoss die Blicke sogar.

Eine eigenartige, beinahe unwirkliche Situation war das, stellte Rhodan fest. Dabei berührte ihn kaum, dass er nachvollziehen konnte, welche Gedanken den Alteraner bewegten. Mondra war eine verdammt schöne Frau geblieben, ihre sechzig biologischen Jahre sah ihr niemand an.

Nur Sekunden hatte diese eigenartige Stimmung Bestand, vor allem war sie es keineswegs wert, dass er sich davon ablenken ließ. Mitunter fragte Perry sich, was für einen potenziell Unsterblichen Liebe oder Zuneigung tatsächlich bedeuteten. Jede neue Bindung hinterließ letzten Endes nur einen weiteren Stein auf dem unausweichlichen Weg in die Einsamkeit. Orte, Begebenheiten und Personen der eigenen Erinnerung standen heute schon Spalier. Irgendwann musste all das überhandnehmen und zu einem Spießrutenlauf mutieren. Solange er dem Vergessen keine Chance gab, würde eines Tages seine Erinnerung die Gegenwart nicht nur in ein unerträglich enges Korsett zwängen, sondern sie mit barbarischer Wildheit erschlagen. Dann würde er sich fragen müssen, was aus seinen Träumen und den Idealen geworden war.

»Umpf«, erklang ein dumpfes Gurgeln.

Rhodan war froh über diese Ablenkung. Ruckartig wandte er sich dem Posbi zu, der von Mauerblum allzu fürsorglich eingehüllt wurde.

»Hrrumpf!« Das hörte sich schon deutlich ungehalten an.

Der Matten-Willy verlegte sich aufs Jammern, als Drover die Metallfinger in seinen Fladenleib grub und versuchte, den zuckenden »Überwurf« von seinem Sensorkranz herabzuzerren. Sehr schnell war Mauerblum gezwungen, der rohen Kraft des Roboters nachzugeben.

»Nano hat sich mit mir in Verbindung gesetzt«, wandte Drover sich an den Terraner. »Auf der HANSHAO wird soeben mit dem Ausladen der Fracht begonnen. Verduto-Cruz' Gepäck wurde bereits auf die BOX gebracht. Der Lare lässt trotzdem mitteilen, dass ihn seine Kabine vorerst nicht interessiert. Wichtiger sei es für ihn, sich einen Überblick über das Schiff und den Zustand der Systeme zu verschaffen. Nano soll ihn dabei begleiten.«

Eine Unmutsfalte erschien auf Rhodans Stirn. In seiner Planung für die nächsten Stunden hatte eine Aussprache mit Nano Aluminiumgärtner höchste Priorität. Daten waren für das Unternehmen lebenswichtig – genau die Informationen, über die der Posbi-Kommandant einfach verfügen musste.

»Du kannst Verduto-Cruz nicht allein durch das Schiff laufen lassen«, raunte Mondra, als habe sie seine Gedanken gelesen. »Vorerst ist das noch, als würden wir Öl ins Feuer gießen.«

»Dann müssen die Alteraner sich eben schnell an den Laren gewöhnen!«, entgegnete Rhodan ungewohnt schroff. »Sie sind mit Nano und Drover klargekommen, sie werden auch in Verduto-Cruz nicht mehr lange einen unversöhnlichen Gegner sehen. Und wenn doch ...«

Der Rest blieb unausgesprochen. Jeder hatte Grund genug, mit den anderen zusammenzuarbeiten. Die Alteraner brauchten den Laren, um den Fragmentraumer flottzubekommen, außerdem mussten sie den Posbis aus der Milchstraße vertrauen, ohne die schon der erste Funkkontakt mit den Maschinenteufeln zum Desaster geraten würde. Verduto-Cruz seinerseits würde gezwungen sein, von seinem Vorurteil abzurücken, dass Alteraner nur Sklaven waren, die ihm jeden Wunsch von den Augen abzulesen hatten.

Fast war Rhodan versucht, das Geschehen in Ambriador als Lehrstück in Kosmogenese zu werten. Wahres Leben war weder ausschließlich biologischen noch technischen Ursprungs und ebenso wenig ein Mittelweg wie die positronisch-biologischen Roboter. Wahres Leben, fand der Terraner, definierte sich über die Einstellung sich selbst und dem Fremden gegenüber und damit über humanitäre sowie ethische Werte.

Durchdringend sah Rhodan den Captain an. »Wie viele Leute stehen unter Ihrem Kommando?«

»Einhundert Elitesoldaten und Technik-Spezialisten wurden abkommandiert, Sir.«

»Sie gehorchen den Befehlen des Staatsmarschalls.« Das war mehr Frage als Feststellung. Der Captain registrierte den feinen Unterschied sehr wohl. Ein kaum merkliches Zucken umspielte seine Mundwinkel, als er den Blick von Mondra löste.

»Administrator Ismael liegt nach wie vor im Koma«, stellte er fest. »Bis zu seiner Genesung oder seinem Tod führt Staatsmarschall Michou weisungsberechtigt kommissarisch die Geschäfte als Regierungschef.«

»Ich gehe davon aus, dass Michou mir keinen unerfahrenen Offizier zur Seite stellt.«

Mit keiner Regung ließ der Captain erkennen, ob ihn die bewusst provozierende Bemerkung traf. »Fünf Einsätze gegen die Maschinenteufel während der letzten eineinhalb Jahre, Sir! Das Operationsziel wurde jeweils mit geringstmöglichen Verlusten erreicht.«

»Welche Ziele?«, wollte Mondra wissen.

»Sprengung eigener Schiffswracks nach einem Überfall der Maschinenteufel auf das Early-Bird-System. Es ging darum, den Angreifern keine brisanten Daten der Systemverteidigung in die Hände fallen zu lassen. Außerdem Evakuierung eines schon geräumten Agrarplaneten. Mehrere tausend Viehzüchter und ihre Großfamilien weigerten sich, ihre Heimatwelt zu verlassen. Abschluss der Maßnahme während des Angriffs der Posbis.«

»Verluste?«

»Fünf Schlachtschiffe von fünfunddreißig. Die Posbis kamen mit über dreihundert Fragmentraumern, entfesselten einen Atombrand auf *Green Hills* und zogen sich anschließend zurück.«

»Dann haben Sie eine klare Vorstellung davon, was uns erwartet, Captain.«

Mit beiden Händen fasste Telemach Olexa an den Kragen seiner Uniform. Seine Miene versteinerte, als er den Magnetsaum aufzog und den Oberkörper entblößte. Rotschwarz verkrustetes, aufgequollenes Gewebe war zu sehen und darin eingebettet zwei jeweils eine Handfläche große Metallplatten.

»Ich habe eine klare Vorstellung, Sir!«, sagte er. »Dieses Andenken an die Maschinenteufel stammt von meinem vorletzten Kommando. Wenn Sie so wollen, bin ich dem Tod gerade noch von der Schippe gesprungen. Ohne das Können unserer Ärzte hätte ich nicht überlebt.«

Rhodan nickte. Die Verbrennungen mussten hochgradig gewesen sein. Zweifellos war neues Gewebe aufgebaut worden. Rippen und einer oder mehrere Lungenlappen waren wohl ebenfalls transplantiert oder durch Implantate ersetzt worden.

Mauerblum rutschte fast von Drovers Schultern, als er sich weit vornüberwölbte und mehrere Stielaugen ausfuhr. Außerdem bildete er spontan zwei fleischige Arme aus, die nach Olexas Oberkörper tasteten.

»Da steckt weit mehr Metall in deinem Körper«, seufzte der Matten-Willy. »Wollten die Ärzte dich zu einem Posbi machen? Dann erlaube, dass ich mich deiner annehme, mein Freund. Eine bessere Krankenschwester als mich wirst du nicht finden ...«

Immer weiter hatte Mauerblum sich vorgebeugt und dabei Mondra nicht beachtet. Deshalb zuckte er heftig zusammen, als sie ihn anfuhr, er solle sich gefälligst zurückhalten.

Mauerblum gurgelte, als er den Halt verlor.

Er verstummte erst, als er auf den Boden klatschte, aber weder Perry Rhodan noch Mondra Diamond interessierte sein Missgeschick.

»Ich wollte doch nur Gutes tun«, wimmerte der Matten-Willy. »Jetzt müsst ihr mir helfen ...«

»Sind Sie hier, weil Sie Ihre Chance sehen, persönlich Rache an den Posbis zu nehmen?«, fragte Rhodan in dem Moment.

Zum ersten Mal kam deutliche Bewegung in das so beherrscht wirkende Mienenspiel des Alteraners. Überrascht sah er den Terraner an, der ihn mit einem Blick taxierte, als wolle er sein Innerstes nach außen wenden.

Das schrille Heulen einer Sirene zerriss die Stille. Rhodan winkelte den linken Arm an und wartete auf eine Anzeige seines Multifunktionsarmbands.

»Glauben Sie wirklich, Sir, dass uns Rache weiterbringen würde?« Captain Olexa hatte Mühe, den Lärm zu übertönen. »Ich bin nicht dieser Meinung.«

Der Alarm schrillte im höchsten Diskant. Offenbar gab es niemanden, der sich darum kümmerte, den Lärm wieder abzustellen.

Der Funkempfang blieb taub, von einem optisch signalisierten Hintergrundrauschen abgesehen.

Captain Olexa stocherte mit den Spitzen seines Ohrwurms derart heftig in seinem Gehörgang herum, dass jeder terranische Mediziner entsetzt die Hände über dem Kopf zusammengeschlagen hätte. Nach einigen Sekunden hielt er abrupt inne und drückte das Gerät nur noch ein wenig tiefer.

»Ein Zwischenfall im Bereich der Speicherbänke«, gab er wieder, was ihm eine für alle anderen unhörbare Stimme übermittelte. »Offensichtlich wurden Techniker verletzt. Nähere Informationen fehlen.«

»Zwischenfall« war eine extreme Verharmlosung.

Was immer sich abgespielt hatte, lag nahe an der Grenze zur Katastrophe. Das erkannte Perry Rhodan, nachdem er mit seinen Begleitern fast das halbe Schiff durchquert und den Speicherdom erreicht hatte.

»... eine mögliche Kettenreaktion wäre das schlimmste Szenario geworden«, murmelte Mondra Diamond betroffen.

Zum Glück hatten sich Energieschirme aktiviert, die von

alteranischen Technikern bereits wieder abgebaut wurden. Posbis löschten Glutnester, während Sanitäter und weitere Hilfskräfte die Trümmer eines in sich zusammengesackten Aggregats abtrugen.

Der Mann, den sie bargen, war ohne Bewusstsein. Seine klaffenden Fleischwunden an den Armen wurden mit Wundplasma behandelt. Doch unvermittelt kam Hektik auf.

Ein Arzt musste reanimieren.

Immer mehr Personen standen oder knieten neben dem Verletzten. Aus mehreren Metern Distanz war kaum noch zu erkennen, was geschah. Künstliche Beatmung. Jemand setzte eine Injektion. Wieder beugte sich der Arzt über den Mann und pumpte.

»Wo bleibt die angeforderte Antigravtrage? Wie lange dauert das?«

»Herzschlag setzt abermals aus ... Kein Puls mehr!«

»Defibrillation!«

Ein Notfallset wurde weitergereicht.

»Schneller! Beeilung ...!«

»Er geht ins Nirwana ...«

»Unsinn. Jetzt!«

Ein dumpfes Ächzen. Rhodan glaubte zu sehen, dass sich der Körper des Sterbenden aufbäumte.

»Noch einmal. Achtung: Jetzt!«

Sekunden vager Stille folgten, nur das Summen der Löschgeräte bildete eine anhaltende Kulisse. Dichter Qualm verwehrte allmählich den Blick durch den Dom mit den Speicherbänken, den großen Umsetzern und Wandlern. Es gab keine nennenswerte Entlüftung, die dafür gesorgt hätte, dass schnell normale Verhältnisse zurückkehrten. Roboter brauchten solche Errungenschaften nicht. Abgesehen von ihrem Bioplasmaanteil war es für sie bedeutungslos, ob sie sich in einer Sauerstoffatmosphäre bewegten, in einer für Menschen giftigen Gaszusammensetzung oder gar im Vakuum.

»Puls ist da! Atmung setzt ein!«

»Was ist mit dem zweiten Opfer?«

Jemand gab die Frage weiter zu einer Gruppe, die unter einem der klobigen Umformer kauerte.

»Wir können nichts mehr machen«, kam die Antwort. »Schwerste innere Verletzungen durch die Druckwelle der Explosion. Unser Mann ist tot.«

Ein Posbi brachte die Antigravtrage. Er wirkte wie die Karikatur eines Roboters, war nicht mehr als ein wandelndes Metallgestell, dessen spärliches Innenleben sich auf den nach vorn spitz zulaufenden ovalen Schädel und die zwischen den Brustplatten integrierte Kugelhülle beschränkte. Ein System zweifellos molekularverdichteter Zugdrähte machte den Posbi beweglich und erweckte zugleich den Anschein, dass hier das Innenleben einer Maschine nach außen gestülpt worden war. Gewissermaßen fehlten nur die Fäden, mit denen dieser Roboter bewegt wurde. Nano Aluminiumgärtners Kodes sorgten dafür, dass alle zu neuer Funktion wiedererweckten Roboter nicht mehr ihrer ursprünglichen Programmierung folgten, sondern zu Helfern geworden waren – Helfern allerdings, denen die Alteraner noch lange misstrauen würden.

»Den Verletzten vorsichtig anheben! Vier Mann gleichzeitig. Achtung: Er verkrampft. Ich brauche erneut Sauerstoff!«

Einer der Alteraner, der nicht mit zupackte, herrschte den Posbi an. »Steh hier nicht herum! Verschwinde, du Teufel! Na los, ich kann euch Brut nicht mehr sehen.« Blitzschnell griff der Mann zur Hüfte.

Rhodan hatte schon festgestellt, dass alle Techniker Waffen trugen. Wahrscheinlich wären sie anders nicht zu bewegen gewesen, an Bord des Teufelsschiffs zu gehen. Alles in dem Fragmentraumer atmete für sie eine unheimliche Bedrohung aus.

»Hörst du nicht?«, brüllte der Mann. »Wir brauchen euch nicht, wir haben euch nie gerufen ...«

Rhodan und Mondra standen mehrere Meter zu weit entfernt. Einer der Sanitäter versuchte ebenfalls noch einzugreifen, aber auch er kam zu spät. Da hatte der Techniker seinen Strahler schon auf Dauerfeuer geschaltet und ausgelöst.

Die gebündelte Glut traf den Posbi, der sich nicht durch einen Energieschirm schützte, fraß sich durch dessen Gestänge und verharrte zitternd auf dem innenliegenden Kugelgebilde. Gleichzeitig erreichte der Sanitäter den Mann, prellte ihm die Waffe aus der Hand, und gemeinsam stürzten sie zu Boden. Hinter ihnen glühte der Brustkorb des Posbis in irrlichterndem Feuer, Sekundenbruchteile später explodierte er.

Teile der Verstrebungen wirbelten nach allen Seiten auseinander. Ein abgerissenes Armsegment klirrte über Rhodan gegen die Abschirmung eines Verteilers, wurde abgelenkt und schlug dicht neben ihm auf. Wie unter dem Einfluss letzter Nervenreflexe zuckten die Metallfinger noch, ein vages Leuchten umfloss die abgerissenen Enden. Zugleich war Mauerblums Wimmern zu hören. Der Matten-Willy sorgte sich, sein Schützling Drover könne von einem der Metallteile getroffen worden sein.

Der Schütze hatte den Sanitäter zurückgestoßen und sich erstaunlich schnell abgerollt. Wieder griff er nach seinem Strahler, doch ein kräftiger Tritt wirbelte die Waffe davon.

Captain Olexa hatte den Mann erreicht und zerrte ihn auf die Beine.

»Ich habe Zurückhaltung befohlen! Wir veranstalten keine Schießübungen ... Ist Ihnen das klar?«

Keine Antwort. Dafür ein wütender Fausthieb, dem der Captain aber geschmeidig auswich. Er hebelte den Mann aus. Erst als er auf dem Boden lag, die Augen weit aufgerissen, erkannte der Techniker offenbar, mit wem er sich angelegt hatte.

»Sie gehören zu den ausgewählten Spezialisten, die den Flug begleiten werden?«, fragte der Captain.

Ein zaghaftes Nicken. Und, als Olexa bedeutungsvoll schwieg, beinahe trotzig hervorgestoßen: »Ja, ich bin dabei. Ich ...«

»Ab sofort nicht mehr! Packen Sie Ihren Kram zusammen und verschwinden Sie!«

»Aber ...«

»Kein Wort!«, herrschte der Captain sein Gegenüber an. »In einer Stunde sind Sie von Bord verschwunden. Mich interessiert nicht, wer Sie eingeteilt hat«, unterband er einen zweiten Rechtfertigungsversuch des Technikers. »Ich will auch nicht hören, dass Sie *nur* auf einen Maschinenteufel geschossen haben. Unbeherrschtheit im Einsatz kann uns alle das Leben kosten. Und jetzt verschwinden Sie!«

Der Techniker biss die Zähne zusammen, dass Rhodan, der mittlerweile aufgeschlossen hatte, schon glaubte, die Kiefer knacken zu hören. In den Augen des Mannes brannte Zorn. Dann wandte er sich ab und stürmte davon. Auch die Mediziner mit dem Schwerverletzten verschwanden hinter massigen Aggregaten aus dem Blickfeld.

»Alles in Ordnung?«, fragte der Captain, an Rhodan gewandt, wartete eine Antwort aber nicht ab, sondern widmete sich den Männern, die soeben dem Toten die Augen zudrückten.

»Was ist vorgefallen?«

Sie redeten wirr durcheinander. Selbst als sie dazu übergingen, einzeln zu berichten, blieb es bei Mutmaßungen.

»Jörg hat an einem Umsetzer Messungen vorgenommen, Vorbereitungen für die neue Justierung. Mit einem Mal rief er aufgeregt nach uns.«

»War keiner bei ihm?«

Kopfschütteln. »Die Arbeiten müssen schnell vorangehen. Wenn wir unsere Kräfte verzetteln, indem immer mehrere ...«

»Schon gut«, unterbrach der Captain ungeduldig. »Was war mit ihm?«

Der Alteraner, der das Wort übernommen hatte, traf keine Anstalten, sich von dem Toten zu erheben. Schwer lag seine Rechte auf der Schulter des Mannes. Sein hektisches Blinzeln konnte die Tränen nicht zurückhalten, die seine Stimme beinahe erstickten.

»Irgendetwas muss Jörgs Aufmerksamkeit geweckt haben. Er wollte, dass wir uns das ansehen, aber dann ...«

»Sie kamen nicht mehr dazu.« Als der Sprecher den Kopf hob, fiel Rhodan auf, dass seine Gesichtszüge denen des Toten ähnelten.

»Es gab eine fürchterliche Entladung, die den Umsetzer platzen ließ wie eine überreife Frucht ...«, sagte ein anderer.

»Wären wir schon näher heran gewesen, hätte es uns ebenfalls erwischt«, bemerkte ein Dritter.

»Posbis?«, wollte Captain Olexa wissen. »Haben Posbis das verursacht?«

»Von den Maschinenteufeln war keiner in der Nähe. Wir wollen sie nicht hier bei den hochenergetischen Systemen haben.«

»Selbst ein Posbi stirbt ungern«, kommentierte Mauerblum hastig und so laut, dass niemand die Bemerkung überhören konnte. Er zitterte wie Espenlaub. Aber das lag wohl daran, dass sich schlagartig alle Blicke auf ihn richteten.

»Niemand geht gern in den Tod! Doch danach fragen diese Blechteufel nicht. Wo ihre Schiffe erscheinen, morden und vernichten sie.« Der Techniker sah den Toten noch einmal an, seine blutleeren Lippen flüsterten Worte, die niemand verstand, dann richtete er sich auf. Er schwankte leicht, schüttelte benommen den Kopf und fuhr sich mit beiden Händen über das Gesicht.

»Sie sind Bestien!«, stieß er tonlos hervor. »Ich kenne nichts anderes als den Krieg gegen diese Teufel und unsere ständigen Rückzüge. Furcht. Entsetzen, sobald eines ihrer Würfelschiffe in der Nähe einer unserer Welten aus dem Zwischenraum fällt. Panik, wenn ihre Geschütze feuern. Der Tod ist immer gegenwärtig, und er holt sich jedes Jahr mehr von uns ...« Mit den Handballen rieb er sich über die Augen. Als er Rhodan gleich darauf anschaute, waren seine Augäpfel blutrot. »Wir brauchen Transformkanonen, Großadministrator! Wenn Altera nicht mit aller Macht zurückschlagen und ebenso kompromisslos wie diese Teufel vorgehen kann, gibt es bald keine Menschen mehr in Ambriador.«

»Wir haben keine Transformkanonen«, platzte Drover heraus. »Wir können auch keine beschaffen.«

Einer der Männer spuckte aus und fuhr sich verächtlich mit dem Handrücken über die Lippen. »Eine Krähe hackt der anderen kein Auge aus«, schimpfte er.

Besänftigend hob Rhodan die Hände. Sein Blick traf die Alteraner der Reihe nach, keinen ließ er aus, und es war ihm egal, ob sie sich unter dieser Musterung noch unbehaglicher fühlten. Von Kindheit an kannten sie Erzählungen über Perry Rhodan, über Mausbiber Gucky und das Mutantenkorps. Vielleicht hatten sie sich mehr Wissen und Erinnerungen bewahrt als der Durchschnittsterraner.

»Sind Sie inzwischen so weit, dass die Unterscheidung zwischen Freund und Feind unmöglich wird? Wenn das so ist, schaufeln sich die Alteraner ihr eigenes Grab.«

»Haben Sie Frau und Kinder verloren, Rhodan?«

»Ja.« Der Resident nickte schwer.

»Umgebracht, Großadministrator, nicht gestorben. Von wahnsinnig gewordenen Teufeln ausgelöscht.«

Da war der Schmerz wieder, den er seit Jahrhunderten überwunden glaubte. In Perry Rhodans Erinnerung gewann Thora neu Gestalt, die stolze und anfangs so unnahbare Arkonidin. Mit ihrem auf dem irdischen Mond notgelandeten Forschungskreuzer hatte der Weg der Menschheit erst richtig begonnen. Aber beinahe wäre mit Thomas Cardif, ihrem gemeinsamen Sohn, vieles ebenso schnell zu Ende gegangen. Thomas war ihm so ähnlich gewesen wie kein anderer und zugleich sein größter Widersacher. Rhodan dachte auch an Mory Abro, seine zweite Frau, an die Zwillinge Suzan und Michael. Wenigstens Mike trug ebenfalls einen Aktivatorchip, doch alle anderen ... *tot*, nicht mehr als Erinnerung, die ihn in den unmöglichsten Momenten überfiel. Wie Schlaglichter leuchteten die Bilder vor seinem inneren Auge auf, Freude und Leid so beängstigend dicht beieinander. Unsterblich zu sein und zugleich wie andere Menschen eine Familie zu haben, das erschien ihm oft genug unvereinbar.

»Sie haben nicht erlebt, dass Posbis Ihre Liebsten hinschlachteten. Mussten Sie zusehen, wie neben ihnen Ihre Frau im Strahlenschauer verbrennt, wie ihr Fleisch von den Knochen abfällt und ...« Qualvoll stieß der Alteraner seine Frage hervor. Mit bloßen Händen wollte er auf Drover losgehen, doch ihm fehlte die Kraft. Er taumelte, brach fast zusammen, bevor er den Posbi erreichte, und dann hielten ihn zwei seiner Gefährten zurück.

Diese Menschen waren halbe Wracks. Mondras Blick verriet Rhodan, dass sie genauso dachte wie er. An Bord einer Posbi-BOX zu schuften, brachte sie an den Rand der Belastbarkeit. Überall trafen sie auf Posbis und mussten bei jeder Begegnung argwöhnen, dass sie die Mörder von Familienangehörigen und Freunden vor sich hatten.

»Es geht weiter!«, sagte Captain Olexa schneidend. »Das Imperium kann sich Trauer nicht leisten, sonst wird der Tod bald allgegenwärtig sein. Ich erwarte, dass die Überreste des Umsetzers so schnell wie möglich auf Spuren untersucht werden.« Er winkte vier der Techniker zu sich heran. »Sie sind bis auf Weiteres von allen anderen Aufgaben entbunden; was unaufschiebbar ist, wird delegiert. Ich verlange eine Analyse sämtlicher Messprotokolle, und sollten sie noch so spärlich sein. Vorher Infrarotaufnahmen, selbst dann, wenn die Explosion vermeintlich alle Wärmeabdrücke verwischt hat.« Er wandte sich an Rhodan. »Kann uns der Lare weiterhelfen?«

»Sie glauben, der Vorfall wurde inszeniert, Captain?«, wandte Mondra ein.

Telemach Olexa schürzte die Lippen. Das machte seine Unsicherheit spürbar. »Ich ziehe das zumindest in Erwägung«, stellte er fest. »Zumal ich mir sagen ließ, dass es an Bord schon zwei Tote gab.«

Rhodan machte seinem Ruf als Sofortumschalter wieder einmal Ehre. Abrupt wandte er sich Drover zu. »Warum wurde mir bislang nichts davon berichtet?«, herrschte er den Rundron-Posbi an. »Gibt es eine potenzielle Bedrohung?«

Der Sensorkranz des Roboters flackerte. Mit einem Arm hielt er den Matten-Willy auf Distanz, der sich aus unerfindlichem Grund bemüßigt fühlte, seinen Schützling ausgerechnet jetzt zu polieren. Vielleicht spürte Mauerblum die wachsende Anspannung, und das war seine Art, die aufkochenden negativen Empfindungen zu kompensieren.

»Die Bedrohung entsteht in den Köpfen!«, schnarrte Drover. »In der Hinsicht sind die Alteraner ebenso empfindlich wie die Menschen in den Milchstraße.«

»Komm zur Sache!«

»Natürlich. Ich wollte nur erklären ...«

»Humanpsychologie ist uns vertrauter als einem Posbis«, warf Mondra ein. »Wir brauchen keine Erklärungen, sondern Fakten.«

Mauerblum bildete zwei Stielaugen aus, die Mondra Diamond fixierten. »Auch du, meine Schwester«, murmelte der Matten-Willy so leise, dass es wohl keiner der Alteraner vernehmen konnte. Jedenfalls zeigten sie keine Reaktion.

»Psychische Überforderung«, stellte Drover äußerst knapp fest. Rhodan wusste zuerst nicht, ob er seine Frage beantwortete oder Mauerblums Zustand meinte, doch der Roboter redete sofort weiter. »Der Leiter eines Räumtrupps hat in Panik um sich gefeuert. Ein Untergebener erschossen, er selbst von Wrackteilen zerschmettert.«

»Hat es sich so abgespielt – oder *könnte* es so gewesen sein?«

Captain Olexa merkte sichtlich auf.

Drover legte den Kopf ein wenig schräg, als hätte er sich die Geste von Menschen abgeschaut. »Keine verwertbaren Spuren. Nano und ich haben uns vor Ort umgesehen.«

»Ich war ebenfalls dabei«, quäkte Mauerblum.

Rhodan ignorierte den Matten-Willy. »Alle Maschinenteufel an Bord müssen überprüft werden! Nachlässigkeiten dürfen wir uns nicht erlauben.«

7. Kapitel
Verdächtigungen

Das Licht in Perry Rhodans Kabine war grell. Es gab keine Zwischenstufe – zumindest hatte der Resident mit wenigen halbherzigen Versuchen nicht herausgefunden, wie sie zu schalten gewesen wäre.

»Was geht an Bord vor, von dem wir nichts wissen?«

Die Frage klang frostig. In seiner Stimme schwang zudem ein Unterton mit, den man nicht auf Anhieb identifizieren konnte. *Gereiztheit.* Sicher. *Aber Ungeduld?* Landläufig durfte man von Unsterblichen annehmen, dass sie es gewohnt waren, mit Jahrhunderten zu jonglieren wie andere mit Wochen oder höchstens Monaten, und dass sie etwas wie Ungeduld nicht kannten. Oder zumindest irgendwann verlernt hatten, was es hieß, das eigene Leben zwischen den Fingern verrinnen zu sehen, während man auf Ereignisse wartete, die womöglich nie eintreten würden.

Rhodan hatte die Arme vor dem Leib verschränkt und den linken Fuß auf die Sitzfläche des Plastikstuhls gestellt. Rechts neben ihm am Tisch, leicht nach vorn gebeugt und das Kinn auf die ineinander verschränkten Hände aufgestützt, saß Mondra Diamond. Sie fixierte Nano Aluminiumgärtner, den Rhodan für diese »Besprechung unter vier Augen und zwei Sehzellen« angefordert hatte. Drover und der Matten-Willy Mauerblum begleiteten den Laren durch das Schiff.

»Lotho Keraete, der Bote unserer Superintelligenz ES, spricht von neunundzwanzig Milliarden Menschen in der Galaxis IC 5152, deren Existenz bedroht ist«, sagte Rhodan bedeutungsvoll. »Er zeigt uns einen realistischen Albtraum, Welten, auf denen jegliches menschliche Leben ausgelöscht wird. Unsere Aufgabe ist es, diese Eskalation zu verhindern ...«

»Richtig, Perry!«, schnarrte der Roboter, genau erkennend, dass der Resident eine Antwort von ihm erwartete.

»Folglich missfällt mir die Vorstellung, dass Lotho Keraete zwei völlige Versager als Begleiter für uns ausgewählt haben soll.« Rhodans Kinn ruckte vor. Er hielt den Atem an, ein untrügliches Zeichen für einen aufmerksamen Beobachter, dass er seinem Ärger gleich freien Lauf lassen würde. Und Nano Aluminiumgärtner war ein aufmerksamer Beobachter.

»Wir sind ungestört?«, fragte der Rundron-Posbi. Sein Flüsterton hatte prompt etwas Verschwörerisches.

Mondra nickte knapp. Niemand würde sie in Rhodans Kabine stören, diesem Provisorium aus Lagerhalle und Verlies, dem das Mobiliar keine wohnlichere Note verleihen konnte. Vielmehr verstärkten die mattgrauen Möbel den Eindruck einer großzügigen Gefängniszelle.

»Der L-lare ist verrückt.« Aus der Sprachmembran eines clownhaft grotesk wirkenden Roboters klang diese Feststellung eigenartig. »Verduto-Cruz hetzt durch das Schiff, als ... als ...«

»Als hinge sein Leben davon ab?«, versuchte Mondra auszuhelfen.

»... als müsse er allen beweisen, wie perfekt er die Technik der Ambriador-Posbis beherrscht. Vor allem scheint er mich damit beeindrucken zu wollen.«

»Und?«

»Er hat sein Ziel erreicht. Wenn jemand BOX-1122-UM schnell flottmachen kann, dann Verduto-Cruz.«

»Eindeutig?«

»Ich lüge nicht, Perry.«

»Genau das tust du! Oder was sollte das Geschwätz in der Zentrale? Behaupte nicht noch einmal, dass du nichts herausgefunden hast ...«

Nanos auflackierte Lippen verzogen sich zu einer Grimasse. »Die Biopositronik, von der ich nicht alle gewünschten Informationen bekomme, muss erst erschaffen werden«, behauptete er großspurig. »Selbstverständlich habe ich alle Daten über die Posbi-Planeten in Ambriador längst kopiert und gut verwahrt.« Ruckartig hob er einen Arm und tippte sich mit zwei Fingern an den Kopf. Mit einem aufreizenden Hüftschlenker setzte er sich in Bewegung, schritt fast auf Tuchfühlung an Mondra vorbei und setzte sich auf einen der Plastikstühle.

Rhodan sah den Stuhl schon zersplittern, aber mehr als ein Knarzen war nicht zu vernehmen. Nano Aluminiumgärtner hatte sich gerade noch rechtzeitig auf sein Prallfeld besonnen. Die Arme in durchaus menschlicher Manier ausgestreckt und die Hände auf dem Tisch abgestützt, saß er hoch aufgerichtet da und wirkte in dem Moment sehr eindrucksvoll und bedeutend. Zumindest gab er sich alle Mühe.

»Nicht einmal D-drover ist informiert, dass ich d-die Datenbänke gep-plündert habe.« Sein Stottern war entsetzlich, und das wusste er selbst, denn er setzte ein noch entsetzlicheres um Nachsicht heischendes Grinsen auf.

Hinter dieser Fehlschaltung in der Sprachausgabe konnte sich durchaus Absicht verstecken, aber das hatte Rhodan bislang kaum in Erwägung gezogen. Vor allem wusste er bei manchen Posbis nie, woran er wirklich mit ihnen war.

Momentan sah es jedenfalls aus, als reagiere Nanos Plasmakomponente erregt. Das wiederum war kein Wunder. Wie die Liga Freier Terraner nie von der Existenz eines beachtlich großen menschlichen Sternenreichs mehr als fünf Millionen Lichtjahre von der Milchstraße entfernt erfahren hatte, war es den Posbis der Hundertsonnenwelt unbekannt gewesen, dass ihre technische Zivilisation einen Ableger hervorgebracht hatte. Einen, in dem die längst vergangenen Klischees vom Wahren Leben bedrückende Urstände feierten.

»Ich habe die Informationen bewusst zurückgehalten«, gestand Nano Aluminiumgärtner. »Die Alteraner müssen nicht wissen, dass wir Daten über die Posbis haben. Vor allem b-bekommt Staatsmarschall Laertes Michou nicht ein Byte davon. Ich traue ihm nicht.«

»Nicht einmal Michou verfügt über die Ressourcen, nur eine einzige Posbi-Welt anzugreifen«, entgegnete Mondra Diamond.

»Trotzdem«, beharrte Nano. »Die Posbis von Ambriador – völlig unabhängig davon, was diesen verheerenden Krieg ausgelöst hat – sind mein Volk. Würdest du in einer ähnlichen Situation die Menschen verraten, Mondra? Oder du, Perry?«

Beinahe hätte der Terraner heftig darauf reagiert. Doch er besann sich, dass Nano Aluminiumgärtner nichts anderes für sich in Anspruch nahm, als er selbst im angesprochenen Fall eingefordert hätte, nämlich Humanität.

Für Maschinen?

Die Frage stellte sich, wie weit denkende Roboter vermenschlicht werden konnten. Oder durften. Stellte ihr kleiner Plasmaanteil sie tatsächlich auf die Stufe biologischen Lebens?

»Als was fühlst du dich, Nano?« Mondra verfolgte die

gleichen Gedanken, als wären Themen wie diese nicht schon Dutzende Male Gegenstand langwierigster ethischer Diskussionen gewesen.

»Ich bin ein Posbi!«, antwortete Aluminiumgärtner stolz. »So sehr mir Terraner und Alteraner nahe stehen, ich werde immer ein Posbi bleiben.«

»Das heißt, du würdest dich gegen uns wenden, sobald den Maschinenteufeln Gefahr droht?«

»Hätte ich dann genau das nicht schon tun müssen?«

»Vielleicht hast du es«, behauptete Mondra. »Indem du wichtige Daten verschweigst oder den Start der BOX-1122-UM verzögerst, wenn nicht gar unmöglich machst.«

Ihr Misstrauen war geweckt. Perry kannte jede Regung an ihr; ihre Körpersprache, ihre Reaktionen, all das war ihm immer noch so vertraut wie vor einem halben Jahrhundert, und selbst die Zeit, die sie voneinander getrennt gewesen waren, hatte daran nichts ändern können.

»Du enttäuschst mich, Mondra«, sagte der Posbi schleppend. »Gerade von dir hätte ich Verständnis erwartet. Was ich tue, tue ich für unsere gemeinsame Sache.«

»Bitte!« Rhodan hob abwehrend die Hände. »Wir diskutieren hier über Banalitäten, während einige hundert Lichtjahre entfernt womöglich in diesen Minuten Alteraner im Geschützfeuer sterben.«

»Und Posbis!«, ergänzte Nano Aluminiumgärtner hartnäckig. Dann schwieg er.

Das Schiff war ohne Geräusche. Nur manchmal erklang das verhaltene Summen der Luftumwälzung, die sporadisch arbeitete. Momentan nicht.

»Egal wie, wir werden diesen Krieg beenden!«, sagte Rhodan endlich. »Es muss Mittel und Wege geben ...«

»Die Posbis von Ambriador sind keine Mörder!«, behauptete Nano mit Nachdruck.

»Sie säubern nur bewohnte Welten von intelligentem Leben«, hielt Mondra ihm zynisch entgegen. »Wie soll ich ein solches Vorgehen nennen, wenn nicht Völkermord?«

Nano Aluminiumgärtners Äußeres wirkte nicht mehr lustig. Die hängenden Mundwinkel machten trotz der Farbe aus ihm einen traurigen Clown.

»Die Posbis von Ambriador haben rigide Vorsichtsmaßnahmen getroffen«, sagte er übergangslos. »Programmroutinen löschen in jeder BOX die Koordinaten ihrer Heimatwelt, sobald das betreffende Schiff das Zentralsystem verlässt. Diese Koordinaten können nicht wiederhergestellt werden.«

»Das heißt, kein einziger Fragmentraumer kehrt zurück?«

Nano legte den Kopf ein wenig schräg, als lausche er einer unhörbaren Stimme. »Nicht auf dem kürzesten Weg«, antwortete er schwerfällig. »Wer die Achtzigsonnenwelt anfliegen will, muss sich die Koordinaten von einer Zentralen Leitstelle geben lassen. Das gilt für ein einzelnes Schiff ebenso wie für eine Kampfflotte.«

»Achtzigsonnenwelt ...«, hakte Rhodan nach. »Heißt das, wir haben es mit einer ähnlichen Erscheinung zu tun wie bei der Hundertsonnenwelt?«

Suchten sie demnach nach einem Planeten, der ohne Sonne im intergalaktischen Leerraum stand? Im Fall der Hundertsonnenwelt übernahmen rund zweihundert Atomsonnen die Aufgaben des nicht vorhandenen Zentralgestirns. Bedeutete die Bezeichnung Achtzigsonnenwelt, dass einige Dutzend künstliche Lichtspender weniger den Planeten umkreisten?

»Nicht zwangsläufig«, beantwortete Nano die Frage. »Die Menschen in Ambriador haben für die Namensgebung Altera auch nur nostalgische Gründe gewählt. Im Übrigen befindet sich die Zentrale Leitstelle der Ambriador-Posbis auf einem Planeten namens Orombo, siebentausendundsechzig Lichtjahre von Altera entfernt am Northside-Rand der Kleingalaxis.«

»Das ist doch schon eine ganze Menge«, stellte Rhodan fest. »Unser erstes Ziel heißt also Orombo.«

»Es gibt keine Hinweise auf äußere Einflüsse«, behauptete Verduto-Cruz. »Ebenso wenig lässt sich nachweisen, dass die Explosion durch Unachtsamkeit oder Unkenntnis ausgelöst wurde. Andererseits machen die alteranischen Techniker auf mich einen erschöpften oder schlicht zerstreuten Eindruck. Sie fürchten die Posbis an Bord mehr als ihr eigenes Versagen. Auch deaktivierte Posbis, wohlgemerkt«, fügte er verächtlich hinzu.

»Wenn Sie der Meinung sind, dass wir für einen Erfolg weitere Leute aus Ihrem alten Team brauchen, rufen Sie die betreffenden Personen zusammen«, sagte Rhodan. Er hatte den Laren zwischen zwei Lagerhallen getroffen und begleitete ihn bei seiner Bestandsaufnahme.

Der Lare blieb abrupt stehen. »Das ist nicht Ihr Ernst, oder? Ihre alteranischen Freunde wären die Ersten, die eine heimliche Invasion befürchten und uns der Unterwanderung bezichtigen würden. Für diesen Laertes Michou ist ein Lare schon ein Lare zu viel.«

»Wie würden Sie reagieren, wenn sie von Knechtschaftslagern wüssten, in denen Alteraner systematisch ihrer Freiheit und ihres freien Willens beraubt würden?«

»Propaganda. Laertes Michou ist ein verwirrter Mensch, der vor keiner Verleumdung zurückschreckt.«

»Wollen Sie behaupten, das Knechtschaftslager Dekombor sei nur eine Lüge der Alteraner? Hinter dem Vorgehen der Laren steckt System. Sie unterdrücken und versklaven ...«

Verduto-Cruz lachte seinem Begleiter ins Gesicht. »Wir lernen, uns Alteraner zu Freunden zu machen. Was finden Sie daran verwerflich?«

Beinahe glaubte der Resident, Hotrenor-Taak reden zu hören. Das klang nicht sehr viel anders als damals, als er von dem Verkünder der Hetosonen zum Ersten Hetran der Milchstraße bestimmt worden war. Nur hatte er die falsche Freundlichkeit des Konzilsvolks rechtzeitig durchschaut. Die Laren waren perfekte Agitatoren.

Manchmal erschien es Rhodan sogar sinnvoller zu schweigen, als mit der eigenen Meinung andere vor den Kopf zu stoßen. Jetzt zum Beispiel. Weil er auf Verduto-Cruz als Techniker und vor allem als Kenner der Posbis von Ambriador angewiesen war. Zudem wusste der Lare genau, dass ihn niemand ersetzen konnte.

»Werden weitere Aggregate angeliefert?«, fragte Verduto-Cruz unvermittelt. »Was von dem Schlachtschiff umgeladen wird, ist nicht eben üppig.«

»Zum Leben zu wenig, aber zum Sterben zu viel«, stellte Rhodan fest.

Ein undefinierbarer Ausdruck trat in den Blick des Laren. »Ihre alteranischen Schützlinge wollen uns die Macht in Ambriador streitig machen. Allerdings sind sie unfähig dazu und begehen einen schwerwiegenden Fehler nach dem anderen.«

Nun war es Rhodan, der leise, fast spöttisch lachte. »Sind Sie Techniker oder Stratege, Verduto-Cruz?«, erkundigte er sich wie beiläufig.

Die Mimik des Laren ließ Unverständnis erkennen, so jedenfalls deutete Rhodan den Ausdruck.

»Man muss beides sein«, fuhr Verduto-Cruz Augenblicke später nachdenklich fort. »Und Wissenschaftler dazu. Andernfalls hätte ich nie mein Wissen über die Technik der

Posbis erworben. Ihre Menschen ziehen es stattdessen vor, Wracks von Fragmentraumern schnellstmöglich zu vernichten, weil sie die Posbis fürchten. Das ist ein Verlust von Wissen, der nicht wieder aufgeholt werden kann.«

»Inzwischen haben sie dazugelernt«, erwiderte Rhodan. »Andernfalls hätten wir keine Ersatzaggregate bekommen.«

Ihre Unterhaltung war nach wie vor ein Abtasten. Wie zwei Kampfhähne umkreisten und belauerten sie sich, aber keiner von beiden versuchte wirklich, den anderen zu verletzen. Etwas Unsichtbares stand zwischen ihnen, für das Rhodan mühsam nach einer Erklärung suchte. Ihre Herkunft mochte ein Teil dieses Vorbehalts sein. Zweifellos sogar. Für den Terraner waren die Laren mit dem Untergang des Solaren Imperiums verbunden, mit seiner Flucht aus der Milchstraße, mit dem Sonnentransmitter Kobold, der Erde und Mond in den kosmischen Mahlstrom versetzt und das Zeitalter der Aphilie eingeleitet hatte, und mit der Odyssee des Fernraumschiffs SOL auf der Suche nach der Erde. Die Zeit, hieß es zwar, heilte alle Wunden, trotzdem gehörten jene Jahrzehnte nicht zu seinen bevorzugten Erinnerungen. Wenngleich damals erst die wirklich kosmischen Ereignisse eingeleitet worden waren.

Verduto-Cruz sah ihn zweifellos sachlicher, als Vertreter der Terraner, aus denen die Alteraner hervorgegangen waren. Und wenn schon das Imperium Altera den Laren die Herrschaft streitig machte, bedeutete Terra eine noch größere Macht im Hintergrund. Begehrlichkeiten und zugleich eine unterschwellige Furcht mochten die beherrschenden Emotionen des Technikers sein, und nur ihr gemeinsames Ziel machte sie zu Verbündeten auf Zeit.

Sie waren weitergegangen und steckten nun scheinbar in einer Sackgasse. Vieles in BOX-1122-UM wirkte nicht nur exotisch, sondern vor allem albtraumhaft. Das Schiff war eben nicht für Menschen konstruiert, sondern für Roboter. Was menschliches Vorstellungsvermögen überforderte und den Gleichgewichtssinn durcheinanderbrachte, war für Posbis nur eine Frage der Zweckmäßigkeit. Wo stand geschrieben, dass sich die Inneneinrichtung dem Schwerkraftvektor anzupassen hatte? Den Bedürfnissen entsprechend teils auf engem Raum unterschiedliche Schwerkraftrichtungen nebeneinander zuzulassen, das schien den Posbis wichtig zu sein. Und das war wohl auch der Grund, weshalb ihre Würfelraumer nur eine Kantenlänge von zwei Kilometern aufwiesen und damit deutlich hinter den Größenordnungen zurückblieben, die Rhodan aus der Milchstraße kannte.

Nicht überall war BOX-1122-UM indes ein mit Technik vollgestopftes Labyrinth. Dieses Schiff, fand der Terraner, war ein Schiff der Gegensätze, ebenso widersprüchlich wie die Posbis von Ambriador. Erst Freunde, seit mehr als drei Jahrzehnten Todfeinde.

Der Eindruck, durch einen geradlinig verlaufenden Korridor einen der peripheren Frachträume erreicht zu haben, erwies sich im Nachhinein als trügerisch. Während Verduto-Cruz über einen Kodegeber, der zu seiner eigenen Ausrüstung gehörte, den keineswegs auf Anhieb erkennbaren Durchgang öffnete, warf Rhodan einen Blick zurück. Der Weg zeigte sich von dieser Position aus spiralförmig gedreht. Nichts hatte er davon bemerkt, während er hindurchgegangen war, außer einem leichten Unbehagen, da die Schwerkraft stets im rechten Winkel zur jeweiligen Position wirkte.

Auch die BASIS, das mit vierzehn Kilometern Länge bislang bedeutendste terranische Fernraumschiff, hatte unterschiedliche Schwerkraftvektoren aufgewiesen. Rhodan verdrängte alle Vergleiche, die nur ablenkten.

Wie eine Irisblende glitt das Schott auf. Der Lare aktivierte die Beleuchtung und ließ seinen Blick schweifen. Viel zu erkennen war jedoch nicht, denn schon wenige Meter vor ihm ragten die Elemente eines Linearkonverters auf.

»Welche Entfernungen soll BOX-1122-UM überwinden?«

Wie selbstverständlich ging Verduto-Cruz davon aus, dass Rhodan ihm folgte. Erst als er keine Antwort erhielt, wandte er sich ruckartig um.

Der Terraner hatte zwar die Halle betreten, war aber neben dem Schott stehen geblieben.

»Sie wissen es nicht?«, fuhr der Lare verständnislos fort. »Sie nehmen bewusst das Risiko auf sich, mit ausgebrannten Konvertern im Leerraum hängen zu bleiben? In Ambriador herrschen andere Verhältnisse, als Sie wahrscheinlich gewöhnt sind.«

»Ich habe die Bedingungen kennengelernt.«

Verduto-Cruz' Gesicht wurde noch breiter, als er die gelben Lippen aufeinanderpresste. Er schritt den Konverter ab, blickte dabei forschend über die zerklüftete Oberfläche, schwang sich mehrere Meter in die Höhe und tastete über Brandspuren auf der Verkleidung. Rhodan schwieg dazu.

Nachdem er schließlich das erste Aggregat ausgiebig in Augenschein genommen hatte – gut zehn Minuten waren vergangen, aber keiner hatte das bedrückende Schweigen gebrochen –, sagte der Lare kopfschüttelnd: »Sie sind lebensmüde. Oder ein Hasardeur. Nur ... so viel Glück, wie Sie brauchen werden, kann niemand haben.«

Deutlicher als zuvor spürte Rhodan, dass Verduto-Cruz nicht nur gekommen war, um die BOX flugfähig zu machen. Der schwarzhäutige kleine Techniker mit dem rostroten Haarkranz würde kaum etwas tun, von dem er sich keinen persönlichen Vorteil versprach.

»Sie wissen, Terraner, dass der Fragmentraumer über zehn Linearkonverter verfügt und jeder Konverter eine Reichweite von maximal eineinhalbtausend Lichtjahren ermöglicht?«

»Das ist mir bekannt.«

Steif ging Verduto-Cruz auf das zweite Aggregat zu. Es war der Konverter, den Rhodan auf Fort Blossom flüchtig in Augenschein genommen hatte. Die äußeren Schäden waren unverkennbar, sie mochten beim überhasteten Ausbau und dem Abtransport aus dem Wrack eines Fragmentraumers entstanden sein, konnten ebenso gut aber von sekundärer Waffeneinwirkung herrühren.

»Glauben Sie an irgendeine primitive Gottheit, Rhodan?«, fragte der Lare bissig. »Dann beten Sie schon einmal, dass dieser Schrotthaufen intakter ist, als es von außen den Anschein hat.«

Oh ja, Verduto-Cruz war nicht nur überheblich, er fühlte sich tatsächlich überlegen. Das ließ er sich immer deutlicher anmerken. Vielleicht tat er das nicht einmal absichtlich oder aus Berechnung, es war einfach seine Art. Auch die Menschen hatten sich vor langer Zeit als die Krone der Schöpfung angesehen, waren aus ihrer Arroganz indes sehr schnell auf den Boden der Tatsachen zurückgeholt worden. Bei den Laren in Ambriador hatte das Schicksal versäumt, rechtzeitig einzugreifen. Hochgezüchtete Technik und ihre Herrenmentalität ergaben nicht nur eine brisante, sondern sogar eine hochexplosive Mischung.

»Lassen Sie meinen Gott aus dem Spiel, Verduto-Cruz!«, sagte Rhodan eisig. »Oder informieren Sie sich vorher, worüber Sie reden.«

Ein überraschter Blick traf ihn, als verstünde der Lare überhaupt nicht, weshalb sein Gegenüber sich aufregte.

Gleich darauf schien Verduto-Cruz den Widerspruch schon vergessen zu haben.

»Ihre Posbis, Rhodan, waren bislang nicht einmal in der Lage herauszufinden, welche Reichweite die integrierten Konverter noch ermöglichen. Von zehn vorhandenen Ersatzaggregaten sind zwei durch Beschuss irreparabel beschädigt. Ich habe Anweisung gegeben, den Schrott umgehend von Bord zu werfen. Das ist unnützer Ballast. Und das hier ...« – beinahe wütend ließ er seinen Blick über die aus dem Blossom-System stammenden Konverter hinweggleiten – »ist möglicherweise die größte Selbsttäuschung, der Sie erliegen können. Wie lange wird jedes Aggregat durchhalten? Hundert Lichtjahre? Fünfhundert? Das reicht im Notfall, eine bewohnbare Welt zu finden, auf der Sie und Ihre Alteraner Ihren Lebensabend verbringen können.«

»... also kein Grund für Sie, daran zu verzweifeln«, konterte Rhodan. »Es sei denn, Sie können sich ausrechnen, dass wir unser Ziel nicht erreichen werden.«

»Haben Sie überhaupt ein Ziel? Oder unterliegen Sie der Selbsttäuschung, irgendwo einen Planeten der Posbis zu finden? Das wäre auf jeden Fall die tödliche Lösung Ihrer Probleme.«

Rhodan stutzte, dann nickte er knapp. »Wir werden eine Welt namens Orombo anfliegen. Sagt Ihnen der Name etwas?«

Verduto-Cruz zögerte kurz. »Es muss sich um einen der äußeren Planeten handeln. So wie Dreydon. Auf jeden Fall in der Northside von Ambriador. Ist das alles, was Sie wissen, oder wollen Sie die Koordinaten nur nicht preisgeben? Ich kann verstehen, dass Sie glauben, sich absichern zu müssen. Vergessen Sie aber nicht, dass dies nicht allein Ihr Krieg ist.«

»Die Koordinaten von Orombo sind bekannt. Aber es gibt keine Hinweise auf den Zentralplaneten. Nicht einmal annähernd«, erwiderte Rhodan. »Nano Aluminiumgärtner konnte lediglich den Namen herausfinden.«

Fragend zog der Lare ein Augenlid in die Höhe.

»Die Achtzigsonnenwelt«, sagte Rhodan.

Verduto-Cruz massierte sich die Stirn. »Womöglich deutet der Begriff darauf hin, dass dieser Planet in einem kleinen Sternhaufen liegt. Eine Population von achtzig Sonnen ... Lassen Sie die astronomischen Archive nach diesem Kriterium durchsuchen!«

»Müssen wir uns diese Arbeit machen?«

Verduto-Cruz stieß ein heiseres Krächzen aus. Das war wohl eine ebenso verärgerte wie spöttische Äußerung. »Gegenseitiges Misstrauen, Rhodan, oder wie soll ich das auffassen? Keiner meines Teams, ich eingeschlossen, hielt Namen oder Koordinaten für wichtig. Wir hatten unsere Aufgabe und mussten den Posbis beweisen, dass wir Laren in jeder Hinsicht perfekt sind.«

»Nach meinen Informationen liegt Orombo etwa siebentausend Lichtjahre von Altera entfernt. Über die Achtzigsonnenwelt ist nichts bekannt.«

Der Lare seufzte verhalten. »Gehen Sie davon aus, dass die erste Garnitur Linearkonverter ausgebrannt sein wird, bis Sie Orombo erreichen. Wohin dann? Liegen weitere siebentausend Lichtjahre vor dem Schiff?«

»Möglich, dass es nur siebenhundert sein werden ...«

»Wollen Sie den Rückweg nach Altera überhaupt schaffen, Rhodan? Sie lügen sich in die eigene Tasche, aber das zu Ihren Ungunsten. Genau das verstehe ich nicht. Wollen Sie nicht mehr zurückkommen, oder wissen Sie heute schon, dass Ihnen keine Überlebenschance bleiben wird?«

»Weder noch.«

Der Lare sah ihn entgeistert an. »Sie sind verrückt. Wissen Sie wenigstens das?« Offensichtlich wartete er auf eine Bestätigung. Als sie ausblieb, schüttelte er ungläubig den Kopf. »Sie brauchen jemanden, der das Letzte aus dem Schiff herausholen kann. Nicht nur vor dem Start, sondern vor allem während des Fluges.«

»Und dieser Jemand heißt Verduto-Cruz? Ich habe erwartet, dass Sie die BOX flugfähig machen, nicht mehr, aber auch nicht weniger.«

»Banalitäten«, wehrte der Lare ab. »In spätestens zwei Tagen sind die für den Flug notwendigen Mindestreparaturen erledigt. Dann kann das Schiff starten. Alle übrigen zwingend erforderlichen Arbeiten können während des Fluges ausgeführt werden. Dazu brauchen Sie mich. Sie gewinnen jedoch Zeit mit dieser Version. Bis nach Orombo wird BOX-1122-UM schätzungsweise drei bis vier Tage benötigen. Vorausgesetzt, dass alle Aggregate reibungslos arbeiten.«

»Sie schließen also nicht aus, dass wir Sie und Ihr technisches Wissen während des Fluges benötigen werden?«

»Spätestens, wenn die Linearkonverter Probleme bereiten. Ich kenne die hyperphysikalischen Gegebenheiten in Ambriador besser als die Alteraner.«

»... deren Schicksal Ihnen letztlich egal ist.«

Verduto-Cruz zuckte mit den Schultern. Das machte ihn menschlich, wenngleich nicht auf die sympathischste Art. »Ich muss auch an mich denken«, sagte er schroff. »Leider werde ich nicht jünger; mir bleiben zehn, fünfzehn Jahre, mag sein, dass ich sogar noch zwanzig Jahre zu leben habe. Die Roboterzivilisation fasziniert mich. Seit ich auf Dreydon war, will ich auch die Zentralwelt der Posbis sehen. Doch solange sie jedes biologische Leben gnadenlos ausmerzen, wäre das Selbstmord.«

»Jeder hat unerfüllte Träume.«

»Ihre Expedition bietet mir die Möglichkeit, meinen Traum zu realisieren. Ich wäre schlecht beraten, würde ich nicht zugreifen. Die Alteraner«, fügte er hastig hinzu, »werden eben über ihren Schatten springen und sich damit abfinden müssen, dass ich bis zum Ende dabeibleibe.«

»Ich könnte widersprechen.«

»Genau das werden Sie nicht tun«, behauptete der Lare. »Sie wissen, dass Sie mich brauchen, und Ihnen bleibt keine andere Wahl, als sich auf mich zu verlassen. Hätten Sie sich sonst die Mühe gemacht, nach mir zu forschen? Sie sind sogar ein nicht unerhebliches persönliches Risiko eingegangen. Ihr Volk wird früher oder später erkennen, was es an uns Laren hat.«

»Mein Volk wird immer selbst über seine Geschicke bestimmen wollen«, entgegnete der Terraner. »Weil für uns der Satz von der Freiheit und Gleichheit aller Intelligenzen entscheidende Bedeutung hat!«

»Ich weiß, dass der Lare ein äußerst unsicherer Verbündeter ist«, gestand Perry Rhodan ein. Mondras beipflichtendes Nicken hatte er erwartet. »Trotzdem halte ich sein Angebot für einen Glücksfall.«

Vieles hatte sich in den letzten vierundzwanzig Stunden verändert. Er brauchte sich nur umzusehen, um zu erkennen, dass BOX-1122-UM sektorenweise zu pulsierendem Leben erwacht war. Die Arbeiter hatten sich aus der Zentrale zurückgezogen, die nun herrschende gedämpfte Helligkeit stand für Betriebsatmosphäre, und Reihen von Hologrammen zeigten den nahen Weltraum und einige Planeten des Alter-Systems ebenso wie die letzten alteranischen Beiboote, deren Besatzungen sich aus der Nähe des Fragmentraumers zurückzogen. Schäden durch Treffer alteranischer Geschütze waren an einer Würfelseite noch erkennbar, nur wirkten sie nicht mehr bedrohlich. Alles in allem: BOX-1122-UM war einem schwachen alteranischen Gegenschlag entkommen.

»Ich halte Verduto-Cruz für ein permanentes Risiko«, sagte Captain Olexa.

»Das ist er zweifellos«, bestätigte Mondra und ignorierte geflissentlich, dass der Blick des Alteraners unnötig lange auf ihr ruhte.

»Trotzdem sind wir gezwungen, uns auf den Laren zu verlassen«, sagte Rhodan. »Nano – deine Meinung!«

Sie standen in der Nähe des Robotkommandanten, dessen Funktionen in minderem Umfang wiederhergestellt waren, den Standard aber ohnehin nicht mehr erreichen würden. »Zu risikoreich«, hatte Nano Aluminiumgärtner erklärt. »Noch greifen meine Überrang-Kodes. Falls der Kommandant aus irgendwelchen Gründen Verdacht schöpfen sollte, wird er sich nach und nach von der Bevormundung lösen können.«

»Rein rechnerisch sind eine Vielzahl Situationen denkbar, die eine schnelle Fehlerkorrektur erfordern«, schnarrte der Posbi. »Eine Beurteilung über die Schwere solcher Fehler kann aktuell nicht getroffen werden.«

»Ich werde alles tun, damit ihr euch wohlfühlt.« Wie ein hauchdünner Umhang flatterte Mauerblum von Nanos Schultern herab. »Ihr schafft es, meine Lieben – ihr schafft alles, was ihr euch vornehmt. Das ist die richtige Einstellung, dann werden wir gemeinsam Geschichte schreiben. Wir ...«

Der Matten-Willy hatte in einem Büschel mehrere Stielaugen ausgebildet, die jeden in der kleinen Gruppe neugierig fixierten. Gurgelnd verstummte er, als Nano blitzschnell seine Greifklauen um die Augen schloss. Allerdings konnte der Posbi das daraufhin zerfließende Zellgewebe nicht festhalten.

»Eine klare Aussage, Nano!«, verlangte Rhodan. »Verduto-Cruz hat seit gestern mehr bewegt als du, Drover und die alteranischen Techniker in den Wochen zuvor.«

Traurig sanken Nanos Mundwinkel noch weiter nach unten. »Der Lare hat es vergleichsweise einfach. Weil ... w-weil er nur auf unseren Vorarbeiten aufbauen m-muss ...«

»Ich habe nicht die Absicht, deine Leistung zu schmälen, Nano. Auch nicht, was Drover für das Schiff getan hat. Aber ich erwarte endlich eine eindeutige Aussage, wie die Fähigkeiten des Laren zu bewerten sind.«

Am unteren Ende seines Faltenleibs bildete Mauerblum halb versteckt ein neues Auge aus. Verwirrt blinzelte er in die Runde, wagte jedoch nicht, sich bemerkbar zu machen. Obwohl er ebenfalls seinen Beitrag geleistet und die Posbis umsorgt und gepflegt hatte.

»Verduto-Cruz ist ein sehr guter Techniker.« Schleppend kam die Feststellung über Nano Aluminiumgärtners Membran. »Er ist den Alteranern weit überlegen. Was er kann, beherrschen sie alle nicht.« Mit einer Geste, als streife sich ein Mensch verlegen imaginäre Fuseln von der Kleidung, wischte er mit beiden Metallhänden über seinen lebenden Umhang. Mauerblum gurgelte entsetzt und klammerte sich mit aller Kraft fest.

»Wenn du es genau wissen willst, Perry: Verduto-Cruz' Unterstützung ist unschätzbar wertvoll. Vorgänge, die wir mühsam errechnen oder interpolieren müssen, beherrscht er mit wenigen Schaltungen. Er zögert weder bei der Energieversorgung noch im Bereich der Triebwerksanlagen. Die Sauerstoffversorgung wurde nach seinen Vorgaben optimiert, und viele andere kleine Dinge, die sich in kürzester

Zeit summieren. Man könnte glatt der Meinung sein ... ach was, das ist irrelevant.«

»Was für eine Meinung?«, hakte Captain Olexa sofort nach.

»Ich sagte schon, das ist irrelevant.«

»Ich will es ebenfalls wissen!«, sagte Rhodan fordernd.

»Das w-war ein Schaltfehler«, bemerkte Aluminiumgärtner ausweichend. »Nichts weiter a-als ein emotioneller Impuls des Plasmas.«

»Ich will diese Meinung hören!«, beharrte der Resident.

Der Zwei-Meter-Posbi mit den breiten Schultern und dem Clownsmund seufzte und bewies damit, dass er menschliche Eigenheiten immer treffender nachzuahmen vermochte. »Verduto-Cruz könnte ein Posbi sein. Vielleicht ist sein Äußeres eine perfekte Maske. Sein Wissen v-verrät ihn.«

»Weil er besser über den Fragmentraumer informiert ist als du und Drover zusammen?«

»Wir wurden nie in jeder Hinsicht über unsere Raumschiffe instruiert. A-außerdem sind die Schiffe sehr unterschiedlich.«

»Wir haben demnach gar keine andere Wahl, als uns auf Verduto-Cruz zu verlassen«, stellte Rhodan fest. »Der Lare wird uns also zur Achtzigsonnenwelt begleiten.«

Verduto-Cruz legte sich gewaltig ins Zeug. Er schien keiner Ruhepause zu bedürfen und schon gar nicht schlafen zu müssen. Dem äußerst geringen Schlafbedürfnis eines Zellaktivatorträgers schien er in gar nichts nachzustehen.

Entweder betrieb er Raubbau an seiner Gesundheit, oder er stand unter dem Einfluss hochwirksamer Medikamente – oder ... Nanos Bemerkung schlich sich wieder in Perry Rhodans Überlegungen ein. Diesmal ließ sie sich nicht so leicht verdrängen.

Ohne es eigentlich zu wollen, blieb Rhodan vor der Kabine des Laren stehen. Der Raum lag nur wenig mehr als hundert Meter von seiner und Mondras »Lagerstätte« entfernt, auf demselben Deck, doch erst im nächsten Seitengang. Die Räumlichkeiten dazwischen waren als oberste Etage einer Fabrikhalle zugeordnet, die Nano als stillgelegt bezeichnete. Was produziert worden war, wusste der Posbi nicht, und solche Details nachzuforschen, hätte den Rahmen des Machbaren bei Weitem gesprengt. Wie verschachtelt das Innenleben des Fragmentraumers angelegt war, zeigte sich schon hier.

Acht Kubikkilometer hochtechnisiertes Innenleben. Selbst bei mitgelieferter Gebrauchsanweisung wären Wochen allein mit dem Vorhaben vergangen, alles zu erkunden. Die Zeit dafür stand nicht zur Verfügung. Einfach mit BOX-1122-UM aufzubrechen war ein Kompromiss. Verduto-Cruz hatte ihn schon als Hasardeur bezeichnet. Rhodan war aber alles andere als eine Spielernatur. Sicher, er musste oft genug Risiken eingehen. Aber das tat er nur, wenn er ihre Auswirkungen abschätzen konnte oder sie in der Tat unumgänglich waren, nicht aus einer bloßen Laune heraus, oder weil ihn das Abenteuer reizte. Vielleicht früher, als er Major und Risikopilot der U.S. Space Force gewesen war. Heute trug er zu schwer an der ihm aufgebürdeten Verantwortung. Möglich, dass der Schuh auch einige Nummern zu groß war, den er sich anzog – sehr wahrscheinlich sogar, denn was war ein Perry Rhodan schon, verglichen mit jenen Intelligenzen, die kosmische Geschichte geschrieben hatten oder weiterhin schrieben? Auf seinen Status als Ritter der Tiefe musste er nicht unbedingt stolz sein, und der Aktivatorchip war in der Hinsicht eher ein Spielzeug.

Da war jedoch etwas, das ihn vorwärtstrieb, ihn immer von Neuem zwang, seinen Träumen nachzujagen.

Achtung und Verständnis für das Fremde und Andersartige ...

Ein friedlicher Austausch zwischen den Sternenreichen ohne Kriege und Hass. Stattdessen gemeinsame Forschung, die Jagd nach Antworten auf heute noch ungestellte Fragen.

Irgendwo, davon war er überzeugt, lag der Sinn aller Existenz verborgen. Er wollte die Antwort. Aber er fühlte sich deshalb nicht, als versuche er, an Gottes Fundament zu rütteln.

Momentan stand er in einem kahlen Korridor in einem kalt und steril anmutenden Raumschiff, in dem gefühlsbetontes Leben nie Platz gehabt hatte. Maschinelle Logik und nüchterne Zweckmäßigkeit hatten allem ihren Stempel aufgedrückt.

Er sah auf das Schott, hinter dem er vielleicht eine überraschende Entdeckung machen würde. Verduto-Cruz – kein Lare aus Fleisch und Blut, sondern ein Maschinenteufel? Eigentlich, sagte er sich, war er verrückt, wenn er sich minutenlang mit diesem Gedanken beschäftigte. Dennoch ließ ihm die Vorstellung keine Ruhe, Nanos Geschwätz könne sich als wahr erweisen.

Er tastete nach dem Kodegeber, der ihm alle Schotten in BOX-1122-UM öffnete. Die Frage war nur, was er wirklich finden würde. Verduto-Cruz' Gepäck hatten Agenten von Alter-X längst durchsucht, während der Lare festgehalten worden war. Mit Überraschungen brauchte er hier nicht zu rechnen. Und Cruz war ohnehin mit Technikern irgendwo im Schiff unterwegs, um Hand anzulegen.

Rhodan drehte den Kodegeber zwischen den Fingern. Er verstand selbst nicht mehr, weshalb er überhaupt innegehalten hatte. Weil Nano doch einen Hauch von Zweifel gesät hatte? Dazu passte wie die Faust aufs Auge die Geschicklichkeit, mit der Verduto-Cruz sich im Rumpfschatten der HANSHAO gegen den Sergeanten behauptet hatte.

Falls der Lare regelmäßig Kampfsport trainierte, löste sich der Verdacht schon in Wohlgefallen auf. Rhodan ärgerte sich mittlerweile über sich selbst. Trotz seiner Erfahrung war er offenbar nicht davor gefeit, der dummen Behauptung eines Posbis aufzusitzen.

Er warf einen letzten Blick auf das Schott und ging weiter.

Ihm blieb die gedrungene Gestalt mit dem rostroten Haarkranz verborgen, deren Blicke ihm irritiert folgten. Verduto-Cruz stand schon lange genug in der Deckung eines Seitenkorridors, dass er Rhodans zögerndes Abwarten richtig einschätzen konnte. Der Lare verzog die gelben Lippen zu einem verächtlichen Grinsen.

Rhodan war schon lange verschwunden, als Verduto-Cruz seine Unterkunft betrat.

8. Kapitel
Aufbruch

Eine unruhige Nacht lag hinter dem Terraner. Eigentlich waren es nur drei Stunden gewesen, die einem Aktivatorträger unter normalen Umständen genügten, sich psychisch und physisch vollständig zu regenerieren. Doch aus irgendeinem Grund hatte er keinen richtigen Schlaf gefunden, und nicht einmal der Zellaktivator hatte das ausgleichen können.

Die Hände im Nacken verschränkt, hatte er lange wach gelegen und zu der hohen Decke hinaufgestarrt, wie er es manchmal zu tun pflegte, wenn er sich eingehend mit Problemen beschäftigte. Nur hatte er in völliger Finsternis die Decke nicht einmal erahnen können und stattdessen den immer wieder durch das Schiff hallenden Geräuschen gelauscht. Die kahle Kabine verstärkte den Schall.

Manchmal war es ihm gewesen, als könne er ferne Stimmen hören. Leise und unverständlich, und falls überhaupt, dann mochten es die Stimmen der unter Hochdruck arbeitenden Techniker gewesen sein. Terranische Raumschiffe wiesen vielfache Schallisolierungen auf, die Posbis von Ambriador achteten nicht darauf, ob Maschinenlärm durch Schächte und Verstrebungen übertragen wurde. Verduto-Cruz ließ die alteranischen Techniker jedenfalls Blut und Wasser schwitzen. Sie mochten ihn dafür verfluchen und in die Hölle der Maschinenteufel wünschen, dem Laren schien das egal zu sein. Ihn interessierte nicht einmal, ob der ohnehin latente Hass auf die Nestschädel aufgrund seiner Sklaventreibermentalität neue Nahrung erhielt.

Irgendwann war in dem Lüftungsschacht ein nahes Rascheln zu vernehmen gewesen. Doch als Perry Rhodan sich schon aufgerichtet und nach der Waffe gegriffen hatte, war ihm schallendes Gelächter entgegengebrandet. Kein wirkliches Lachen. Vielmehr musste es in seinen Gedanken entstanden sein, lautlos, dafür umso beklemmender.

Er kannte dieses Lachen nur zu gut. Es hatte ihn auf seinem Weg zu den Sternen begleitet, war gutmütiger Spott ebenso gewesen wie ein unnachgiebiger Druck, die Dinge voranzutreiben. Aber diesmal bildete er sich das Gelächter nur ein. Denn der Unsterbliche von Wanderer, die Superintelligenz ES, war nicht hier in Ambriador.

Rhodan ließ die Beleuchtung aufflammen und schwang sich endgültig aus dem Bett. Der Anblick des nackten Stahls war nicht dazu angetan, seine Stimmung zu heben. Erneut lauschte er in die Tiefe des Schiffes, aber die vielfältigen Geräusche waren verstummt.

Der Kabelstrang, an den Projektionsgeräte angeschlossen werden sollten, pendelte leicht. Wahrscheinlich hatten die letzten Instandsetzungsarbeiten minimale Schwankungen der künstlichen Schwerkraft ausgelöst.

Ein Blick auf die Zeitanzeige verriet Rhodan, dass der 16. Mai schon zwei Stunden alt war. Mondra und er hatten ihren gewohnten Rhythmus beibehalten. An Bord wurde ohnehin vierundzwanzig Stunden am Tag gearbeitet, in mehreren Schichten, und eine generelle Lichtabsenkung während fiktiver Ruheperioden gab es nicht. Nano Aluminiumgärtner und Drover hatten eine Anpassung an planetare Gegebenheiten konsequent vermieden.

Rhodan streifte sich die Kombination über und verließ seine Kabine. Sanitärräume und Duschen waren separat angelegt worden, wegen der komplizierten Gegebenheiten nicht gerade um die Ecke.

Er kam an Verduto-Cruz' Unterkunft vorbei und verlangsamte seine Schritte, ging dann aber rasch weiter. Entweder hatte der Lare sich für eine Ruhepause zurückgezogen, oder er tobte sich in Begleitung von Nano oder Drover in einer der Triebwerkssektionen aus.

Etliche Roboter standen reglos herum. Die Zahl der nach wie vor deaktivierten Maschinenteufel ging in die Hunderte. Überwiegend handelte es sich um bewaffnete Posbis, deren Inbetriebnahme Risiken barg. Irgendwann würden Nano Aluminiumgärtner und Drover sich ihrer annehmen, aber vorerst hätte das noch bedeutet, die Kräfte zu verzetteln.

Ob während des Fluges nach Orombo und weiter ausreichende Kapazitäten frei werden würden, wagte Rhodan zu bezweifeln.

Eine provisorische Treppe führte zum nächsten Halbdeck. Sie war aus Fertigteilen eingesetzt worden, weil es in diesem Bereich keinen Antigravschacht gab. Rhodans Schritte dröhnten die Stahlstufen hinauf.

Ein Geschütztreffer hatte Posbi-Maschinen zu bizarren Gebilden deformiert. Nur ein Teil des Schrotts war beseitigt worden; die Schnittstellen spiegelten das Licht aus dem Treppenbereich in kantigen Facetten. Dazwischen verliefen in giftgrünem Kunststoff mannsdicke Rohrleitungen. Sie waren Fremdkörper, wirkten wie Bypässe, die den Organismus des Fragmentraumers am Leben erhielten. Dumpfe Pumpgeräusche und das Gluckern von Wasser bildeten eine monotone Kulisse. Dazu lauter werdende Stimmen, die manche Gefühlswallung verrieten.

Die ersten Fertigkabinen ragten vor ihm auf. Ein seltsam buntes, anachronistisches Konglomerat war dort entstanden. Sanitärwürfel – Konstruktionen, die für Expeditionen und die Ersterschließung neuer Welten verwendet wurden und deren Äußeres sich seit den frühen Explorermissionen nur unwesentlich verändert hatte, zumindest hier in Ambriador – stapelten sich im Halbkreis. Einfache Treppen führten zu den oberen beiden Etagen hinauf, dazwischen verlief das Geflecht der Zuleitungen und Rückflüsse, die in klobigen Sammelanlagen im Hintergrund mündeten.

Beinahe schlagartig verstummte die erhitzt geführte Unterhaltung, als die Anwesenden den Terraner bemerkten. Zwei Frauen in lindgrüner Uniform sahen ihn an wie einen Geist, während mehrere Techniker weiterhin lautstark einen Standpunkt vertraten, der die Zerstörung aller Posbis an Bord verlangte.

»Das ist albernes Geschwätz!«, verwehrte sich ein Oberleutnant dagegen. »Wenn es gelingt, alle Maschinenteufel umzuprogrammieren, gewinnen wir an Schlagkraft.«

»Ich behaupte, sie werden uns umbringen. Vernichtet diese Bestien, ehe sie aus ihrer Starre erwachen. Nur ein toter Posbi ist ein guter Posbi.«

»Was ist mit den beiden, die der Großadministrator mitgebracht hat? Angeblich sind diese Teufel dicke Freunde der Terraner.«

»Weg mit dem Pack! Wir dürfen uns nicht täuschen lassen ...«

»Ich würde nicht einmal daran denken, Nano Aluminiumgärtner und Drover als Pack zu bezeichnen!«, sagte Rhodan. Nicht sonderlich laut zwar, doch die Alteraner verstummten jäh.

Einer der Soldaten scheiterte bei seinem Versuch, Haltung anzunehmen. Er verfärbte sich wie ein Chamäleon, wurde erst kreidebleich, und dann schoss ihm die Röte ins Gesicht.

»Hat es allen die Sprache verschlagen?«, fragte der Resident. »Sehe ich aus wie ein Geist? Eben waren einige voll ungestillten Tatendrangs, und es gibt sehr viel zu tun.«

»Guten Morgen, Sir!« Ein untersetzter Mann, fast schon ein Bully-Typ, knallte die Hacken zusammen. Rhodan bedachte ihn mit forschendem Blick. Der nackte, muskelbepackte Oberkörper des Raumsoldaten glänzte, als wäre er mit Öl eingerieben. Die Uniformjacke hatte er offenbar in seiner Kabine zurückgelassen.

»... Morgen!«, erwiderte Rhodan knapp. Er ging weiter, registrierte aus den Augenwinkeln heraus, dass der Techniker erleichtert aufatmete, der eben vehement die Vernichtung der Posbis verlangt hatte, und wandte sich gerade deshalb dem Mann zu.

»Unsere Aufgabe ist es nicht, Roboter zu zerstören!«, sagte er mit Nachdruck. »Wir werden vielmehr alles daransetzen, das Imperium Altera vor der Auslöschung durch die Posbi-Zivilisation zu bewahren. Wer sich nicht in der Lage fühlt, das auseinanderzuhalten, tut gut daran, umgehend seine Rückversetzung ins Alter-System zu beantragen.«

Weiterhin herrschte betretenes Schweigen. Rhodan spürte jedoch brennende Blicke im Rücken, als er, ohne sich noch einmal umzuwenden, eine der Toilettenkabinen betrat.

Wenig später war niemand mehr da. Jeder hatte es vorgezogen, einer weiteren Zurechtweisung durch den Großadministrator auszuweichen.

Tief atmete der Terraner ein. Es war ein eigenartiges Gefühl, die gestapelten Container zu sehen und sich einreden zu müssen, dass diese Szene Teil eines hochmodernen

Raumschiffs war. Hier trafen zwei Welten aufeinander. Die eine minimalistisch, sich ihrer Einfachheit vollauf bewusst, aber funktionell. Die andere bedrohlich, kalt und nicht nur deswegen unmenschlich. Beide wollte er nicht.

Rhodan schwang sich die Treppe hinauf zu einer der geräumigen Duschzellen. Es roch nach Desinfektionsmitteln, und die Luftfeuchtigkeit schlug sich an den Wänden nieder. Er zog sich aus, verstaute seine Kleidung in einem der Trockenfächer und stellte sich unter die nächste Dusche.

So oft er die monotone Litanei verwünscht hatte, ausgerechnet jetzt vermisste er die wohlklingende weibliche Stimme des Servos, die sich nach seinen Wünschen erkundigte. Stattdessen musste er die Wassertemperatur selbst regeln. Einen massierenden Warmluftstrom gab es ebenso wenig wie die wohlduftenden, antibakteriellen Essenzen, die zugleich den Kreislauf anregten. Beides brauchte er als Aktivatorträger nicht, doch an die angenehmen Dinge gewöhnte man sich schnell.

Hart traf ihn der Wasserstrahl aus Dutzenden winziger Düsen. Das Wasser war außerdem zu heiß, als versuche jemand, ihn wie einen Krebs zu kochen. Schon nach Sekunden wurde er von einer Dampfwolke eingehüllt.

Ein Schatten glitt vorbei. Sekunden später ein zweiter. Aber niemand wollte etwas von ihm.

Rhodan duschte nur kurz. Der Gedanke an die begrenzten Wasservorräte der BOX zwang ihn zur Sparsamkeit.

Wenigstens gab es Warmluftdüsen, die den Körper schnell trockneten. Erst jetzt sah der Resident die Männer deutlicher, die beide gegenüberliegenden Nischen betreten hatten. Sie duschten nicht und versuchten unbefangen zu wirken, doch sie starrten ihn an, als hätten sie nie zuvor einen Menschen gesehen. Zumindest keinen Terraner. Schon gar nicht den Perry Rhodan, dessen Leben ausgiebiger Lehrstoff war und den ihre Ahnen beinahe auf das Podest einer Prophezeiung emporgehoben hätten. Wahrscheinlich, weil sie noch gehofft hatten, eines Tages in die heimische Milchstraße zurückzufinden. Der Name Perry Rhodan war für sie lebendige Erinnerung gewesen.

»Wir wollten Ihnen sagen, Sir, wie dankbar wir dem Schicksal sind, das Sie ausgerechnet jetzt nach Ambriador geführt hat. Seit Generationen warten wir darauf, endlich terranische Kugelraumer zu sehen.«

Rhodan schüttelte den Kopf. »Ich habe keine Flotte mitgebracht, das wissen Sie. Was wir erreichen wollen, müssen wir uns selbst erarbeiten.«

Offensichtlich wurde es ihnen zu dumm, nur herumzustehen und den Terraner anzustarren. Jedenfalls überwand sich einer von ihnen, das Wasser laufen zu lassen. »Vor zehn Minuten wurden wir Zeugen dieses ... unschönen Disputs«, sagte er. »Aber nicht alle von uns denken wie der Techniker. Das sollen Sie wissen, Großadministrator. Und auch der Lare – solange er uns unterstützt, ist er uns willkommen.«

Irgendwann würde er es überdrüssig werden, darauf hinzuweisen, dass er nicht mehr Großadministrator war, sondern längst Resident der Liga Freier Terraner. In dieser Hinsicht waren die Menschen von Ambriador jedoch zu sehr in der Vergangenheit verhaftet.

»Wann werden wir auf die Maschinenteufel treffen, Sir?«

Rhodan verzog das Gesicht. »Heute, morgen ... Es kann immer geschehen.«

Die Techniker und Positronikspezialisten, die jetzt noch auf dem Schiff waren, zählten zur Kernmannschaft. Rhodan glaubte allerdings, dass die beiden Männer ihm gegenüber zu dem Militärkommando gehörten, das gestern an Bord gekommen war. Sozusagen im fliegenden Wechsel hatten die Elitesoldaten die von den Arbeitstrupps geräumten Unterkünfte bezogen.

Mit den Vorarbeiten der Rundron-Posbis war die Ausgangsbasis für Verduto-Cruz geschaffen worden. Dass der Lare nur drei Tage benötigen würde, um BOX-1122-UM endgültig einsatzfähig zu machen, dafür hätte Rhodan bis vor Kurzem nicht die Hand ins Feuer gelegt. Aber Verduto-Cruz war der richtige Mann an der richtigen Stelle, die Informationen und Mutmaßungen über ihn bewahrheiteten sich.

Alles sah danach aus, dass der Fragmentraumer innerhalb der nächsten vierundzwanzig Stunden das Alter-System verlassen würde.

Während Rhodan sich anzog, stürmten Techniker die freien Duschen. Ein scharfer, beinahe beißender Geruch hing ihnen an, eine Mischung aus Hydrauliköl, Schweiß und Ozon. Sie waren mit ihren Kräften am Ende, aber gerade das hielt sie nicht davon ab, laut über die Sklavenarbeit an den Impulstriebwerken zu schimpfen. Den Laren wünschten sie in die heißeste Hölle. Etwas wie Respekt schwang dennoch in ihren Tiraden mit.

»... warum ist dieser verdammte Nestschädel nicht einer von uns?«

»Fragt ihn, ob er überläuft. Nach einem wie ihm leckt sich der Kommandeur alle Finger.«

»Haltet endlich die Klappe, Leute. Mittlerweile bin ich überzeugt, dass der Großadministrator genau weiß, weshalb er den Laren geholt hat.«

»Das ist richtig«, sagte Rhodan.

»Oh Scheiße«, entfuhr es einem der Männer.

»Ich sagte, haltet die Klappe. Da ist Perry Rhodan, aber wir führen uns auf, als hätten wir nichts Besseres zu tun.«

»Schon gut.« Der Terraner winkte ab. »Wie sieht's aus, Leute?«

Derjenige, der eben den Kraftausdruck gebraucht hatte, trat unter dem dampfenden Wasserstrahl hervor und schüttelte sich ab wie ein Hund. »Alle vierundzwanzig Impulstriebwerke sind wieder einsatzbereit. Höchstbeschleunigung beträgt fünfundsiebzig Kilometer pro Sekundenquadrat.«

»Ich weiß«, sagte Rhodan. »Das haben wir wohl hauptsächlich dem *verdammten Nestschädel* zu verdanken, nicht wahr?« Ohne weiteren Kommentar verließ er die Gemeinschaftsdusche.

»Wie meint der Großadministrator das?«, hörte er, als er den Container verließ.

»Ein halbwegs vernünftiger Lare allein bringt unsere Völker bestimmt nicht zusammen. Die Nestschädel kann niemand ändern. Sie sind nicht anders als die Posbis, nur nicht ganz so gefährlich.«

»Erst müssen wir die Posbis besiegen, und dann ...«

Die Tür fiel hinter Rhodan ins Schloss.

Eineinhalb Stunden später betrat der Resident wieder die Hauptzentrale. Zwei schwere Kampfroboter flankierten das Schott, die Waffenarme vor der stählernen Brust überkreuzt. Beide Maschinen waren menschenähnlich, richtig imposant wirkten sie jedoch wegen ihrer Größe von gut zweieinhalb Metern.

Rhodan wurde nur unmerklich langsamer, als er zwischen den Robotern hindurchging. Sie reagierten nicht, obwohl sie ihn wahrnahmen. Ein glühendes Lauflicht huschte über ihre Sehbänder, die ihn starr fixierten. Welch nachhaltigen Eindruck ausgerechnet diese Maschinen auf jeden Alteraner machten, konnte Rhodan sich nur zu gut vorstellen.

Mehrere Offiziere hielten sich in der Zentrale auf. Als sie den Terraner bemerkten, verstummte ihr Gespräch. Sofort wandten sie sich ihm zu.

»Mittlerweile sind die Impulstriebwerke freigeschaltet, Großadministrator.«

Er nickte knapp. Das war keine Neuigkeit mehr. Auch der Prallschirm und die Halbraumfelder arbeiteten fehlerfrei. Vor dreißig Minuten hatte er in der Energieversorgung mit Verduto-Cruz darüber gesprochen, der sofort danach zu den untergeordneten Leitständen geeilt war, um die letzten Sicherheitskontrollen vorzunehmen.

Zum ersten Mal hatte der Lare nicht nur übermüdet, sondern schlicht erschöpft ausgesehen, obwohl Verduto-Cruz sich Mühe gegeben hatte, genau das zu verbergen. Er schien besessen davon, BOX-1122-UM in Rekordzeit einsatzbereit zu machen, als müsse er sich selbst beweisen, dass die Zeit seit seinem Aufenthalt bei den Posbis spurlos an ihm vorübergegangen war. Vielleicht fürchtete er sich vor dem Älterwerden und spürte, dass ihm die Jahre gerade deshalb zwischen den Fingern verrannen.

»Die Besatzung ist vollzählig an Bord, Sir!«, meldete ein Oberleutnant und fügte mit einer knappen Verneigung hinzu, als Rhodan ihn fragend anschaute: »Mein Name ist Li Fei. Üblicherweise fungiere ich als Navigator. Hier nehmen mir wohl die Roboter die Arbeit ab.«

Rhodan antwortete mit einem knappen und wenig militärischen Nicken.

»Alle Vorräte gebunkert, Sir!«, fuhr Fei dienstbeflissen fort. Dass er, schmächtig und klein, zu dem Terraner aufsehen musste, machte ihm wenig aus. Das asiatische Lächeln wich vermutlich nie aus seinem Gesicht.

»Unsere autarke Versorgung ist für mehr als sieben Monate gewährleistet. Sir, wenn ich bemerken darf: Ich persönlich hoffe, dass unser Einsatz gegen die Maschinenteufel nicht so viel Zeit in Anspruch nehmen wird.«

»Das hoffe ich ebenfalls«, erwiderte Rhodan. »Aber Zwischenfälle und Verzögerungen wird es immer geben.«

Er dachte an Startac Schroeder und Tamra Cantu. Nach wie vor wartete er auf eine Nachricht, dass der Mutant mit der ORTON-TAPH endlich den Golthonga-Sektor erreicht hatte. Doch wahrscheinlich war es dafür weiterhin zu früh. Ein einziger Hypersturm konnte den altersschwachen Troventaar mit den Flüchtlingen aus dem Knechtschaftslager Dekombor und den Überlebenden der MINXHAO weit vom Kurs abgebracht haben. Also musste er sich in Geduld üben, auch wenn ihm das momentan schwerfiel. Im Herzen des Posbi-Imperiums wären die Möglichkeiten des Teleporters Startac nicht einmal mit Hyperkristallen aufzuwiegen gewesen.

In der geräumigen Zentrale erwachten immer mehr Anlagen zum Leben. Hologramme entstanden und zeigten für kurze Zeit neuralgische Abschnitte aus dem Schiff.

»Die Testfunktionen sind angelaufen«, sagte ein schlanker, beinahe dürr zu nennender junger Mann, der sich bislang im Hintergrund gehalten hatte. Er war Rhodan schon aufgefallen, weil seine Haut rissig und spröde wirkte. Außerdem litt er unter Pigmentstörungen, eine Erkrankung, die sicher leicht in den Griff zu bekommen gewesen wäre; seine Haut wirkte stellenweise unnatürlich braun.

»Ist es wirklich unumgänglich, dass die Maschinenteufel das Schiff fliegen, Sir? Ich meine ... die Gefahr ...«

»Ich weiß, was Sie meinen, Leutnant«, entgegnete Rhodan.

Posbis, die reglos in einer Nische gestanden hatten, seit der Resident die Zentrale zum ersten Mal betreten hatte, setzten sich jäh in Bewegung.

Rhodan beobachtete, dass der Leutnant an seinem Waffenholster zupfte. Der Mann hatte Mühe, die Roboter nicht als Todfeinde anzusehen, deren Angriff er zuvorkommen musste. Natürlich wusste er, dass diese Posbis dem Zwang alter Kodes gehorchten. Aber was bedeutete diese ungewohnte Kontrolle gegen seine Erfahrung aus Jahrzehnten, dass Maschinen wie diese Tod und Verderben brachten, wo immer sie auftauchten?

Überall war jetzt Bewegung. Bis eben unscheinbare Wandsegmente öffneten sich und quollen auf wie trockene Schwammstrukturen, die nach langer Dürre Wasser saugten. Absonderliche Maschinenkreaturen wurden aus verborgenen Hohlräumen freigesetzt, verankerten sich mit dünnen Spinnenbeinen und wurden zu verbindenden Bestandteilen dieser Maschinerie.

Ein Hologramm zeigte sechs metallisch matte Kuppelkonstruktionen. Sie wurden von den alteranischen Offizieren misstrauisch beobachtet, als sich das vage Flirren aktivierter Schutzschirme um sie herum abzeichnete. Diese Kuppeln bargen neben der Hauptpositronik die Plasmakomponente des Schiffes.

Rhodan wusste, dass soeben der Plasmakommandant geweckt worden war – den Umfang dieses Vorgangs hatten Mondra und er ausführlich mit den Rundron-Posbis besprochen.

Die Gefahr, dass dieses Plasma ein zu großes Eigenbewusstsein entwickelte und die Manipulation aufdeckte, bestand latent. Nano Aluminiumgärtner hatte den eindeutigen Befehl, sobald die Situation kippte, den Plasmakommandanten von allen Funktionen abzutrennen. Nicht einmal rigoroser Waffeneinsatz war dann tabu.

Während Rhodan knappe Erläuterungen gab, erloschen die Holodarstellungen nacheinander. Die Bereitschaft des Schiffes war zumindest vordergründig hergestellt, alle weiteren Vorgänge spielten sich im Innenbereich ab, den Nano

Aluminiumgärtner und, in beschränkterem Umfang, Drover auf allen Frequenzen kontrollierten.

Immer mehr Roboter nahmen ihre Positionen ein, aufmerksam beobachtet von den Offizieren und einer Handvoll Technikern, die Verduto-Cruz abkommandiert hatte.

Die Möglichkeit des Robotkommandanten, das Fragmentraumschiff ohne diese Peripherie in Direktsteuerung zu übernehmen, war drastisch beschnitten worden, weil die daraus resultierende Kompetenzanhäufung die Überwachung problematischer gestaltet hätte als die Kontrolle einiger Dutzend einzelner auf die Schiffsführung spezialisierter Posbis. Obwohl diese dann permanente Funkverbindung hielten.

»Es fällt mir leichter, diese Verbindungen zu manipulieren als den Plasmakommandanten«, hatte Aluminiumgärtner erklärt.

»Mir ist nicht sonderlich wohl bei dem Gedanken, dass uns eigentlich die Hände gebunden sind«, sagte der hagere Leutnant. »Ich will Sie nicht kritisieren, Großadministrator, aber wir haben gelernt, uns nur auf uns selbst zu verlassen.«

»Wir begeben uns in die Höhle des Löwen«, erwiderte der Terraner. »Also tun wir gut daran, uns wie ein Löwe zu verhalten.«

»Sir?« Der Hagere kniff die Brauen zusammen. Es war offensichtlich, dass er nicht verstand, wovon Rhodan redete. Als er sich mit der Hand übers Kinn rieb, raschelte es wie Sandpapier.

Erst jetzt registrierte Rhodan bewusst, was ihm schon vorher aufgefallen war. Nicht nur das grobporige Gesicht des Leutnants, auch die tief in ihren Höhlen liegenden Augen und der im Vergleich zum restlichen Körper voluminös geratene Brustkorb weckten Erinnerungen in ihm.

»Ein Löwe ist ein terranisches Raubtier«, erklärte er. »Heutzutage gibt es in freier Wildbahn wieder mehrere Dutzend genetisch nachgezüchtete Exemplare ...«

Dieses Gesicht irritierte ihn; der Blick der Augen, von unten herauf, bohrend im einen Moment, im nächsten unschuldig, als könne der Leutnant kein Wässerchen trüben.

»Leutnant Harrison Hainu ist Kampfpilot, einer der Besten in unserer Flotte!« Oberleutnant Fei sah sich endlich bemüßigt, den Mann vorzustellen. »Eigentlich sollten die höchsten Auszeichnungen des Imperiums an seiner Brust stecken, wäre er nicht so schrecklich bescheiden.«

Der Leutnant lächelte verlegen.

»Hainu?«, wiederholte Rhodan. »A Hainu?« Die Ähnlichkeit war da, wohl nur für jemanden, der Tatcher a Hainu, den Marsgeborenen der a-Klasse, persönlich gekannt hatte, aber sie ließ sich nicht leugnen.

»Nur Hainu, Sir!«

»Sind Blutsverwandte von Ihnen zum Mars ausgewandert?«

Harrison Hainus Augen wurden unnatürlich groß, sein Gesicht verwandelte sich in eine von Licht und Schatten zerfurchte Kraterlandschaft. »Ich habe nie davon gehört«, antwortete er stockend. »Ist das für Sie wichtig, Sir?«

»Tatcher a Hainu und ich kannten uns gut«, bemerkte Rhodan ausweichend. »Er gehörte dem Mutantenkorps an und ging Mitte des vierten Jahrtausends in ES auf.«

»Sein Geist wurde Teil der Superintelligenz? Mann ... wenn das wahr ist, dann ...« Harrison Hainu merkte gar nicht, dass Rhodan sich abwandte, weil Captain Olexa in Begleitung weiterer Elitesoldaten die Zentrale betreten hatte.

Kurz darauf kam Mondra.

Verduto-Cruz folgte ihr fast auf dem Fuß. Sein Gesicht glänzte schweißnass, die kranzförmige Haarpracht stand drahtig in alle Richtungen ab, und das Gelb der Lippen leuchtete schrill wie eine Signalfarbe. Die Erschöpfung war ihm deutlich anzusehen, zugleich wirkte er überdreht, denn sein Körper aktivierte die letzten Reserven.

Mit einer unwilligen Geste zeigte er auf die beiden Posbis, die das Hauptschott flankierten. »Wer ist so verrückt, diese Kampfmaschinen zu aktivieren? Wir brauchen sie nicht – und was in ein paar Tagen sein wird, kann niemand vorhersehen. Wollen Sie eine Materialschlacht provozieren, Rhodan? Posbis gegen Posbis? Das halten wir dann genau so lange durch, wie es dauert, unser Schiff zu atomisieren.«

»Sie treiben Raubbau mit Ihrer Gesundheit«, erinnerte Rhodan den Laren.

Cruz starrte ihn herausfordernd an. »Kümmern Sie sich um Ihre Angelegenheiten, ich bin für meine zuständig. Die BOX ist nahezu startbereit, das wollten Sie doch von mir hören.«

Die Hiobsbotschaft kam von Nano Aluminiumgärtner. Er meldete sich über Funk.

»Perry, BOX-1122-UM könnte starten – allerdings halte ich es für sinnvoll, damit zu warten.«

»Warum?«

»Ich habe unbekannte Impulse angemessen. Eine Störung, während die Projektoren der Halbraumfelder testweise von der Zentrale aus angesprochen wurden. Für die Dauer von zweieinhalb Nanosekunden war eine Reflexion zu verzeichnen, die nicht den normalen Parametern entspricht.«

»Bitte Klartext, Nano. Ich habe kein Interesse daran, biopositronische Gedankengänge nachzuvollziehen.« Rhodan wandte sich zu Mondra um, doch sie schüttelte den Kopf, war sich also ebenfalls nicht im Klaren, worüber der Posbi redete.

»Wir haben etwas an Bord, das höchstwahrscheinlich nicht an Bord gehört.«

»Bist du sicher?«

»So sicher ich bei einem Wahrscheinlichkeitskoeffizienten von achtundsechzig Komma drei Prozent sein kann. Der Rückmeldung der Projektoren auf einer der Standardfrequenzen ging ein undefinierbarer Impuls voraus.«

»Eindeutig und unmissverständlich, Nano!«, verlangte der Terraner. »Red nicht um den heißen Brei herum!«

Stille. Rhodan war sich bewusst, dass Nano Aluminiumgärtner die Rückfrage vermied, was für ein *heißer Brei* gemeint sei. Der Posbi entschied sich, diese Aussage zu ignorieren.

»Der Abfrageimpuls aus der Zentrale hat ein unbekanntes Objekt zur Antwort animiert. Diese Erwiderung wurde zwar umgehend abgebrochen, konnte aber nicht vollständig gestoppt werden. Das ultrakurze Fragment einer Bestätigung kam dennoch zurück.«

Mittlerweile war jeder in der Zentrale aufmerksam geworden. Mondra Diamond bedeutete den Alteranern, ihre Fragen vorerst zurückzuhalten.

»Mit was für einem Objekt haben wir es zu tun, Nano? Handelt es sich um einen Posbi?«

Wieder dieses kurze, äußerst ungewöhnliche Zögern.

»Ein Posbi hätte den Antwortimpuls nicht unterdrückt, weil dafür keine Notwendigkeit besteht. Die Identifikation über den Robotkommandanten wäre eine reine Formalität.«

»Falls der betreffende Posbi eine Identifikation vermeiden will?«, wandte Mondra ein. »Weil er sich Nanos Kodes entziehen konnte?«

»Negativ, Mondra!«, krächzte Aluminiumgärtners Stimme aus dem Akustikfeld. »Alle bislang aktivierten Ambriador-Posbis wurden abgefragt. Die Überprüfung ergab keine Unregelmäßigkeit.«

»Was bewegt sich dann durch das Schiff?«

»Vergessen Sie den Laren nicht, Großadministrator!«, sagte Leutnant Hainu. »Ich befürchte, dass er etwas eingeschleust hat. Zu welchem Zweck auch immer.«

»Dieses Objekt befindet sich schon länger an Bord«, widersprach Rhodan. »Es kam entweder mit den Technikern, oder es war schon vorher da.« Er warf einen bedeutungsvollen Blick in die Runde. »Der Start wird vorerst verschoben. Nano, du wirst alles in Bewegung setzen, um das unbekannte Objekt dingfest zu machen.«

Die beiden Posbis am Hauptschott der Zentrale standen auch Stunden später unverändert da. Kaum jemand achtete noch auf die Kolosse, obwohl sie das alteranische Sinnbild des Maschinenteufels an sich verkörperten.

Spurlos ging die Zeit an diesen Robotern vorbei. Ihre Positronik war tot und würde es bleiben, bis die Sperre aufgehoben oder neue Vorrang-Symbolgruppen die uralten Milchstraßen-Befehlskodes des Posbi-Historikers Nano Aluminiumgärtner verdrängten.

Die geringe Menge Bioplasma, die mit den positronischen Befehlszentren der Kampfmaschinen verbunden war, änderte daran nichts. Ihr Volumen war zu gering, eigene Intelligenz aufzubauen. Das Plasma vegetierte nur, von intuitiven Funktionen eines positronischen Befehlskreises am Leben erhalten, aber keineswegs so annähernd zeitlos wie die stählerne Hülle.

Für diese Posbis war es unwichtig, ob BOX-1122-UM erst in einem Jahr das Sonnensystem der Alteraner verlassen würde, in hundert Jahren oder nie. Auf gewisse Weise, stellte Rhodan fest, waren diese Kampfmaschinen zu beneiden.

Er wünschte, er hätte ein ebensolches Verhältnis zur Zeit, dass er Wochen und Jahre stoisch an sich abperlen lassen konnte, ohne sich davon beeindrucken zu lassen. Aber Unempfindlichkeit gegen Werden und Vergehen gab ihm der implantierte Aktivatorchip nicht. Er war potenziell unsterblich und sein Alterungsprozess aufgehoben, trotzdem brannte ihm die Zeit auf den Nägeln.

»Nichts!«, meldete Nano Aluminiumgärtner zum wiederholten Mal, und in seiner rauen Stimme klang ein Hauch von Resignation an. »Es gibt keine verwertbare Spur. Nicht einmal der Lare ist bislang fündig geworden.«

Was immer da war, es konnte sich überall und nirgends verbergen. Ein Schiff wie BOX-1122-UM war riesig, ein Gewirr ineinander verschachtelter Decks, zerstückelt von Wänden, Schächten und Gängen, die ein Labyrinth schufen. Und letztlich vollgestopft mit Maschinen, mächtigen Ungetümen ebenso wie miniaturisierten Aggregaten, doch jedes für sich ein neues Konglomerat von Hohlräumen und Nischen. Ein Objekt, von dem nicht einmal feststand, ob es die Größe eines Menschen aufwies oder nur wenige Zentimeter maß, und das zudem nicht die Absicht hatte, sich aufspüren zu lassen, konnte verborgen bleiben, bis irgendwann der Zufall alles wieder veränderte.

»Ich bin überzeugt, wir haben es mit einem Posbi zu tun«, sagte Rhodan. »Ein Roboter, der sich zum Partisanenkrieg genötigt sieht, kann unser Ende bedeuten.«

»Sie glauben, dass dieser Posbi die Explosion des Umsetzers verursacht hat?«, fragte Captain Olexa.

»Das ... und womöglich gehen auch die beiden Toten des Räumtrupps auf sein Konto.«

»Er könnte also jederzeit das Schiff vernichten?«, wandte Leutnant Hainu ein.

»Dann wäre das längst geschehen.« Nahezu gleichzeitig sprachen Mondra Diamond und Nano Aluminiumgärtner diesen Gedanken aus. Mondra schwieg jedoch nach den ersten Worten wieder.

»Ich gehe davon aus, dass wir es mit einem fehlgeschalteten spezialisierten Posbi zu tun haben«, fuhr Nano fort. »Ihm stehen nur ein begrenztes Programmspektrum und beschränkte Möglichkeiten zur Verfügung.«

»Deshalb reagiert er nicht auf deine Befehle?«

»Diese Möglichkeiten halten wir für die wahrscheinlichste«, plärrte Mauerblum dazwischen. »Der Posbi ist krank, wir müssen ihm hel...« Wie Pilze sprossen plötzlich rudimentäre Stielaugen aus seiner Körperoberfläche und wandten sich den Alteranern zu. Es gehörte nicht viel Auffassungsgabe dazu, zu erkennen, dass die Soldaten von der Aussicht wenig begeistert waren, ausgerechnet einem Maschinenteufel zu helfen.

Li Fei klopfte demonstrativ auf seine Waffe. Sein gequältes Lächeln verriet deutlich, was er unter *helfen* verstand.

Captain Olexa straffte sich. »Es liegt mir fern, mich auf eine Stufe mit Ihnen zu stellen, Sir«, wandte er sich an Rhodan, »aber ich glaube, Ihre Gedanken erraten zu können.«

Bitte, sagte Rhodans Geste.

»Wir haben keine Wahl. Weil uns kein anderer Fragmentraumer zur Verfügung steht, falls wir BOX-1122-UM aufgeben. Und weil uns die Posbis bestimmt nicht die Zeit lassen werden, die wir brauchen. Sie werden uns töten, wenn wir bleiben. Und wir werden sterben, falls dieses Schiff von einem einzigen Roboter vernichtet wird. Aber dann hatten wir wenigstens eine Chance.« Der Captain sah angespannt in die Runde.

»So ungefähr hätte ich es ebenfalls ausgedrückt«, pflichtete Rhodan ihm bei. »Ich stelle jedem frei, das Schiff zu verlassen, wenn er das Risiko nicht eingehen will. Ich bleibe.«

Mondra nickte knapp.

Verduto-Cruz lachte nur, als er davon hörte. »Wir werden weitersuchen. Und wir spüren diesen einen Posbi auf.«

Nicht einmal eine Stunde später stand fest, dass keiner der als Stammpersonal eingeteilten Alteraner die BOX verlassen wollte.

Am 16. Mai, um 15:45 Uhr Standardzeit, nahm der Fragmentraumer endlich Fahrt auf. Langsam wurden die Impulstriebwerke auf halbe Leistung hochgefahren. Die Messprotokolle ließen keine Fehlfunktionen erkennen. Rhodan ordnete schließlich an, auf volle Beschleunigung zu gehen.

7060 Lichtjahre bis Orombo.

Die Ungewissheit hatte gerade erst begonnen.

9. Kapitel
Widerstand

Die Sonne stand schon merklich über dem Horizont, denn ihre Strahlen fielen durch die Schlitze in den Jalousien und woben ein filigranes Kunstwerk aus Licht. Matio Candiz blinzelte in das Halbdunkel des Schlafraums und versuchte, sich über Ort und Zeit klar zu werden.

Sekundenlang genoss er die angenehme Stille, dann durchzuckte es ihn siedend heiß. Er hatte sich von dem angenehmen Gefühl treiben lassen, für kurze Zeit jeder Hektik entronnen zu sein, und prompt verschlafen. Gleich an seinem ersten Urlaubstag. Dabei wollte Tafdy mit ihm gemeinsam zwei schöne Wochen verbringen, bevor sie sich, dem Zwang der Zeit folgend, womöglich endgültig auseinanderlebten. Zwischen dem Alter-System und Fort Blossom lagen immerhin 624 Lichtjahre.

Nach all der Hektik und Panik des vergangenen Jahres war Altera seine neue Heimat geworden. Er bedauerte es nicht, in den gigantischen Industriemoloch des Nordkontinents Arctica eingespannt und damit an dem wichtigsten Rüstungsprojekt überhaupt beteiligt zu sein. Obwohl ihm nur ein kleiner Sachbereich unterstand, war Matio stolz darauf, an der Realisierung des Projekts *Geheimwaffe TIGER* mitarbeiten zu können. Trotzdem galt er nicht als Geheimnisträger, der das Alter-System unter keinen Umständen hätte verlassen dürfen. Er war eben doch nur ein kleines Rädchen in der riesigen Maschinerie.

Er freute sich auf Tafdy. Nachdem seine Frau Thora offiziell seit dem vergangenen Jahr als verschollen galt, hatte er außer seiner Tochter niemanden mehr.

Matio Candiz stemmte sich auf den Ellbogen hoch und setzte sich auf. Leicht schläfrig blinzelte er dem im Sonnenlicht flirrenden Staub hinterher. Da war ein kurzes Aufblitzen und danach nichts mehr.

Wie ein menschliches Schicksal ...

Seine Tränen waren schon vor Monaten versiegt. Von dem Leichten Kreuzer, mit dem Thora nach Altera geflogen war, fehlte jede Spur. Posbis oder Laren hatten das Schiff aufgebracht und vernichtet, er fühlte das.

Schritte?

Er lauschte atemlos.

Etwas klirrte im Nebenraum. Gleich darauf vernahm er das leise Rauschen der schlecht isolierten Wasserleitung.

Das war wie früher. Matio Candiz' Herzschlag raste, als er endlich seine Starre überwand und sich aus dem Bett schwang. Er wollte rufen, aber nicht ein Laut kam über seine Lippen.

Schwungvoll riss er die Tür auf. Sie dröhnte gegen die Wand, schwang zurück und traf sein Schulterblatt. Der Schmerz verriet ihm wenigstens, dass er nicht träumte. Matio blinzelte in die Helligkeit des Korridors und atmete tauschwere frische Morgenluft. Jemand hatte die Fenster geöffnet.

Sekunden später sah er sie. Im Gegenlicht der Morgensonne umfloss ihr Haar den Kopf wie ein Heiligenschein. Sie hatte Tee gebrüht und stellte soeben zwei Tassen auf das Tablett.

Thora!

Zum Glück blieb ihm der Aufschrei im Hals stecken. Welcher Narr er doch war; er lief einem verlorenen Traum hinterher.

Tafdy lachte hell und schüttelte ihr schulterlanges blondes Haar mit einer herrischen Kopfbewegung zurück, genau, wie es ihre Mutter stets getan hatte. »Ich wollte dich nicht wecken, Dad.« Einen Augenblick später lagen sie sich in den Armen, und Matio Candiz wusste, dass er wenigstens seine Tochter nie wieder loslassen würde.

Jemand rüttelte ihn an der Schulter. Ziemlich rau sogar. Trotzdem wollte er nicht aufwachen, alles in ihm sträubte sich gegen die Wahrheit. Sie war kalt, machte ihm Angst, und vor allem – sie hatte keine Zukunft.

Brummend zog er die Arme an den Leib und wälzte sich zur Seite. Der Griff um seine Schulter wurde daraufhin schmerzhaft. Er hörte eine Stimme murmeln, aber er verstand nicht, was sie sagte. Sie war unendlich weit weg von ihm, *in einer anderen Welt ...*

Sekunden später tastete etwas über seine Stirn und presste sich gleich darauf erstickend auf sein Gesicht. Er sträubte sich dagegen, keuchte, hustete, aber dann strömte frischer Sauerstoff in seine Lungen, und er atmete tief ein. Mit dem Brennen in der Luftröhre kehrten die schon erlahmten Lebensgeister zurück.

»Es ist so weit«, flüsterte eine Frauenstimme dicht neben ihm.

Thora? Tafdy?

»Halten Sie die Maske fest und atmen Sie tief durch, Matio!«

Kalter Schweiß bedeckte seinen Körper; seine Kleidung konnte die Nässe gar nicht schnell genug absorbieren. Erst allmählich wurde ihm bewusst, wie schrecklich drückend die Luft gewesen war. Schal. Kaum noch Sauerstoff.

»Das Schiff beschleunigt, Matio. Wir werden diese quälende Enge bald verlassen können. Eher als erwartet.«

Er nickte schwach.

Bald ...!, hämmerte das Blut in seinen Schläfen.

Bald werden wir den Betrug aufdecken und eine Katastrophe verhindern ...

Und danach? Es war ihm egal, von Anfang an hatte er nicht über die Folgen nachgedacht. Er wusste nur, dass es richtig war, was er tat. Er, Yu Tao und Ponffo. Sie waren bereit, ihr Leben für das Imperium zu geben.

Sie hassten die Posbis ...

... und die rothaarigen Nestschädel.

Tafdy hatte auf Fort Blossom ihren Platz gefunden und endlich erfahren, dass es mehr gab als nur den Krieg, der das Imperium in seinen Klauen hielt. Vielleicht, deutete sie ihrem Vater schon nach dem ersten gemeinsamen Tag an, würde sie selbst eine Familie gründen. Sehr wahrscheinlich sogar, sagte sie, denn in der Hinsicht sei sie altmodisch. Ihr Kind würde zwar in eine hässliche Zeit hineingeboren werden, aber gerade deshalb sollte es wenigstens in seiner engsten Umgebung Geborgenheit empfinden.

Er sah Tafdy wortlos an, dann zog er sie schweigend an sich, als wolle er sie nie wieder loslassen. Seine Tochter sollte nicht sehen, wie sehr er mit den Tränen kämpfte. »Wann?«, war alles, was er endlich über die Lippen brachte.

»Ich bin schon über den dritten Monat hinaus, Dad.« Sie lächelte. »Deine Enkeltochter wird Thora heißen.«

Sie hatte die üblichen genetischen Untersuchungen längst hinter sich. Ebenso natürlich erschien es ihm, dass Tafdy ihrer Neugierde nachgegeben und die versiegelte

Folie mit der Geschlechtsangabe des Fötus aufgebrochen hatte. Es blieb allen Eltern selbst überlassen, was sie mit den medizinischen Daten machten. Matio entsann sich, dass er die Folie seiner Tochter original verschlossen über einer Kerzenflamme verbrannt hatte. Jener Tag war ähnlich schön gewesen, und die Nacht ... beinahe unglaublich, dass das alles neunundzwanzig Jahre zurücklag.

Es war früher Nachmittag, und nur wenige Wolken bauschten sich am leicht orange gefärbten Himmel. Der rote Zentralstern stand eine Handbreit über dem Horizont und würde nicht einmal während der Nacht völlig verschwinden; die kleine grüne Sonne hingegen senkte sich im schnellen Lauf aus dem Zenit herab.

»Das müssen wir feiern ... *Die drei Sternenbrüder,* Tafdy, heute Abend?«

»Du willst in das beste Haus am Platz? Dad, das muss wirklich nicht ...«

Ein Kuss auf die Stirn ließ ihren Protest verstummen.

Die drei Sternenbrüder – der Name war Geschichte wie so vieles im Imperium und zeigte, dass die Menschen in Ambriador sich nie wirklich von der Heimat ihrer Vorfahren gelöst hatten. Manchmal träumte Matio von einer majestätischen Flotte. Eines Tages würden Kugelraumschiffe aus dem Linearraum hervorbrechen, gewaltige Kolosse wie einst die CREST III, das Flaggschiff der Solaren Flotte während des Vorstoßes nach Andromeda. Zweieinhalb Kilometer durchmessend. Jedes Kind kannte diese Giganten, gegen die sich sogar die eigenen Schlachtschiffe wie Beiboote ausnehmen mussten. Die alten Bildkonserven, oft genug restauriert und in ihrer Authentizität längst angezweifelt, wurden von den wichtigen Holovid-Sendern in schöner Regelmäßigkeit hervorgekramt. Stets folgten endlose Diskussionen über Transformkanonen und strategische Vergeltungsschläge, die niemand mehr hören wollte. Weil die Wirklichkeit eben nicht auf Bildfolien zurechtgeschnitten wurde, sondern eigenen Gesetzen gehorchte. Sie war, fand Matio, grausam.

Eines Tages, das redete er sich mit ebensolcher Hartnäckigkeit ein, würde Perry Rhodan nach Ambriador kommen. Alle Schulungsdateien sagten, dass der Großadministrator des Solaren Imperiums niemals Menschen im Stich gelassen hatte.

Das Problem war nur, dass in der Milchstraße niemand von der Existenz einer Millionen Lichtjahre entfernten menschlichen Zivilisation wusste.

Matio Candiz schob die Sauerstoffmaske beiseite. Da seine Erregung ohnehin abflaute, stabilisierte sich der Kreislauf rasch. Vorübergehend hatte er nach seinem schlechten Schlaf wirklich nicht mehr gewusst, wo er sich befand.

Im fahlgrünen Schimmer der auf chemischer Basis arbeitenden Lichtfolie sah er Yu Taos Mandelaugen auf sich gerichtet. Sie fragte sich, ob er körperlich durchhalten würde, das sah er ihr an. Matio Candiz verzog die Mundwinkel zu einem schiefen Grinsen. Ein Zurück gab es ohnehin für keinen von ihnen.

Eine Handspanne über ihm hing die Quertraverse der Zylinderverankerung. In ihr verlief die Hauptenergiezufuhr. Sobald das Aggregat in Betrieb ging, würde die freiwerdende Strahlung selbst die kleinste Mikrobe in der Vorkammer verglühen.

Ärgerlich auf sich selbst wegen dieser Gedanken wälzte Candiz sich herum. Er wollte seine winzigen Spiegelbilder in der Hammerschlagbeschichtung nicht länger sehen. Tausendfach verzerrt grinsten sie ihn an, diese abgemagerten Fratzen mit ihren tief in den Höhlen liegenden Augen.

Vor einigen Monaten hatte er noch auf sein Äußeres geachtet, mittlerweile waren ihm sogar die schweren und blutunterlaufenen Tränensäcke egal.

Ungewöhnlich lange ruhte Yu Taos Blick auf ihm.

»Schon gut«, knurrte er. »Ich habe miserabel geträumt.«

»Von Tafdy?«

Sein Schweigen sagte mehr als jede Antwort.

»Wann werden die ersten Konverter ausgetauscht?« Yu Tao wechselte das Thema.

Ponffo, der jüngste von ihnen, stemmte seine Fäuste gegen die Vorkammerverkleidung. Er mochte es nicht, zur Untätigkeit verurteilt zu sein.

»Nach spätestens tausendfünfhundert Lichtjahren ist jede Kristallschicht ausgebrannt«, antwortete der Legionär.

Er war so alt wie Tafdy, ging es Candiz durch den Kopf, aber er konnte jedes Raumschiff auseinandernehmen und eigenhändig wieder zusammensetzen. Zumindest hatte Administrator Ho einen solchen Ausspruch getan.

»Wenn wir Pech haben, gibt es schon nach wenigen hundert Lichtjahren Auswechslungsbedarf. Welchen Konverter sie holen werden ...« Ponffo zuckte mit den Schultern.

Yu Tao, die in der Legion Alter-X einen hohen Rang bekleidete, schwieg dazu. Ihr Blick folgte dem kleinen Käfer, der von der Facettenwand auf die Traverse wechselte und für Sekundenbruchteile die Flügeldecken öffnete. Dann hatte er festen Halt und lief kopfunter weiter. Seine Fühlerbüschel zitterten, als Yu Taos Finger seinen Weg versperrten. Er wich zur Seite aus, über eine violette Markierung hinweg, und nahezu gleichzeitig verfärbte er sich, passte sich seiner Umgebung zwar nicht hundertprozentig an, doch Matio Candiz musste zweimal hinsehen, bevor er die Bewegung wieder wahrnahm. Nachdem der Käfer das Hindernis umrundet hatte, schlug er die ursprüngliche Richtung wieder ein.

In dem Moment griff die kleine, drahtige Frau zu und pflückte das Insekt von der Verstrebung.

Als sie die Hand öffnete, lag das Tier auf dem Rücken. Es zappelte nicht, sondern seine Beine marschierten unermüdlich weiter. Zugleich öffnete es die Flügel und versuchte, sich herumzudrehen.

Mit dem nur zwei Millimeter durchmessenden Sensorstift, den Yu Tao um den Hals trug, berührte sie die Kontaktpunkte auf dem Bauch des Käfers. Er streckte alle Glieder von sich und lag nun ruhig da.

Bis vor Kurzem hatte Candiz keine Ahnung davon gehabt, dass Alter-X über derartige technische Spielereien verfügte.

Das übliche kleine Hologramm entstand. Seitdem sie sich in dem Konverter verborgen hielten, war dieser Vorgang beinahe schon zum Ritual geworden. Jeden Tag kam einer der mit künstlicher Muskelkraft flugfähigen Käfer zurück. Ein einfaches Programm, das nur wenige stupide Verhaltensweisen vorgab, lenkte sie. »Verbesserter Ortungsschutz, geringere Ausbeute«, hatte Yu Tao kurz und bündig zu verstehen gegeben. »Aber für uns wird es ausreichend sein.«

Die dreidimensionale grobkörnige Wiedergabe verriet eine extreme Weitwinkeloptik. An die gestauchten Linien gewöhnte man sich schnell.

Candiz sah leere Korridore und deaktivierte Posbis. Vor allem aber ein unermüdlich arbeitendes Heer von Maschinenteufeln. Ihm fehlten Vergleichsmöglichkeiten, doch er schätzte ihre Zahl auf weit über tausend. Letzten Endes verloren sie sich in der Weite des Würfelschiffs.

Eine bedrückend bizarre Welt präsentierte der Käfer mit seinen optischen Eindrücken. Candiz vermisste lediglich den Ton und Geruchsnuancen. Er nahm an, dass die Luft in diesem technischen Konglomerat anders war als an Bord eines alteranischen Raumers. Erfüllt von den Ausdünstungen der Maschinen, vor allem von Ozon, aber auch die beißenden Absonderungen der Impulstriebwerke mochten die Atemwege reizen. Gehört hätte er zudem gern, worüber die Techniker redeten. Die verzerrten Bilder ließen nicht zu, dass er von den Lippen las.

Wahrscheinlich redeten die Frauen und Männer über Perry Rhodan. Unerheblich, ob er tatsächlich derjenige war, für den er sich ausgab.

Yu Tao übersprang lange Bildsequenzen, bis die Wiedergabe eine Halle zeigte, offensichtlich einen Verteilerknoten, der aktuell nicht genutzt wurde. Maschinenteufel durchquerten die Halle in gestaffelter Phalanx, an ihren lindgrünen Uniformen leicht zu erkennende Raumsoldaten folgten ihnen.

»Posbis und Soldaten durchsuchen gemeinsam das Schiff!«, stellte Yu Tao tonlos fest.

»Sie glauben, wegen uns? Vielleicht wurde einer der Käfer entdeckt?«

»Dann hätten wir die Soldaten schon am Hals. Nein, was immer da geschieht, es gilt nicht uns. Aber wir sind gezwungen, noch vorsichtiger zu sein.«

»Das Schiff bietet unzählige Verstecke«, wandte Ponffo ein.

Das Hologramm wechselte und zeigte eine schwarzhäutige Gestalt, offenbar nicht allzu groß, aber die gelben Lippen und der abstehende rote Haarkranz waren eindeutig.

»Das muss der Lare sein, von dem Administrator Ho sprach«, murmelte die Agentin. »Wir wären verrückt, mehr von ihnen in unserer Nähe zu dulden.«

Wir sind verrückt, wollte Candiz erwidern. *Oder grenzen-*

los verzweifelt. Wenn schon der Kommandeur nicht dagegen einschreitet ... Aber er schwieg. Seine Aufmerksamkeit galt nur mehr diesem verdammten Nestschädel. Den seltsamen Maschinenteufel mit den auffallenden roten Lippen nahm er zwar wahr, beachtete ihn aber nicht.

Matio Candiz fror. Die Kälte kam aus seinem Innern, ließ ihn beben. In dem Moment wünschte er, die BOX würde explodieren. Aber ein schneller Tod wäre für den Laren zu gnädig gewesen.

Auge um Auge, Zahn um Zahn. So stand es geschrieben.

Nie hatte Candiz sich für die zerfledderte, nach Moder und Fungiziden riechende Familienbibel interessiert. Seine Mutter hatte die Überreste des einst dicken Buches wie ein Heiligtum behandelt. Die eigentlich unzerstörbaren Folienseiten waren längst matt geworden, die Aufprägungen zum Teil schwer lesbar, und zusätzlich eingelagerte Speicherfäden hatte es früher nicht gegeben.

»Du lachst heute darüber wie viele junge Alteraner.« Die Stimme seiner schon vor Jahrzehnten verstorbenen Mutter hallte in seinen Gedanken nach. »Vielleicht spottest du insgeheim sogar. Aber das Althergebrachte ist wertvoller, als du glauben willst. Eines Tages wirst du das erkennen. Ich hoffe es für dich.«

Endlich hatte er den Sinn ihrer Worte verstanden. Oft war er nahe daran gewesen, die wenigen Blätter in den Konverter zu werfen, doch aus irgendeinem Grund hatte er es nie fertiggebracht. Mühsam hatte er manches entziffert, wenn auch längst nicht alles. Es war ein Buch von der Liebe, von gewaltsamem Tod und Vergeltung, das, von seiner uralt anmutenden Sprache abgesehen, ebenso gut dieser Tage hätte geschrieben werden können. Es war die Geschichte des Retters, der sich für seine Brüder und Schwestern opferte. Nachdem zuvor ein Bruder den anderen erschlagen hatte und sogar Neugeborene von ihren Feinden getötet worden waren.

In dem Moment wandte der Lare in der Projektion den Kopf und starrte ihn an. Nur kurz, doch Matio Candiz fühlte erneut die sengende Hitze, die ihm den Atem raubte und seinen Oberkörper verbrannte.

Auge um Auge, Zahn um Zahn …

»Meine Güte, Tafdy, lass dich anschauen!« Er spitzte die Lippen und nickte zufrieden. »Wie eine junge Göttin siehst du aus; mich werden heute Abend alle beneiden.«

Seine Tochter hatte ihr Haar im Nacken zusammengerafft und aufgesteckt. Ein verborgenes Antigravplättchen sorgte für die lockere Fülle, dieses Emporsteigen und nach außen hin gleichmäßige Auseinanderfallen wie eine schäumende Fontäne. Dazu der Traum von einem Kleid. Bodenlang, in vier gewölbten Bahnen, blütenförmig und hochgeschlossen mit einem geschwungenen Stehkragen. Matio wusste sofort, dass Thora ebenfalls zu diesem Kleid gegriffen hätte. Für ihn würde der Abend folglich auch eine Reise in die Vergangenheit werden.

Sie benutzten den gläsernen Lift an der Außenfassade. Die rote Sonne war zu mehr als zwei Dritteln hinter dem Horizont versunken. Was von diesem Stern noch zu sehen war, wirkte aber unglaublich imposant. Matio hätte nicht zu sagen vermocht, ob die dichten Luftschichten optische Täuschungen hervorriefen, er hatte jedenfalls den Eindruck, Bogenprotuberanzen erkennen zu können. Sie mussten gewaltig sein, größer als jeder Planet des Systems. Die andere Sonne würde in wenigen Stunden, kurz nach Mitternacht, wieder im Südosten aufgehen.

Der Weg tangierte die gepflegte Parklandschaft und führte ein kurzes Stück an dem weit ins Land hineinreichenden Meeresarm vorbei. Eine frische Brise ließ das Wasser kabbelig erscheinen. In das allgegenwärtige Säuseln mischte sich ein fernes Grollen wie von einem aufziehenden Gewitter.

Tafdys Kleid verfärbte sich regenbogenfarben. Das Gewebe kompensierte die leicht sinkende Temperatur.

Da war es wieder, dieses dumpf rollende Geräusch. Es kam über das Meer und brach sich an der Silhouette der Stadt. Matio glaubte sogar zu spüren, dass die Atmosphäre vibrierte.

»Die Wetterkontrolle hätte ein solches Gewitter angekündigt.« Er seufzte. »Wahrscheinlich irgendein verrückter Schiffskapitän, der nicht schnell genug runterkommen kann.«

Der Wind wurde stärker. Feine Gischt wehte heran. Tafdy fröstelte. Obwohl sie weitergehen wollte, sah Matio noch einmal aufs Meer hinaus.

Der Himmel hatte sich während der letzten Stunde zugezogen und glühte bis weit über den Zenit hinaus im permanenten Abendrot. Die wenigen Stellen, an denen die Wolkenbänke auffaserten, ließen keine Sterne erkennen.

»Was ist, Dad? Ich habe wenig Lust, hier nass zu werden.« Tafdy lachte, machte einige Schritte, blieb aber wieder stehen. »Hast du vergessen, den Tisch zu reservieren, oder warum zögerst du? Nun komm schon!«

Das Grollen war lauter geworden, und es hatte ein Echo bekommen, das sich innerhalb weniger Augenblicke zum ohrenbetäubenden Dröhnen aufschaukelte. Im Stadtgebiet wurden Akustikfelder aktiv, eine Stimme war zu hören, nur blieb unverständlich, was sie sagte.

Auch Tafdy blickte nun wie gebannt in die Höhe.

Als die Wolken aufrissen, flammte der erste Blitz auf. Nicht vielfach verästelt und von beinahe filigraner Schönheit, sondern eine grelle Glutbahn. Wo sie den Boden berührte, loderten Gebäude wie Fackeln auf.

Weitere Blitze fraßen sich durch die Stadt. Infernalischer Lärm lag plötzlich in der Luft. Eine Feuerwoge flutete alles verbrennend die Straßen entlang.

»Weg hier!«, brüllte Matio. Er riss seine Tochter mit sich, zerrte sie hinter sich her, ohne darauf zu achten, ob sie Schritt halten konnte. Dass sie schrie, hörte er nicht. Er schrie selbst.

Weg aus der Nähe der Stadt, am besten hinüber zum anderen Ufer, falls es überhaupt noch einen Ort gab, der Schutz versprach.

Ein Schatten sank herab und vermischte sich mit dem Leichentuch aufsteigender Rauchpilze und dem glimmenden Widerschein der Feuersbrünste. Ein monströses Raumschiff hatte die letzten Wolkenfetzen durchbrochen und beiseitegefegt. Matio starrte zu dem Koloss empor, nahm jedoch nicht einmal dessen Form wahr, hätte nicht zu sagen vermocht, ob es ein eigenes Schlachtschiff war oder einer der gigantischen zerklüfteten Würfel der Maschinenteufel.

Mühsam stemmte er sich gegen den tobenden Orkan. Tafdy stürzte und wurde haltlos wie ein Blatt im Herbststurm über den Boden gewirbelt.

Matio hetzte seiner Tochter hinterher. Der Orkan riss ihm die Schreie von den Lippen. Er stürzte, überschlug sich immer wieder und schrammte sich Hände und Arme auf bei dem Versuch, Halt zu finden.

Der Aufprall Augenblicke später raubte ihm fast die Besinnung. Sand und Dreck peitschten heran und machten das Atmen zur Qual; trotzdem erkannte Matio, dass ihn ein entwurzelter Baumriese aufgefangen hatte. Seine Tochter klammerte sich nur ein Dutzend Meter entfernt an den fächerförmigen Ästen fest.

Tafdy sah ihn nicht. Sie hörte auch sein Rufen nicht. Verzweifelt kämpfte sie gegen den Sturm an, der mit unverminderter Gewalt an ihr zerrte. Matio stemmte sich vorwärts. Fluchend trotzte er den entfesselten Elementen Meter um Meter ab.

Tafdys Kleid wirbelte zerfetzt davon.

Endlich sah sie ihren Vater. Ihr Gesicht war blutüberströmt, wurde aber schon wieder von dem wehenden Haar verdeckt.

Matio hatte seine Tochter beinahe erreicht, er streckte ihr schon seine Hand entgegen, als der Hagel herabprasselte. Der Orkan hatte die Boote in der nahen Bucht zertrümmert. Rumpfsegmente bohrten sich geschossgleich in den Boden, Planken verfingen sich im Geäst, dann spürte Matio einen fast mörderischen Schlag, der ihm die Besinnung raubte.

Die Schmerzen holten ihn zurück. Er hatte keine Ahnung, wie lange er bewusstlos gewesen war. Sehr viel Zeit konnte jedoch nicht vergangen sein, und der Sturm tobte unvermindert heftig. Blutrote Rauchpilze erstickten die Stadt.

Tafdy!

Sie lag halb unter einem Berg von Schutt begraben. Ihr rechter Arm ragte daraus hervor, als habe sie versucht, sich selbst zu befreien. Die Finger hatten sich um einen Ast verkrallt.

Einen Atemzug später zerrte Matio die ersten dicken Planken zur Seite. Der Sturm drückte ihn tiefer in die Baum krone; er biss die Zähne zusammen, machte weiter, ignorierte die tobenden Schmerzen und den Blutgeschmack, der ihn würgen ließ. Wie ein Berserker wühlte er sich durch den Unrat ...

... und dann lag Tafdy vor ihm. Sie hatte die Augen geschlossen, als schlafe sie. Nicht einmal die tiefen Schürfwunden, die ihr Gesicht verunstalteten, konnte ihr die Schönheit nehmen.

Vorsichtig schob Matio den Arm hinter ihre Schulter und versuchte, sie anzuheben. Ihr Kopf kippte haltlos zur Seite.

Sie war tot.

Matio Candiz kniete neben seiner Tochter. Er ließ sich einfach fallen, schloss die Augen und wollte nur noch sterben. Aber so gnädig war das Schicksal nicht mit ihm.

Irgendwann flaute der Sturm ab.

Es regnete leicht. Matio wälzte sich auf den Rücken, ließ sein brennendes Gesicht kühlen, doch der vermeintliche Regen erwies sich als Asche. Mühsam blinzelnd sah er den Dreck wie Schnee herabsinken.

Irgendjemand stand da und starrte ihn an. Sein Herzschlag stolperte, hämmerte unrhythmisch weiter. Ein Helfer wäre auf ihn zugekommen, aber diese Gestalt stand nur da. Scheinbar reglos. Ein nicht allzu großer Schatten, der sich deutlich gegen die brennende Stadt abzeichnete.

Der Schatten sagte etwas zu ihm. Matio verstand nicht. Aber er sah die gelben Lippen, und mit der Rechten tastete er verzweifelt um sich, während der Lare näherkam.

Da war etwas Festes. Ein Ast, ein Stück Eisen, Matio konnte es nicht erkennen. Er wusste nur, dass er dieses Ding so fest wie möglich umklammern und damit zuschlagen musste.

Der Lare war nur noch zwei Schritte vor ihm. In der Hand hielt er einen entsicherten Strahler, zielte auf ihn.

Matio Candiz wirbelte seine provisorische Waffe hoch und schlug zu. Er war zu schwach und zu langsam und streifte den Gegner nur, der gleichzeitig den Strahler abfeuerte.

Sengende, unerträgliche Hitze war das Letzte, was Matio spürte.

10. Kapitel

Im Anflug

»Alle Systeme arbeiten einwandfrei, Sir!«, meldete Leutnant Harrison Hainu. »Test- und Beschleunigungsphase für den ersten Lineareintritt sind abgeschlossen.« Er grinste.

Spätestens jetzt wurde Perry Rhodans Vermutung zur Gewissheit, dass zwischen Leutnant Hainu und dem Marsianer Erster Klasse Tatcher a Hainu genetische Bande bestanden. Genau so hatte er Tatchers Grinsen in Erinnerung, wenn dieser wieder einmal die längst verbeulte Kaffeekanne gegen seinen Vorgesetzten und väterlichen Freund Dalaimoc Rorvic geschwungen hatte. Die Geschichtsschreibung bezeichnete beide als Psychoteam. In Rhodans Augen waren sie eher ein Chaotenteam gewesen, wenngleich ein sehr erfolgreiches. Er würde dem Leutnant eine umfangreiche historische Dokumentation übergeben müssen.

»Was s-sagst du, Perry?«, schnarrte Nano Aluminiumgärtner. »Haben wir erstklassige Arbeit geleistet?«

»Ich gehe davon aus«, antwortete der Terraner. »Genau wissen werden wir es, wenn wir ohne Zwischenfälle das Ziel erreicht haben.«

Mauerblum, der eben noch halb zusammengerollt vor Nanos Füßen gelegen und ihn aus mehreren Stielaugen angehimmelt hatte, verwandelte sich in einen fliegenden Teppich. Seine wellenförmigen Kontraktionen ließen jedenfalls den Eindruck entstehen, dass er sich ein Stück weit vom Boden erhob.

Der Matten-Willy rieb sich an Rhodans Beinen, entdeckte dabei aber ein zweites Opfer für seine aufdringliche Fürsorge, das ihm besser gefiel. »Mondra«, hauchte er im lieblichsten Tonfall, während er gleich drei Arme ausbildete, die sich wie Tentakel an ihren Beinen entlang in die Höhe schoben. Mit einem Ruck umschlang er ihre Hüfte und seufzte.

»Jetzt nicht, du Mauerblümchen!« Vergeblich versuchte Mondra, sich der Greifer zu erwehren, einer der Arme grapschte immer an ihr herum.

»Mauerblum!«, rief Nano scharf. »Merkst du nicht, dass du zu aufdringlich bist? Komm her!«

»Ich mag sie aber«, wisperte der Matten-Willy. »Und genauso Perry – und dich ...« Weil der Posbi einen raschen Schritt auf ihn zu machte und mit beiden Greifklauen zupackte, verstummte er gurgelnd und glitt davon.

»So redet Mauerblum immer, w-wenn er fürchtet, sterben zu müssen.« Wie eine Entschuldigung klang das.

»Das ist nicht wahr!«, rief Mauerblum schrill aus einer Ecke, in der er sich zitternd wieder aufrollte. »Ich habe keine Angst. Die Maschinenteufel sind auch nicht schlimmer a-als die in der M-milchstraße.« Sein Äußeres färbte sich dunkel. Offenbar war ihm aufgefallen, dass er Nanos Stottern imitiert hatte.

In derselben Sekunde trat BOX-1122-UM in den Linearraum ein. Schwer zu definierende Geräusche brandeten durch das Schiff, verloren sich aber schon nach wenigen Sekunden.

»Keine Kursabweichung!«, meldete Oberleutnant Li Fei.

»Flugverlauf unproblematisch«, bemerkte Harrison Hainu. »Das ist die größte Kiste, mit der ich bisher im Zwischenraum war.«

Dennoch kroch das Schiff durch das übergeordnete Kontinuum. Die hyperphysikalischen Gegebenheiten der Magnetgalaxie Ambriador machten Gedanken an ein schnelles Reisen zur Farce. Die Auswirkungen erhöhter Hyperimpedanz waren an diesem Bereich der Lokalen Gruppe eigentlich spurlos vorübergegangen, denn schon immer hatten die raumfahrenden Völker von Überlichtgeschwindigkeiten mit vierzig oder fünfzig Millionen nur träumen können.

Träge tropften die Minuten dahin.

Drover meldete Unregelmäßigkeiten bei den Linearkonvertern. »... erhöhte Energieaufnahme. Es scheint, als würde uns etwas Unsichtbares den Saft aussaugen.«

»Gib mir die Daten!«, befahl Nano und leitete die Messkolonnen sofort in eines der Holos weiter.

»Da draußen ist etwas«, bemerkte Li Fei.

»*Etwas* ist immer da!«, konterte Verduto-Cruz. »Wir durchfliegen eine ungewöhnlich starke Hypersturmbö.«

»Nicht einmal fünfzehn Lichtjahre von Altera entfernt?«

Ruckartig wandte der Lare sich zu dem Offizier um. »Glauben Sie, Ihr lächerliches Altera bleibt von allem verschont? Wenn ich solchen Unsinn höre, ist mir unverständlich, wieso Ihr Imperium so lange bestehen konnte.«

»Oh ja, natürlich«, mischte sich Captain Olexa ein. »Die Laren haben stets tatkräftig mitgeholfen, uns die Luft abzuschnüren. Ich für meinen Teil frage mich, warum Sie uns gegen die Maschinenteufel beistehen.«

»Das frage ich mich allerdings auch«, giftete Verduto-Cruz zurück. »Ich mache es bestimmt nicht wegen Ihnen – Ihr Imperium Altera bedeutet mir so viel.« Er schnippte demonstrativ mit den Fingern.

»Was zwingt Sie dann, die BOX flugfähig zu machen und sogar an Bord zu bleiben?« Olexas Rechte lag bereits auf dem Griff seines Strahlers. »Sie wollen etwas von uns, Nestschädel?«

Verduto-Cruz starrte den Alteraner herausfordernd an. Aber dann schüttelte er nur den Kopf und wandte sich wieder den Holos zu.

»Es reicht, Captain!«, sagte Perry Rhodan. »Noch haben wir keine militärische Auseinandersetzung, die Ihren ganzen Einsatz erfordern würde. Das gilt für alle.«

Einige Männer wirkten betroffen, sie fühlten sich offensichtlich bei ihren geheimsten Gedanken ertappt. Notgedrungen hatten sie den Laren in den letzten Tagen akzeptiert, schließlich war es seinen Fähigkeiten zuzuschreiben, dass BOX-1122-UM überhaupt einsatzbereit war. Mit dem Verlassen des Alter-Systems setzte sich indes die Ansicht durch, dass Verduto-Cruz seine Schuldigkeit getan hatte. Selbst bei den Offizieren drohten die angestauten Ressentiments wieder aufzubrechen.

»Ende der Linearetappe in wenigen Minuten!«, rief Leutnant Hainu. »Hoffen wir, dass sich die Bö nicht zu einem Hypersturm auswächst.«

Leichte Vibrationen waren zu spüren.

»Die Schwingungsdämpfer zeigen einen geringen Leistungsabfall«, stellte Nano Aluminiumgärtner fest. »Das ist alles. Keine Bedrohung.«

Rhodan registrierte, dass Verduto-Cruz den Posbi überrascht musterte. Wirklich einverstanden mit dem, was Nano von sich gegeben hatte, war der Lare nicht. Trotzdem traf Cruz keine Anstalten, den Rücksturz zu unterbinden. Selbst wenn es Probleme gab, sie während des Überlichtflugs zu beheben, wäre ohnehin so gut wie unmöglich gewesen. Das Schiff würde in ungefähr zwanzig Minuten von selbst in den Einsteinraum zurückfallen.

»Drover meldet zusätzliche Schwierigkeiten im Bereich eines Linearkonverters«, sagte Nano Aluminiumgärtner.

»Zwei Linearkonverter ...«, fügte er eine Minute später hinzu.

Begleitet von einer unheimlichen Geräuschkulisse fiel BOX-1122-UM kurz darauf aus dem Zwischenraum zurück.

»Keine Energie- und Masseortung!«

»Geringfügige Kursabweichung. Automatische Peilung ergibt zwei Komma drei neun Lichttage Differenz. Vermutete Ursache eine Strukturbeeinflussung durch die Hypersturmbö.«

Das dumpfe Rumoren aus dem Schiffsbauch war verstummt.

»Restgeschwindigkeit fällt ab. Wir tangieren einen fünfdimensionalen Strömungsbereich. Offensichtlich ist tatsächlich ein Sturm im Entstehen begriffen.«

Rhodan nickte knapp. »Beschleunigen und Eintauchgeschwindigkeit halten! Falls sich mehr zusammenbraut, gehen wir wenigstens für kurze Distanz wieder in den Überlichtflug.« Er wandte sich an Nano: »Was hat sich bei den Linearkonvertern getan?«

»Drover fordert Unterstützung an. Ich gehe mit Verduto-Cruz.«

»Einverstanden.« Er schaute dem ungleichen Paar kurz hinterher, dann widmete er sich wieder den Hologalerien. Das Sternenmeer in Flugrichtung wirkte dichter, als es wirklich war. Schräg hinter dem Schiff zogen sich Farbschleier zusammen. Sie wurden nicht optisch erfasst, vielmehr handelte es sich um eine positronische Aufbereitung der Ortungsdaten. Diese zeigten fünfdimensionale Energieeruptionen, bei denen es sich in der Tat um einen beginnenden Hypersturm handeln konnte.

»Sir!« Captain Olexa trat an den Terraner heran. »Falls

Sie mein Verhalten als ausfällig empfunden haben, entschuldige ich mich in aller Form. Es liegt mir fern, unsere Mission in Schwierigkeiten zu bringen – ich weiß, dass wir auf den Laren angewiesen sind.«

»Trotzdem hassen Sie ihn, Captain. Sie sehen in Verduto-Cruz einen der Erzfeinde Ihres Volkes.«

»Ich traue ihm nicht!«

»Zweifellos sind Ihre Beweggründe nachvollziehbar, Captain. Verduto-Cruz ist jedoch meiner Bitte um Unterstützung gefolgt. Wäre das nicht Grund genug für Sie, über den eigenen Schatten zu springen?«

»... und dem Laren die Hand zu reichen?«

»Das wäre ein erster Schritt in die richtige Richtung.«

Telemach Olexa schüttelte den Kopf. »Seit Generationen leben wir in Fehde mit den Laren. Sie sind falsch, sie versuchen mit allen Mitteln, die Macht an sich zu reißen, und gehen dabei über Leichen. Die Laren sind so, niemand wird ihren Charakter beeinflussen können.«

»Die Zeit kann vieles verändern, Captain.«

»Sie müssen es wissen, Großadministrator. Ich bin nur ein normal sterblicher Mensch, aber gerade deshalb warne ich davor, dem Laren zu viel Freiheit zu lassen.«

»Natürlich werden wir Verduto-Cruz im Auge behalten«, pflichtete Rhodan ihm bei. »Andererseits sollten Sie nicht vergessen, dass er sich an Bord nichts hat zuschulden kommen lassen. Ohne ihn wären wir außerdem längst nicht so weit, wie wir es jetzt schon sind.«

BOX-1122-UM flog mit siebzig Prozent der Lichtgeschwindigkeit, trotzdem hatte es den Anschein, als stünde der Fragmentraumer unverrückbar im Raum. Mit Sorge nahm Rhodan das Sturmgebiet in Augenschein. Die Ortung zeigte einen sich ausweitenden Energiewirbel zwischen zwei

roten Riesensternen. Die Sturmfront würde zwar mehrere
Lichtjahre an der BOX entfernt vorbeiziehen, doch ein Aus-
läufer entwickelte sich in Richtung des Schiffes.

»Falls er an Zerstörungskraft gewinnt, könnte es für uns
ungemütlich werden«, stellte Mondra fest. »Ich glaube
nicht, dass uns dann viel Zeit bleibt, darüber nachzuden-
ken.«

»Wir müssen hier so schnell wie möglich weg.« Captain
Liza Grimm hatte vor etwa zwanzig Minuten die Hauptzen-
trale betreten und befasste sich seitdem mit Decksplänen,
die sie in rascher Folge projizieren ließ. Was rings um sie
herum geschah, interessierte sie offenbar herzlich wenig.
Nur zwei oder drei Mal hatte sie sich kurz umgeschaut.

Rhodan musterte die junge Frau. Wäre er ihr auf irgend-
einem Raumhafen begegnet, er hätte sie für eine Verwal-
tungsangestellte gehalten, sehr wahrscheinlich für eine
staatliche Kontrolleurin. Vorausgesetzt, sie wäre ihm ohne
die Flottenuniform über den Weg gelaufen, die ihr ausneh-
mend gut stand. Dass diese Frau zu Olexas Elitesoldaten ge-
hörte, überraschte ihn. Sie wirkte verletzlich und zurück-
haltend, war schon bei ihrer ersten Begegnung seinem
Blick ausgewichen und tat das auch jetzt wieder.

»Wir warten mit der nächsten Linearetappe, bis Nano
Aluminiumgärtner und Verduto-Cruz grünes Licht geben«,
sagte er.

»Das wird hoffentlich bald sein.« Liza Grimm war außer
Olexa die einzige Person im Rang eines Captains. Sie mach
te eine lässige Ehrenbezeugung. »Ich koordiniere die Such-
gruppen, Sir.«

Nein, die eine Bemerkung stand mit der anderen nicht
im Zusammenhang. Die Frau widmete sich wieder dem
Holo, in dem ein großer Bereich rund um die Energiezen-
trale wiedergegeben wurde. Mit beiden Händen griff sie in

die Bilddarstellung, als könne sie auf diese Weise die Räumlichkeiten für sich besser nachvollziehbar machen.

Rhodan sah ihr in Gedanken versunken zu.

Kurz darauf wich sie zufrieden zurück und gab einem in der Nähe stehenden aktivierten Posbi einen knappen Befehl. Die Darstellung erlosch. Der Hauch eines Lächelns huschte über ihr Gesicht, als sie Rhodans Interesse bemerkte.

»Wenn sich tatsächlich ein Maschinenteufel der Kontrolle entzieht, finden wir ihn!« Sprach's, drehte auf dem Absatz um und eilte zum Schott.

Rhodan sah ihr noch hinterher, als ihm jemand auf die Schulter tippte.

»Du verwirrst den Captain«, stellte Mondra fest. »Ist dir das nicht aufgefallen?«

»Ganz bestimmt nicht«, wehrte er ab.

»Liza Grimm findet dich nett.«

»Nett ...« Er ließ sich das auf der Zunge zergehen. »Wenn es danach geht, findet mich jede Pubertierende nett.«

»Sie ist immerhin Captain.«

Eifersüchtig?, hätte er um ein Haar gefragt. Aber dann lachte er nur, wenngleich es ein gequältes, künstliches Lachen wurde. Sie hatten zu viele Probleme und offene Fragen am Hals, als dass er sich der Psyche eines weiblichen Offiziers hätte annehmen können. Und Mondra? Sie beide waren gemeinsam im Einsatz. Wollte sie mehr?

Er warf einen Blick auf die Zeitanzeige seines Kombiarmbands. Zweieinhalb Stunden waren seit dem Ende der Linearetappe vergangen.

Wie es aussah, machte nur einer der Linearkonverter Schwierigkeiten. Verduto-Cruz behauptete, dass die Kristallbeschichtung noch für mehrere Überlichtetappen gut sein würde, sofern die Justierung entsprechend nachgeregelt werden konnte. Nicht nur angesichts des aufziehenden Hypersturms hatte Rhodan entschieden, vorerst auf die zeitintensivere Auswechslung zu verzichten.

»Zwei Stunden«, hatte der Lare behauptet.

Sie waren verstrichen, aber die erlösende Meldung aus dem Triebwerkssektor ließ auf sich warten.

Erst war es nur ein Anschwellen des kosmischen Hintergrundrauschens, das sich in Ambriador ohnehin intensiver bemerkbar machte als in anderen Regionen. Dann zeigte die Hyperortung Ausfallserscheinungen.

»Der Sturmausläufer kommt direkt auf uns zu!«, meldete jemand. »Wir müssen hier weg, oder ...«

Oder wir werden scheitern, führte Rhodan den Satz in Gedanken zu Ende, den der Alteraner offen gelassen hatte. *Und damit verlieren Milliarden Menschen ihre Hoffnung.*

Der Weltraum glühte auf. Sprunghaft stieg die Schirmfeldbelastung an. Die Werte kletterten stetig, näherten sich der ersten Warnmarke.

Endlich meldete Nano Aluminiumgärtner, dass der Übertritt in den Linearraum wieder möglich sei.

»... Manöver von jetzt an in ... dreißig Sekunden.«

Die Anspannung blieb. An Bord des Fragmentraumers herrschte eine Atmosphäre zwischen vorsichtiger Zuversicht und Fatalismus, und eigentlich verlief alles nach Plan. Ohnehin hatten die Verhältnisse in Ambriador von Anfang an keinen reibungslosen Flug über mehr als siebentausend Lichtjahre hinweg erwarten lassen. Die Schätzung, dass bis Orombo gut vier Tage vergehen würden, trug dem bereits Rechnung.

Vierzig Lichtjahre hatte BOX-1122-UM mit der zweiten Lineaetappe zurückgelegt, beim dritten Rücksturz war es nur eine Etappe über fünfundzwanzig gewesen.

Am frühen Vormittag des 17. Mai Standardzeitrechnung fingen die Antennen den verstümmelten Notruf eines alteranischen Frachters auf. Das Signal wurde automatisch wiederholt.

»Entfernung sechs bis sieben Lichtjahre!«

Rhodan biss die Zähne zusammen. Es wäre ein Leichtes gewesen, den Kurs zu ändern und Hilfe zu leisten, falls diese nicht ohnehin längst zu spät kam. Der Funkspruch verriet nicht, was geschehen war. Ein Fragmentraumer wie BOX-1122-UM, der ein alteranisches Schiff mit einer Breitseite vernichtete, fiel nicht auf – sobald die BOX jedoch Anstrengungen unternahm, die Besatzung eines Kugelraumers zu retten, machte sie sich verdächtig. Schon eine Antwort auf den Notruf hätte genügt, ebenso dessen Weiterleitung ins Alter-System, um dort Unterstützung zu mobilisieren.

Rhodan war also gezwungen, den Funkspruch zu ignorieren. Vielleicht, sagte er sich, starben dann Dutzende Menschen in den nächsten Stunden oder Tagen einen qualvollen Tod, obwohl er es in der Hand gehabt hätte, sie zu retten. Ließ er indes den Frachter anfliegen, und BOX-1122-UM wurde bei der Hilfeleistung beobachtet, endete in dem Moment die Hoffnung für Milliarden Menschen.

»Wir bleiben auf Kurs! Vorbereitung für den nächsten Lineareintritt!« Er gab den Befehl und verabscheute sich selbst dafür. Ihm blieb keine Wahl.

Als die BOX erneut in den Überlichtflug ging, war das für Rhodan, als hätte er die Besatzung des unbekannten Frachters zum Tod verurteilt.

Dass kurz vor dem Linearmanöver der Notruf jäh abbrach, war ihm nur ein schwacher Trost. Er hatte sich gegen diese Menschen entschieden, gegen ihre Hoffnungen und ihren Überlebenswillen. Alles andere hatte er nicht vorhersehen können.

Der Frachter schien explodiert zu sein. Jedenfalls legte die Auswertung der letzten Sekundenbruchteile des Notrufs diese Vermutung nahe.

Rhodan übertrug Mondra das Kommando und zog sich in seine Kabine zurück. Wenigstens für kurze Zeit wollte er mit sich und seinen Überlegungen allein sein. In voller Montur ließ er sich auf sein Bett sinken, verschränkte die Hände im Nacken und war gleich darauf eingeschlafen. Selbst ein Aktivatorträger trieb nicht ständig Raubbau an seinem Körper, ohne dass dieser über kurz oder lang sein Recht forderte, und wenn es nur zwei Stunden erholsamer Tiefschlaf waren.

Drover kam, und mit ihm der Matten-Willy Mauerblum. »Wo ist der Chef?«, fragte der Rundron-Posbi wenig respektvoll. Mauerblum kicherte, aber dieses Anzeichen von Heiterkeit klang gequält. Mondra fand, dass der Matten-Willy gestresst wirkte. Schneller als sonst ließ er sich von Drovers Schultern auf den Boden gleiten. Wie eine große graue Amöbe lag er da und bewegte sich nur noch zögernd.

»Wo ist Perry?«, drängte der Posbi.

»Er hat sich in seine Kabine zurückgezogen.«

»Wozu?«

»Ölwechsel.« Mauerblum kicherte und richtete ein Ende seines Körpers auf, indem er tentakelartige Fortsätze ausbildete. »Das wäre bei Nano und dir ebenso angebracht. Ich schlage vor ...« Er verstummte, als der »Schwere Arbeiter« an ihm vorbeischwebte, ohne ihn zu beachten.

Vor Mondra erhob sich der Posbi ein klein wenig höher. »Ich brauche Unterstützung!«, stellte er fest.

»Du hast Mauerblum.« Die ehemalige TLD-Agentin konnte sich diese Bemerkung nicht verkneifen. Zum Dank bildete der Matten-Willy ein Stielauge aus und blinzelte ihr zu. Für Mondra stand damit endgültig fest, dass zwischen Mauerblum und den Posbis dicke Luft herrschte.

»Mauerblum ist mir im Weg mit seiner übertriebenen Fürsorge«, protestierte Drover. »Ich brauche kein weinseliges Kindermädchen, sondern richtige Helfer. Männer und Frauen, die sich dem Gegner auch nicht gleich an den Hals werfen.«

»Niemand wirft sich irgendwem an den Hals.« Das klang zornig. Der Matten-Willy schob sich langsam näher, aber Mondra achtete jetzt nicht mehr darauf.

»Wir kriegen ihn«, behauptete Drover. »Ich bin ganz nahe dran.«

»Von wem sprichst du?«

»Von dem Unbekannten, Mondra, von diesem Ambriador-Posbi, der sich nicht um Nanos Kodes schert. Es gibt ihn, ich habe eine Reflexortung aus einem Sektor, in dem sich ansonsten kein Roboter aufhalten dürfte.«

»Aber ich kann dir keine Posbis abstellen. Sie unterstehen Nano.«

»Ich brauche Raumsoldaten, Mondra! Sie müssen den fraglichen Bereich absichern und durchsuchen. Die Streustrahlung der Ambriador-Posbis würde die Messungen nur erschweren. Außerdem wäre sie verräterisch.«

»Warum wendest du dich nicht an Captain Grimm? Sie koordiniert die Suche.«

Mondra Diamond fragte sich, was sie soeben Falsches gesagt haben mochte. Sie hatte noch nicht zu Ende gesprochen, da drehte Drover sich langsam zur Seite, und seine Sensorfelder richteten sich auf Mauerblum. Der Matten-Willy entwickelte plötzlich eine Energie, die seiner eben gezeigten Lethargie völlig zuwiderlief. Auf einem Dutzend winziger Füße lief er um Mondra herum und brachte nicht nur sie, sondern zudem zwei Alteraner zwischen sich und Drover.

»Du weißt nichts davon, dass der Captain einen Suchtrupp führt?« Für Mondra blieb nur diese Folgerung.

»Wenn das so ist, suchen die Alteraner am falschen Ort.«

»Das beantwortet meine Frage nicht.« Mondra sah sich nach dem Matten-Willy um, der langsam in Richtung Hauptschott verschwand.

»Mauerblum ist schuld!«, verkündete der Posbi. »Er hat mich eine Zeit lang von jeder Kommunikation abgeschnitten.«

Diese Behauptung entlockte Mondra ein spöttisches Grinsen. »Es überrascht mich, dass ein Matten-Willy einen Schweren Arbeiter wie dich partiell abschalten kann.«

»Mauerblum hat mich überredet.«

»... um sich anschließend dem Gegner an den Hals zu werfen? Ich verstehe die Logik nicht.«

»Drover braucht mich nicht«, klang es vom Schott her schrill durch die Zentrale. »Er behauptet, er kommt ohne mich aus. Tatsächlich will er die Lorbeeren allein einsammeln.«

Mondra ignorierte den Ruf, weil der Posbi gleichzeitig zu einer verständlicheren Erklärung ansetzte: »Es sei vorteilhaft, wenn ich jegliche Funkkommunikation einstellen würde, hat Mauerblum behauptet, und wenn ich anschließend reglos verharren würde, nur von einem Minimum an Energie am Leben erhalten. Die restliche Abschirmung wolle er vornehmen, indem er mich völlig einhüllt.«

»Ich nehme an, Mauerblum hat das genau so gemacht.«

»Er wusste, dass ich seine völlige Umhüllung aus anderen Gründen niemals dulden würde. Dieses nutzlose Subjekt weiß nichts Besseres mit sich anzufangen.«

»Aber du hattest diese Ortung?«

»Die hätte ich ohnehin verzeichnet.«

»Da hörst du es!«, krächzte Mauerblum. »Für ihn bin ich überflüssig. Drover braucht mich nur als Krankenschwester, wenn seine Nervendrähte verrückt spielen ...«

Das Mienenspiel der Alteraner, die den Disput verfolgt hatten, war bezeichnend. Mit Mühe hatten sie sich an die Gegenwart der beiden Maschinenteufel aus der Milchstraße gewöhnt, und den Matten-Willy betrachteten sie als ein exotisches Geschöpf, mit dem sie ohnehin wenig anzufangen wussten. Diese gegenseitige Reiberei sahen sie mit Unverständnis.

»Es reicht, Drover!«, sagte Mondra eindringlich. »Ich werde nicht dulden, dass ihr beide hier für Unruhe sorgt ...«

»Captain Liza Grimm hat soeben meine Anfrage über ihren Ohrwurm bestätigt«, unterbrach der Posbi. »Ich treffe sie und einige ihrer Leute bei den Wassertanks.«

Wenige Zentimeter über dem Boden schwebend, drehte er sich um 180 Grad und summte davon. Von Mauerblum nahm er nicht mehr die geringste Notiz.

Der Matten-Willy hatte sich bereits einen der beiden Kampfroboter als neues Opfer ausgesucht. Mondra sah ihn mehrere tentakelartige Gliedmaßen ausbilden, mit denen er an dem glatten Rumpf des Ambriador-Posbis entlangtastete. Sie fragte sich, ob Mauerblum in der Lage war, Schaden anzurichten. Noch verzichtete sie aber darauf, ihn quer durch die Zentrale zur Räson zu rufen.

Bis Mondra den Matten-Willy erreichte, bedeckte er schon den halben Rumpf des Posbis. Über der Schulter der schweren Maschine klumpte er sein Zellgewebe zu einem grob strukturierten Schädel zusammen und blickte aus zwei großen unschuldigen Augen auf die Frau hinab.

»Sei vorsichtig, Mauerblum!«, warnte sie.

Der Matten-Willy schwieg. Er floss mit einem Teil seiner

Masse in den Nacken des Posbis und zog sich an dessen rückwärtiger Schädelpartie empor.

»Am besten wäre es, du lässt den Posbi in Ruhe und kommst mit mir!«

Mauerblum blinzelte die Frau verwirrt an. »Ich bin nutzlos«, murmelte er.

»Wer sagt das?«

Schweigen.

»Niemand also. Demnach bildest du dir das ein, Mauerblum.«

»Nano braucht mich nicht. Und für Drover bin ich nur ein lästiges Anhängsel.«

Ein Matten-Willy, der vor Selbstmitleid zerfloss, hatte Mondra gerade noch gefehlt. Perrys anfängliche Bedenken über ihre Begleiter hatte sie nicht in jeder Hinsicht geteilt, mittlerweile war sie im Begriff, ihm recht zu geben.

»Vielleicht brauche ich dich«, stellte sie fest.

»Aber nur *vielleicht.*« Mauerblum betrieb inzwischen Wortklauberei. Deutlicher konnte er nicht zu erkennen geben, dass er sich selbst nicht grün war.

»Ganz sicher sogar«, betonte Mondra.

Der Matten-Willy blinzelte hektisch. In dem Moment ruckte der Posbi herum und setzte sich in Bewegung. Mondra sprang gerade noch rechtzeitig zur Seite, andernfalls hätte die Maschine sie niedergewalzt.

»Halt ihn auf, Mauerblum!«, befahl sie.

»Ich ... ich tu gar nichts.«

So sicher war Mondra dessen nicht. Der Matten-Willy umhüllte den oberen Körperbereich des Posbis wie eine zweite Haut. Wahrscheinlich war er zudem in verschiedene Körperöffnungen eingedrungen. Mondra vermutete, dass Mauerblum, ob gewollt oder nicht, den geringen Zellplasmaanteil des Posbis beeinflusste.

Die Alteraner reagierten mit Panik auf den marschierenden Maschinenteufel. Ihre gebrüllten Befehle verhießen nichts Gutes.

»Nicht schießen!«, rief Mondra. »Provozieren Sie ihn nicht!«

Der Posbi ruckte geschmeidiger herum als zuvor. Wenige Sekunden hatten ihm genügt, seine Funktionen unter Kontrolle zu bekommen. Die Projektormündungen der Waffenarme flammten auf. Falls er Nanos Befehlskodes unterdrückte, würde der Posbi nicht zögern, die Zentrale des eigenen Schiffes in Schutt und Asche zu legen. Er ortete biologisches Leben.

»Seid ihr Wahres Le...?« Der Funkempfang über Mondras Armband endete so unvermittelt, wie er begonnen hatte. Nach dem Sender brauchte sie nicht zu fragen, denn dessen Bewegungen erstarben in demselben Sekundenbruchteil. Das Flimmern der Waffenprojektoren erlosch ebenso wie die Sehzellen.

Mondra schaute hinüber zu dem zweiten Kampfroboter. Auch dessen Sensorband war dunkel geworden. Trotzdem dachte sie noch nicht daran, ihre Waffe wieder zu sichern. Halb wandte sie sich zu den Alteranern um. »Bitte gehen Sie an Ihre Plätze zurück! Das hier dürfte ausgestanden sein.«

»Hast du das bewerkstelligt?«, wandte sie sich wieder an den Matten-Willy.

»Nein«, quäkte Mauerblum und rutschte langsam an dem Roboter abwärts. »Er ist völlig lahmgelegt. Das ... das würde ich nicht schaffen.«

»Nano?« Mondra funkte den Rundron-Posbi über ihr Armband an.

»Ich habe eingegriffen«, bestätigte Nano Aluminiumgärtner. »Mir fiel auf, dass sich einer der Posbis der Kontrolle entzog. Beide sind nun endgültig stillgelegt.«

»Besteht die Gefahr, dass andere Posbis aktiv werden?«

»Ich würde es bemerken, Mondra. In dem Fall war ein mir unbekannter äußerer Einfluss ursächlich.«

Sie hätte sagen können, dass dieser Faktor einen Namen hatte: Mauerblum. Aber sie schwieg. Weil der Matten-Willy wie Espenlaub zitterte, kaum dass er sich vollständig von dem Kampfroboter gelöst hatte. Er versuchte zwar, sich zu einer halbwegs aufrecht stehenden Gestalt zusammenzuballen, aber das Ergebnis sah erbärmlich aus.

Schließlich sank der Matten-Willy haltlos in sich zusammen.

»Ich bin nutzlos«, blubberte es aus der Gewebsmasse. »Alles mache ich falsch. Ich werde mich in den nächsten Konverter stürzen.«

»Das wirst du nicht tun, Mauerblum!«

»Warum nicht?« Er zögerte kurz. »Siehst du, du hast keine Antwort.«

Nur den Bruchteil eines Augenblicks hatte Mondra Diamond gezögert. »Weil das keine Lösung ist!«, sagte sie schneidend.

»Was wäre denn ... eine Lösung?«

Sie starrte den Matten-Willy an. Er dachte gar nicht daran, sich selbst etwas anzutun, den Mut dafür brachte er nicht auf. Sonst hätte er anders reagiert. Mauerblum suchte vielmehr ihr Mitleid, wollte wahrscheinlich eine Bestätigung, wie schlecht es ihm ging. Vielleicht musste sie Drover und Nano raten, dass sie sich mehr um den Matten-Willy als um alles andere kümmern sollten. Er fühlte sich offensichtlich zurückgesetzt.

Beinahe hätte sie zu lange gezögert. Als Mauerblum sich zusammenzog, wurde ihr erst richtig bewusst, dass er sie nach einer Lösung gefragt hatte.

»Du musst auf deine Stärke vertrauen, Mauerblum!«,

sagte sie eindringlich. »Lotho Keraete hat dich für diese Mission ausgewählt, weil er weiß, dass du für uns wichtig sein wirst. Deine Stunde ist nur noch nicht gekommen.«

»Ach ...« Heftige Zuckungen durchliefen den Matten-Willy.

»Ich bin überzeugt, dass wir früher oder später ohne deine Hilfe nicht weiterkommen werden«, fuhr Mondra fort. »Was glaubst du, warum hat der Bote von ES dich ausgewählt und keinen anderen deines Volkes? Wo liegen deine besonderen Stärken?«

»Ich weiß es nicht.« Mauerblum dehnte sich endlich ruhig aus, als Mondra neben ihm in die Hocke ging und mit einer Hand über seine Oberfläche strich. »Ich denke darüber nach«, versprach er.

Nach diesem Zwischenfall hielt Mauerblum sich zurück. Zumindest war er irgendwann aus der Zentrale verschwunden, ohne dass jemand wusste, wohin er sich begeben hatte.

»Keine Ahnung, was in ihn gefahren ist«, sagte Mondra zu Perry, als er wieder in die Hauptzentrale kam. »Ich hoffe nur, dass der Schock mit dem Kampfroboter heilsam war.«

»Für ihn – und für Nano«, pflichtete Rhodan bei.

Erst Stunden später traf Mondra wieder mit Mauerblum zusammen, in der Nähe ihres Quartiers. Der Matten-Willy hatte sich zusammengerollt und ließ zwei Stielaugen pendeln.

»Ich habe auf dich gewartet, Mondra«, raunte er. »Ich habe mir einige dieser ... Posbis angesehen, aber sie wirken bedrohlich. Ich weiß nicht, was ich von ihnen halten soll.«

»Wäre es so einfach, hätte Lotho Keraete uns nicht nach Ambriador verschleppt.«

»Wir sind freiwillig gegangen!«, protestierte Mauerblum.

»Und jetzt verkriechst du dich freiwillig in einem der Korridore ...«

»Hast du das ernst gemeint, Mondra? Dass ES *mich* ausgewählt hat?«

»Ich denke schon.«

»Aber warum mich?« Mauerblums Tonfall ließ wieder eine eigenartige Nuance heraushören. »Was habe ich Besonderes?«

»Du kennst dich selbst am besten. Also frag nicht mich, sondern versuche, mit dir ins Reine zu kommen.«

»Ich hasse es, allein zu sein, Mondra.«

»Dann suche dir einen anderen Platz als ausgerechnet diesen Korridor. Du brauchst Gesellschaft.«

»Mondra!«, rief Mauerblum schrill, als sie sich anschickte weiterzugehen. »Du kannst mich nicht allein lassen.«

Sie kniff die Augen zusammen und fixierte die schwammige Gestalt, die sich anschickte, einen menschlichen Körper nachzubilden. »Doch«, sagte sie mit Nachdruck, »das kann ich.«

»Nimm mich mit!«

Vorübergehend glaubte sie, in dem Pseudo-Gesicht vertraute Züge zu erkennen – die von Perry?

»Ich bin müde und brauche Schlaf«, wehrte sie entschieden ab.

»Ich störe dich nicht, Mondra. Ich will dich nur umsorgen.«

»Du willst die Nähe eines Posbis«, korrigierte sie die Aussage. »Geh zu Nano oder Drover, einer von beiden wird Zeit für dich haben.«

»Vielleicht habe ich mich geirrt.«

Tief atmete die Terranerin durch. Es klang wie ein Stoßseufzer.

»Ich weiß erst, ob ich mich geirrt habe, wenn ich mich vom Gegenteil überzeugen kann. Diese Ambriador-Posbis haben keine wirklichen Gefühle. Sie sind kalt, sie denken rational und nüchtern.«

»Hast du getrunken?«

»Wasser«, bestätigte Mauerblum.

»Dann lass es auch dabei. Versuche einfach, ganz du selbst zu sein. Das dürfte dir doch nicht schwerfallen.« Mondra ging weiter. Solche Diskussionen führten ins Uferlose, aber gewiss nicht an ein Ziel. Die meisten Matten-Willys, von denen viele auch auf terranischen Welten anzutreffen waren, galten als friedlich und intelligent. Ausnahmen gab es immer wieder. Mauerblum entwickelte sich mit jedem Tag mehr zu einer solchen.

Perry Rhodan hatte die Maschinenräume und Triebwerkshallen aufgesucht. In dem Bereich wimmelte es weiterhin von Ambriador-Posbis, die in drei Schichten von alteranischen Technikern und Triebwerksspezialisten beaufsichtigt wurden. Nach wie vor war die Nähe der Posbis für die Männer und Frauen nichts Alltägliches, obwohl sie sich bereits Mühe gaben, unbefangen mit den Maschinenteufeln umzugehen. Mehr als dreißig Jahre Blutvergießen ließen sich eben nicht einfach beiseiteschieben. Immer wieder zeigte sich in den Gesichtern der Menschen ihr Hass auf die Roboter.

Drei ausgebrannte Linearkonverter waren ausgewechselt worden. Die Übernahme des nächsten Aggregats aus dem Altbestand der BOX wurde soeben vorbereitet.

»Ich gehe bis zum Äußersten«, erklärte der Lare. »Was ich verantworten kann. Aber mehr als zwei Etappen hält das Aggregat nicht durch.«

Der erreichbare Überlichtfaktor lag bei annähernd achthunderttausend. Verduto-Cruz hatte davor gewarnt, diesen

Maximalwert auszuschöpfen. Ein deutlich erhöhter Verschleiß wäre die Folge gewesen.

Wegen der Ortungsgefahr blieb die aktuelle Regenerationsphase kurz. Nichts fürchtete Rhodan mehr als das unerwartete Auftauchen einer Posbi-Flotte. Oder Laren, die BOX-1122-UM als ideales Angriffsziel angesehen hätten. Ein einzelner Fragmentraumer musste solche Begierden wecken.

Das Schiff lag wieder auf Kurs, nachdem ein zweites, schwaches Hypersturmgebiet umflogen worden war.

Die nächste Linearetappe. Das Posbi-Schiff gehorchte seiner neuen Besatzung, zumindest Nano Aluminiumgärtners historischen Befehlskodes. Nicht einmal der Robotkommandant probte den Aufstand.

»Sie sind von Grund auf misstrauisch, Rhodan?«, erkundigte sich der Lare. Sein Ärger war nicht zu überhören. »Sie glauben immer noch, ich könnte dem Schiff schaden? Oder seiner Besatzung? Aber sagen Sie aufrichtig, Terraner: Was hätte ich davon?«

»Ich weiß es nicht.«

»Wenigstens sind Sie ehrlich.« Verduto-Cruz lächelte bitter. »Ihre Alteraner bilden sich tatsächlich ein, sie könnten mich unauffällig beobachten. Sagen Sie Ihnen, sie sollen ihre Energie nicht weiter verschwenden.«

Rhodan hielt dem bohrenden Blick des Laren stand. Das Format eines Hortenor-Taak hatte Verduto-Cruz nicht, doch er war gefährlich.

Der Lare widmete sich wieder seiner Arbeit. Erst nach einigen Minuten wandte er sich um, wie um sich zu überzeugen, dass der Terraner gegangen war. Dass Rhodan ihn nicht aus den Augen gelassen hatte, irritierte ihn. »Ich unterstütze Sie, genügt Ihnen das nicht? Was wollen Sie eigentlich mehr?«

»Es scheint ein langer Weg zu werden, bis unsere Völker sich ohne Vorbehalt verstehen werden«, stellte Rhodan fest.

»Sehr wahrscheinlich«, sagte der Lare. »Aber das interessiert mich nicht, weil ich es nicht mehr erleben werde.«

Augenblicke später kündigte sich der Ausfall eines weiteren Linearkonverters an. Zum ersten Mal gewann Rhodan den Eindruck, dass Verduto-Cruz nahe davor stand, seine arrogante Ruhe zu verlieren.

11. Kapitel
Zwischenfall

»Sir!« Dumpf und ein wenig verzerrt hallte die Stimme von den Stahlwänden zurück. »Ich bitte Sie, in die Werkstatt zu kommen.«

Perry Rhodan blickte um sich. »Ich habe keine Bildübertragung.«

»Das ist bedauerlich.« Die Stimme, das war jetzt deutlicher zu erkennen, gehörte Captain Telemach Olexa. »Ich bitte Sie und Mrs. Diamond zur Anprobe. Bei der Gelegenheit: Für wen ist die vierte Schatulle bestimmt? Wenn meine technischen Spezialisten das gleich mit erledigen können ...«

»Wir besprechen das vor Ort, Captain! Danke.«

Rhodan warf einen Blick zu dem von der Decke seiner Kabine herabhängenden Kabelstrang, der in einen facettenreichen Projektorkopf verwandelt worden war. Zwei Techniker hatten es endlich geschafft, die Querverbindungen herzustellen. Trotzdem gab es einige Probleme.

Zwei Mal musste Rhodan den akustischen Befehl für eine Verbindung in die Hauptzentrale wiederholen. Dann stabilisierte sich zwar ein grobes Holo, doch Oberleutnant Li Fei war kaum zu erkennen.

»Mrs. Diamond hat die Zentrale vor wenigen Minuten verlassen.«

»Danke«, erwiderte Rhodan knapp und schaltete ab.

Kurz darauf erreichte er Mondra über Armbandfunk und bat sie in die Werkstatt.

»Die erste positive Nachricht«, stellte sie fest. »Es geht eben nichts über die Arbeit von Spezialisten.«

Sie trafen beinahe gleichzeitig ein. Was von Captain Olexa und seinen Leuten als Werkstatt bezeichnet wurde, war weit eher ein umfangreicher Fabrikbereich, wie es ihn auch auf großen terranischen Kugelraumern gab. Nur hatten die Posbis hier vor allem weitere Roboter konstruiert. Schon die erste Besichtigung der BOX war für Rhodan in der Hinsicht sehr aufschlussreich gewesen.

Nano Aluminiumgärtner hatte alle Posbis aus dem Werkstattbereich abgezogen. Trotz seiner Beteuerung, dass es keinen Geheimnisverrat geben könne, hatte Rhodan darauf bestanden. Von der Wirkung der »Schatullen« hing sehr viel ab. Das waren die Voraussetzungen, die stimmen mussten; unkalkulierbare Zufälle würden ohnehin für Probleme sorgen.

»Werden Sie die Fertigstellung komplett schaffen, bis wir Orombo erreichen?«, wandte der Terraner sich an den Captain.

»Ausschlaggebend ist der Test mit Ihnen beiden«, sagte einer der Techniker.

Telemach Olexa lächelte zufrieden, als Mondra mit schnellen Schritten auf die Schatullen zuging.

»Wie Marionetten!«, stellte sie unumwunden fest. »Wo sind die Fäden, an denen wir geführt werden?«

»Es gibt keine«, versicherte der Captain. »Das heißt – aus eigener Kraft würden Sie sich nur höchst schwerfällig bewegen können. Dafür haben wir die integrierten Kraftverstärker. Wer in einer Schatulle steckt, sollte außerdem nicht zu klaustrophobischen Anfällen neigen.«

»Wir sind es gewohnt, manchmal wochenlang einen geschlossenen Raumanzug zu tragen«, sagte Rhodan.

»Die Schatullen sind gewichtiger, erdrückend, sobald man erst in einer steckt. Ich habe meinen Test schon hinter mir.«

Mondra musterte die vier klobigen Anzüge, die nebeneinander in Antigravfeldern hingen. Sie erweckten den Anschein, als hätte jemand einen schweren Raumanzug für Extremwelten in seine Bestandteile zerlegt und diese als Bündel zusammengeschnürt. Obwohl es deshalb schwer zu erkennen war, wirkten diese vier Packen dennoch unterschiedlich.

»Diese Hülle wurde nach Ihren Grobmaßen zusammengestellt, Mrs. Diamond.« Der Captain zog eine der Schatullen nach vorn. »Das Exemplar daneben ist für Sie vorbereitet, Mr. Rhodan. Alles natürlich erst ein Provisorium, das im nächsten Schritt komplett zusammengefügt und ausgestattet wird.«

»Ich weiß gar nicht mehr, wie oft ich schon ähnliche Masken anlegen musste«, sagte Rhodan, während er die Körperhülle schloss. »Aber das hier dürfte die umfangreichste, auf jeden Fall die gewichtigste sein.«

Er fühlte sich eingeengt und sah, dass es Mondra keinen Deut anders erging.

»Im endgültigen Sitz werden die Schatullen bequemer sein und zudem an Reibungspunkten aufgepolstert«, erklärte einer der Spezialisten. »Jetzt die Arme anwinkeln, Sir!«

Perry fühlte sich wie beim Start zu seiner ersten Mondlandung. Nicht, dass sein Raumanzug zu jener Zeit ähnlich steif und unbequem gewesen wäre, aber damals hatte man sich Roboter so vorgestellt, wie er jetzt zusammengeschraubt wurde. Bei seiner Rückkehr vom Mond hatte er selbst schon ein völlig anderes Roboterbild gehabt, entsprechend den arkonidischen Maschinen. Posbis in ihrer Vielgestaltigkeit wichen davon nochmals ab.

Mit einem Mal hatte er kaum noch Bewegungsfreiheit. Aber die unsichtbare Last fiel schnell wieder von ihm ab, nachdem alle Messungen abgeschlossen waren.

»Sie erhalten ausgeklügelte Exoskelette«, sagte Captain Olexa stolz.

»Ihre eigene Mutter wird sie in so einem Ding nicht erkennen«, fügte einer der Techniker grinsend hinzu.

»Wichtig ist, dass uns die Posbis nicht erkennen«, erwiderte Rhodan. »Mehr verlange ich gar nicht.« Nur gedämpft und wie aus weiter Ferne hörte er die Stimmen. Das Kommunikationssystem war noch nicht installiert.

»Von außen perfekt, ein Maschinenteufel wie Tausende andere auch«, bemerkte der Captain.

»Soll ich blind durch die Hölle tappen?«

Jemand lachte gequält. »Ungefähr vor Ihnen, Sir, in Brusthöhe. Spüren Sie die Vertiefung unter ihren Fingern?«

»Ja. Falls da manuelle Kontrollen vorgesehen sind, vermisse ich sie aber.«

»Die Klein-Positronik wird ebenfalls erst integriert. Ebenso die Kraftverstärker und die Projektorsätze für die Prallfelder. Die Positronik wird sie zudem in die Lage versetzen, an rudimentärer robotischer Kommunikation teilzunehmen.«

»Ich fühle mich jetzt schon wie ein Posbi. Wahrscheinlich werde ich die Schatulle bald nicht mehr ablegen wollen.«

»Keine Sorge, Sir, so bequem wird es nicht werden.«

Minuten später schälten ihn hilfreiche Hände wieder aus dem stählernen Sarg. Gerade noch rechtzeitig, dass er Mondra in ihrer robotischen Gestalt sehen konnte. Im ersten Moment hatte er wirklich den Eindruck, einen Posbi vor sich zu haben. Diese Schatulle wirkte keineswegs plump. Mondra versuchte sogar, ein Stück weit vorwärts zu kommen. Ihre Schritte wirkten eckig und plump, aber das würde mit funktionierenden Kraftverstärkern völlig anders sein.

Mit einem Fingerschnippen aktivierte Captain Olexa einen Holoprojektor. »Was Sie sehen, Sir, ist Ihre Schatulle. Originalgröße.«

Ein gut zwei Meter zwanzig großer Posbi. Roboter, die als Vorbild gedient haben mochten, hatte Perry schon mehrfach an Bord gesehen.

»Alle Vorgänge können Sie später über die Klein-Positronik steuern«, erklärte der Captain. »Das Sensorband überträgt alle Wahrnehmungen auf eine innere Matrix. Lediglich die Farbübertragung bekommen wir bislang nicht in den Griff. Als Ausgleich wird Ihnen aber Infrarot zur Verfügung stehen.«

»Gut«, sagte Rhodan. »Ich gehe davon aus, dass die ersten Schatullen einsatzbereit sein werden, bis wir Orombo erreichen.«

»Ich dachte ...«

»Ja, Captain?«

»... die Masken werden erst auf der Hauptwelt der Posbis zum Einsatz kommen.«

»Wenn wir die Achtzigsonnenwelt wirklich erreichen. Falls nicht, werden wir unter Umständen gezwungen sein, eher zu handeln. Auf keinen Fall kann es schaden, weitere Masken zur Verfügung zu haben.«

»Die Kapazität reicht für zehn Schatullen. Vier werden in den nächsten dreißig Stunden einsatzbereit sein. Zwei für Mrs. Diamond und Sie selbst, die dritte wird mir auf den Leib geschneidert, aber Nummer Vier ...?«

»Verduto-Cruz weiß bislang nichts davon. Ich sorge dafür, dass er sich zur Anprobe einfindet.«

»Der Lare? Sir, finden Sie nicht ...?«

»Ich kenne Ihre Bedenken, Captain. Nur dürfen wir uns pauschale Vorbehalte nicht erlauben.«

»Wir müssen davon ausgehen, dass wir auf der Achtzigsonnenwelt die Unterstützung des Laren benötigen werden«, stellte Mondra fest. »Dass Verduto-Cruz die Technik der Posbis beherrscht, hat er mehr als überzeugend bewiesen.«

Verduto-Cruz reagierte keineswegs überrascht, als Perry Rhodan ihm von den Schatullen berichtete. »Ich dachte mir schon, dass Sie etwas Ähnliches vorhaben«, lautete sein Kommentar. »Wenn Sie mich dabeihaben wollen, stehe ich zur Verfügung. Ich kann Ihnen nützlich sein, da haben Sie völlig recht. Sobald ich hier abkömmlich bin, werde ich mich in der Werkstatt einfinden.«

Rhodan sah nicht mehr, dass der Lare ihm nachdenklich nachschaute.

Seit geraumer Zeit arbeiteten alle Systeme einwandfrei. BOX-1122-UM bewegte sich mit annähernd Höchstgeschwindigkeit durch den Linearraum.

An einem Statusterminal kontrollierte Verduto-Cruz die aktuellen Leistungswerte und wartete den Rücksturz in den Normalraum ab. Die Überprüfung aller Parameter war zur Routine geworden. Der Lare wirkte dennoch angespannt, scheuchte mehrere Alteraner herum, die nach seiner Ansicht nicht präzise genug mit den Posbi-Anlagen umgingen, und verließ den Triebwerkssektor, nachdem die nächste Überlichtetappe eingeleitet war.

Geduldig ließ er die Messungen in der Werkstatt über sich ergehen. Letztlich äußerte er sich sogar zufrieden über die Schatullen. Er war gerade im Begriff, seiner Meinung nach unerlässliche Verbesserungsvorschläge durchzusetzen, als Alarm ausgelöst wurde.

»Triebwerksschaden!«, brüllte jemand. »Es sieht so aus, als würden mehrere Umsetzer kritisch werden.«

»Was genau?«

Nur ein Kopfschütteln antwortete dem Laren.

BOX-1122-UM befand sich im Linearraum. Falls die Umsetzer tatsächlich mehr Energie abgaben, als benötigt wurde, bestand höchste Gefahr. Verduto-Cruz rief den Alteranern zu, dass sie Rhodan informieren sollten, er sei unterwegs, dann hastete er los, quer durch das halbe Schiff.

Niemand würde in dieser Situation darauf achten, welchen Weg er nahm. Gut konnte er sich die wachsende Verzweiflung der Techniker vorstellen, die kaum eine Chance hatten, die Ursache des Problems aufzuspüren.

Verduto-Cruz, an eine höhere Schwerkraft gewöhnt als die Alteraner, kam schnell voran. Niemand begegnete ihm. Schwieriger wurde es erst, als er die Nähe der Sanitäranlagen erreichte. Angesichts des Notfallalarms würde aber niemand die Duschräume aufsuchen.

Er wurde langsamer und sondierte mehrere Seitenkorridore, bevor er den defekten Posbi ansteuerte. Die Zeit war sein Problem. Falls wider Erwarten doch jemand auf ihn aufmerksam wurde, würde er Schwierigkeiten haben, Rhodan eine glaubwürdige Erklärung zu präsentieren. Der Terraner war ihm ebenbürtig, das hatte er frühzeitig gespürt. Obwohl Rhodan sein Geschwätz von Verständigung und Gemeinsamkeiten selbst zu glauben schien, machte ihn das nicht weniger gefährlich. Die Alteraner waren berechenbar in ihrer Ablehnung, Rhodan und die Frau an seiner Seite weit weniger.

In einem Seitengang stand der Roboter. Schon seiner äußeren Schäden wegen gehörte er zu den Posbis, die deaktiviert blieben. Niemand hatte diesen Koloss beachtet, Verduto-Cruz schon. Wenngleich er dieser Kampfmaschine nur manchmal ein kurzes Interesse gewidmet hatte.

Jetzt war er sicher, dass ihn niemand beobachtete. Das geringe Restrisiko nahm er bewusst in Kauf.

Jeder Handgriff saß. Er wusste, was zu tun war, hatte mehr Ahnung von den Posbis, als irgendjemand an Bord glauben würde. Vor allem durfte Nano Aluminiumgärtner die Aktivierung nicht auffallen. Das war möglich. Andernfalls hätten die Alteraner nicht fieberhaft nach einem ungebetenen Passagier gesucht.

Verduto-Cruz hielt den Atem an, als er sich dem Innenleben des Posbis widmete. Mit einem Präzisionsinstrument blockierte er mehrere Impulsleiter. Der Posbi durfte keine Kennung senden.

Noch stand die schwere Kampfmaschine reglos.

Der Datenspeicher, den Verduto-Cruz präpariert hatte, maß nicht mehr als eineinhalb Zentimeter Seitenlänge. Mit fliegenden Fingern platzierte er das Plättchen in die Befehlserkennung und justierte die Nervenleiter neu.

Viereinhalb Minuten waren vergangen, als er den Speicher auf Vorlauf schaltete und die Wartungsöffnung des Roboters schloss.

Der Posbi erwachte. In seinen Sehzellen erschien ein heller werdendes Glimmen. Die erforderlichen Parameter wurden innerhalb seiner Befehlserkennung geprüft und übernommen. Der ganze Vorgang nahm nicht mehr als Nanosekunden in Anspruch.

Verduto-Cruz wusste nicht, welche Schäden der Roboter tatsächlich davongetragen hatte. Für eine derart detaillierte Untersuchung war ihm das Risiko, von einem Besatzungsmitglied überrascht zu werden, zu groß gewesen. Deshalb aktivierte er vorerst auch nur das Motorikzentrum.

Ruckartig setzte sich die Kampfmaschine in Bewegung.

Verduto-Cruz wartete, bis der Posbi in den Hauptkorridor einbog. Kein Alteraner ließ sich sehen. Der Roboter hatte den Befehl, Verduto-Cruz' Kabine aufzusuchen und sich dort umgehend wieder zu deaktivieren.

Der Lare hastete weiter.

Er war sicher, dass die alteranischen Techniker längst Blut und Wasser schwitzten. Es lag ihm fern, dem Fragmentraumer Schaden zuzufügen, den er selbst nicht mehr hätte beherrschen können, aber die bornierten Emporkömmlinge würden seine Überlegenheit endlich vorbehaltlos anerkennen müssen.

Ein Witzbold hatte die beiden Posbis mit Regenbogenfarben besprüht. Da es sich zudem um Fluoreszenzpigmente handelte, stachen die massigen Leiber jedem, der in den Hauptkorridor einbog, sofort ins Auge.

Kopfschüttelnd blieb Mondra Diamond stehen. Eigenwillige Musik klang ihr entgegen. Es waren fremdartig anmutende Töne, die deutlich zeigten, dass die alteranische Kultur nicht nur in der Vergangenheit der Siedlerschiffe verhaftet war, sondern durchaus eigene Wege beschritten hatte. Die Melodie wirkte nicht aufdringlich, aber mitreißend. Ein Hauch von Sehnsucht klang darin an, doch ebenso der raue und ruppige Ton des Krieges.

»Eigentlich«, hatte Mondra spontan widersprochen, als sie von dieser geplanten Feier erfahren hatte, »gibt es an Bord immer noch genügend Arbeit. Jeder kann sich austoben, bis er todmüde in die Koje sinkt.«

Und genau deshalb war sie nun hier. Sozusagen als offizielle Beobachterin.

»Wir dürfen nicht vergessen, meine Liebe, dass Menschen zu Extremen neigen«, klang ihr Perrys Erklärung im

Ohr. »Unsere Techniker und Soldaten sehen endlich einen Hoffnungsstreifen am Horizont. Lass sie feiern, sie haben wahrlich Grund dafür.«

Und vor allem wissen wir nicht, was uns noch erwartet, fügte sie in Gedanken hinzu.

Die Blockade der Umsetzer vor einem halben Tag war schon eine dieser Überraschungen gewesen und wäre beinahe zur Katastrophe ausgeartet. Ein sehr ruppiger Rücksturz aus dem Linearflug, verbunden mit zerstörerischen Überschlagsenergien, hätte das Schiff auf jeden Fall für lange Zeit manövrierunfähig gemacht, im schlimmsten Fall zu einem treibenden Wrack.

Der Lare hatte sie gerettet. Er allein war in der Lage gewesen, den Positronikfehler aufzuspüren, der eine zur Lawine anwachsende Flut von Fehlsteuerungen ausgelöst hatte. Seine Korrektur war gerade noch rechtzeitig erfolgt.

Seitdem sah die Besatzung der BOX Verduto-Cruz mit anderen Augen. Etliche waren nachdenklich geworden und gestanden bereits ein, dass sie sich allzu schnell zu einem Urteil hatten hinreißen lassen. Dass Verduto-Cruz ein Lare war, stempelte ihn nicht sofort zum Gegner ab.

Seit dieser Beinahe-Katastrophe, die schon einen Tag zurücklag, verlief der Flug reibungslos. Außerdem waren die letzten notwendigen Reparaturarbeiten vor wenigen Stunden abgeschlossen worden – sehr viel schneller, als anfangs von jedem für machbar gehalten.

Jeder hatte gespürt, dass eine ungeheure Anspannung gewichen war.

Und morgen würde, sofern es keinen Zwischenfall mehr gab, BOX-1122-UM an den Koordinaten von Orombo aus dem Linearraum fallen. Und dann ... Unwillig schüttelte Mondra den Kopf. Was immer sie vorfinden würden, sie mussten sich nach den Gegebenheiten richten.

Sie erreichte den ersten Posbi. Ein Kampfroboter wie jene am Zentraleschott, nur war in ihm nicht ein Hauch von Energie. Der Witzbold mit der Farbe entpuppte sich als verhinderter Künstler. Er hatte dem klobigen Posbi nicht nur rote Hörner aufgesprüht und ihm einen schwarzen Klumpfuß verpasst, er hatte ihm auch einen richtig drahtigen Schwanz angeheftet, der im Schritt nach vorn gebogen war und sich mehrfach um eines der Beine wand.

Immerhin erstarrten die Alteraner nicht in ohnmächtiger Furcht vor den Maschinenteufeln.

Der zweite Posbi war auf ähnliche Weise drapiert. Sein kantiges Kinn wurde sogar von einem Ziegenbart verziert.

Millionen Tote hatte dieser Krieg schon gefordert. Aber anders als mit solchem Spott, der den Gegner greifbar machte und ihn vom Podest der Übermächtigkeit herabholte, waren die Angriffe der Fragmentraumer wohl nicht mehr zu ertragen.

Morgen werden wir erfahren, ob wir mit diesen Teufeln richtig umzugehen verstehen, dachte Mondra bitter.

Sie tauchte ein in die kleine Welt der Feiernden, die so gar nichts mehr mit der gefühlten Kälte des Fragmentraumers zu tun hatte. Hier hatten Tod, Leid und beklemmende Erinnerungen für kurze Zeit ihre Macht verloren.

Mondra blieb kurz stehen und versuchte, sich in dem Stimmengewirr und der Musik zu orientieren. Die Beleuchtung war manipuliert worden, das Licht hatte etwas von der Stimmung eines schönen Sonnenuntergangs. Im Hintergrund erklang sogar Brandungsrauschen.

Bevor sie sich versah, fühlte sie sich von hinten an den Armen gepackt und herumgezerrt. Ein bulliger Raumsoldat hatte geglaubt, sie an sich ziehen zu müssen, doch ebenso schnell bemerkte er seinen Irrtum.

»Verzeihung, Mrs. Diamond«, ächzte er. »Ich dachte ... ich meinte ...« Immer noch hielt er ihre Arme fest.

»Sie dürfen Ihre Hände ruhig wieder wegnehmen, Sergeant! Ich bin nur hier, um mich umzusehen.« Mondra nickte knapp, als ihr Gegenüber endlich losließ. Im Herumdrehen entdeckte sie Nano Aluminiumgärtner. Der Posbi schaute ihr aus hell leuchtenden Multi-Sensorflächen entgegen. Seine heruntergezogenen Mundwinkel verliehen ihm in dieser Umgebung ein unendlich trauriges Aussehen. Allerdings stand Nano fast auf der anderen Seite des Raums, und zwischen ihnen drängten sich etliche Alteraner. Mondra beachtete ihn nicht weiter.

Sie schätzte, dass sich an die sechzig Männer und Frauen eingefunden hatten. Ihr Stimmengewirr wurde von keinen Akustikfeldern kanalisiert.

Mondra schritt über festgetretenen Sand, auf dem sanfte Wellen ausliefen, auf eine Reihe von Dünen zu. Weiter im Hintergrund erhoben sich die Gipfel eines Karstgebirges, das von der untergehenden Sonne kaum noch angeleuchtet wurde. Die künstliche Abendstimmung wurde mit jeder Minute deutlicher.

Suchend sah sie um sich. Zu ihrer Rechten, in dem Bereich, in dem sie eben Nano gesehen hatte, wucherte nun dichter Dschungel empor. Das üppige Grün der Baumkronen zog sich bis halb über die hohe Hallendecke. Ein Schwarm bunt gefiederter exotischer Vögel stob krächzend auf.

Die holographischen Szenarien wirkten echt, solange man sie nur oberflächlich betrachtete. Wer die erforderlichen Programmschablonen an Bord gebracht hatte, sah Mondra im Grunde als unerheblich an. Zumindest gab es jemanden, der daran gedacht hatte.

Tischgruppen – die selben einfachen Plastikmöbel wie in

ihrer Kabine – waren überall verteilt. Mondra ließ sich an einem freien Tisch nieder.

Mehrere Paare tanzten. Sofern dieses gegenseitige Berühren und Verbiegen der Gliedmaßen tatsächlich als Tanz bezeichnet werden konnte.

Ein Techniker kam auf sie zu, stellte ihr einen gefüllten Becher auf den Tisch und eilte weiter. Feurig heiß, aber keineswegs unangenehm, rann der erste Schluck durch Mondras Kehle. Sie spürte, dass die leichte Müdigkeit von ihr abfiel.

Die Melodie, die jetzt erklang, kannte sie. Reginald Bull hatte hin und wieder dieses Lied gesummt. »Uralt«, entsann sie sich seiner Behauptung. »Komponiert, als Perry und ich noch lange nicht an interstellare Raumfahrt dachten. Hätte uns zu dem Zeitpunkt jemand erklären wollen, welche Fülle intelligenten Lebens wir allein in der Milchstraße vorfinden würden, wir hätten ihm wohl kaum geglaubt.«

Fünf Millionen Lichtjahre von der Milchstraße entfernt, in einer Galaxis, in der Menschen seit Jahrzehnten um ihr Überleben kämpften, klang dieses Lied wie ein Anachronismus. Aber zugleich verbreitete es Hoffnung. Oh ja, Mondra konnte Perrys besten Freund verstehen, dass er an diesem Lied hing, und das nicht nur, weil es möglicherweise das Einzige war, das Jahrtausende überdauert hatte.

... five hundred miles a way from home ...

»Wir beide sollten zu dieser Musik tanzen.« Leutnant Harrison Hainu stand vor ihr und grinste breit. »Es wird mir eine Ehre sein, die Begleiterin des Großadministrators in unsere Kultur einzuweihen. Ich weiß nicht, ob die Menschen in der Milchstraße Tänze überhaupt noch kennen ...«

»Doch, Leutnant. Nur anders als hier.« Mondra erhob sich. Hainu war fast so groß wie sie. Er warf ihr einen schmachtenden Blick zu, hob die Unterarme und drehte ihr die Handflächen entgegen. Der Reihe nach bog er die Finger ein.

»Sie müssen es mir nur nachmachen, Mrs. Diamond. Es ist ganz einfach.«

Geflissentlich übersah er, dass sie die Finger verhedderte. »Wie lebt es sich an der Seite des Groß... ich meine, eines so geschichtsträchtigen Mannes wie Perry Rhodan?«

»Sie fragen aus einem bestimmten Grund, Leutnant?«

»Ich müsste lügen, würde ich Sie nicht als Schönheit bezeichnen.«

Abrupt blieb sie stehen. Hainu drehte sich an ihr vorbei, stoppte und kam aus dem Takt.

»Ich lebe nicht mit Perry zusammen«, sagte sie. »Wir beide sind gute Freunde.«

»Aber ...«

Fast tat ihr der Kampfpilot wegen ihrer schroffen Reaktion leid. »Sie wollten tanzen, Leutnant«, versetzte sie deshalb. »Was ist, haben Sie schon genug?«

»Nein, natürlich nicht.« Harrison Hainu rüttelte an dem Ohrwurm, den er auch jetzt trug. »Jake, das Lied von eben noch einmal!«, sagte er bestimmt. »Ja, das Uralt-Ding von Terra ... Es hat irgendwie die Zeit überdauert«, sagte er zu Mondra. »Seltsam. Manchmal frage ich mich, warum manches vergänglich ist und anderes nicht.« Er spreizte die Arme ab, verschränkte die Hände im Nacken ...

... aber sein Grinsen gefror, als ihn eine große metallische Gestalt sanft aber bestimmt zur Seite schob.

»Bitte unterlassen Sie diese Verrenkungen, Leutnant!«, schnarrte Nano Aluminiumgärtner. »Ich sage Ihnen das als Unbeteiligter. Falls Sie es jedoch lieber aus dem Mund von Perry Rhodan ...«

»Was soll das, Nano?«, fuhr Mondra auf. »Was ist mit dir los?«

»Nichts«, antwortete der Posbi. »Außer, dass ich typisch menschliche Verhaltensschemata sehr wohl zu erkennen weiß.«

»Hast du getrunken?«

»Diese Frage habe ich erwartet, Mondra. In deiner Erregung ü-übersiehst du jedoch, dass ich als Posbi nicht anfällig bin. Im Übrigen habe ich die T-terraner und ihre Besonderheiten über Jahre hinweg studiert. Ich kenne jede Trivid-Seifenoper und alle Dialoge. Ebenso das sich daraus ergebende Chaos in den z-zwischenmenschlichen Beziehungen.«

In diesem Augenblick war Mondra sich wirklich nicht schlüssig, ob sie lauthals lachen sollte. Mauerblum war schon zutiefst gekränkt. Falls nun auch Nano in einen Gefühlskonflikt stürzte, den sein Plasmaanteil auslöste, lag das bestimmt nicht in Lotho Keraetes Absicht.

»Um was handelt es sich bei einer – wie sagtest du – Trivid-Seifenoper?«, wandte Hainu sich an den Posbi.

Nano streckte nur einen Arm aus und schob den Kampfpiloten mühelos zur Seite. »Versuche nicht, m-mich abzulenken!«, sagte er theatralisch. »Mich kannst du nicht beeinflussen.«

Niemand tanzte mehr. Einige Paare schauten interessiert auf Mondra, den Leutnant und den Posbi. Im Hintergrund erklangen heisere Rufe, gefolgt von schallendem Gelächter.

»Ich weiß, dass Perry Rhodan und Mondra Diamond füreinander bestimmt sind«, fuhr Nano eindringlich fort. »Lass deine Finger von der Frau, Leutnant ...!«

»Nano«, fuhr Mondra auf, »ich verbiete dir, in diesem Ton weiterzureden!«

»Das ist die typische Reaktion. Ich habe gesehen, wie dich diese nichtsnutzigen Tagediebe anschauen. Erst die Blicke von Captain Olexa – soll ich dir die Holospeicherung vorführen?«

»Du sollst schweigen, Nano! Oder ich werde dich verschrotten lassen.«

»Natürlich. Das ändert nichts daran, dass Perry und du ...«

»Wenn du mir nicht wichtig wärst, Nano, wenigstens für diesen Einsatz, würde ich dich auf der Stelle kurzschließen.« Mondra blickte in die Runde. Verwirrte, teils erwartungsvolle Gesichter schauten ihr entgegen. »Ich bedauere diesen Zwischenfall«, stellte sie unumwunden fest. »Die Posbis in der Milchstraße sind die besten Freunde der Menschheit. Aber vieles hat eben zwei Seiten.«

Das Lachen im Hintergrund war lauter geworden. Mondra schaute in die Richtung, konnte aber nicht sehr viel erkennen. Techniker und Raumsoldaten standen dicht gedrängt und schienen sich köstlich zu amüsieren.

»Dort drüben war vorhin noch der Matten-Willy«, raunte jemand neben ihr.

Niemand lachte mehr. Irgendwer, möglicherweise sogar Leutnant Hainu, gab den Befehl, die Akustikfelder abzuschalten. »Wenn ich sofort sage, meine ich sofort!«, hörte Mondra ihn sagen, aber sie achtete nicht mehr darauf.

Unwillig schob sie die ersten Männer beiseite. Jemand versuchte, sie zurückzuhalten, doch als der Betreffende sie erkannte, zuckte er zurück, als hätte er sich die Hände verbrannt.

Mondra rümpfte die Nase. Es roch nicht nur, es stank. Nach verschüttetem Sekt und nach härteren Sachen.

Vor ihr lag etwas auf dem Boden, das aussah wie eine Riesenamöbe. Mauerblum befand sich in einem erbärmlichen Zustand. Vergeblich versuchte er, sich aufzurichten, doch die dünnen Beinchen, die er ausbildete, knickten sofort wieder ein.

Mondra kniete vor ihm nieder. Selbst die Gespräche an einigen entfernteren Tischen waren verstummt.

»Hicks!«, machte der Matten-Willy.

»Du bist stockbesoffen!«, schimpfte Mondra. »Ich mach mir Sorgen um dich ...«

»Muscht du nicht.« Ein armdickes Pseudostielauge stieg vor ihr in die Höhe, bog sich aber so heftig von einer Seite zur anderen, dass Mauerblum sie kaum wirklich wahrnehmen konnte.

»Was habt ihr ihm gegeben?«, herrschte Mondra die Umstehenden an.

»Nicht einmal ein halbes Glas Sekt.«

»Er hat es selbst verlangt. Weil er sich schwach gefühlt hat.«

»Jedschd bin ich nicht mehr schwwwach«, nuschelte Mauerblum. »Jedschd bin ich schdark. Isch gehe!«

Tatsächlich schaffte er das Kunststück, sich vom Boden zu erheben. Die diamantharte Schicht seiner Teleskopfüße verursachte ein schrilles Kreischen. Er rülpste unterdrückt, als er an Mondra vorbeitaumelte.

»Wohin gehst du?«, fragte sie voll böser Vorahnung. Dass Mauerblum sich absichtlich in diesen Zustand versetzt hatte, war nicht zu übersehen. Vielleicht hätte sie ihn doch ernst nehmen sollen, als er vor einem Tag angekündigt hatte, sich in den nächsten Konverter zu stürzen. Aber mancher Matten-Willy hörte sich eben gern reden.

»Wohin? Hicks. Ich will endlich zu etwas nütze sein. Ich habe ... habe eine Aufgabe gefunden.«

Matten-Willys reagierten auf Alkohol höchst empfindlich. Sie wurden albern, geradezu kindisch. In gewisser Weise traf das auch auf Mauerblum zu. Aber er hatte schon vor einem Tag Schwermut verbreitet, und das steigerte sich bis zum Exzess.

»Ich bin Müll«, krächzte er. »Wertlos ... weggeworfen. Sogar von meinen Freunden. Sie ... sie sind nicht da ... hicks ... wenn ich sie ... brauche.« Er krümmte sich und versuchte vergeblich, Kugelform anzunehmen. Sein Gleichgewichtsempfinden war nicht mehr das beste. »Aber sogar Müll ... ist brauchbar. Wenn er zu Energie verbrennt. Eine gute Tat ... Ich werde glücklich sterben, weil ich weiß ...« – ein heftiges Schluchzen schüttelte den Körper – »dass alle mit mir zufrieden sein werden.«

»Das kannst du nicht tun, Mauerblum.«

»Ich ... kann ...« Gurgelnd rannte er los. Schwankend zwar, doch schneller, als Mondra es erwartet hätte.

Sekunden später ein gurgelnder Aufschrei. Nano Aluminiumgärtner war rechtzeitig zur Stelle gewesen, hatte mit beiden Greifklauen zugepackt und den Matten-Willy vom Boden gepflückt. Mauerblum trat nach dem Posbi und hätte ihm sicher schwere Schäden zugefügt, wenn er nüchtern gewesen wäre. In seinem desolaten Zustand schaffte er es allerdings nicht, den Roboter zu treffen.

»Ich will sterben, du Monstrum!«, keuchte er. »Wirf mich in den Abfallvernichter! Na los, worauf wartest du?«

Nach einer Weile wurde das Wimmern leiser. Schließlich schluchzte Mauerblum nur noch. Er war nicht einmal mehr in der Lage, seinen Körper so zu verformen, dass er im wahrsten Sinne des Wortes zwischen den Fingern des Posbis hindurchgeflossen wäre.

»Ein bis zwei Stunden, dann wird er wieder einigermaßen nüchtern sein und sich vermutlich an gar nichts erinnern«, behauptete Nano.

Mondra war sich dessen nicht sicher, aber der Posbi musste es wissen. Sie fragte sich, wie mit einer solchen Truppe ein Krieg zu gewinnen sein sollte.

Wenn sie es recht bedachte: Lotho Keraete hatte mit seiner Auswahl womöglich denselben makaberen Humor bewiesen, der die Superintelligenz ES schon immer auszeichnete.

Nach der Beinahe-Katastrophe mit den Umsetzern folgten ihm nicht mehr so viele misstrauische Blicke wie zuvor. Beinahe bedauerte Verduto-Cruz, dass er diesen Zwischenfall nicht schon eher provoziert hatte.

Er schaute an der massigen Gestalt empor, die mitten in seiner Kabine stand. Endlich konnte er ungestört an dem Posbi arbeiten. Dass die Menschen und sogar Perry Rhodan eine gewisse Privatsphäre respektierten, war ihm schon am ersten Tag aufgefallen. Solange er keinen Anlass dazu gab, würde niemand den ohnehin kahlen Raum durchsuchen.

Natürlich hatte er das Misstrauen bemerkt, das ihm von allen Seiten entgegengebracht worden war. Aber hätte er monoton versichern sollen, dass es keinen Grund dafür gab? Wie er die Alteraner einschätzte, hätte ihm ohnehin niemand geglaubt. Sie waren hin und her gerissen worden zwischen der Hoffnung auf Unterstützung und der Furcht davor, er könne ihr waghalsiges Unternehmen scheitern lassen.

Den Kampfroboter in seinem Sinn umzuprogrammieren, war eine Herausforderung für ihn. Vor allem durften Nano Aluminiumgärtner und Drover nicht bemerken, dass ein Posbi aus seiner Starre aufgeweckt worden war.

Verduto-Cruz arbeitete keineswegs langsam, aber dennoch bedächtig. Die Chance, einen Fehler rückgängig zu machen, würde ihm der Posbi nicht lassen, das wusste er. Dieser Kampfmaschine hatte er nichts entgegenzusetzen.

Er nannte den Koloss Kohurion, nach einem der Gründer des Trovents in Ambriador.

12. Kapitel
Gegner an Bord

Matio Candiz griff nach dem Strahlgewehr. Seine Finger verkrampften sich um den Schaft.

»Wir haben alle gegen uns«, wiederholte Yu Tao eindringlich. »Darüber müssen wir uns klar sein. Gerade die Raumsoldaten werden uns als Gegner sehen und entsprechend reagieren. Wir müssen also nicht nur schnell sein, wir dürfen uns zudem nicht die geringste Blöße geben.«

Er nickte verbissen, obwohl er in Gedanken schon wieder Monate in der Vergangenheit weilte. Ihm war, als könne er Tafdys Nähe spüren. Sie war bei ihm, auch wenn er sie nicht sehen konnte. In irgendeiner Erscheinungsform.

Candiz war unruhig. Nie würde er das Gesicht des Laren vergessen, der ihn daran gehindert hatte, von Tafdy Abschied zu nehmen. Seine schlimmsten körperlichen Wunden waren verheilt, die Ärzte hatten davon gesprochen, dass er über einen unglaublichen Lebenswillen verfügte, aber die Narben in seiner Seele hatte niemand behandelt. Er wollte Vergeltung.

»Die Deflektorschirme sind kein Allheilmittel, insofern dürfen wir uns nicht darauf verlassen, dass wir wirklich unbemerkt bleiben werden. Vor allem die Maschinenteufel werden die Streustrahlung sehr schnell anmessen.«

Yu Tao wurde nicht müde, alles bis zum Erbrechen zu wiederholen. »Ponffo und ich leiden nicht an Gedächtnisschwund«, wollte er der Agentin an den Kopf werfen, doch er schwieg. Yu Tao hatte recht, zu viel hing davon ab.

Einen Versuch hatten sie in letzter Sekunde abgebrochen, weil der Lare so gut wie nie allein gewesen war. Sie hätten ihn töten können. Ein wohlgezielter Schuss aus dem Hinterhalt – nicht nur ein Streifschuss wie der, unter dessen Nachwirkungen Candiz noch heute litt – hätte das Problem schnell aus der Welt geschafft, aber gleichzeitig eine Reihe neuer Schwierigkeiten entstehen lassen.

Yu Tao hatte ihre Beziehungen genutzt. Einer Agentin der Legion Alter-X standen viele Türen offen, die anderen versperrt blieben. Was es über Verduto-Cruz herauszufinden gab, hatte sie in Erfahrung gebracht. Seine Arbeit für die Maschinenteufel musste der Knackpunkt sein. Der zeitliche Zusammenhang mit dem Ausbruch des Krieges drängte sich geradezu auf.

Yu Tao befürchtete, dass der Lare Teil eines genialen Planes war, der nur ein einziges Ziel haben konnte, nämlich den Untergang des Imperiums Altera.

»Falls wir auf Widerstand stoßen, wird jeder auf sich allein angewiesen sein«, rief seine Vorgesetzte in Erinnerung.

Das ist im Interesse der Sache, fügte Matio Candiz in Gedanken hinzu. Immer wieder bewegten sich seine Überlegungen im Kreis. Seit zweieinhalb Jahrtausenden hofften und warteten die Menschen in Ambriador darauf, dass ein Raumschiff aus der alten Heimat eintraf. Sie hatten ihr Wissen um den Großadministrator, um Reginald Bull, das Mutantenkorps und nicht zuletzt um Raumschiffe wie die legendäre Androtest-Typenreihe lebendig gehalten, um nicht unvorbereitet zu sein, wenn eines Tages eine Delegation aus der Milchstraße eintraf. Selbst falls es nur unwesentliche Weiterentwicklungen im Triebwerksbereich gegeben hatte, denn die alten Berichte sprachen von einem enormen Expansionsdrang des Solaren Imperiums, wären Androtest-Konzepte bestimmt in der Lage gewesen, den intergalaktischen Abgrund zu überwinden.

In jedem Geschichtswerk waren diese Spezialraumschiffe abgebildet, vierstufige Konstruktionen, die den Weg der Menschen nach Andromeda entscheidend unterstützt hatten. Jede Stufe hatte über ein eigenes Lineartriebwerk verfügt und war nach dem Ausbrennen der Konverter abgestoßen worden. Mit einem solchen Konzept, vielleicht mit mehr Stufen und verbesserter Reichweite der Lineartriebwerke, sollte es möglich sein, den Abgrund zwischen der Milchstraße und Ambriador zu überwinden. Matio wusste, dass eine solche Hoffnung lange Zeit aufrechterhalten worden war.

Und nun war Perry Rhodan gekommen. Sozusagen aus dem Nichts heraus, vom Himmel über Altera gefallen. Ohne eine schlagkräftige Flotte, nicht einmal mit einem Flaggschiff, das Staunen und Fürchten gleichzeitig gelehrt hätte. Nur in Begleitung zweier Menschen. Außerdem zwei Maschinenteufel und ein Matten-Willy.

Die Mehrheit aller Alteraner jubelte ihm zu wie einem Befreier. Plötzlich war die Hoffnung wieder da.

Aber diese Hoffnung, fand Matio Candiz, machte blind. Und taub ebenfalls.

Die Posbis als Freunde der Menschheit, deshalb die beiden stählernen Begleiter. Ein historisch verbürgter Bericht sprach sogar davon. Schon zu Anfang des 22. Jahrhunderts hatte das Zentralplasma in der Milchstraße ein Bündnis mit Terra geschlossen und die Unterlagen für den Bau der sagenumwobenen Transformkanonen übergeben.

In Ambriador hatte es zwischen Menschen und Posbis selten Begegnungen gegeben, bis vor nunmehr sechsunddreißig Jahren die Maschinenteufel ihren Vernichtungsfeldzug begonnen hatten.

Zu den aktuellen Ereignissen hatte Matio Candiz seine eigene Sicht der Dinge, die er mit Yu Tao und Ponffo teilte.

Die beiden Posbis an der Seite des ehemaligen Großadministrators waren Aufpasser. Und Perry Rhodan war höchstwahrscheinlich nicht der, für den er sich ausgab, sondern eine perfekte Kopie. Soweit überhaupt ein Alteraner in der Lage gewesen wäre, den richtigen Großadministrator zu identifizieren. Dieser Mann entsprach dem uralten Bildmaterial, doch einige gutgemachte plastische Operationen genügten bereits, das zu bewerkstelligen.

Vielleicht hatte Rhodan sein Leben schon vor Jahrhunderten verloren und war wirklich nichts anderes mehr als eine Legende aus längst vergangener besserer Zeit. Der Zellaktivator schützte ihn nicht vor Unfällen oder einem tödlichen Attentat. Womöglich existierten das Solare Imperium und die Menschheit in der Milchstraße ebenfalls nicht mehr, und Altera war, ohne dass davon jemand ahnte, die letzte Bastion terranischer Kultur.

Wer zog schon in Erwägung, dass dieser Fremde und seine Begleiter Marionetten der Laren sein könnten? Rekrutiert aus einem der Knechtschaftslager, in denen die Nestschädel Alteraner für undurchsichtige Zwecke zusammenpferchten und sogar züchteten. Candiz wusste nicht, was in diesen Lagern geschah, keiner wusste das, aber seine Fantasie ließ ein weites Feld für Spekulationen.

Er schaltete den Deflektorschirm ein und spannte sich die Antiflex-Folie vor die Augen. Nur mit Hilfe der Folie konnten sie sich gegenseitig sehen.

Er wartete auf diesen Moment, seit sie ihr Versteck in der Enge des Linearkonverters bezogen hatten. Ein gewagtes Unterfangen, aber wer von ihnen hatte noch etwas zu verlieren?

»Ich bedauere den Vorfall.« Captain Telemach Olexa kam im Laufschritt heran, als der Terraner und seine Begleiterin die Werkstatt betraten. »Selbstverständlich werden die beteiligten Personen verwarnt und ...«

»Lassen Sie es gut sein, Captain«, fiel Perry Rhodan dem Offizier ins Wort. »Ich kann nachvollziehen, wie Ihre Leute sich fühlen. Wir werden bald mit den ersten Posbis zusammentreffen.«

Der Alteraner nickte knapp. »Ich hoffe, dass der Matten-Willy durch den Alkohol nicht geschädigt wurde. Was ich gehört habe ...« Wieder wurde er unterbrochen, diesmal von Mondra.

»Betrachten Sie die Sache als erledigt, Captain. Als ich Mauerblum zuletzt sah, konnte er sich schon wieder leidlich auf den Beinen halten. Vielleicht war das Ganze ein heilsamer Schock für ihn, zumal er schon erfahren hat, dass jeder an Bord über ihn spricht. Dass ausgerechnet Nano ihn am Freitod gehindert hat, scheint seinem Ego sogar gutgetan zu haben.«

»Mauerblum wird sich bald in allgemeiner Aufmerksamkeit aalen«, pflichtete Rhodan bei. »Er ist nicht besser oder schlechter als die meisten Matten-Willys. Allerdings sind wir nicht hier, um über ihn zu diskutieren.«

»Sie können die Schatullen sofort testen. Falls noch Schwierigkeiten im Detail auftauchen, schaffen wir die Veränderungen vor der Ankunft im Orombo-System.«

»Was ist mit den weiteren Masken?«

»Die ersten Rohkörper werden in den nächsten Stunden bearbeitbar sein. Danach folgt der gewohnte Ablauf bis hin zur Anprobe.«

»Und Verduto-Cruz?«

»Der gedrungene Körperbau des Laren macht zusätzliche Veränderungen nötig.« Captain Olexa nahm die Frage schon vorweg, die unweigerlich kommen musste. »Fertigstellung erst, nachdem wir Orombo erreicht haben werden. Es gibt keine Möglichkeit, den Ablauf zu beschleunigen.«

Die Passform der Körperhüllen hatte sich spürbar verbessert. Mondra äußerte schon während des Anlegens ihre Zustimmung. Rhodan achtete ebenfalls sehr genau auf ausreichende Bewegungsfreiheit. Er ging davon aus, dass sie die Schatullen nicht nur für wenige Stunden, sondern möglicherweise über Tage hinweg tragen würden.

Mondras erste Gehversuche glichen den tapsigen Bemühungen eines Jungbären, sich auf den Beinen zu halten und dabei möglichst bedrohlich zu wirken. Aber schon nach wenigen Metern bekam sie die ausgefeilte Mechanik unter Kontrolle.

Unvermittelt wirbelte sie herum und griff Rhodan an. Der Terraner reagierte jedoch eine Nuance schneller. Seine Roboterarme ruckten hoch, die Greifklauen schlossen sich um Mondras Posbi-Gelenke und gaben sie nicht mehr frei.

»Wie sieht es aus?« Die Schallübertragung verzerrte Rhodans Stimme zum Klang mechanischer Sprechwerkzeuge.

»Von Nanos Lautäußerungen nicht zu unterscheiden, wenigstens nicht hier drinnen«, antwortete Mondra.

»Sie sind der perfekte ...« Captain Olexa biss sich jäh auf die Zunge.

Mondra lachte hell.

»Sprechen Sie es ruhig aus, Captain!«, sagte Rhodan. »Sie glauben, ich sei der perfekte Maschinenteufel. Vielleicht stimmt das sogar.«

Mehr als zwei Stunden lang hatten sie ihre Posbi-Hüllen etlichen Tests ausgesetzt. Nicht alles war wirklich so optimal, wie es anfangs den Anschein erweckt hatte. Zwar mussten nur Kleinigkeiten angepasst werden, doch im Einsatz würden solche Details entscheidend sein, jedes Zögern konnte tödliche Folgen nach sich ziehen.

»Ich sehe noch einmal nach Mauerblum«, sagte Mondra unvermittelt. »Er scheint die Veränderungen und die Anspannung nicht so leicht zu verkraften.«

»Du verhätschelst ihn. Sobald unser Freund das spitzkriegt, wird er deine Fürsorge schamlos ausnützen. Der Bursche kann zur Klette werden, Mondra.«

»Was ich von dir nicht behaupten würde. Nano hat laut hinausposaunt, wir beide wären füreinander bestimmt.«

»Du hättest ihm den Mund verbieten sollen.«

Die ehemalige TLD-Agentin kniff die Brauen zusammen. Forschend fixierte sie den Residenten, verbiss sich aber eine Antwort.

Rhodan spürte, dass sie beide noch immer mehr verband als nur die gemeinsame Arbeit. Manchmal glaubte er, dass Delorian zwischen ihnen stand, ihr gemeinsamer Sohn, der in ES aufgegangen war. Aber auch die Vergangenheit, deren Herausforderungen Mondra verändert hatten.

»Mauerblum tut mir leid«, sagte sie schroff. »Er sehnt sich nach einer Geborgenheit, die er bei unseren Posbis nicht so schnell finden wird. Obwohl er alles für sie tun würde.«

Rhodan nickte nur. Mondra suchte unbewusst nach etwas, was sie ebenfalls nicht so schnell finden würde. Zumindest war das sein Eindruck. Nach ihrer Rückkehr mit der SOL zur Erde hatte sie die Algorrian betreut, denen mehr als nur ein Hauch großer kosmischer Geschichte anhaftete. Die Schohaaken waren ebenfalls in ihren Zuständigkeitsbereich gefallen. Und nun fühlte sie sich dem Matten-Willy verpflichtet.

War das ihre Art, mit sich selbst ins Reine zu kommen, vielleicht eine unbewusste Flucht? Womöglich vor dem Versuch, an die vergangenen gemeinsamen Jahre anzuknüpfen?

Rhodan wischte diese Überlegungen beiseite. Sie brachten ihn nicht weiter, sondern behinderten ihn nur.

»Ich werde mit Verduto-Cruz reden!«, sagte er. »Der Lare weiß mehr über die Posbis, als er sich und uns eingesteht. Natürlich werden beinahe vier Kriegsjahrzehnte vieles verändert haben, aber es gibt grundlegende Erfahrungen, die er nicht einfach weggesteckt haben kann.«

Mit einem Anruf in der Hauptzentrale brachte Rhodan in Erfahrung, dass Verduto-Cruz eine neuerliche Prüfung der peripheren Schirmfeldprojektoren sowie der Waffensysteme eingeleitet hatte. Neben Drover begleiteten ihn mehrere Offiziere und alteranische Techniker.

»Als müsse er sich vergewissern, dass die BOX einem Angriff widerstehen kann«, kommentierte Mondra.

»Die Posbis, mit denen wir es bald zu tun bekommen werden, sind nicht mehr die Roboter, die Cruz vor achtunddreißig Jahren kennengelernt hat. Ihre Einstellung hat sich gravierend verändert.«

Ihre Wege trennten sich.

Rhodan kam an den Gemeinschaftsräumen und kurz darauf an den Unterkünften der Raumsoldaten vorbei. Mehr als einige belanglose Sätze wechselte er mit keinem der Alteraner.

Kurz darauf war er allein. In diesem Bereich, hatte er sich sagen lassen, waren die beiden Männer des Räumtrupps ums Leben gekommen. Wände und Böden zeigten noch die Spuren eines schweren Geschütztreffers, doch die Überreste der vernichteten Anlagen waren weitgehend entfernt worden.

Wandmarkierungen waren nicht nur hier, sondern in

vielen Sektionen der BOX angebracht worden, um die Orientierung zu erleichtern. Rhodan folgte den leuchtenden Beschriftungen.

An der Einmündung zweier schmaler Seitenkorridore wurde er jäh angesprochen.

»Machen Sie keine überhastete Bewegung, Großadministrator! Sie würden den Versuch nicht überleben.«

»Lassen Sie Ihre Waffe stecken!«

Die Hand schon halb am Holster, verhielt er sich dennoch ruhig. Das waren zwei Stimmen aus verschiedenen Richtungen gewesen, ein Mann und eine Frau.

»Wie viele sind Sie?«, fragte er. »Und schalten Sie die Deflektorschirme ab. Wenn Sie etwas von mir wollen, unterhalten wir uns besser von Angesicht zu Angesicht.«

»Was wir von Ihnen wollen, können Sie sich denken. Den Arm unten lassen, Rhodan! Versuchen Sie gar nicht erst, Ihr Funkgerät zu aktivieren!«

Er spannte sich. Dem Klang nach stand der Mann in dem Seitengang, höchstens vier Meter entfernt. Zu weit, um ihn mit einem schnellen Angriff ausschalten zu können. Die Frau musste sich schräg vor ihm befinden.

»Sie sind Alteraner?«

»Die Fragen stellen wir!«

Zeit schinden, den linken Arm unmerklich anwinkeln, um den Armbandfunk letztlich doch einzuschalten ...

»Wer sind Sie?«, herrschte ihn der Unsichtbare an.

»Perry Rhodan. Aber das wissen Sie. Da wir über sechstausend Lichtjahre von Altera entfernt sind und unterwegs keine Anhalter aufgelesen haben, darf ich wohl davon ausgehen, dass Sie zur Besatzung ...«

Ein kräftiger Hieb traf seinen Hinterkopf und ließ ihn taumeln, nur Sekunden, bevor der Armbandsensor auf seinen Blickkontakt reagiert hätte.

Ein zweiter Schlag schmetterte gegen seine Schläfe und ließ eine wirbelnde Galaxis vor seinen Augen zerbersten. Mit schwindender Kraft fuhr er herum und schlug mit ineinander verschränkten Händen zu. Er traf, hörte sogar noch ein halb erstícktes Gurgeln, aber dann stürzte er in eine endlose schwarze Tiefe.

Dass er aufschlug, spürte er schon nicht mehr.

Viel zu lange hatte sich Mondra Diamond von dem Matten-Willy in tiefschürfende Gespräche verwickeln lassen. Was blieb, war ein zwiespältiger Eindruck. Ihr Empfinden vergeudeter Zeit hielt sich die Waage mit der Erkenntnis, Mauerblum unterschätzt zu haben. Entweder war er einer der abgefeimtesten Sprücheklopfer überhaupt oder nur ein Simulant, der es verstand, sich unauffällig aufdringlich in den Vordergrund zu rücken. Wurde er ignoriert, war sein Lamento groß, und die Drohung mit dem nächsten Konverter erwies sich als überaus variationsfähig.

»Ob du aus der nächsten Schleusenkammer ins Vakuum springst oder dich in einer Wanne voll Sekt ertränkst, ist mir inzwischen egal«, schimpfte die Terranerin.

»Du bist hartherzig, Mondra. Außerdem egoistisch.«

»Da kenne ich noch jemanden.«

»Wen?«, rief Mauerblum hinter ihr her. »Sag schon!«

»Dich«, sagte in diesem Moment eine Reibeisenstimme. Nano Aluminiumgärtner hatte erst vor wenigen Augenblicken die Hauptzentrale betreten und sich zielstrebig dem Seitenbereich genähert, der als Besprechungsecke eingerichtet worden war.

Der Posbi wandte sich an Mondra, ohne Mauerblum weiter zu beachten. »Wo ist Perry? Ich hatte erwartet, euch beide endlich gemeinsam zu sehen, wie es sich für eine gute Schlussregie gehört. Wenn ich mir in den Speicher rufe, dass in der letzten Folgen von *Liebe und der Hypersturm* die beiden Menschen ...«

»Nicht jetzt, Nano!«, wehrte Mondra ab. »Der Tag war ohnehin schon verdammt lang. Perry redet mit Verduto-Cruz über Orombo.«

»Nein.«

»Was heißt nein?«

»Ich habe eben mit Drover kommuniziert. Der Resident ist nicht bei der Gruppe.«

»Dann hat er sie schon wieder verlassen.«

»Auch das ist u-unzutreffend. Während der Inspektion hat sich Perry jedenfalls nicht mit dem Laren in Verbindung gesetzt.«

Mondra warf einen Blick auf die Zeitanzeige. »Wir haben uns vor dreieinhalb Stunden getrennt ...«

»Er vergnügt sich mit einer anderen«, kreischte Mauerblum. »Ich kenne die Trivid-Folge ebenfalls, Nano. Sie ist das Beste, was Terra uns bislang nach Rundron geliefert hat.«

»Es reicht!«, fuhr Mondra auf. »Wenigstens weiß ich nun, woher deine Wahnideen stammen.«

»Ruf Perry einfach an«, schlug Nano Aluminiumgärtner vor. »Wenn du aber stattdessen eine Schulter brauchst, u-um dich anzulehnen ...«

Mondra hatte ihren Sender selten so schnell aktiviert. Allerdings kam keine Verbindung zustande. Perry musste den Empfang blockiert haben. Das war zumindest ungewöhnlich.

Fünf Minuten später konnte sie sicher sein, dass der Resident nicht in seiner Kabine war. Nach einer halben Stunde hatten Nano und Drover herausgefunden, dass Rhodan sich auch nicht in der Nähe von Posbis oder Alteranern aufhielt.

Weitere dreißig Minuten später sah es so aus, als hätte das Schiff den Terraner verschluckt. Mehrere Alteraner sagten übereinstimmend aus, dass sie kurz mit Rhodan gesprochen hatten, als er in Richtung der peripheren Geschützkontrolle gegangen war, um den Laren zu treffen.

Nur war er dort nie angekommen.

Er erwachte mit einem fürchterlichen Brummschädel, aber er spürte auch die Impulse des implantierten Aktivatorchips, die dafür sorgten, dass er sich schneller als jeder andere von den beiden wuchtigen Hieben erholte.

Die Augen hielt er geschlossen, auch versuchte er, flach und gleichmäßig weiterzuatmen. Wer immer ihn angegriffen hatte, sollte nicht merken, dass er das Bewusstsein schon zurückerlangt hatte.

Zusammengekrümmt lag er auf einer harten Unterlage, vermutlich dem nackten Boden. Seine Arme waren gefesselt. Er spürte den kühlen Widerstand, als er vorsichtig die Muskeln spannte; eine Art Handschellen lagen um seine Handgelenke.

Der Raum hier war auf jeden Fall nicht mehr der Korridor, der Schall wurde anders gebrochen. Er hörte Schritte. Jemand lief in unmittelbarer Nähe auf und ab, verharrte immer wieder. Dazu Stimmen, im Flüsterton und kaum verständlich. Aber das alles so dumpf, als biete der Raum wenig Platz.

Auf die Weise konnte er nicht einmal annähernd herausfinden, in welchen Bereich er gebracht worden war. Aber selbst wenn er sich hätte umsehen können, hätte das nicht unbedingt eine bessere Orientierung erlaubt. BOX-1122-UM war und blieb ein technisches Labyrinth.

»... kommen an den Laren nicht heran«, hörte er. »Vor allem der Maschinenteufel in seiner Nähe ...«

»Trotzdem müssen wir herausfinden, was abläuft. Das Schiff darf sein Ziel nicht erreichen!«

Die Schritte erklangen wieder, kamen näher. Rhodan bemerkte, dass neben ihm jemand in die Hocke ging. Augenblicke später spürte er eine tastende Hand an seinem Oberkörper. Sie riss den Magnetsaum der Kombination auf und fuhr suchend unter den Stoff.

»Nichts! Da haben wir den Beweis. Bist du sicher, Yu, dass das Ding eiförmig sein muss?«

»Alle Quellen sind eindeutig: erst die Zelldusche, später der Zellaktivator, der an einer Kette um den Hals getragen wird.«

Die Finger glitten bis unter Rhodans Kinn, fuhren suchend sogar in seinen Nacken.

»Er trägt nicht einmal eine Kette.«

»Weil der ursprüngliche große Zellaktivator von ES mittlerweile durch ein Implantat abgelöst wurde«, erwiderte Rhodan schroff. »Es wäre einfacher gewesen, mich danach zu fragen, als mich aus dem Hinterhalt niederzuschlagen.«

Der Mann neben ihm wich zurück und musterte ihn verbissen. Rhodan, der jetzt die Augen offen hatte, sah einen jungen, muskulösen Burschen. Ob die lindgrüne Uniform, die er trug, ihn als Besatzungsmitglied auswies, vermochte der Terraner nicht zu sagen. Das längliche, hagere Gesicht mit der scharfrückigen Hakennase und den deutlich hervortretenden Wangenknochen, dazu die kahle Schädeldecke mit den aufgequollenen Narben, hatte er jedenfalls noch nicht gesehen. Hatte er tatsächlich ungebetene Passagiere vor sich?

»Auf jeden Fall kann er einiges einstecken«, sagte eine Frauenstimme im Hintergrund. »Das macht ihn doch interessant.«

Sie kam näher, blickte angespannt und verächtlich zugleich auf ihn herab.

»Wer bist du?«

Rhodan erwiderte ihren Blick ungerührt. »Mein Name sollte Ihnen bekannt sein. Hätten Sie mich sonst entführt?«

»Perry Rhodan. Der Großadministrator des Solaren Imperiums. Ich weiß.«

»Des ehemaligen Solaren Imperiums«, korrigierte er.

Ein Aufblitzen lag in ihren dunklen Augen. »Wer bist du wirklich? Du stammst aus einem Knechtschaftslager der Laren; sie haben dich operiert, dir dieses Gesicht gegeben. Warum?«

»Wie sind Sie an Bord gekommen?«, stellte Rhodan eine Gegenfrage, ohne auf das Gesagte einzugehen. »Mit den Versorgungslieferungen? Oder auf Fort Blossom? Ja, ich nehme an, Sie haben sich in den Linearkonvertern versteckt, und niemand hat die Aggregate untersucht.«

Der Dritte im Raum, ein älterer Alteraner, dessen linke Gesichtshälfte von einer schweren Verbrennung entstellt war, schüttelte missbilligend den Kopf.

»Es wäre einfach gewesen, hätten wir dir den Zellaktivator abnehmen und darauf warten können, ob du rapide alterst«, sagte er schleppend.

Rhodan wälzte sich endlich herum und versuchte, sich aufzurichten, doch die Frau drückte ihn auf den Boden zurück.

»Sie bezweifeln also tatsächlich, dass ich der echte Perry Rhodan bin. Der Alterungsprozess wäre der Beweis dafür. Nicht schlecht gedacht, aber für mich leider sehr unangenehm. Sie wissen, dass ein Aktivatorträger nach dem Verlust seines Zellaktivators innerhalb weniger Tage stirbt.«

»Wenn er wirklich ein Implantat trägt, sollten wir das herausschneiden und abwarten«, bemerkte der Jüngere.

»Ich bin dagegen«, sagte Rhodan. »Aber ich mache Ihnen einen Vorschlag, falls Sie nicht vorhaben, den echten Perry Rhodan zu töten: Ich sorge dafür, dass Sie ungehindert die provisorische medizinische Abteilung betreten können. Dort lässt sich der Aktivatorchip sehr leicht nachweisen.«

»Nein!«, widersprach die Frau heftig. »Ein Stück Metall unter der Haut ist kein Beweis.«

»Sie könnten versuchen, mich zu vergiften. Hat Staatsmarschall Michou nicht erwähnt, dass er ebenfalls auf diese Idee gekommen ist?« Rhodan deutete das Schweigen seiner Entführer richtig. »Michou hat demnach keine Ahnung von Ihrem Vorgehen. Sie wollen verhindern, dass wir zu den Posbis gelangen. Und dann?«

»Welchen Plan hat der Lare?«

»Fragen Sie ihn doch selbst!«

Ein schmerzhafter Fußtritt verriet Rhodan, dass er den Bogen überspannte. Zumindest die beiden Männer machten auf ihn nicht eben einen professionellen Eindruck. Die Frau hingegen hielt er für die treibende Kraft. Obwohl sie es nicht nur geschafft hatten, an Bord zu gelangen, sondern ihn sogar zu überwältigen, lief die Aktion keineswegs wie erwartet. Ein eindeutiger Beweis seiner Identität wäre der eiförmige Zellaktivator gewesen, und zweifellos hätten sie nicht gezögert, ihm das Gerät tatsächlich abzunehmen. Waren die drei verzweifelt? Wussten sie es nicht besser?

»Wir müssen uns unterhalten«, sagte Rhodan eindringlich.

»Über den Plan der Laren, das Imperium Altera an die Posbis zu verraten?«, fragte der Ältere.

»Über das, was Sie vorhaben.«

»Das ist ganz einfach«, entgegnete die Frau. »Egal wie, wir werden dieses Posbi-Schiff aufhalten und die Laren daran hindern, unsere Heimatwelten den Maschinenteufeln in die Hände zu spielen. Altera geht unter, aber die Nestschädel werden unbehelligt bleiben. Ist es so?«

»Nein, so ist es eben nicht«, antwortete der Terraner. »Versuchen Sie wenigstens, über die Wahrheit nachzudenken. Wenn Sie wirklich die BOX aufhalten, werden Sie bald mehr Blut an den Händen haben, als Sie jemals für möglich gehalten hätten. Dann sind Sie und niemand sonst für den Tod von Milliarden Alteranern verantwortlich. Wollen Sie das wirklich? Wollen Sie in die Geschichte eingehen als Milliardenmörder?«

Ihre schlimmste Vorstellung war, Perry könnte von einem verrückten Ambriador-Posbi, der wahllos zuschlug, getötet worden sein. Mondra Diamond schaute Captain Grimm an, doch die Alteranerin schüttelte ebenso stumm den Kopf. Es war unmöglich, den Fragmentraumer innerhalb weniger Tage bis in den letzten Winkel zu durchsuchen. Wahrscheinlich liefen die Mannschaften an ungezählten Schächten und anderen Hohlräumen vorbei, ohne diese überhaupt zu bemerken.

Bislang hatten sie nicht einmal eine Spur des Posbis gefunden, von nicht lokalisierbaren Geräuschen innerhalb der weit verzweigten und mitunter sehr engen Schachtsysteme abgesehen. Falls der unbekannte Gegner sich hier aufhielt, musste er entsprechend klein sein, nur eine Wartungsmaschine womöglich, aber mit eigener Intelligenz ausgestattet.

Mauerblum hätte eine Chance gehabt, sogar die schwierigsten Engstellen zu passieren. Mondra schreckte indes davor zurück, ihn durch die lichtlosen Gedärme des Raumers zu hetzen. Sie wusste, dass der Matten-Willy eine solche Tortur psychisch kaum überstehen würde. Abgesehen davon ... was sollte er innerhalb eines einzigen Tages ausrichten können?

»Wenn wir Perry nicht sehr schnell aufspüren, müssen wir den Flug unterbrechen«, sagte sie.

»Darüber denken wir besser nicht nach«, widersprach Captain Olexa überraschend heftig. »Es tut mir leid, aber unsere Ansichten gehen in der Hinsicht weit auseinander. Perry Rhodan sprach davon, dass wir den Krieg beenden könnten, wenn es uns gelingt, die Hass-Schaltung ausfindig zu machen und zu zerstören. Dass er diesen Komplex auf der Zentralwelt der Maschinenteufel vermutet, erscheint logisch.«

»Auch wenn der Captain nur ein Alteraner ist, ich muss ihm beipflichten«, sagte Verduto-Cruz. »BOX-1122-UM befindet sich bereits sehr nahe am Orombo-System. Die Posbis haben das Schiff wahrscheinlich schon erfasst. Auf jede längere Flugunterbrechung würden sie mit der Kontrolle durch mehrere Kampfraumschiffe reagieren.«

»Perry würde ebenfalls verlangen, dass wir weiterfliegen«, mischte sich Nano Aluminiumgärtner ein.

Einige Sekunden lang schloss Mondra die Augen. Es gab nicht ein schlagkräftiges Argument gegen die Fortsetzung des Fluges – außer, dass Perry der Einzige war, der Erfahrung mit der Hass-Schaltung der Posbis hatte. Unterbrach sie den Flug, und die Roboter von Orombo wurden aufmerksam, musste sie mit einer intensiven Kontrolle rechnen, die letztlich den Anfang vom Ende bedeuten konnte.

Alle Blicke ruhten auf ihr. Sogar Captain Olexa akzeptierte sie stillschweigend als Expeditionsleiterin an Perrys Stelle. Dabei hätte er durchaus sein militärisches Kommando ausspielen können. Oder fürchtete er, dann vor allem auf das Wissen und die Unterstützung von Nano und Drover verzichten zu müssen?

»Wir setzen die Mission fort«, entschied Mondra. »Und wir werden mit allen zur Verfügung stehenden Mitteln nach Perry suchen. Er kann das Schiff nicht verlassen haben.«

»Es wurde keine Öffnung einer Außenschleuse registriert«, schnarrte Nano Aluminiumgärtner pflichtbewusst.

»Das ist die einzig richtige Entscheidung«, stimmte sogar Verduto-Cruz zu. »BOX-1122-UM muss die Zentralwelt der Posbis erreichen. Sobald Altera fällt, werden die Roboter massiv gegen den Trovent vorgehen.«

»Eigennützig war Ihr Volk noch nie«, fauchte Olexa. »Aber ich gehe davon aus, dass Sie ebenfalls alles daransetzen werden, Perry Rhodan zu finden.«

»Tot oder lebendig«, bestätigte der Lare. »Wie viele Kampfteufel stellen Sie mir zur Verfügung, Captain?«

»Mit Ihrer Borniertheit liefern Sie neunundzwanzig Milliarden Menschen dem sicheren Tod aus! Wissen Sie, wie es ist, wenn schwere Schiffsgeschütze die Oberfläche eines Planeten verbrennen? Welche Welten werden die Posbis zuerst auslöschen? Fort Blossom? Oder Altera?«

Perry Rhodan fragte nicht, ob solche Vorhaltungen bei seinen Entführern überhaupt auf fruchtbaren Boden fielen. Etwas anderes als Reden konnte er ohnehin nicht tun. Fester verschnürt als zuvor lag er auf dem Boden, und sehen konnte er die drei Alteraner kaum, weil ihm undefinierbare Aggregate den Blick nahmen. Er hörte lediglich Fetzen erregter Dispute. Die drei wollten den Fragmentraumer mit allen Mitteln stoppen und scheuten nicht einmal mehr die völlige Vernichtung des Schiffes.

Sein Armband hatten sie ihm schon während seiner Bewusstlosigkeit abgenommen, ebenso den Strahler.

»Sie sind im Begriff, den größten Fehler Ihres Lebens zu machen!«, rief er.

»Halt den Mund!« Wütend kam die Frau näher. »Aber wenn du schon reden willst: Wie wäre es mit der Wahrheit?«

»Sie hören mir nicht zu.«

»Warum sollte ich meine Zeit an einen Verräter verschwenden? Wer mit den Laren gemeinsame Sache macht, ist für mich nichts anderes. Wer bist du wirklich?«

»Sie wissen es. Mein Name ist Perry Rhodan. Geboren wurde ich auf Terra, am 8. Juni des Jahres 1936 alter Zeitrechnung. Geburtsort: Manchester, US-Bundesstaat Connecticut.«

Ihr bitteres, zynisch wirkendes Lächeln gefror. »Diesen Spruch kann jeder Zehnjährige aufsagen. Ihre Eltern sind Jakob Elgar Rhodan, ein Sohn deutscher Einwanderer, und Maria Anna ...«

»Falsch: Der Vorname meiner Mutter war Mary.«

»Auch das besagt nichts.« Sie nickte wenigstens, gleich darauf hob sie verlangend die rechte Hand. »Ponffo, ich habe mich entschieden. Gib mir die Ampulle!«

Ponffo war der jüngere der beiden Männer. Er hatte sich ein Stück weit abseits gehalten, Rhodan aber nicht aus den Augen gelassen. Nichts entging seinem Raubvogelblick. Aus einer Brusttasche seiner Kombination zog er ein fingerlanges Röhrchen und reichte es der Frau.

»Das Serum war für den Laren bestimmt.« Sie wechselte in einen unverbindlichen Plauderton. »Jetzt habe ich umdisponiert. Viel Zeit bleibt uns ohnehin nicht mehr, bis das Schiff auf einer Welt der Maschinenteufel landet. Du wirst Matio alles erzählen. In welchem Lager du aufgewachsen bist, wie oft die Nestschädel dich operieren mussten, bis du dieses Gesicht hattest ...«

»Was ich ihm sagen werde ist, dass ich Perry Rhodan bin. Ich weiß nur nicht, wie ich das beweisen soll.«

»Hiermit.« Yu Tao presste die Ampulle an seinen Hals. Rhodan spürte nur eine kurze eisige Berührung, dann schleuderte die Frau das Röhrchen achtlos beiseite. »Schätzungsweise in ein bis zwei Stunden wirst du die Wahrheit sagen. Matio kann uns dann noch über Funk zurückpfeifen. Andernfalls ...« Mit beiden Händen machte sie eine unmissverständliche Geste. Das Schiff würde explodieren.

»Wenn die Laren mich präpariert hätten, hätten sie mich bestimmt gegen Wahrheitsseren und andere Verhörmethoden immunisiert.«

»Na also.« Sie lachte hell. »Es wirkt schon. Du hast übersehen, dass der richtige Großadministrator ebenfalls nicht auf solche Seren reagiert. Um seinen Hals hängt allerdings auch ein Zellaktivator. Natürlich ist die Ampulle vergeudet, aber ich muss mir nicht vorwerfen, einen Versuch unterlassen zu haben.«

Rhodan verstand, dass sie ihm keinen Glauben schenken würde, unabhängig davon, was er von sich gab. Yu hatte sich so fest in ihre Idee verbissen, dass sie die Wahrheit gar nicht erkennen wollte.

»Falls es wirklich einen Plan der Laren gäbe, das Imperium Altera den Posbis auszuliefern, würde die Vernichtung der BOX daran nichts ändern. Glauben Sie mir, nach Verduto-Cruz kämen andere Laren, und nach diesen wieder andere. Sie wären indessen zum Mörder Ihres eigenen Volkes geworden.«

Die Frau erwiderte nichts. In ihren Augen loderte ein verzehrendes Feuer. Sie warf Matio einen auffordernden Blick zu; er nickte knapp. Dann wandte sie sich ab und ging. Ponffo folgte ihr. Beide wurden unsichtbar, als sie ihre Deflektorschirme einschalteten.

BOX-1122-UM ging nach einem kurzen Orientierungsmanöver sehr schnell wieder in den Überlichtflug. Zwei in größerer Distanz geortete unbekannte Raumschiffe konnten eigentlich nur Fragmentraumer der Posbis gewesen sein. Ob sich in der Eastside von Ambriador beheimatete Völker in dieses Territorium wagten, war zumindest fraglich.

Nur noch dreihundert Lichtjahre bis Orombo.

Suchgruppen durchkämmten die BOX.

Von zwei Dutzend Positionen ausgehend, fächerten die Mannschaften auf. Im Vordergrund stand weiterhin die Frage, was geschehen sein mochte. Ein Mann wie Perry Rhodan, sagte Mondra Diamond, verschwand nicht einfach. Vor allem nicht, ohne Spuren zu hinterlassen, irgendetwas, das es schnell zu finden galt. Wärmeabdrücke verwehten innerhalb kurzer Zeit. Auf DNA-Material wie Haare oder Hautschuppen zu hoffen, die Aufschluss geben konnten, hätte bedeutet, die sprichwörtliche Suche nach der Nadel im Heuhaufen ins Extrem zu treiben. Zumal die erforderliche biotechnische Ausrüstung ohnehin nicht vorhanden war.

Die Versuche, Rhodans Funkempfänger anzusprechen, waren mittlerweile eingestellt.

»Es gibt keine Transmitter an Bord, oder?« Mondra zog vieles in Erwägung, was sich bei näherer Betrachtung letztlich als unhaltbar erwies. Dazu gehörte die Frage nach eigenständig operierenden bislang unentdeckt gebliebenen Posbis ebenso wie die Vermutung, blinde Passagiere könnten sich eingeschlichen haben. Beides ließ sich rasch widerlegen. Posbis hätten längst versucht, die im Schiff verstreuten abgeschalteten Roboter zu reaktivieren und die BOX zurückzuerobern. Und Fremde hätte während der Instandsetzungsarbeiten im Alter-System an Bord gelangt sein müssen – ein Unding, denn jedes noch so kleine Raumschiff wäre beim Einflug in das System sehr schnell aufgebracht worden.

Aufregung griff um sich, als eine vage Energieortung gemeldet wurde. In den Holokarten in der Hauptzentrale konnte Mondra erkennen, dass mehrere Gruppen sich in der Nähe der Ortung befanden und prompt reagierten.

Der Reflex verschwand, erschien jedoch knapp zwei Minuten später von Neuem. Auf dem Hauptdeck über der ersten Position, um gut zweihundert Meter seitlich versetzt.

»Eine unstete Emission!«

»Analyse?«, fragte Mondra nach.

»Das Energiespektrum einer kleinen Speicherzelle.«

»... zudem weist ihre Abschirmung partielle Lecks auf«, murmelte die Terranerin im Selbstgespräch.

»Ich denke, wir haben unseren speziellen Unbekannten aufgespürt«, stellte Captain Grimm fest. »Das Ziel bewegt sich durch ein enges Schachtsystem.«

»Lassen Sie es nicht entkommen, Captain. Ich nehme an, Sie haben dennoch keine Hinweise auf Perry Rhodan?«

»Bislang nicht.«

Diamond verfolgte die Jagd von der Zentrale aus. Das Objekt konnte nach Auswertung aller Daten nur ein Posbi sein, vermutlich eine Kontrolleinheit für alle schwer zugänglichen Systeme. Solche Maschinen waren weder als Mörder noch als Attentäter programmiert, aber möglicherweise spielte ein Plasmaanteil verrückt.

»Alle Posbis sind unberechenbar«, sagte in dem Moment einer der Zentrale-Offiziere. »Sie sind eben Maschinenteufel ...«

Wahrscheinlich hatte der Mann sogar recht. Zumindest kannte er es nicht anders. Mondra schätzte ihn auf höchstens Mitte dreißig. Er gehörte demnach schon der Generation an, die mit tödlichen Angriffen der Posbis auf Raumschiffe, Stationen und Planeten groß geworden war.

Der Funkverkehr flachte ab. Mondra konnte nicht mehr unmittelbar mitverfolgen, was geschah. Aus den bewegten Positionsdaten wurde ein statisches Bild, weil auch die Standortmeldungen unterblieben.

Ungeduld zu beherrschen, hatte Mondra schon als Kind gelernt, lange bevor sie begonnen hatte, ihren Körper auch in den Bewegungsabläufen zu trainieren. Beides, Nervenstärke und äußerste Beweglichkeit, waren die Grundvoraussetzung für ihre Zeit als Zirkusartistin gewesen. Später, während der Ausbildung zur TLD-Agentin, hatte sie darauf aufgebaut. Und heute, mit dreiundsiebzig Jahren, fand sie, näherte sie sich erst ihren eigenen Idealvorstellungen.

BOX-1122-UM beendete wieder eine Linearetappe. Siebzig Lichtjahre hatte das Schiff diesmal überwunden, es gab keine erkennbaren Probleme.

Die Ortung meldete einen Konvoi von zehn oder zwölf großen Raumschiffen annähernd auf Gegenkurs. Diese kleine Flotte verschwand Sekunden, bevor auch die BOX wieder in den Zwischenraum ging.

Der Robotkommandant, unter Nanos Einfluss auf die Schiffsführung beschränkt, arbeitete ohne Zwischenfälle. Die Arbeit der alteranischen Spezialisten, die bereitstanden, um jederzeit eingreifen zu können, bewegte sich nach wie vor nur im Bereich geringer Überwachungstätigkeiten.

Endlich kam die erlösende Meldung von Captain Grimm. Die Suchtrupps hatten es geschafft, den Gegner einzukreisen, bevor er in der unergründlichen Tiefe des Schiffes verschwinden konnte. Mit Traktorstrahlen und energetischen Sperren hatten sie seine Bewegungsfreiheit eingeschränkt und ihn lahmgelegt.

Die Bildübermittlung zeigte einen sehr stark deformierten Posbi. Für Mondra war unverkennbar, dass diese Maschine in den Wirkungsbereich eines Thermogeschützes geraten war. Positronik und Bioplasma reagierten darauf mit Ausfallserscheinungen, möglicherweise existierte das Plasma auch nicht mehr.

»Eine Spur von Perry ...?«

»Bislang nicht«, antwortete Liza Grimm. »Aber Drover ist zuversichtlich, dass die relevanten Datenspeicher ausgelesen werden können. Wir lassen den Roboter in die Werkstatt bringen und ...«

Das alles war mit einem Mal nicht mehr wichtig. Mondra Diamond erhielt die Meldung von einem Schusswechsel im Bereich der Hauptreaktoren.

Nano Aluminiumgärtner führte eine Gruppe Raumsoldaten und Posbis; Verduto-Cruz hatte sich ihm angeschlossen.

Für kurze Zeit hatte der Lare tatsächlich befürchtet, Rhodans Begleiterin würde die Mission abbrechen, bevor sie in die Nähe des Posbi-Systems kamen. Sicher, Rhodan war die treibende Kraft des Unternehmens, und vor allem, ihm vertrauten die Alteraner. Aber das waren Sentimentalitäten, die sich kein Lare jemals erlaubt hätte, da sie den Blick auf das Wesentliche verstellten.

Für Cruz war Perry Rhodan keineswegs der charismatische Held, als den ihn die Emporkömmlinge von Altera sahen. Doch wer die BOX heil ans Ziel bringen wollte, benötigte eine gewisse Unverfrorenheit und die Überzeugung, dass die Posbis keineswegs unbesiegbar waren. Verduto-Cruz wusste das, die Terranerin ließ sich ebenfalls nicht aus Furcht beeinflussen, aber die Soldaten unter dem Befehl des Captains ... nun, Verduto-Cruz hätte keineswegs darauf vertraut, dass sie im Ernstfall in der Lage gewesen wären, seine Sicherheit zu gewährleisten.

Eigentlich erschien ihm der terranische Resident als Bedrohung, andererseits brauchte er diesen Mann. Wenn jemand in der Lage war, die Achtzigsonnenwelt unbehelligt zu erreichen, dann Perry Rhodan. Er selbst hätte es ebenfalls geschafft, aber die Reaktion auf einen solchen Vorschlag konnte er sich ausrechnen. Niemals würden sich die Alteraner der Führung eines Laren anvertrauen.

Zum Schutz der untergeordneten Zentralen und positronischen Knotenpunkte hatte Nano Aluminiumgärtner Posbis abgestellt. Das traf ebenso auf die Maschinenräume und Triebwerksbereiche zu. Verduto-Cruz hätte selbst nicht anders reagiert. Rhodans Verschwinden bedeutete auf jeden Fall eine Bedrohung, im Gegensatz zu den Offizieren machte er aber nicht die Posbis dafür verantwortlich. Seine Überlegungen zielten in eine Richtung, für die Mondra Diamond und die Alteraner gleichermaßen blind waren.

Er fragte sich, ob jemand verhindern wollte, dass BOX-1122-UM eine Welt der Posbis erreichte. Jemand, der die Roboter-Zivilisation fürchtete und dem die beiden Milchstraßen-Posbis ebenso suspekt waren wie der Lare an Bord. Also ein Alteraner. Oder mehrere.

Aus der richtigen Distanz gesehen, ergab sich ein schlüssiges Bild, fand Verduto-Cruz. Der Name Perry Rhodan hatte im Imperium Altera den Klang einer Prophezeiung. Dass dieser Mann ausgerechnet jetzt erschienen war, mochte wie eine wundersame Fügung erschienen sein. Im Nachhinein wuchsen aber wohl auch Zweifel. Warum war der Terraner erst jetzt gekommen und nicht schon Jahrzehnte früher?

Rhodan führte keine Kampfflotte an, aber er riskierte sein Leben. Dass er für sein Vorhaben ausgerechnet einen

Laren an Bord holte, musste manchem Zweifler als schlimmer Affront erschienen sein.

Vielleicht war der angebliche Rhodan gar nicht der wirkliche Rhodan, sondern ein Produkt der Laren. Wollte er das Imperium an die Posbis verraten?

Eine verrückte Vorstellung, fand Verduto-Cruz. Alteraner, die so dachten, übersahen in ihrer Panik, dass die Posbis bestimmt nicht auf einen Verrat warten mussten, damit sie das Imperium auslöschen konnten. Sobald Altera fiel, hatten die Roboter ideale Ausgangsbasen gewonnen, den Trovent der Laren anzugreifen und sich ebenso den Welten der Methanatmer und der Kartanin zuzuwenden. Alle anderen eher unbedeutenden Völker konnten den Posbi-Flotten ohnehin keinen Widerstand entgegensetzen.

Niemand fragte ihn. Kein Alteraner wagte das, obwohl er längst darauf wartete. Als Antwort hätte Verduto-Cruz jedem schallend ins Gesicht gelacht, denn er kannte die Posbis. Seine Begleiter von damals wussten ebenfalls, wenn auch nicht in allen Details, wie sie mit den Robotern umzugehen hatten. Aber die Spur der meisten Wissenschaftler und Techniker verlor sich im Trovent. Sie hatten sich zurückgezogen und hofften wohl darauf, dass der Krieg an ihnen vorbeigehen würde.

Verduto-Cruz fragte sich, ob die Explosion im Bereich der Speicherbänke ein erster Versuch gewesen sein konnte, die BOX zu stoppen. Er musste sich eingestehen, dass er keine Antwort darauf hatte. Andererseits erschien es ihm wie ein zweiter Versuch, die Expedition aufzuhalten, wenn Besatzungsmitglieder Rhodan entführt hatten. Wer allerdings glaubte, den Terraner zur Umkehr zwingen zu können, der hatte sich mit diesem Mann nicht befasst. Rhodan würde keiner Drohung nachgeben.

Dann blieb nur noch eine Möglichkeit, das Schiff aufzuhalten.

Ein Triebwerksschaden, wenige Dutzend Lichtjahre von Orombo entfernt, war bestenfalls geeignet, die Posbis auf den Plan zu rufen. Solche Maßnahmen bewirkten nichts mehr und kamen eindeutig zu spät. Bislang hatten die Unbekannten Skrupel erkennen lassen, eine typisch alteranische Regung. Sonst hätten sie schon in aller Konsequenz zugeschlagen. Aber nun mussten sie den Fragmentraumer vernichten, eine andere Wahl blieb ihnen nicht mehr.

Verduto-Cruz glaubte, dass der Milchstraßen-Posbi ähnliche Überlegungen vollzogen hatte. Ob das Ergebnis auf rein positronischer Berechnung beruhte oder ob die Plasmakomponente mitgewirkt hatte, interessierte ihn nicht. Jedenfalls hatte Nano Aluminiumgärtner seine Gruppe im Bereich der Hauptreaktoren Stellung beziehen lassen.

Es gab keinen aktiven Funkverkehr. Nur die anderen Suchmannschaften wurden abgehört. Für Verduto-Cruz war deren Jagd auf einen Posbi nicht mehr als ein zufälliges Zusammentreffen, mit Rhodans Verschwinden hatte der Roboter nichts zu tun.

Die Alteraner veranstalteten also ein unnötiges Feuerwerk. Verduto-Cruz' larische Nahbereichs-Ortung verriet, dass die Soldaten unter Captain Grimms Kommando übernervös reagierten. Letztlich ließen die Meldungen erkennen, dass sie einen Kontroll- und Reinigungs-Posbi gestellt hatten.

Gleichzeitig registrierte Cruz eine neue Anzeige. Ein schwach energetisches Feld bewegte sich auf den Reaktorkomplex zu. Die Erscheinung wurde innerhalb weniger Sekunden deutlicher.

Der Lare identifizierte zwei gleichartige geschlossene

Strukturen, die den Wellenbereich des für menschliche Augen wahrnehmbaren Lichts manipulierten. Gegen Ortung schützten sie nur unzulänglich.

Er justierte die Projektormündung seines Strahlers auf schärfste Bündelung. Seine Überlegungen erwiesen sich offensichtlich als zutreffend. Die beiden Unbekannten bewegten sich jedenfalls äußerst vorsichtig und mieden die Bereiche, in denen Posbis warteten. Demnach verfügten sie über eine entsprechend gute Ausrüstung, handelten also nicht nur spontan.

Von seiner Position aus konnte Verduto-Cruz das Versteck eines der Soldaten einsehen, gut zwanzig Meter entfernt. Der Mann hatte die Unsichtbaren wohl noch nicht bemerkt.

Eine Stimme im Funkempfang forderte, schnellstens die Datenspeicher des angeschossenen Posbis auszulesen. »... wahrscheinlich können wir die Suchaktion danach räumlich eingrenzen ...«

Verduto-Cruz achtete nicht mehr darauf. Die beiden Unsichtbaren waren im Begriff, den ahnungslosen Posten in die Zange zu nehmen. Nur flüchtig erwog der Lare, den Mann zu warnen. Er unterließ es. Gleich darauf sackte der Alteraner in sich zusammen und wurde lautlos von etwas Unsichtbarem aufgefangen.

Das Schott zur Reaktorhalle glitt auf.

Verduto-Cruz feuerte, bevor die Unbekannten in der Anlage verschwinden konnten.

»Zwei Attentäter im Schutz von Deflektorschirmen!«, brach er die Funkstille. »Dringen in die Reaktorhalle ein!«

Der kaum fingerdicke Thermostrahl verschwand im Nichts. Sekundenbruchteile später manifestierten sich die Umrisse eines Alteraners, und während der Mann zusammenbrach, erlosch sein Deflektorschirm vollends.

Verduto-Cruz' nächster Schuss zog eine glutende Spur quer über die Wand. Der zweite Gegner hatte blitzschnell reagiert und das Feuer erwidert.

Sich zur Seite werfen und im Abrollen den Korridor mit einer breit gestreuten Salve einzudecken, war für den Laren eine instinktive Reaktion. Wo er den Unsichtbaren vermutete, war dieser aber schon nicht mehr.

Ein Aufblitzen in zwanzig Metern Entfernung. Die tödliche Hitze verfehlte Verduto-Cruz nur um Haaresbreite. Gleichzeitig nahm er die Position des Gegners unter Feuer, und er schoss noch, als der andere schon seiner Unsichtbarkeit beraubt war und mit auflodernder Kombination zusammenbrach.

»Sie wissen nicht, was Sie tun«, sagte Perry Rhodan.

Eine Zeit lang hatte Matio ihn nur beobachtet, abwartend, aber auch ein wenig nachdenklich. Rhodan fragte sich, was in dem Mann vorgehen mochte, der eher bedrückt wirkte als kämpferisch.

»Falls Ihre Freunde das Schiff sprengen, besiegeln Sie damit das Schicksal Ihres Volkes.«

»Du langweilst mich.« Matio wandte sich ab.

»Ich glaube dennoch nicht, dass Sie das kaltlässt!«, rief der Resident hinter ihm her. »Auf mich machen Sie keineswegs den Eindruck eines kaltblütigen Mörders.«

Der Mann verschwand hinter klobigen Maschinen.

»Sie müssen diesen Irrsinn verhindern! Haben Sie keine Familie, Matio ...? Niemanden, der Ihnen nahesteht?«

Ein heiseres Gurgeln antwortete Rhodan. Sekunden später stand der Alteraner wieder da und starrte ihn an. »Ich hatte Familie. Aber alle wurden von den verfluchten Nestschädeln umgebracht.«

»Das tut mir leid.«

Matio reagierte nicht darauf. »Und das hier« – er fuhr sich mit der flachen Hand über die Brandnarben im Gesicht – »ist auch ein Andenken an sie.«

Rhodan schwieg. Was immer er sagte, sein Gegenüber hätte es falsch auslegen können. Vielleicht bewirkte es mehr, den Mann sich selbst zu überlassen.

»Ich habe immer gehofft, dass eines Tages der Großadministrator mit einer großen Kriegsflotte in Ambriador eintreffen würde«, begann Matio unerwartet. »Und viele denken so wie ich. Je schlechter die Zeiten wurden, desto größer der Ruf nach Rhodan. Inzwischen wissen wir, dass in der Milchstraße unsere Existenz unbekannt ist. Die Siedlerschiffe von einst, verschollen, abgehakt; die Besatzungen für tot erklärt. Wer sollte nach einer kleinen Ewigkeit überhaupt wissen, dass es unsere Vorfahren jemals gegeben hat?«

Matio schaute auf, dann zuckte er mit den Schultern. »Wir stehen zwischen den Fronten. Die Maschinenteufel morden gnadenlos. Und die Nestschädel bekämpfen uns mit unseren eigenen Erinnerungen, indem sie uns einen falschen Großadministrator vorführen. Damit nehmen sie uns unsere Identität.«

Der Mann begann eine unruhige Wanderung. Nur hin und wieder hielt er inne und herrschte seinen auf dem Boden liegenden Gefangenen an: »Wer sind Sie?«

Immerhin sagte er nun *Sie*, benutzte nicht mehr das vertrauliche und in dem Fall eher abwertende *du*.

»Mein Name ist Perry Rhodan. Und wenn Sie mich noch hundert Mal fragen, Matio, ich werde Ihnen nichts anderes antworten als die Wahrheit.«

»Sie sind konditioniert, genau wie Yu schon sagte. Das Serum kann nicht wirken.«

»Wie viel Zeit bleibt uns noch?«

Matio lachte heiser, das war seine Antwort.

»Ich habe den Eindruck, Sie wollen das alles gar nicht und warten deshalb darauf, dass es bald vorbei sein wird«, stellte Rhodan fest. »Warum schaffen Sie es nicht, Ihre Verbitterung zu überwinden?«

»*Warum?*«, fuhr der Mann auf. »Was haben die Laren mit Ihnen gemacht? Erst haben Sie meine Frau umgebracht, dann meine Tochter Tafdy vor meinen Augen. Und das hier« – er fuhr sich wieder über das verbrannte Gesicht – »erinnert mich ständig an sie. Yu und Tafdy arbeiteten zeitweise zusammen ...«

»Und deshalb glauben Sie, nun Rache nehmen zu müssen? Rufen Sie Ihre Mitverschwörer zurück, Matio!«

Der Mann sah ihn verständnislos an. Er wollte nicht verstehen. Auch als Rhodan anfing, ihm mehr zu erzählen. Details, als die Laren zum ersten Mal in der Milchstraße erschienen waren. Er redete davon, dass er Hortrenor-Taaks Absichten durchschaut hatte, ihm letztlich aber keine andere Wahl geblieben war als die Flucht. Er sprach von seiner Hoffnung, mit Hilfe des Antitemporalen Gezeitenfelds das Solsystem dem Zugriff der Laren zu entziehen – eine trügerische Hoffnung, wie sich bald erwiesen hatte. Dann die Flucht von Erde und Mond durch den Sol-Transmitter, die Ankunft im Mahlstrom der Sterne und in der Folge die Lieblosigkeit der Menschen, verursacht durch eine Strahlungskomponente der neuen Sonne Medaillon. Währenddessen waren in der Milchstraße die letzten freien Menschen zu Sklaven der Überschweren und der Laren geworden. Und in der Dunkelwolke Provcon-Faust hatte das Neue Einsteinsche Imperium das Erbe des untergegangenen Solaren Imperiums angetreten, eigentlich die Verwaltung eines Scherbenhaufens.

»Das ist die Wahrheit?«, fragte der Alteraner schließlich. »Sie klingt aberwitzig und verrückt.«

»Lügen sind stets einfacher und leichter verdaulich«, versetzte Rhodan.

Matio massierte sein Kinn. Er stand gut drei Meter von dem gefesselten Terraner entfernt und sah nachdenklich auf ihn hinab. »Ich weiß nicht mehr, was ich glauben soll«, gestand er zögernd.

Augenblicke später schien er sich entschlossen zu haben. Jedenfalls schaltete er sein Funkgerät ein und rief nach Yu und Ponffo. Er bekam keinen Kontakt.

Vorübergehend hatte es den Anschein, als wolle der Alteraner es bei diesem einen Versuch bewenden lassen. Eine längere Pause entstand. Schließlich wischte er sich mit dem Handrücken über die Lippen, die Geste wirkte trotzig, und startete einen neuen Versuch.

»Nichts. Und nun?« Fragend sah er Rhodan an.

»Lösen Sie meine Fesseln, Matio, und geben Sie mir mein Funkarmband! Vielleicht haben wir noch eine Chance.«

Erneut zögerte der Alteraner. Die Forderung war zu direkt gekommen. Aber endlich nickte er, ging auf Rhodan zu und beugte sich über ihn.

Ein jähes Geräusch ließ Matio herumfahren und ebenso schnell zur Waffe greifen. Er schaffte es noch, den Strahler hochzureißen, dann erstarrte er in der Bewegung. Seine Waffe fiel zu Boden.

Matio Candiz sank vornüber auf die Knie, kämpfte vergeblich um sein Gleichgewicht und kippte zur Seite – seine brechenden Augen waren unverwandt auf den Laren gerichtet, der ihn erschossen hatte.

»Es sieht aus, als hätte ich Ihnen das Leben gerettet, Rhodan!«, sagte Verduto-Cruz zufrieden.

Hinter dem Laren folgten Soldaten. Sie sicherten nach allen Seiten, doch es gab keinen Gegner mehr.

13. Kapitel

Orombo

Zweieinhalb Stunden später beendete BOX-1122-UM die letzte Linearetappe.

Jeder in der Zentrale hielt in dem Moment den Atem an. Perry Rhodan sah versteinerte Gesichter. Viel hätte er dafür gegeben, Gedanken lesen zu können. Anspannung und eine extreme Nervosität waren vorherrschend. Nicht einmal Captain Olexa blieb davon verschont, seine Hand lag auf dem Griff seiner Waffe, und er schloss und öffnete die Finger in rascher Folge.

Nano hatte in den letzten dreißig Minuten seine roten Lippen »abgeschminkt«, denn die Ambriador-Posbis hätte er mit dieser Kriegsbemalung weder gnädig stimmen noch beeindrucken können.

Verduto-Cruz stand ein paar Schritte von den Alteranern entfernt, die ohnehin nur Augen für Ortungsbilder und optische Wiedergabe hatten. Die Arme vor der Brust verschränkt, erweckte er den Anschein, als gehe ihn das alles nichts mehr an. Auf Rhodans Vorwurf, Matios Tod wäre vermeidbar gewesen, hatte er unwillig reagiert. »Der Mann war nach Ihren Gesetzen ein Verbrecher, Rhodan. Wollten Sie ihm Gelegenheit geben, seine Tat zu vollenden?«

»Er wollte gerade meine Fesseln lösen ...«

»Dafür wäre eher Zeit gewesen. Und sobald wir mit den Posbis zu tun bekommen, sollten Sie ebenfalls zuerst schießen, Rhodan. Tun Sie das nicht, dürfte Ihr Leben keinen Sandkrabbler wert sein.«

»Wenn wir uns auf ein Gefecht mit den Posbis einlassen, werden wir die Achtzigsonnenwelt niemals erreichen«, hatte der Terraner schroff geantwortet.

Hunderte Ortungsreflexe zeichneten sich ab. Das war mehr, als Rhodan erwartet hatte. Orombo schien weit mehr zu sein als nur ein Leuchtfeuer oder ein Außenposten der Roboter-Zivilisation.

BOX-1122-UM war inmitten großer Pulks von Fragmentraumschiffen aus dem Linearraum zurückgefallen.

»Posbi-Ortungen erfassen das Schiff!«, meldete Nano Aluminiumgärtner.

»Falls wir nicht sofort abgeschossen werden, haben wir eine gute Chance.« Verduto-Cruz lachte, als sich ihm etliche Alteraner zuwandten. »Es ist so!«, bekräftigte er.

»Sehr großes Funkaufkommen!«

Rhodan nickte knapp. Zumindest in der Hinsicht hatte er nichts anderes erwartet. Im Bereich Orombo, das zeichnete sich schon nach wenigen Minuten ab, herrschte ein stetes Kommen und Gehen, und im Umfeld des sechsten Planeten war das Aufkommen am stärksten.

Orombo war eine kleine gelbe Sonne, einer der Sterne, die zwar häufig anzutreffen, aber keineswegs sonderlich imposant waren. Acht Planeten umfasste das System. Rhodan orientierte sich an den Grobdaten, die Nano Aluminiumgärtner auf die Holoschirme holte.

Daran, dass der sechste Planet das vorläufige Ziel der BOX sein musste, ließen schon die anderen Fragmentraumer keinen Zweifel, die alle diesen Planeten anflogen.

»Der Äquator-Durchmesser liegt bei knapp zweiundzwanzigtausend Kilometern!«, rief Oberleutnant Li Fei in die Runde. »Schwerkraft zwei Gravo. Kein Mond.«

Ein Pulk von achtzehn Schiffen, nur wenige Millionen Kilometer vor BOX-1122-UM, beschleunigte mit hohen Werten und verschwand kurz darauf im Linearraum. Binnen Minutenfrist näherten sie sich Orombo bis auf geringe Distanz.

»Folgen wir der Flotte?«

»Auf keinen Fall!«, fuhr Verduto-Cruz den Alteraner an, der die Frage gestellt hatte. »Wir warten, bis wir über Funk angesprochen werden. Ich kenne das so.«

»Der Meinung bin ich ebenfalls«, bestätigte Rhodan. »Nano?«

»Kein Einwand«, erwiderte der Rundron-Posbi.

Mit halber Lichtgeschwindigkeit näherten sie sich dem Planeten. Die Rücksturzkoordinaten hatten oberhalb der Ekliptik gelegen, deshalb würde BOX-1122-UM die Umlaufbahnen der beiden äußeren Welten nicht einmal tangieren.

Die Ortung ließ eine Fülle von Details erkennen. Nicht nur im Nahbereich des sechsten Planeten, sondern auch innerhalb des Systems verstreut gab es große Masse- und Energiekonzentrationen. Die Auswertung zeigte Raumforts, die offensichtlich jeweils aus mehreren zusammengekoppelten Fragmentraumern bestanden.

»Altterranische Geschichte ist doch immer wieder lehrreich«, stellte Mondra Diamond fest. Sie erntete dafür eine Vielzahl fragender Blicke.

Rhodan lächelte. »Es geht nichts über ein gutes *Trojanisches Pferd*«, bestätigte er. »Jedes alteranische Schlachtschiff würde sofort von irgendeiner Seite angegriffen und vernichtet werden.«

»Das gilt zweifellos auch für jeden Troventaar«, pflichtete Verduto-Cruz bei.

BOX-1122-UM blieb unbehelligt.

Fünf Minuten waren erst vergangen, als der Fragmentraumer von einem Abfrageimpuls über Richtfunk angesprochen wurde. Nano Aluminiumgärtner reagierte mit der gewohnten Schnelligkeit eines Posbis. Daten lagen von Anfang an vor, seit er die Hauptpositronik nach allen wichtigen Informationen durchsucht hatte.

»Soeben habe ich BOX-1122-UM bei dem planetaren Robotkommandanten von Orombo angemeldet«, setzte er die Alteraner in Kenntnis. »Die Daten sind gefälscht, aber nicht fiktiv. Alle Informationen habe ich aus der Hauptpositronik des Schiffes separiert ...«

»Also doch!«, kam es von einem der Offiziere. »Hieß es nicht am Anfang, es würden kaum verwertbare Informationen vorliegen?«

»Eine reine Vorsichtsmaßnahme«, antwortete Mondra an Rhodans Stelle. »Zu dem Zeitpunkt konnte niemand abschätzen, ob sich Probleme ergeben würden.«

»Dieses Vorgehen war sinnvoll«, bestätigte der Lare. »Die Ortung zeigt deutlich die Verteidigungsfähigkeit dieses Systems.«

Mit halber Lichtgeschwindigkeit fiel der Fragmentraumer dem gut eine Lichtstunde entfernten Planeten entgegen.

»BOX-1122-UM transportiert ab sofort wertvolle Rohstoffe, die in einem System der äußeren Eastside abgebaut wurden«, schnarrte Nano Aluminiumgärtner. »Alles Weitere wird sich hoffentlich in den nächsten beiden Stunden ergeben, bevor uns ein Landeplatz auf Orombo zugewiesen wird.«

»Was unternehmen wir, falls die vermeintliche Fracht gelöscht werden soll?«, wollte Captain Grimm wissen.

»In diese Zwangssituation werden wir nicht kommen«, behauptete der Posbi.

»Wir haben ein Recht auf alle Informationen!«, protestierte Li Fei.

»Genau so ist es.« Verduto-Cruz massierte sich die Schläfen, als versuche er, einen Anflug von Müdigkeit zu vertreiben. »Ich bin sicher, Nano Aluminiumgärtner versucht erneut, seine historischen Befehlskodes auszuspielen. Mir soll es recht sein, solange wir mit heiler Haut weiterkommen. Andernfalls ...« Das Fingerschnippen, das er folgen ließ, musste er einem der Alteraner abgeschaut haben. Es wirkte überaus menschlich, passte aber nicht zu ihm, wie er sich sonst gegeben hatte. Allem Anschein nach hatte er mit dem Erreichen des Orombo-Systems seine Zurückhaltung ein Stück weit verloren.

»Der Mitteilung an den Robotkommandanten wurden meine Kodes aufgeprägt«, erklärte der Rundron-Posbi. »Sobald sie akzeptiert werden, erlauben sie mir den Zugriff auf den planetaren Robotkommandanten.«

»Und wenn nicht?«, erklang es aus dem Hintergrund.

Nano zögerte einige Sekunden. »Die Ortung erfasst keine steigende Energieemission der Wachforts. Auch gehen keine Fragmentraumer auf Abfangkurs«, antwortete er ausweichend.

»Also besteht bislang keine eindeutige Verbindung zu dem Robotkommandanten?«

Wieder antwortete der Posbi nicht sofort.

»Hast du eine Verbindung?«, wollte Mondra wissen. »Ja oder nein?«

Abwehrend hob Nano seine angeschmort wirkenden Arme. »BOX-1122-UM wurde nur unter geringer Priorität eingestuft. Derzeit befindet sich der Robotkommandant im Zentrum umfangreicher Prozesse, die seine Außenverbindungen weitgehend reduziert haben.«

»Ist das schon eine Folge deiner Kodes?«

»Nein, ich denke nicht.«

»Aber die Möglichkeit besteht?«, fasste Rhodan nach.

»Das ist richtig«, bestätigte Nano. »Wir müssen abwarten, in welchem Umfang ich tatsächlich Zugriff bekomme.«

Oder ob überhaupt? Der Resident sprach die Frage nicht aus.

Zu spüren war jedoch, dass jeder solchen Überlegungen nachhing. Der Eindruck entstand, als hinge die BOX unverrückbar im Raum, obwohl sie weiterhin mit halber Lichtgeschwindigkeit flog. Nur langsam wuchs die schmale Sichel des Planeten an.

Fragmentraumer, die nach BOX-1122-UM die Systemgrenze erreicht hatten, flogen mit kurzer Überlichtetappe Orombo an und schwenkten in einen Orbit ein. Andere Schiffe, zumeist größere Pulks, verließen das Sonnensystem.

»Der Robotkommandant hat uns vergessen«, argwöhnte Harrison Hainu, nachdem nahezu eine Stunde in völliger Ereignislosigkeit verstrichen war.

Mit lediglich drei Millionen Kilometern Distanz passierte das Schiff eines der Raumforts. Es bestand aus sechs kreuzförmig aneinandergekoppelten Fragmentraumern, maß also deutlich mehr als acht Kilometer in der Länge und im Bereich des »Querbalkens« über sechseinhalb. Rhodan bezweifelte nicht, dass die Schiffe jederzeit getrennt werden und separat operieren konnten. Die von Aufbauten übersäten zerklüfteten Rümpfe erzwangen die Kopplung ausschließlich mit Hilfe von Energiefeldern, was eine enorm schnelle Trennung ermöglichte. Er zog Parallelen zu PRAETORIA, dem flugfähigen Multifunktions-Stützpunkt der LFT. Die Lösungen waren ähnlich, konnten aber schon wegen der unterschiedlichen Oberflächenstrukturen nicht näher beieinanderliegen.

Rhodan beobachtete den Laren. Verduto-Cruz wirkte angespannt, er ließ die Ortungsauswertungen, die Aufrisse und Schemaauswertungen kaum mehr aus den Augen. Trotzdem spürte er die ihm geltende Aufmerksamkeit, denn er wandte sich jäh dem Terraner zu.

»Sie fragen sich, Rhodan, ob das vor achtunddreißig Jahren auch so war. Im Bereich von Dreydon gab es solche Raumforts nicht, das System wirkte im Gegensatz zu diesem eher beschaulich.«

Das große Raumfort blieb hinter BOX-1122-UM zurück und verschmolz langsam wieder mit der Weltraumschwärze. Der Fragmentraumer wurde ignoriert.

Noch fünfzehn Lichtminuten bis Orombo ...

Rhodan hatte untersagt, die Ortungen allzu auffällig einzusetzen. Posbis, die den Planeten womöglich routinemäßig anflogen, kannten die Gegebenheiten. Aber schon die Passivortung ließ erkennen, dass diese Welt extrem hoch industrialisiert sein musste.

Orombo entpuppte sich als stählerner Planet, gerodet, eingeebnet, zugebaut.

»Ein Albtraum!«, stieß Leutnant Hainu hervor. »Eine Wüste aus Stahl und Plastbeton. Es hat nicht den Anschein, als würde dort noch eine Spur von Leben existieren.«

Die Atmosphäre erwies sich als Gebräu aus Edelgasen und Stickoxiden. Es war anzunehmen, dass der Sauerstoffanteil einmal weit höher gewesen war, doch heute konnte er einen Menschen ohne Verdichtermaske und Filter nicht mehr lange am Leben erhalten.

Eine eigenartige grau-silberne Albedo umgab den Planeten. Sogar die Ozeane waren in die Bebauung integriert worden.

»Weiterhin keine Rückmeldung«, stellte Nano lakonisch fest. »Der Robotkommandant nimmt keine Notiz von BOX-1122-UM.«

»Trotzdem werden wir in Kürze entscheiden müssen,

ob wir landen oder einen Orbit einschlagen sollen«, sagte Rhodan.

Das Bremsmanöver war schon eingeleitet. Da die maximale Bremsbeschleunigung bei fünfundsiebzig Kilometern pro Sekundenquadrat lag, bedeutete das mehr als hundertfünfzig Millionen Kilometer bis zum relativen Stillstand. Oder achteinhalb Minuten Flugzeit.

»Funkkontakt!«, rief einer der Alteraner. »Wir werden über Richtstrahl von Orombo angesprochen.«

Der Mann zeigte sich verärgert, dass Nano Aluminiumgärtner überhaupt nicht reagierte, dann erst verstand er, dass der Milchstraßen-Posbi die Impulsfront längst empfing und, darauf aufbauend, wahrscheinlich eine Vielzahl von Rückkopplungen herstellte.

»Die Kodes zeigen Wirkung. Ich habe Zugang zu positronischen Systemen, die den Frachtverkehr verwalten«, sagte Nano.

»Das ist alles?« Mondra klang enttäuscht. Auch Rhodan hatte mehr erwartet.

Nano reagierte nicht mehr. Er bediente sich jetzt der Schiffssysteme und kommunizierte über ein Bündel unterschiedlicher Frequenzen.

Nicht einmal vier Minuten vergingen, eine Zeitspanne, während der ein hoher Durchlauf von Datenpaketen ersichtlich war.

Nano gab eine Reihe knackender Geräusche von sich, als er den Oberkörper abwinkelte und Rhodan anschaute.

»Du hast Schwierigkeiten?«, argwöhnte der Terraner.

»Große Sch-wierigkeiten.« Nachdem er eine Zeit lang den Sprachfehler unterdrückt hatte, ließ Nano Aluminiumgärtner wieder sein eigenwilliges Stottern hören. »Ich kann a-auf den Robotkommandanten keinen Einfluss nehmen, alle Kodes und Befehlssequenzen werden über Prüfroutinen abgeblockt. Wenn ich es zu hartnäckig versuche, b-besteht die Gefahr, dass die alten Sequenzen als Angriff interpretiert werden.«

Wahrscheinlich war das Vertrauen in Nano Aluminiumgärtners Fähigkeiten mittlerweile zu groß geworden. Die Ernüchterung zeichnete sich jedenfalls in den Gesichtern der Zentralebesatzung ab.

»Was ist nun? Betätigen wir uns als interstellare Spediteure?«, fragte Mondra.

Rhodan sah es in ihren Augen aufblitzen. Aber ebenso schnell wischte sie den aufkommenden Ärger wieder beiseite.

»Mir ist es gelungen, eine Frachtcharge zur Übernahme auf BOX-1122-UM umzuleiten«, bestätigte der Posbi.

»Lass mich raten! Die Fracht ist für die Achtzigsonnenwelt bestimmt? Du hast es geschafft, Nano? Du hast es wirklich geschafft – Mensch, Posbi«, plärrte Mauerblum, der sich zuletzt auffallend ruhig verhalten hatte. Sein Auftritt unter Alkoholeinfluss war ihm peinlich, und eine solche Regung hatte bei einem Matten-Willy sehr viel zu heißen.

»Die Fracht ist noch nicht verladefertig«, schnarrte Nano, »aber sie wird unsere Eintrittskarte für das Machtzentrum der Ambriador-Posbis sein. Leider muss ich zu bedenken geben, dass mein Einfluss auf die Kommandostruktur dort geringer ausfallen wird.«

Rhodan rieb sich den Nasenrücken. »Wie lange müssen wir auf die Fracht warten?«, fragte er voll unguter Vorahnung.

»Es wird keine ungenutzte Wartezeit geben«, antwortete Nano Aluminiumgärtner ausweichend. »Der Robotkommandant hat angeordnet, dass BOX-1122-UM eine orbitale Werft anfliegt. Die ausgebrannten Linearkonverter werden durch neue Aggregate ersetzt.«

»Unmöglich«, schnaubte Captain Olexa. »Wir sollen neue Maschinenteufel an Bord lassen? Das kann doch nur schiefgehen.«

»Wenn ich diese Welt sehe, frage ich mich, weshalb in Ambriador nicht längst alles Leben ausgelöscht wurde.«

Innerhalb kürzester Zeit hatte Captain Olexa jede Illusion verloren. Orombo konnte einem Alteraner nicht nur Albträume bescheren, sondern jeden Schlaf rauben.

»Es gibt Schlimmeres«, erwiderte Rhodan.

Der Captain starrte ihn an, als erwartete er, dass sich der Terraner in der nächsten Sekunde seiner Maske entledigen und zu einer der Kreaturen mutieren würde, die mit ihren Würfelraumschiffen Tod und Entsetzen verbreiteten.

Transportscheiben verdunkelten den Himmel über Orombo wie auf anderen Planeten unüberschaubare Vogelschwärme, und im Orbit hingen Stahlkolosse, die wie überdimensionale Kraken Fragmentraumer umschlangen. Ströme von Kleinfahrzeugen für Materialtransporte und Versorgungsflüge pendelten zwischen diesen Stationen und der Stahlwüste des Planeten.

Auf den übrigen Welten des Systems existierten ebenfalls ausgedehnte Fabrikanlagen, doch sie dienten eher der Rohstoffgewinnung.

»Ich darf nicht darüber nachdenken.« Der Captain wischte sich den Schweiß aus dem Gesicht. »Das hier ist nur ein Randsystem der Posbis. Trotzdem übertrifft die Kapazität alles, was wir zu bieten haben. Unsere Vorposten muten im Vergleich dazu wie zurückgebliebene Agrarwelten an.«

Rhodan kannte weit beeindruckendere Welten als Orombo. Doch das behielt er für sich.

BOX-1122-UM hatte vor drei Stunden an einer der orbitalen Werften angedockt. Das heißt, eigentlich hatten sich

Greifarme ausgebreitet und hielten das Schiff mit Energiefeldern fest.

Arbeitsmaschinen waren an Bord gekommen und entluden die ausgebrannten Konverter. Alle Techniker und Soldaten, bis auf die Zentralecrew, hatten sich in ihre Unterkünfte zurückgezogen. Nur die Rundron-Posbis und einige der von Nano kontrollierten Maschinenteufel hielten sich im Bereich der Verladetätigkeit auf.

Langsam zog die Fabrik ihre Bahn über den Planeten. Aus wenigen hundert Kilometer Höhe bot sich ein guter Überblick. Bislang hatte sich die Szene kaum verändert. Diese Welt glich den Fragmentraumschiffen, ihre Oberfläche war ein Konglomerat schluchtenartiger Strukturen, zwischen denen gigantische Bauten wie überdimensionierte Städte aufragten. Höhenunterschiede bis zu vier Kilometern prägten das Bild.

Es gab keine Berge und Täler, kein Land und keine Meere. Wo Wasser sichtbar wurde, ergoss es sich durch künstliche Kanäle und verschwand tosend in Fabrikanlagen, ohne jedoch an anderer Stelle wieder zum Vorschein zu kommen.

Am Horizont, von der untergehenden Sonne nur teilweise angestrahlt, erschien eine seltsam gleichmäßige Formation. Dunst verschleierte die Sicht, als kondensiere die in der Atmosphäre gebundene Feuchtigkeit.

»Raumschiffe!«, stellte Rhodan fest. »Wahrscheinlich der erste wirklich große Raumhafen auf Orombo.«

Dutzende Fragmentraumer hatten sie bereits starten und ebenso viele landen sehen. Umgerechnet auf den gesamten Planeten waren es in den wenigen Stunden Hunderte gewesen, die sich zwischen den Industrieanlagen regelrecht verloren.

Das hier war anders. Dicht gedrängt standen die Zwei-Kilometer-Würfel, im Widerschein der sinkenden Sonne eine blutig schimmernde Phalanx. Als warteten diese Schiffe nur darauf, sich auf ein Zeichen hin gemeinsam in den Raum zu erheben.

Einige Hundert, hatte Rhodan im ersten Moment vermutet. Doch die Ebene, auf der sie standen, nahm kein Ende.

Er wandte sich der Ortung zu.

Die Energieechos waren Legion. Es war schwer genug, ohne zusätzliche Filter einzelne Raumschiffe aus dem sie umgebenden energetischen Chaos herauszufinden. Zu Rhodans Überraschung ließen die Energieflüsse in dem beobachteten Bereich nach. In Helligkeitsabstufungen wiedergegeben, wäre ganz Orombo eine gleißende Fackel gewesen, aber das Landefeld lag in Düsternis. Auf den Fragmentraumern waren nur die notwendigsten Anlagen in Betrieb.

»Eingemottet?«, fragte Mondra hinter ihm.

»Sieht ganz so aus.« Rhodan nickte, ohne von den Ortungsbildern aufzuschauen. An Bord eines terranischen Raumschiffs hätte er mit wenigen Schaltungen die Energieortung mit den Massewerten gekoppelt und die optische Erfassung hinterlegt. Dazu Skalenwerte eingeblendet, um die Datenwiedergabe komplex zu haben.

Hier bereitete es ihm Schwierigkeiten, überhaupt auf die Ebene der positronischen Befehlsströme vorzudringen. Längst nicht alles konnte auf manuelle Schaltkreise umgelegt werden, über die ein umfassender Informationsabruf möglich gewesen wäre. Rhodan wollte tiefer greifende Messwerte, bekam sie aber nicht, weil Nano Aluminiumgärtner und Drover anderweitig gebunden waren.

Aber auch so ertappte der Terraner sich dabei, dass er unvermittelt den Atem anhielt. Was immer deutlicher am Horizont sichtbar wurde, obwohl die orbitale Werft sich dem Areal nicht weiter näherte, war eine gewaltige Flotte.

»Ich schätze, das sind mindestens fünftausend Fragmentraumer. Diese Schiffe werden auf Orombo gebaut und warten hier auf ihren Einsatz.« Mondras Feststellung klang eisig.

»Sobald diese Flotte gegen das Imperium losschlägt, werden wir keines unserer Systeme wirkungsvoll verteidigen können«, sagte Oberleutnant Li Fei.

»Warum greifen diese Teufel noch nicht an?« Captain Olexa wandte sich an Rhodan. »Worauf warten die Roboter?«

Vor nicht einmal sechs Wochen hatten dreieinhalbtausend Fragmentraumer das Alter-System angegriffen. Letztlich hatte nur Nano Aluminiumgärtner mit seinen historischen Kodes, die Befehle einer Höheren Instanz simulierten, das Ende Alteras verhindert. Angesichts der Flotte, die hier auf Orombo auf ihren Einsatz wartete, konnte von Verhindern nicht mehr länger die Rede sein, sondern nur noch von einem Hinauszögern.

Nicht mehr als ein Pyrrhussieg war die Schlacht um Altera gewesen. Die Verluste an Material wogen in dem Fall noch schwerer als der hohe Blutzoll. Von den TRIANGOLO-Raumforts mit ihrer schlagkräftigen Bewaffnung hatten nur sechsundachtzig die Kämpfe ohne nennenswerte Schäden überstanden, dazu nicht einmal dreihundert Schlachtschiffe und einhundertachtzehn Schwere Kreuzer. Die Leichten Kreuzer waren ohnehin eher in die Rubrik Geschützfutter einzuordnen.

Angesichts dieser Flotte von Fragmentraumern wurde jede Hoffnung zur Farce, das Alter-System irgendwie noch verteidigen zu können.

Stumm blickten die Alteraner auf die Anzeigen.

Schließlich durchbrach Captain Olexa die Stille. »Egal, ob wir im Tempel für Buddha Räucherstäbchen entzünden, ob wir uns vor Allah verneigen oder zu dem dreieinigen Gott beten, wir werden den Beistand aller bitter nötig haben.«

Langsam wanderte der Raumhafen unter der Werft vorüber. Weit in der Ferne waren noch leere Landefelder zu erahnen. Die Zahl, die Rhodan jetzt errechnete, belief sich auf achttausend.

Achttausend startbereite und schlagkräftige Fragmentraumer. Sobald die Posbis diese Flotte nach Fort Kanton führten, war es für Gegenmaßnahmen zu spät. Altera würde danach nicht einmal einen einzigen Tag Aufschub haben.

Die Übernahme der Linearkonverter war abgeschlossen. Auch wenn Perry Rhodan es niemandem eingestanden hätte, ihm fiel ein Stein vom Herzen. Trotzdem wartete noch ein ganzer Steinbruch, den es wegzuräumen galt, bevor er wirklich zufrieden sein konnte.

Langsam zogen sich die Greifer zurück, und die erlöschenden Energiefelder gaben BOX-1122-UM frei. Traktorstrahlen drückten den Fragmentraumer aus der offenen Montagebucht. Sekunden später, als die Distanz auf mehrere hundert Meter angewachsen war, zündeten die Impulstriebwerke in gegenüberliegenden Eckbereichen und drehten das Schiff.

BOX-1122-UM driftete von Orombo fort und erhielt in einhundertfünfzigtausend Kilometern Entfernung eine Parkposition zugewiesen.

Nano Aluminiumgärtner war nun permanent über den Funkbereich des Robotkommandanten mit den planetaren Stellen verbunden. Wie erstarrt stand er in der Zentrale, aber während er äußerlich den Anschein erweckte, als sei jegliches positronische Leben aus ihm gewichen, entwickelte er stetig neue Aktivitäten.

Die scheinbare Ruhe schürte die Nervosität der Alteraner. Nano Aluminiumgärtner stand auf ihrer Seite. Natürlich. Aber wer sagte ihnen, dass die Maschinenteufel von

Orombo nicht im Begriff waren, Macht über ihn zu gewinnen, so wie er es seinerseits in den letzten Tagen und Wochen mit den Robotern an Bord der BOX vorgeführt hatte?

»Wir müssen den Staatsmarschall informieren!«, forderte Leutnant Hainu. »Was sich hier zusammenbraut, wird das Ende des Imperiums bedeuten.«

»Egal, was wir unternehmen, ob wir einen Hyperfunkspruch absetzen oder zu fliehen versuchen, diese Teufel werden uns nicht am Leben lassen, sobald sie Verdacht schöpfen«, widersprach Olexa heftig.

»Warum fluten wir nicht alle Energie und lassen die BOX über dem Landefeld abstürzen? Dann hätte unser Tod wenigstens einen Sinn.«

»Nichts von alldem werden wir tun!«, widersprach Rhodan ruhig und eindringlich. »Was ist denn bislang geschehen? Nichts, was uns direkt bedrohen würde. Mit einem Opfergang wie eben gefordert, würden wir bestens fünf, vielleicht sogar zehn Fragmentraumschiffe zerstören. Was wäre damit gewonnen?«

»Nichts!«, pflichtete Verduto-Cruz bei. Er wirkte verbissen. »Diese Flotte von Fragmentraumern wird sich nicht nur gegen das Imperium Altera wenden, der Trovent wird die Schlagkraft der Posbis ebenfalls zu spüren bekommen. Panik ist immer die falsche Reaktion, sie hat noch niemanden weitergebracht. Rhodan hat die einzige Lösung aufgezeigt, die mir gangbar erscheint. Unabhängig davon, ob einige hier den Mut verloren haben, müssen wir die Achtzigsonnenwelt anfliegen.«

»Ein Lare wird nicht darüber bestimmen, was ...« Die erregte Stimme eines Technikers verstummte, weil zwei Offiziere gleichzeitig auf ihn einredeten.

Die stundenlange erzwungene Untätigkeit und dazu die unheimliche Bedrohung vor Augen ließen unterschwellige

Aggressionen wieder aufkochen. Das Empfinden, den Maschinenteufeln hilflos ausgeliefert zu sein, trieb manchen Alteraner einer fatalistischen Einstellung in die Arme.

Ächzend löste sich Nano Aluminiumgärtner aus seiner Starre. Rhodan sah, dass alle den Rundron-Posbi anschauten. Jeder wollte hören, was Nano in Erfahrung gebracht hatte.

»Es war sogar für mich mühsam, die Zugriffssperren in den planetaren Kommunikationslinien zu umgehen und die richtigen Datenknoten aufzuspüren. Bereiche, in denen meine Kodes nicht wirksam werden, musste ich dabei aussparen ...«

»Schon gut«, unterbrach Leutnant Hainu ungeduldig. »Welche Informationen gibt es über die achttausend Fragmentraumer? Wann werden sie angreifen?«

»Vorerst nicht.«

Nanos Antwort hatte ein hörbares Aufatmen zur Folge. Doch in einer überaus menschlich wirkenden Geste hob er sofort beide Arme. Das Klicken seiner Greifklauen erschien Perry Rhodan wie das Ticken eines Zeitzünders.

»Die Ambriador-Posbis betrachten ihre bisherigen Angriffe auf das Imperium Altera und den Trovent der Laren nur als vorbereitende Maßnahmen«, sagte Nano Aluminiumgärtner. »Geplänkel, die beide Völker in permanenter Defensive halten sollen, damit sie keine Gelegenheit finden, einen wirkungsvollen Verteidigungswall aufzubauen, womöglich gar zusammenzuarbeiten. Die gegenseitigen Angriffe und Gefechte zwischen Alteranern und Laren wurden von den Posbis akribisch in ihre eigene Strategie aufgenommen. Fest umrissene Aufgabe der Robotkommandanten war und ist es, die Gegner in jeder Hinsicht zu schwächen. Erst sobald die zahlenmäßige Überlegenheit nicht mehr durch Raumforts, verminte Sektoren, schwere planetare Geschützstellungen und Ähnliches kompensiert werden kann, werden die Posbis mit aller Kraft zuschlagen. Dieser Vernichtungsangriff wird gestartet, sobald zehntausend Fragmentraumer zur Verfügung stehen. Die Strategie besagt eindeutig, dass nach dem Fall des Imperiums Altera sofort der Trovent der Laren angegriffen und ausgelöscht werden muss.«

Alle Befürchtungen hatten mit einem Mal Gestalt angenommen. Zehntausend Kampfschiffe! Mit apokalyptischer Gewalt würden die Maschinenteufel über alle Sternenreiche von Ambriador hereinbrechen – unerbittliche Kämpfer, die den eigenen Tod nicht fürchteten, weil gigantische Fabriken immer neue Kopien von ihnen fertigten. Wie ein gefräßiger Heuschreckenschwarm würden sie eines Tages sogar die Sterne verdunkeln.

»Nicht einmal unsere Flotten gemeinsam könnten diesem Angriff widerstehen.« Verduto-Cruz' schwarze Haut schimmerte in einem fahlen Grau. »Selbst wenn wir uns eine Zeit lang wirkungsvoll zur Wehr setzen könnten, die Posbis werden uns letztlich überrollen. Ihre industrielle Kapazität ist beängstigend.«

Das war dir doch längst klar, Verduto-Cruz, ging es Rhodan durch den Sinn. *Wonach suchst du? Nur nach einer Bestätigung, dass es wirklich so ist? Oder nach Verbündeten? Das allerdings wäre die vordringliche Aufgabe des Ersten Hetrans.*

Womöglich hatte es schon Vorstöße in der Hinsicht gegeben, aber Administrator Anton Ismaels Koma spielte den Falken in beiden Lagern in die Hände. Denn Staatsmarschall Michou war nicht der Mann, der einem Laren die Hand reichen würde, jedenfalls nicht, ohne seinen eigenen Führungsanspruch festgeschrieben zu wissen.

Die Distanzüberwachung meldete die Annäherung von vier Fahrzeugen, löste aber keinen Alarm aus. Große Plattformen näherten sich der BOX.

»Unsere Fracht kommt!«, verkündete Nano Aluminiumgärtner stolz. »Damit rückt die Achtzigsonnenwelt zum Greifen nahe.«

Ein Aufschrei hallte durch die Zentrale. Rhodan fuhr herum und sah mehrere Alteraner zu den Waffen greifen, während ein anderer förmlich durch den Raum geschleudert wurde und im Stürzen mehrere Männer mitriss.

Er hörte Verduto-Cruz eine Verwünschung ausstoßen, zugleich sah er den wild gewordenen Posbi. Der Roboter, der sich offensichtlich Nanos Kontrolle entzogen hatte, war unbewaffnet. Wenigstens das.

Blitzschnell hatte der Posbi einen der Offiziere an sich gerissen, und er würde dem Mann alle Knochen im Leib brechen, wenn er ihn noch fester an sich zog. Einen zweiten Alteraner hatte er mit einem kräftigen Hieb zur Seite geschleudert.

»Nicht schießen!«, rief Rhodan. Die Lastenplattformen waren mittlerweile in einen der großen Laderäume eingeflogen. Jede außergewöhnliche Energieentladung in der Zentrale konnte die Tarnung auffliegen lassen.

Gleichzeitig gab der Posbi seinen Gefangenen wieder frei, der keuchend zusammenbrach – und erstarrte zu neuer Reglosigkeit. Mehrere Alteraner kümmerten sich um den Verletzten.

Perry Rhodan wandte sich an Nano, aber der Rundron-Posbi kam seiner Frage zuvor.

»Ich verzeichne eine Überlagerung«, stellte Nano Aluminiumgärtner orakelhaft fest, schob jedoch sofort eine Erklärung nach. »Mit hoher Wahrscheinlichkeit ist die Impulsfront des Robotkommandanten ursächlich. Eine permanente Flut von Befehlssequenzen, Bestätigungen und Statusberichten greift von Orombo aus weit in den Raum hinaus. Der Kommandant kontrolliert auf diese Weise nicht nur die Reparaturdocks, sondern auch die Festungen. Auf größere Distanz handelt es sich ausschließlich um Richtimpulse, im planetennahen Bereich überwiegen Streustrahlungen. Die Prioritätskennungen des Robotkommandanten interferieren mit meine Befehlskodes.«

»Das heißt, wir müssen hier weg, bevor sich die Zwischenfälle häufen.«

Rhodan hatte den Eindruck, dass Nano Aluminiumgärtner gar nicht mehr auf ihn achtete. Bevor er sich darüber klar werden konnte, ob er sich womöglich täuschte, reagierte Nano schon wieder normal.

»Zwei weitere Zwischenfälle, zum Glück nicht bei den Verladearbeiten«, stellte der Posbi fest. »Ich muss größte Aufmerksamkeit darauf verwenden, neue Befehle zu senden. Andernfalls besteht die Gefahr, dass ich die Kontrolle verliere.«

»Wie lange noch?«, fragte Verduto-Cruz.

Nano Aluminiumgärtner schwieg.

Zwei der Frachtplattformen verließen in dem Moment das Schiff. Vorübergehend waren sie auf den Schirmen der Außenbeobachtung zu erkennen, dann fielen sie Richtung Orombo aus dem Erfassungsbereich.

»Was ist mit den deaktivierten Kampfrobotern?«, wollte Mondra wissen. »Bevor es zu ernsthaften Problemen kommt, müssen wir sie zerstören.«

»Keine Ge-fahr!« Nano ließ nun jede Stimmmodulation vermissen, er klang blechern und abgehackt. »Nur die beeinflussten ... Posbis sind ... gefährdet. Ich versuche ... sie stillzulegen ...«

Zwei weitere Maschinen, die zur ständigen Zentrale-Unterstützung gehörten, erstarrten Sekunden später.

Im Laufschritt verließen die ersten Alteraner den Raum. Die Männer und Frauen in den anderen Stationen mussten informiert werden, doch jede über Funk abgesetzte Warnung hätte die Entdeckung provozieren können.

Zwei weitere Lastenplattformen näherten sich der BOX. Rhodan registrierte, dass sie einen Richtstrahl erhielten, der sie zu einem anderen der großen Hangars führte. Wahrscheinlich hatte Drover die Einweisung übernommen, da er sich ohnehin in einem der Hangars aufhielt.

Staffage, mehr waren die Menschen nicht in diesem Spiel, das sich außerhalb ihres Wahrnehmungsbereichs manifestierte.

Wieder einmal warten.

Zum Nichtstun verurteilt, dabei den drohenden Untergang vor Augen.

Rhodan fühlte sich an die Männer erinnert, die in ihren stählernen Konservendosen namens U-Boot die Weltmeere durchkreuzt hatten, um dem Feind schwere Verluste zuzufügen. Wie oft mochten sie schweigend verharrt haben, in der Furcht vor gegnerischem Sonar und Wasserbomben, bemüht, den eigenen Atem leise zu halten und gleichzeitig von der quälenden Enge schier erdrückt? So ähnlich empfand er, wenn er in die Gesichter der Alteraner schaute. Er las die nur mühsam unterdrückte Angst in ihrem Mienenspiel, aber eher noch die Panik, alles, was sie hier gesehen hatten, nicht mehr weitergeben zu können.

»Die erste Hälfte der Fracht ist übernommen und gesichert«, schnarrte Nano Aluminiumgärtner. Seine blecherne Stimme durchbrach die lähmende Stille wie ein Sakrileg.

Ein Pulk von fünf Fragmentraumern wurde in der Ortung sichtbar. Die Schiffe kamen schnell näher, fächerten auf, als setzten sie zu einem Angriff an und versuchten zugleich, jede Fluchtbewegung ihres Opfers zu unterbinden. Dann jagten sie zwischen BOX-1122-UM und Orombo hindurch und nahmen Kurs auf das nächste Raumfort.

Langsam wandte Nano Aluminiumgärtner sich um. Seine Multisensorflächen schienen alles und jeden im Blick zu haben.

»Unsere Fracht ist für das Umfeld des Zentralplasmas der Achtzigsonnenwelt bestimmt«, sagte er bedeutungsschwer. »Die Kursdirektive wurde vor fünfunddreißig Komma vier Sekunden übermittelt. BOX-1122-UM fliegt umgehend die Zentralwelt der Ambriador-Posbis an.«

Kein Jubel kam auf. Jeder musste erkannt haben, dass alles nur noch schlimmer werden würde.

»Wie groß ist die Entfernung bis zur Achtzigsonnenwelt?« Ausgerechnet der Lare fragte als Erster danach.

»Zweiundzwanzig Lichtjahre in Richtung Galaktisches Zentrum«, antwortete Nano. »Mehr nicht.«

14. Kapitel

Die Achtzigsonnen-welt

Die Überraschung war perfekt. Mit einer derart geringen Distanz hatte niemand gerechnet.

»Eine Stunde Flugzeit«, folgerte Perry Rhodan, »länger können wir den Transfers nicht ausdehnen. Ich fürchte, dass wir sonst Aufmerksamkeit erwecken würden.«

»Das hört sich an, als hätten wir ein Problem«, wandte Liza Grimm ein.

»Die Posbis hier an Bord werden zum Problem«, bestätigte der Lare.

»Brauchen wir sie?«, wandte Olexa ein.

»Vielleicht. Vielleicht auch nicht. Was kann uns jetzt noch aufhalten?«

»Energieprobleme ... ein Triebwerksschaden ...« Mondra Diamond machte eine alles umfassende Geste. »Bei technischen Schwierigkeiten brauchen wir die Posbis für eine schnelle Schadenseingrenzung.«

»Warum werfen wir nicht wenigstens die Hälfte von ihnen aus dem Schiff?«

Rhodan unterbrach die beginnende Diskussion, bevor sie aus dem Ruder laufen konnte. BOX-1122-UM hatte die Eintauchgeschwindigkeit für das Linearmanöver ohnehin fast erreicht.

»Registrierst du weiterhin störende Impulse, Nano?«, wandte er sich an den Rundron-Posbi.

»Der Einfluss durch den planetaren Robotkommandanten ist permanent vorhanden, ich kann ihn aber wieder leichter kompensieren.«

Rhodan nickte knapp und wandte sich wieder allen zu. »Wir haben es vor gut einer dreiviertel Stunde erlebt, dass Nano in Gegenwart einer höheren Instanz mit seinen Befehlskodes in Schwierigkeiten geraten kann.«

»Weil der Robotkommandant meine Kodes infiltriert«, erklärte der Posbi. »Ich kann keine Kommandostufe simulieren, die höher rangiert als er.«

»Auf der Achtzigsonnenwelt werden wir mit der höchsten Instanz der Ambriador-Posbis konfrontiert sein«, fuhr Rhodan fort. »Ich erwarte, eine Hyperinpotronik vorzufinden. Die Gefahr muss demnach sehr ernst genommen werden, dass Nano gänzlich die Kontrolle verliert.«

»Also werden uns die Posbis an Bord angreifen?«

»Diese Möglichkeit besteht«, schnarrte Nano Aluminiumgärtner. »Noch kann ich das durch einen überlagernden Befehlsblock verhindern. Aber das wird nicht ewig wirken. Das Plasma erkennt den Block mit der Zeit als Fehlschaltung und bewirkt eine Umgehung.

Sehr viel bedrohlicher sehe ich allerdings die Kommunikationsebene, die der Hyperinpotronik direkten Zugriff erlaubt. Ein einziger unkontrollierter Datenabgleich wird genügen ...«

»Was geschieht, sobald der Körpersender jedes Posbis unbrauchbar wird?«, fragte Rhodan.

»Funkstille«, antwortete Nano. »Keine Kommunikation.«

»Gib den Posbis an Bord den Befehl, ihre Sender zu zerstören! Ausnahmslos. Oder bleibt eine bessere Wahl?«

»Keine«, bestätigte Aluminiumgärtner.

Nano hatte erwähnt, dass die Fracht für das Umfeld des Zentralplasmas bestimmt sei. Damit bestätigte sich bereits, dass die Zentralwelt der Ambriador-Posbis ähnlich aufgebaut sein musste wie die Hundertsonnenwelt in der Milchstraße.

Mit dreitausend Jahren Lebenserfahrung, behaupteten viele, habe man sich ein so dickes Fell zugelegt, dass Überraschungen daran abperlen konnten wie Wasser an einer Fettschicht. Rhodan diskutierte über solche Themen nicht gern. Erfahrung war nichts, was immun machte und unempfänglich für die alltäglichen Dinge des Lebens, so wie Wissen nicht eines Tages zur unumschränkten Weisheit führte oder gar zwangsläufig zur Beantwortung aller Fragen, die die menschliche Existenz bereithielt.

Angespannt zählte er die letzten Sekunden bis zum Ende der Linearetappe. Wie lange hatte er so etwas schon nicht mehr getan, weil ihm perfekte Technik die Arbeit und mit der Zeit auch die Gefühle abnahm? Dabei gaben erst solche eigentlich unbedeutenden Empfindungen der Routine des überlichtschnellen Fluges ihren Reiz zurück. Er musste wieder lernen, über Kleinigkeiten zu staunen, das Universum vielleicht sogar mit den Augen eines Kindes zu sehen, die bislang nicht von Gewalt und Ignoranz blind geworden waren. Was für ihn galt, traf in noch größerem Maß für die gesamte Menschheit zu.

Möglicherweise bekam er dann seine Träume zurück, die das Jahrtausend der Kriege zu ersticken drohte.

Wie weit, fragte er sich, hatte er sich schon von dem Weg entfernt, den er gern gegangen wäre? Letztlich ließ er sich sein Handeln von kosmischen Mächten aufzwingen. Sich darauf nicht einzulassen, bedeutete, zwischen gewaltigen Mühlsteinen zerrieben zu werden. Aber würde es wirklich so sein?

Die Sterne des dreidimensionalen Raum-Zeit-Kontinuums leuchteten ihm wieder entgegen. Eine kleine weiße Sonne, der Zielstern während des Linearflugs, stand sehr nah.

Die Ortung meldete etwa dreihundert Fragmentraumer im Umkreis von mehreren Lichtstunden, außerdem ein Dutzend der großen Raumforts, die aus unterschiedlich vielen Fragmentraumern zusammengefügt waren.

Nano Aluminiumgärtner versteifte sich. Rhodan glaubte erkennen zu können, dass der Posbi soeben mit einer planetaren Positronik in Verbindung getreten war.

Ohne sichtbares Zutun änderte das Schiff den Kurs.

»Ich habe die Landekoordinaten erhalten«, schnarrte Nano eilfertig, und der Terraner glaubte, so etwas wie Triumph in der blechernen Stimme mitschwingen zu hören. Mondras vielsagendes Lächeln bestärkte ihn in dieser Annahme.

Die optische Erfassung holte den einzigen Planeten der Sonne auf die Holoschirme.

Es schien eine schöne Welt zu sein, ebenso wie die Heimat der Milchstraßen-Posbis. Das Blau großer Ozeane vermischte sich mit weiten grünen Regionen, und über allem spannte sich das milchige Weiß ausgedehnter Wolkenfelder.

Erst hatte es den Anschein, als wölbe sich auf Äquatorebene ein zarter Ring, der aus den Bruchstücken eines oder mehrerer Monde entstanden war. Dann zeichnete sich schnell ab, dass dieser Ring aus einer Vielzahl größerer Körper bestand.

Kunstsonnen!

Ihre Zahl betrug exakt achtzig, sofern der momentan sichtbare Bereich des Ringes in der Anordnung dem Rest entsprach. Fünfzigtausend Kilometer über dem Äquator postiert, überschütteten diese Sonnen den Planeten mit gleichmäßiger Helligkeit, die den naturgegebenen Tag- und Nacht-Wechsel kompensierte. Lediglich in den Polregionen gab es Dämmerung.

»Die Oberflächentemperatur sollte aufgrund der Sonnenentfernung und der Umlaufbahn rechnerisch im Durchschnitt bei fünf Grad Celsius liegen. Tatsächlich zeigt die Fernmessung sehr angenehme zwanzig Grad Celsius an.«

Rhodan nickte knapp. Natürlich zeigten die Kunstsonnen Auswirkungen. Im Falle der Hundertsonnenwelt mussten sie den Planeten in erster Linie vor der Erstarrung im intergalaktischen Leerraum schützen. Und sie mussten ausreichend Helligkeit spenden. Hier, in Ambriador, umkreiste die Zentralwelt der Posbis eine eigene große Sonne. Die atomaren Kunstsonnen, so empfand es der Terraner, waren demnach nichts anderes als eine Reminiszenz der Posbis an ihre Vergangenheit. Letztlich bedeutete das nichts anderes, als dass die Roboterzivilisation auf ähnliche Art und Weise an diesen Ort verschlagen worden war wie Alteraner, Laren und vermutlich alle anderen Völker ebenfalls. Eigentlich war das schon klar gewesen, nachdem Nanos Kodes Wirkungen gezeigt hatten. Aber diese Übereinstimmung, der Versuch, positronische Erinnerungen zu kopieren, ließ erwarten, dass vieles andere ebenfalls Ähnlichkeiten aufwies. Auch die Hass-Schaltung.

»Spektralanalyse weist eine atembare Sauerstoffatmosphäre aus. Die Schwerkraft beträgt am Äquator null Komma acht Gravos.«

Rhodan nickte zufrieden. Das waren angenehme Werte.

Die Achtzigsonnenwelt zeigte sich keineswegs total verbaut wie Orombo, sondern immer deutlicher als erdähnlicher Planet mit ausgedehnten Meeren, schroffen Gebirgszügen und weitläufigen Vegetationszonen. Im Vergleich dazu schien Orombo das militärische Zentrum zu sein, auch wenn Nano das bislang nicht explizit erwähnt hatte.

»Es gibt sechs große Kontinente, kleinere Inselgruppen sind unbedeutend und entweder kahle Felseneilande oder von üppigem Dschungel überwuchert«, teilte Nano Aluminiumgärtner mit.

Das waren dürftige Informationen, obwohl er stetig mit der Achtzigsonnenwelt Kontakt hielt. Aber zweifellos musste Nano äußerst vorsichtig sein und durfte sich nicht beim Herumvagabundieren in den Datenknoten erwischen lassen.

BOX-1122-UM hatte die hohe Anfangsgeschwindigkeit bis auf weniger als fünfhundert Sekundenkilometer reduziert. Einige Dutzend Fragmentraumer flogen mittlerweile auf Parallelkurs.

Nur noch knapp zwei Lichtsekunden entfernt, war die Achtzigsonnenwelt schon zum Greifen nahe.

BOX-1122-UM schwenkte in einen weiten Orbit ein.

Zwischen Wolkenwirbeln zeichnete sich kurz darauf auch ein anderes Bild ab als die vermeintliche naturbelassene Idylle. Captain Grimm sprach von Orombo im Kleinformat. Einer der Kontinente war zugebaut. Auch hier ausgedehnte Industriekomplexe, ein gewaltiges Gebirge aus Stahl, Kilometer hoch aufragend und ebenso tief eingeschnitten, teilweise sogar in die Planetenkruste hinabreichend. Schluchten, auf deren Grund Fragmentraumer standen, die in der optischen Vergrößerung wie Spielzeuge anmuteten. Canyons, deren Wände über mehrere tausend Meter teils steil abfielen, aber auch terrassenförmig abgestufte Landeplätze boten.

Nahezu ununterbrochen starteten oder landeten Fragmentraumer auf diesem Kontinent. Auch die Schiffe, die BOX-1122-UM vorübergehend begleitet hatten, entfernten sich in diese Richtung.

»Wo landen wir?«, fragte Rhodan.

»Bislang liegt keine Anweisung vor«, antwortete Nano Aluminiumgärtner. »Die Nähe der höchsten Instanz schafft vielfältige Kommandostrukturen.«

»Du bekommst also nur schwer Zugriff?« Verduto-Cruz hatte sich keine Phase des Anflugs entgehen lassen. Auch jetzt wandte er sich nur zögernd an den Posbi.

Nano Aluminiumgärtner registrierte, dass Perry Rhodan ihm kaum merklich zunickte.

»Meine Kodes sind nach wie vor gültig. Entscheidend wird sein, in welchem Umfeld wir uns bewegen werden.«

»Und wie viel Zeit wir herausschinden können«, ergänzte Rhodan.

Ihr Vorgehen war abgesprochen. Fraglich war nur, welche Reaktionen sie damit erzielen würden. Zweifellos dauerte der Aufenthalt eines Fragmentraumers auf dem Planeten nicht länger, als für die Löschung oder Aufnahme der jeweiligen Fracht notwendig war. Aber damit würden sie herzlich wenig anfangen können.

»Die Landekoordinaten gehen soeben ein«, stellte Nano fest. »Wir werden nicht nach Gayn Dor beordert wie die anderen Schiffe, sondern auf den Kontinent Vabonde geleitet.«

BOX-1122-UM drang in die Atmosphäre ein und sank langsam tiefer. Sie näherte sich einem von weiten Ebenen geprägten Kontinent. Mächtige Flüsse durchschnitten das Land, und die ausgedehnte Seenplatte mochte Überrest einer Eiszeit sein, konnte ihrer Gleichmäßigkeit wegen aber ebenso gut auf eine kleine Katastrophe hindeuten. Oftmals füllten sich von den glühenden Fragmenten eines abstürzenden Raumschiffs geschlagene Kraterketten mit Grundwasser.

Die BOX näherte sich dem Hochplateau im Zentrum des Kontinents. Weitläufige technische Anlagen erhoben sich hier, erweckten indes längst nicht den Eindruck einer unermüdlich produzierenden Industrie wie auf dem Kontinent Gayn Dor, von Orombo ganz zu schweigen.

»Was wir sehen, sind die Anlagen des Neuen Zentralplasmas der Zweiten Zivilisation«, verkündete Nano Aluminiumgärtner. »Die Posbis auf der Achtzigsonnenwelt bezeichnen sich als Zweite Zivilisation.«

Rund zwanzig Kilometer von den ersten größeren Anlagen entfernt, am Rand des Hochplateaus, setzte BOX-1122-UM auf.

Obwohl er das nie für möglich gehalten hätte, fiel es ihm schwer, die Erregung zu verbergen. Schon seine Ohren wurden plötzlich so heftig durchblutet, dass sie von der oberen Rundung ausgehend über den Unterkiefer hinweg bis zum Halsansatz pulsierten. Die Zentrale war mit einem Mal von Geräuschen erfüllt, die er zuvor nicht wahrgenommen hatte – ultrahohe Schwingungen, als könne er die Kommunikation der Roboter hören. Nur langsam beruhigte sich sein aufgewühlter Stoffwechsel wieder.

Kaum jemand beachtete ihn während dieser zwanzig Minuten. Die Alteraner hatten mit sich selbst zu tun, und Rhodan, die Frau und die Posbis, sogar der Matten-Willy, waren mit der Aufarbeitung aller Informationen beschäftigt.

Der Entladevorgang hatte schon begonnen. Krakenähnliche Transportschweber, wie sie auf Gayn Dor allgegenwärtig waren, hingen über dem Schiff. Auf dem Industriekontinent erreichten diese Maschinen Größenordnungen, die einem Fragmentraumer nicht nachstanden, weil die Lasten, die sie zwischen den Fabrikanlagen bewegten, dementsprechend massig waren; auf Vabonde gab es nur kleinere Ausführungen.

Verduto-Cruz kannte das alles.

Auch wenn die Geschehnisse über sechsunddreißig Jahre zurücklagen, empfand er seine Rückkehr, als wäre er nur für kurze Zeit fort gewesen. Vieles mochte sich verändert haben, doch die Grundstrukturen waren erhalten geblieben. Er hatte erwartet, dass der wuchernde Moloch Industrie längst auf die übrigen Kontinente übergegriffen hatte, aber das war nicht geschehen. Damals wie heute bot die Achtzigsonnenwelt einen Anblick zwischen Beschaulichkeit und technischem Absolutismus.

Lange Zeit hatte Verduto-Cruz ausschließlich auf Gayn Dor gearbeitet. Aber er hatte auch einige Male das absolute Zentrum Vabonde mit dem Neuen Zentralplasma aufgesucht.

Die Anlagen waren ausgeweitet worden, als gäbe es heute mehr Kuppeln für zusätzliche Plasmamengen. Ansonsten war alles wie damals.

Die Frachthangars leerten sich schnell.

Verduto-Cruz fragte sich bereits, wann Nano Aluminiumgärtner intervenieren würde.

Sekunden später ließ der Milchstraßen-Posbi ein Geräusch vernehmen, das wie ein blechernes Lachen klang.

»Die Kontrolleinheit hat soeben meine Angabe bestätigt, dass BOX-1122-UM an der verlustreichen Schlacht um das Alter-System teilgenommen hat. Die Aussage, dass während der Landung Spätschäden am positronischen System sowie in der Stabilität des Robotkommandanten aufgetreten sind, wurde akzeptiert. BOX-1122-UM ist vorerst nicht manövrierfähig.«

»Weiter!«, drängte Captain Olexa. »Kommt ein Reparaturkommando an Bord?«

»Natürlich nicht!«, rief Mauerblum mit bebender Stimme. »Nano sagt, was er meint, und was er nicht meint, sagt er auch nicht. Hat er von einem Reparaturkommando gesprochen?«

»Er hat auch nicht erwähnt, dass kein externes Kommando eingesetzt wird.«

»BOX-1122-UM hat die Berechtigung erhalten, die notwendigen Reparaturmaßnahmen wie vorgeschlagen mit Bordmitteln selbst auszuführen«, fuhr der Milchstraßen-Posbi mit seiner Erklärung fort. »Unser Zeitrahmen beträgt acht Tage. Da der Landeslot vorerst nicht benötigt wird, wird das Schiff an Ort und Stelle bleiben.«

»Perfekt«, sagte Rhodan. »Alles läuft wie erhofft. Die geringe Entfernung des Zentralplasmas bietet uns eine gute Ausgangsbasis für den Einsatz.« Er wandte sich an Verduto-Cruz. »Fühlen Sie sich in der Lage, den ersten Erkundungsgang sofort mitzumachen?«

»Was sollte dagegen sprechen?«

»Sie wirken angespannt und bleich.«

»Ich habe nur versucht, den Planeten Dreydon mit der Achtzigsonnenwelt zu vergleichen. Äußerlich sind sie sehr verschieden. Aber ich bin dabei.«

»Gut. Ich ordne eine mehrstündige Ruhepause an. Bis dahin wird die Fracht gelöscht sein. Danach brechen wir auf.«

Verduto-Cruz machte eine zustimmende Geste.

Der Erste Hetran Kat-Greer hatte ihn nicht aufgefordert, an diesem Flug teilzunehmen, damit er Rhodan unterstützte. Das nicht. Aber noch durfte er nicht mehr Verdacht erregen, als dem angespannten Verhältnis zwischen Laren und Alteranern entsprach.

Es war der frühe Morgen des 21. Mai, als Perry Rhodan die Einsatzgruppe in einem Nebenraum der Werkstatt versammelte.

»Was immer uns am Ziel erwartet, wir müssen zusammenbleiben«, eröffnete er die kurze Besprechung. »Sollte dennoch einer den Anschluss verlieren, wird er so schnell wie möglich zur BOX zurückkehren. Auf keinen Fall dürfen die Posbis eine Möglichkeit erhalten, hinter unsere Fassade zu schauen. Jeder muss sich darüber klar sein, dass ein solcher Vorfall nicht nur seinen sofortigen Tod, sondern ebenso die Vernichtung unseres Schiffes bedeuten wird.«

Mondra Diamond war mit von der Partie, Captain Telemach Olexa ebenso. Beide hatten Gelegenheit gefunden, ihre Schatullen ausführlich zu testen. Der Lare und Leutnant Harrison Hainu hatten zwar mehrere Anproben hinter sich gebracht, waren aber mit den Funktionen der Schatullen bislang kaum vertraut. Zumindest hatten sie selbst keine längere Funktionsprobe vornehmen können. Leutnant Hainu war nicht nur hoch dekorierter Kampfpilot der imperialen Flotte, sondern zugleich der beste Sprengstoffexperte, über den Olexa verfügte. Rhodan brauchte ihn für den Fall, dass sie überraschend schnell zu der Hass-Schaltung vorstoßen würden.

»Ich fasse nur kurz zusammen«, fuhr der Resident fort. »Vor ungefähr zwanzigtausend Jahren errichteten die Konstrukteure der Posbis auf der Hundertsonnenwelt ein überaus komplexes Robotgehirn, das wir als Hyperinpotronik bezeichnen, und ergänzten beziehungsweise verknüpften diese Rechenanlage mit lebendem Zellplasma. Um dieses Plasma dauerhaft zu schützen, konstruierten sie zudem einen autarken Block innerhalb des Hyperinpotronik, der den positronisch-biologischen Robotern einen dauerhaften Hass gegen die Feinde ihrer Erbauer aufprägte. Wir nennen diesen Komplex die Hass-Schaltung. Im Laufe der Zeit bildete sich jedoch eine Modifikation, die den künstlichen Hass der Roboter über das bisher definierte Feindbild hinaus auf andere organische Lebensformen erweiterte. Der Einfachheit halber sprechen wir in diesem Zusammenhang von *Falschem Leben.*

In der Milchstraße ist es uns schon vor langer Zeit gelungen, den Komplex der Hass-Schaltung zu zerstören.«

»Ambriador kämpft seit sechsunddreißig Jahren mit denselben Problemen«, wandte Captain Olexa ein. »Die Maschinenteufel fragen permanent nach dem *Wahren Leben*, aber sie akzeptieren keine Antwort.«

»Die Anlagen der Achtzigsonnenwelt – soweit sich das bisher erkennen ließ – wurden nach dem Vorbild aus der Milchstraße errichtet. Von Anfang an lag für mich nahe, dass die Posbis von Ambriador von einer Hass-Schaltung beherrscht werden, zumindest seit ich diese Frage nach dem Wahren Leben vernahm. Also kann mit hoher Wahrscheinlichkeit davon ausgegangen werden, dass eine eigenständiger Schaltung existiert, bei der es sich möglicherweise um eine exakte Kopie des positronischen Blocks von der Hundertsonnenwelt handelt. Warum diese in Ambriador erst vor Kurzem aktiv wurde, lässt sich vorerst nicht sagen. Aber das herauszufinden ist keinesfalls unser vorrangiges Ziel.

Wir müssen die Hass-Schaltung finden und deaktivieren oder zerstören. Möglicherweise handelt es sich um einen nachträglich eingefügten positronischen Baustein, und ebenso wahrscheinlich finden wir ihn in den Kuppeln des Zentralplasmas. Da uns Nano Aluminiumgärtner und Drover begleiten werden, dürfte die Identifikation keinesfalls unmöglich sein.«

»Falls wir diesen Block aufspüren«, wandte Verduto-Cruz ein. »Warum ist Nano Aluminiumgärtner nicht erschienen und klärt uns über seine Möglichkeiten auf? Ich nehme an, mit Hilfe seiner Kodes wäre es ihm sehr schnell möglich, die Schaltung zu finden.«

»Die Posbis werden uns selbstverständlich begleiten, aber sie stoßen erst sehr spät zu uns. Bis dahin müssen sie an Bord eine Vielzahl von Absicherungen vornehmen.«

»Nano Aluminiumgärtner fürchtet also um seinen Einfluss?«

Das breite Grinsen des Laren musste nicht dieselbe Bedeutung haben wie bei einem Menschen. Trotzdem glaubte Rhodan, dass Verduto-Cruz sich immer mehr für unersetzlich hielt. Wie sich das letztlich auswirken konnte, blieb abzuwarten. Er würde ihn jedenfalls mit Argusaugen beobachten.

»Die höchste Instanz der Posbis, die Hyperinpotronik mit dem Zentralplasma, befindet sich in nächster Nähe«, stellte er unumwunden fest. »Ich kann nur befürworten, dass Nano jede denkbare Vorsichtsmaßnahmen trifft.«

»Natürlich.« Mit beiden Händen massierte der Lare seine kiemenartig anmutenden Ohren. »Ich verstehe, dass der Posbi seine wachsenden Schwierigkeiten verharmlost. Deshalb sollten wir umso schneller aufbrechen.«

Leutnant Harrison Hainu trug sein Exoskelett zum ersten Mal. Er hatte enorme Schwierigkeiten, alle Bewegungen zielgerichtet mit der Schatulle umzusetzen. Erst nach einigen Nachjustierungen der Kraftverstärker bestätigte er den reibungslosen Bewegungsablauf.

»Fangen Sie auf, Leutnant!« Aus vier Metern Entfernung warf ihm einer der Techniker eine Handfeuerwaffe zu.

Hainu reagierte blitzartig. Der rechte Arm seiner Schatulle zuckte hoch, die Greiffinger spreizten sich fächerartig auf und fischten den Strahler ohne Fehlgriff aus der Luft. Allerdings hatte der Leutnant die Waffe am Lauf erwischt, und sie zwischen den Fingern herumzudrehen, bereitete ihm schon wesentlich mehr Schwierigkeiten.

Er hatte es fast geschafft, da prallte ein zweiter klobiger Körper gegen die Posbi-Hülle. Harrison Hainu konnte sich nicht mehr aufrichten und ging dröhnend zu Boden. Der andere, es war Verduto-Cruz, versuchte noch, über ihn hinwegzusteigen, krachte jedoch mit einem Fuß gegen den stählernen Leib und stürzte ebenfalls. Bösartig summend meldete sich zwar das aktivierte Prallfeld, doch verschlimmerte es die prekäre Situation des Laren eher.

»Deaktivieren, Verduto-Cruz!«, dröhnte Perry Rhodans künstliche generierte Roboterstimme durch die Werkstatt. Zugleich musste der Lare den Wortlaut auch über Funk empfangen, allerdings mit derart geringer Sendeleistung, dass schon wenige Meter entfernt weder Ortung noch Empfang möglich waren.

Verduto-Cruz versuchte, dem Kommando nachzukommen. Er überschlug sich jedoch, wurde von seinem Prallfeld meterweit durch die Luft gewirbelt und krachte rücklings auf eine Arbeitsplattform, die unter der plötzlichen Last bedrohlich schwankte.

Sekundenlang war nur ein überlautes Schnaufen zu hören, dann brüllte der Lare mit einer Lautstärke los, die jedem Haluter Ehre gemacht hätte.

»Ich sehe das als Attentat an. Wenn die Alteraner mich an der Teilnahme hindern wollen, sollen sie das offen sagen.«

»Niemand will Sie behindern, Verduto-Cruz.«

»Warum arbeitet die Schatulle derart fehlerhaft, Rhodan?«

»Die Funktionstests waren einwandfrei«, antwortete der Leitende Techniker an Stelle des Terraners. »Sie sehen es an den übrigen Masken, Verduto-Cruz.«

»Vage Ausreden. Ich verlange, dass der Fehler sofort behoben wird! Die Verantwortlichen müssen außerdem mit aller Härte bestraft werden!«

»Bleiben Sie ruhig, Verduto-Cruz!«, sagte Rhodan in einem Tonfall, der erst keinen Widerspruch aufkommen ließ. »Wir holen Sie da raus.«

Minuten später stand der Lare wieder auf den eigenen Füßen. Wütend starrte er die Alteraner an. »Was ist jetzt?«, schnaubte er ungehalten. »Wie lange soll der Aufbruch verzögert werden?«

»Die Konstruktion ist einwandfrei«, behauptete Captain Olexa, der ebenfalls schon in seiner Schatulle steckte. »Der Fehler muss im Zusammenspiel zwischen Ihrem Körper und der Hülle liegen. Ihre Nervenreflexe unterscheiden sich möglicherweise deutlicher von den menschlichen, als vorhersehbar war.«

»Wie viel Zeit wird die Optimierung in Anspruch nehmen?«, fragte Rhodan.

Der Leitende Techniker machte eine Geste, die Ungewissheit ausdrückte. »Wir werden einige medizinische Untersuchungen brauchen ...«

»Wie lange?«, drängte der Lare.

»Zwei Tage, drei ... Ich fürchte, die Justierung muss von Grund auf verändert werden.«

»Es tut mir leid, Verduto-Cruz«, wandte Rhodan sich an den Laren. »Unter diesen Umständen müssen wir ohne Sie aufbrechen.«

Zwanzig Minuten später betraten Perry Rhodan, Mondra Diamond, Captain Olexa und Leutnant Hainu die große Lastenschleuse, vor der Nano Aluminiumgärtner und Drover schon warteten. Die beiden Posbis würden den Stoßtrupp anführen. Sie waren in der Lage, Schwierigkeiten rechtzeitig zu erkennen und sie entweder auszuräumen oder ihnen auszuweichen.

Ein gurgelnder Aufschrei erklang aus der Höhe, als sie die Schleuse betraten. »Nano, du Traum meiner schlaflosen Nächte, und du, Drover, mein starker Posbi, der du mir immer wie ein Fels in der Brandung erschienen bist ...«

Über ihnen, in dem Gewirr unverkleideter Hydraulikleitungen und einzelner Schächte, zuckte eine fladenförmige Masse. Tropfenförmig wuchs ein zäher Strang nach unten.

»Du bist nicht für die Erkundung eingeteilt, Mauerblum!«, sagte Nano Aluminiumgärtner schroff.

»... ich will euch noch einmal sehen, bevor eure Gliedmaßen in der Nässe dieser schrecklichen Welt vor sich hin rosten werden ...«

»Hast du getrunken, Mauerblum?«, fragte Rhodan scharf.

»Ich? Getrunken? Brrrr ...« Der größer werdende Tropfen schüttelte sich ab. »Ich fürchte um die Existenz dieser lieblichen Posbis. Niemand sonst kann meinem Leben den Sonnenschein geben, den ich verdiene. Sie werden sterben, wenn sie zu den Teufeln gehen ...«

»Um uns fürchtest du nicht, Mauerblum?«, fragte Mondra. Ihre Stimme klang gereizt.

Der Posbi ließ sich gänzlich von dem Gestänge herabtropfen und rollte sich zu einer mannsgroßen Kugel zusammen. Aus mehreren Stielaugen musterte er die Truppe.

»Du musst Mondra sein, falscher Posbi, auch wenn deine Stimme hart klingt. Nimm mich mit. Ich weiß, dass du es nicht über dein Herz bringst, mich zitternd zurückzulassen. Ich sterbe vor Sorge.«

»Wir alle werden sterben, wenn du uns mit deinem Geschrei die Maschinenteufel auf den Hals hetzt.«

»Mondra! Perry ...! Nano, du mein großer Schützling ...«

Das Jammern verklang hinter ihnen, als sie die Schleuse verließen.

Jeder der kleinen Gruppe war es gewohnt, sich mit Hilfe eines Mikrotriebwerks oder von Prallfeldern zu bewegen. Neu war nur das Gefühl, in einem stählernen Sarg zu stecken, gegen den sogar schwere Raumanzüge, wie sie auf Extremwelten benötigt wurden, königlichen Komfort boten. Die Achtzigsonnenwelt aber schreckte niemanden mit extremen Umweltbedingungen ab.

Landeplätze für Fragmentraumer zogen sich in gerader Linie am Rand der Hochebene entlang. Zwischen ihnen wucherten die Reste einstiger Wälder, ein verfilztes Dickicht aus modrigem Unterholz und darauf wurzelnden riesigen Farnbäumen.

Posbis zeigten sich nur hier und da. Kurz nachdem ein Raumschiff auf einem der benachbarten Felder niedergegangen war, wimmelte es jedoch von Lastenschwebern. Zwei bizarre Konstruktionen, Quallen ähnelnd, deren Nesselfäden jeweils mindestens hundert Meter maßen, schwebten lautlos über den Himmel und sanken über dem soeben gelandeten Schiff tiefer. Perry Rhodan glaubte erkennen zu können, dass sich die künstlichen Fangarme büschelweise über das Schiff stülpten, ganz so, als würde ein ausgehungertes Tier Beute schlagen.

»Soeben wurden wir von einem stationären Kontrollorgan angesprochen«, erklangen Nanos Impulse in Rhodans Schatulle. »Es handelt sich um ein rein positronisches Überwachungssystem, ich habe seine Erinnerung an uns sofort gelöscht.«

Nicht immer wird das so einfach sein, dachte der Terraner grimmig.

Die Probleme des Laren mit seiner Körpermaske beschäftigten ihn ständig. Jederzeit konnte einem von ihnen Ähnliches geschehen. Andererseits blieb kein ausreichender zeitlicher Spielraum für weitere Tests und Trainingsstunden, die letztlich von einem Zufall wieder zunichtegemacht werden konnten. *Entweder – oder.* Manche Einsätze mussten eben weitgehend unvorbereitet durchgestanden werden, weil es für sie keine Alternative gab.

Nicht mehr weit vor ihnen ragten die ersten großen Gebäude auf. Etliche Kilometer dahinter erhoben sich die Kuppelbauten, die während des Anflugs kurz zu sehen gewesen waren und von denen Rhodan annahm, dass sie das Zentralplasma der Zweiten Zivilisation bargen.

Vierzig Kuppeln, nicht sonderlich groß, aber über einen Platz von fünf Kilometern Durchmesser verteilt – das hatte er aus den Bildaufzeichnungen einer Überwachungspositronik an Bord erkennen können. Er vermutete, dass sich diese Bauten unterirdisch fortsetzten, wahrscheinlich sogar miteinander in Verbindung standen, und ebendas hatten Nano und Drover bestätigt, freilich ohne es mit letzter Sicherheit behaupten zu können.

Im Zentrum des Areals erhob sich eine vergleichsweise große, rund vierhundert Meter durchmessende Kuppel.

Ohne merkliche Abgrenzung ging der Außenbereich in das bebaute Gebiet über. Rhodan ließ die Kurzstreckenortung arbeiten, doch das Ergebnis war ein unentwirrbares Chaos energetischer Strukturen. Er fand keinen Hinweis auf Prallfeldzäune oder andere Sperren.

»Wir landen und gehen zu Fuß weiter!«, bestimmte Nano.

Mit dieser Art der Fortbewegung erregten sie weniger Aufmerksamkeit als im schnellen Flug. Die meisten Posbis, und es wurden immer mehr, die sie zu Gesicht bekamen, bewegten sich auf zwei, vier oder auch sechs Beinen, je nachdem, für welchen Zweck sie konstruiert worden waren.

Kubische, flach gehaltene Bauten bestimmten die periphere Architektur. Hinter ihnen ragten fabrikartige Anlagen auf, Strukturen, wie Rhodan sie von der Hundertsonnenwelt nicht kannte. Ihm drängte sich der Vergleich mit einem Kinderbaukasten voll geometrischer Figuren auf, den jemand wahllos ausgeschüttet hatte. Ineinandergeschobene Kegel, deren weit offenstehende Basis wie der Eingang in eine bedrohliche Unterwelt wirkte, wechselten ab mit filigranen Elementen. Vor Kälte dampfende Rohrleitungen wanden sich um kugelförmige Elemente, in denen sich Energieerzeuger, Speicher- und Umformeranlagen sowie effektive Kühlsysteme verbergen mochten.

»Zügig weitergehen!«, mahnte Nano Aluminiumgärtner. »Ich kann keine Posbis ausmachen, die ihrer Umgebung mehr Aufmerksamkeit widmen als unbedingt erforderlich. Die Gefahr, dass einer von uns wegen solcher Kleinigkeiten auffällt, wächst stetig.«

»Du hast Kontakt?«, erkundigte sich Rhodan.

»Eine verwirrende Vielzahl sogar. Ich kann positronischen Schalteinheiten bis in eine Tiefe von eineinhalb Kilometern nachspüren. Allein im Umfeld dieser Anlage gibt es Zehntausende Knoten- und Nebenrechner in positronischer und biopositronischer Konfiguration. Sie steuern und überwachen Abläufe, in die einzudringen ich Tage benötigen würde, sofern es mir überhaupt möglich wäre. Das Risiko wächst, als Eindringling erkannt zu werden, je näher ich mit meinen Nachforschungen der Zentralpositronik komme.«

»Wir brauchen nur einen Hinweis auf die Hass-Schaltung«, meldete sich Captain Olexa. »Leutnant Hainu ist der Fachmann für chirurgisch exakte Sprengungen.«

»Ganz so einfach wird es nicht werden«, erwiderte Rhodan verhalten. »Der geringste Hinweis auf eine Manipulation, und wir haben alle Posbis dieses Planeten gegen uns.«

Harrison Hainu und der Captain stockten hin und wieder. Es war immer nur ein kurzes Zögern, aber es fiel Rhodan auf. Er war überzeugt davon, dass beide Alteraner im wahrsten Sinne des Wortes Blut und Wasser schwitzten. Nicht allein, dass sie sich mit dem Anlegen der Schatullen zumindest äußerlich selbst in Maschinenteufel verwandelt hatten, dieser Planet musste ihnen wie die Pforte zur Hölle erscheinen. Tausende vernichtete Raumschiffe der imperialen Flotte. Millionen Alteraner, die durch Angriffe der Posbis ihr Leben verloren hatten; mindestens ebenso viele, die lebenslang unter schwersten körperlichen Schäden zu leiden haben würden, von ihren psychischen Wunden ganz zu schweigen. Hier, auf der Achtzigsonnenwelt, entschied sich das Schicksal der Menschen in Ambriador.

Posbis kamen auf Nano Aluminiumgärtner zu. Augenblicke später wurde er von mehreren der klobigen Maschinen aufgehalten.

Mehr sah Rhodan nicht. Seine Schritte dröhnten eine breite Rampe hinab. Für diesen Bewegungsablauf war der menschliche Körper nicht geschaffen, und ohne die Kraftverstärker wäre schnell ein Desaster daraus geworden.

Er ignorierte das Verlangen, sich nach Nano umzudrehen. Auf mehreren handflächengroßen Bildfolien sah er die Umgebung vor sich. Natürlich hatte er auch die Möglichkeit der Direktbeobachtung, doch erlaubte sie nur einen sehr begrenzten Blickwinkel. Auf die Bildfolien wurden die Wahrnehmungen der Sehzellen übertragen, ohne dass von außen ungewöhnliche Energieflüsse zu orten gewesen wären, wie sie bei holographischen Darstellungen auftraten.

Keiner der anderen nutzte jetzt noch den Funk, sie warteten darauf, dass Nano die Freigabe erteilte. Trotz ihrer Maske mussten sie vorsichtig sein.

Das Ende der Rampe war schnell erreicht. Sie standen in einer halbrunden Nische, die für sie zur Sackgasse wurde.

Die vermeintliche Wand war nicht wirklich eine, vermutete Rhodan. Vielmehr führten von hier aus Durchgänge in andere Bereiche, nur öffneten sie sich nicht selbsttätig. Ohne die entsprechenden Schlüsselkodes gab es kein Weiterkommen.

Rhodan wollte sich Drover zuwenden, doch er registrierte in dem Moment ein leichtes Flirren, das den Hintergrund verwischte. Ein Energiefeld baute sich auf. Und schon sackte der Boden weg.

Rasend schnell senkte sich die Plattform, auf der sie standen. Bestenfalls Drover hätte mit gewohnter Effizienz reagieren und sich absetzen können, tat es aber nicht.

Zwei, drei Sekunden, nicht länger jedenfalls als ein erschreckter Atemzug, dann stoppte der Lift jäh. Fauchend öffnete sich eine halb transparente Rundung. Die Aufforderung war nicht misszuverstehen.

Rhodan zögerte nur kurz. Er verließ den Lift als Erster.

Die beiden Alteraner folgten ihm, wenn auch sichtlich zögernd. Nach ihnen trat Mondra durch die Öffnung. Drover bildete den Schluss. Hinter ihm schloss sich der Durchgang, ein eigentümliches Leuchten huschte über die Röhre, die ihre Transparenz verlor, dann wurde der Lift schier in die Höhe katapultiert.

Sie befanden sich in einer nahezu dunklen Halle. Nur von der Decke, etwa fünfzig Meter über ihnen, ging ein vages Streulicht aus. Deutlich war dort oben das Kreissegment zu sehen, das den Liftschacht abdeckte.

»Ich erfasse keine Posbis in der Nähe«, meldete Drover. »Nach meiner Messung haben wir ein Niveau zwischen achthundert und tausend Metern unter der Oberfläche erreicht.«

»Der Lift verfügt demnach über Absorberfelder«, stellte Mondra fest. »Andernfalls stünden wir nicht mehr auf den Beinen. Was ist das für ein Teil der Anlage?«

Sie erwartete keine Antwort. Das Wenige, was es zu sehen gab, hatte Höhlencharakter. Technik hatte hier jedenfalls noch nicht Einzug gehalten.

»Wahrscheinlich ein Erweiterungstrakt«, sagte Harrison Hainu dennoch. »Wie gelangen wir wieder nach oben?«

Minuten später konnten sie sicher sein, dass es nicht so einfach sein würde. Drover hatte versucht, die Liftröhre zurückzuholen, jedoch ohne Erfolg.

»Ohne den richtigen Kodeimpuls sind unsere Chancen denkbar schlecht, nach meiner Schätzung liegen sie bei Null Komma Null Null Drei Promille«, stellte der Schwere Arbeiter fest. »Wir müssen einen anderen Ausgang suchen.«

»Was sagt Nano dazu?«

Drovers plumper Körper setzte schwer auf den Boden auf. Das Dröhnen hallte in dumpfem, schnell verklingenden Echo aus der Tiefe der Halle zurück.

»Kein Kontakt zu Nano!«, stellte der Posbi fest.

»Nähere Erläuterung!«, verlangte Rhodan ebenso knapp.

Drovers Sensorkranz schien sich ihm zuzuwenden. Das trübe Glimmen wurde um ein Mehrfaches heller. »Ich registriere energetische Barrieren. Der Grund für ihr Vorhandensein ist unbekannt.«

»Wir können ohne Nano Aluminiumgärtner nicht weitergehen«, sagte Captain Olexa.

»Das beabsichtige ich vorerst auch nicht.« Rhodan schaute sich um. Der Scheinwerfer, den er eingeschaltet hatte, wanderte über rauen Felsboden und traf keine hundert Meter weiter auf eine gewachsene Wand.

In der Richtung, stellten sie rasch fest, gab es kein Weiterkommen, es wäre aber auch die Richtung gewesen, aus der sie gekommen waren.

»Wenn wir uns zwanzig Kilometer durch den Fels graben, erreichen wir die BOX.« Mondras Bemerkung hatte ein Witz sein sollen, nur lachte niemand darüber. Nicht einmal Drover.

»Wir warten auf Nano!«, entschied Rhodan.

Mehr als zwei Stunden waren ereignislos vergangen.

Zunächst hatte jeder noch gehofft, Nano Aluminiumgärtner würde sich bald mit ihnen in Verbindung setzen.

»Falls die Maschinenteufel ihn nicht schon enttarnt haben«, argwöhnte Harrison Hainu. »Vielleicht wurde das Schiff längst von den Robotern gestürmt. Dann sind unsere Leute tot und wir die Einzigen, die das Massaker überstanden haben. Was uns allerdings erwartet ...«

»Es hat kein Massaker gegeben!«, widersprach Rhodan heftig. Wirklich sicher war er sich dessen aber nicht. Zuerst hatte er davor zurückgeschreckt, BOX-1122-UM anzufunken, seit geraumer Zeit wusste er, dass jeder Versuch ohnehin vergeblich gewesen wäre. Sie waren abgeschnitten, umgeben von absorbierenden Energien, die nichts durchließen.

Eine weitere Stunde verstrich in quälender Langsamkeit.

»Wir gehen weiter!«, entschied er endlich. Er glaubte nicht, dass Nano Aluminiumgärtner ihre Spur verloren hatte. Aber nachdem der Posbi ihnen bislang nicht gefolgt war, nahm er an, dass Nano aufgehalten wurde.

»Nano wurde als Eindringling erkannt«, argwöhnte Drover.

Rhodan winkte heftig ab. »Ich bin sicher, es gibt eine einfache Erklärung.«

»Unseretwegen müssen Sie nicht nach Ausflüchten suchen, Sir!«, ließ sich Captain Olexa wieder vernehmen. »Das Risiko, dass wir von dieser Mission nicht zurückkehren, wurde von Anfang an mit neunundneunzig Prozent beziffert.«

»Genau die richtige Motivation«, bemerkte Mondra spitz. »Ich nehme an, die Behauptung stammt von Staatsmarschall Michou.«

Das Schweigen der beiden Alteraner war eine unmissverständliche Bestätigung.

Sie nutzten ihre Prallfelder wieder, um schnell eine große Strecke zu bewältigen. Aber schon nach Minuten rückten die Wände näher zusammen. Der unfertige Eindruck, den alles von Anfang an machte, fand endlich seine Bestätigung. Die Anlage rund um das Zentralplasma wuchs und fraß sich immer tiefer in das Hochplateau hinein.

Der Lift verband den erschlossenen Teil mit einem neu entstehenden Bereich. An mehreren Stellen waren die Arbeiten eingestellt worden, die weitläufige Halle mündete mit einem Mal in wenige Durchgänge. Gewaltige Steinblöcke verbanden hier die Decke noch mit dem Boden. Die meisten ließen deutlich die Spuren von Desintegratorfräsen erkennen.

»Hier wurde schweres Gerät eingesetzt«, stellte Mondra Diamond fest. »Irgendwo existieren demnach größere Zufahrten.«

Im Scheinwerferlicht glitzerte das Gestein teilweise in allen Farben des Spektrums. Leutnant Hainu kratzte daran. »Möglicherweise wurden die Arbeiten wegen dieser Einschlüsse unterbrochen. Ich kann mich nicht entsinnen, solche Reflexionen schon am Anfang der Halle gesehen zu haben.«

»Wertvolle Rohstoffe?«, fragte der Captain. »Auf mich wirken die Adern kristallin. Eine besondere Art von Hyperkristall?«

»Das Gestein strahlt nicht im fünfdimensionalen Bereich«, widersprach Drover. »Eine exakte Analyse ist mir jedoch nicht möglich.«

Auch der Boden ließ funkelnde Einschlüsse erkennen, als sie in einem der Durchbrüche weitergingen. Nur zwanzig Meter standen hier die Wände auseinander, aber nach knapp einem halben Kilometer weitete sich die Engstelle wieder. Sie stießen auf einen schrottreifen Desintegratorschweber.

Rhodan bezeichnete das Fahrzeugwrack jedenfalls so. Es hatte die Ausmaße eines kleinen Ein-Mann-Gleiters, eine ovale Antigravscheibe mit aufmontiertem schweren Desintegrator. Dazu schwer zu definierende Vorrichtungen, die aber möglicherweise der Umwandlung der ihrer molekularen Bindungskräfte beraubten Materie in Betriebsenergie dienten.

Als wäre es aus größerer Höhe abgestürzt, lag das Fahrzeug zwischen kantigen Steinblöcken. Selbst der Desintegrator machte einen desolaten Eindruck. In grellen Farben glitzernder Staub bedeckte das Wrack zudem zentimeterhoch.

Kurz darauf fanden sie den Posbi. Oder vielmehr das, was von ihm übrig geblieben war.

Es musste eine schwere, für den Bergbau konstruierte Maschine gewesen sein. Ihre Tentakelarme waren aufgeplatzt, und es hatte den Anschein, als zersetze Rost das Metall. Von dem klobigen Rumpf war fast nur noch angehäufter Dreck übrig, der sich mit flirrendem Kristallstaub vermischt hatte.

Der eiförmige Schädel lag einige Meter entfernt. Er machte zwar einen einigermaßen gut erhaltenen Eindruck, doch als Rhodan zugriff, zerfiel er in grobe Brocken.

Auch hier würden sie nicht mehr in Erfahrung bringen. Sie gingen weiter.

»Wie lange dauert es, bis ein Posbi ohne äußere Einflüsse so zerfällt?«, wandte Rhodan sich an Drover. Die Halle weitete sich wieder, ihre Scheinwerferkegel verloren sich schon nach wenigen Minuten wieder im Leeren.

»Darüber denke ich nach«, schnarrte der Schwere Arbeiter. »Aber ich komme zu keinem Ergebnis.«

»Der Staub ...?«

Sie schwiegen.

Nach der Entfernung zu urteilen, die sie zurückgelegt hatten, mussten sie sich bald unter den Hauptgebäuden befinden. Andererseits nicht tief genug. Nano Aluminiumgärtner hatte von Schalteinheiten in eineinhalb Kilometern Tiefe gesprochen. Bewegten sie sich womöglich doch in eine falsche Richtung?

Rhodan wälzte beklemmende Gedanken, die mit dem auseinanderbrechenden Posbischädel ebenso zu tun hatten wie mit dem Desintegratorschweber und den funkelnden Einschlüssen im Fels. Es gab eine ebenso einfache wie unangenehme Antwort, warum die Erweiterung der Anlagen eingestellt worden war.

Abrupt blieb Leutnant Hainu stehen. Sein entsetztes Gurgeln verriet Rhodan, dass seine Überlegungen richtig waren.

Ein merkwürdiges, sehr intensives Glitzern überzog die Greifklauen von Hainus Schatulle. Wo es sich löste und offensichtlich weiterkroch, hatte sich der Stahl verfärbt. Als Harrison Hainu mit der anderen Metallhand versuchte, die Verfärbung wegzuwischen, brachen die Fingerkuppen mit den Sensoren.

Das war der Moment, in dem er sich nicht mehr beherrschen konnte. »Wir zerfallen! Die Schatullen lösen sich auf!«

Er hörte nicht, dass Rhodan ihm zurief, er solle die Ruhe bewahren. Ihn ließ wohl auch nicht das Unheimliche, das den Stahl zersetzte, panikartig reagieren – es war die Furcht, den Maschinenteufeln der Achtzigsonnenwelt bald hilflos ausgeliefert zu sein.

Ruckartig schaltete er die Prallfelder hoch und beschleunigte.

Rhodan folgte ihm. Zögernder kamen die anderen. Drover funkte einigermaßen wirr, dass er ebenfalls befallen sei. An den Armen ebenso wie an mehreren Stellen seines Körpers.

»Hainu, Ihnen geschieht nichts!«, rief Rhodan. »Das Zeug frisst nur den Stahl auf.«

»Aber dann kommen die Posbis ...«

»Die Roboter haben sich aus der Höhle zurückgezogen. Weil sie diese Kristalle oder Mikroben oder was immer fürchten.«

Der Alteraner lachte schrill.

»Vor uns ist der Ausgang!«, rief Mondra Diamond dazwischen. »Hainu, sehen Sie den fahlen Schein? Nun machen Sie schon die Augen auf!«

Dieselbe vage Helligkeit wie auf der anderen Seite rund um den Liftschacht zeichnete sich ab. Als sie nahe genug heran waren, sahen sie, dass es hier einen ähnlichen Schacht gab. Aber die Röhre senkte sich nicht von der Decke herab.

Hainu drosch seine Roboterhand gegen die raue Wand. Wieder und wieder schlug er zu, aber das Glitzern, das sich bereits bis über das Handgelenk erstreckte und im Begriff war, auf den Arm überzuspringen, ließ sich nicht abschütteln.

»Die Posbis verkriechen sich hinter ihren energetischen Sperren«, stellte der Captain fest. »Für uns gibt es keinen Weg nach draußen.«

»Startac ...«, sagte Mondra bitter. »Jetzt wissen wir, nach welchen Gesichtspunkten Lotho Keraete die Teilnehmer ausgewählt hat.«

Rhodan schwieg dazu. Was hätte er auch sagen sollen? In den letzten Tagen hatte er oft an Startac Schroeder gedacht. Er fragte sich, ob die Mannschaft der XA PING mit ihrer Suche Erfolg gehabt hatte.

»Wer ist dieser Startac?«, erkundigte sich der Captain, möglicherweise nur, um von allem anderen abzulenken. »Ich habe von einem dritten Mann gehört, der mit Ihnen nach Altera gekommen sein soll.«

»Genauso ist es«, antwortete Mondra. »Aber Startac ist verschollen. Wäre er hier, hätten wir kein Problem.«

»Ist der Mann Teleporter?«

Captain Olexa schnappte hörbar nach Luft, als die Frau genau das bestätigte.

Harrison Hainu ließ sich, wo er gerade stand, auf den Boden sinken. Das Glitzern bedeckte schon seinen halben Unterarm.

Drovers Körper war mit Flecken übersät, die sich ebenso unaufhaltsam ausbreiteten. Während die Menschen ohne ihre vorgetäuschten Robotkörper leben konnten, würde ihn diese Infektion umbringen. Er hatte womöglich noch einen oder zwei Tage, bis seine Positronik versagte. Und sein Plasmaanteil würde nicht wesentlich länger am Leben bleiben, die Masse war zu gering, als dass sie eigenständig hätte existieren können. Andererseits war Drover deshalb nicht zu intensiven Gefühlen fähig wie Nano; er sah seinem Ende unaufgeregt entgegen. Ihn interessierte nicht, was bleiben würde, sobald die Positronik versagte.

Erneut versuchte Rhodan, über Funk die BOX-1122-UM zu erreichen. Die energetische Sperre über der Felsenhalle schirmte alles ab.

Dann sank der Lift herab. Die runde Kabine war leer, das zeigte sich, als sie transparent wurde.

15. Kapitel

Die Siebenkopf-Schaltung

»Nano meldet sich nicht«, stellte Drover sofort fest. Funkkontakt war also weiterhin unmöglich; der Lift bildete keine Schwachstelle in der energetischen Abriegelung.

»Ich glaube nicht, dass die Posbis uns umbringen wollen. Das könnten sie einfach haben, wenn sie uns ignorieren.« Perry Rhodan hatte viele Möglichkeiten in Erwägung gezogen und alle wieder verworfen. Letztlich sah es doch so aus, dass sie durch nichts weiter als einen Zufall in diese Situation hineingeraten waren.

Mondra betrat den Lift als Erste. »Die Absicherung beweist, dass die Posbis den Kristallstaub fürchten«, stellte sie fest. »Warum sollten sie sich selbst gefährden, indem sie uns nach oben holen?«

»Wenn wir schon sterben sollen, habe ich nichts dagegen, wenn ich wenigstens einige Dutzend Maschinenteufel mitnehmen kann!« Leutnant Hainu hob demonstrativ beide Arme. Die zweite Hand war inzwischen ebenfalls bis auf den Unterarm befallen.

Der Lift jagte in die Höhe. Sie merkten nichts davon, nur Drovers Messgeräte registrierten die Bewegung. Längstenfalls drei Sekunden, dann öffnete sich das Rund. Nicht einmal Rhodan hätte in dem Moment zu sagen vermocht, was er wirklich erwartete. Er hing einer vagen Hoffnung nach ...

... und sie erwies sich als zutreffend.

Nano Aluminiumgärtner stand nur wenige Schritte entfernt. Der Rundron-Posbi trat in durchaus menschlicher Angewohnheit unruhig von einem Bein auf das andere.

»Bleib auf Distanz!«, sagte Rhodan warnend über den Außenlautsprecher seiner Maske.

»Du unterschätzt die Kristallviren, Perry. Sie verbreiten sich in jedem Medium, sogar über Funkwellen auf kurze Distanz. Wir befinden uns in einem Hochsicherheitstrakt. Alle Erweiterungsarbeiten sind eingestellt, die Zugänge blockiert. Ihr könnt die Liftröhre verlassen, nicht aber den näheren Umkreis. Die Dekontamination beginnt bereits, ihr werdet den Vorgang unbeschadet überstehen.«

»Wer sagt das?«, platzte Leutnant Hainu heraus.

»Ich sage das«, antwortete Nano. »Die Prozedur wird noch vierzehn Komma drei drei Minuten in Anspruch nehmen. Erst wenn der letzte Kristall eliminiert wurde, können wir den Trakt verlassen.«

»Und außerhalb warten die Maschinenteufel auf uns?«

»Darauf bedarf es wohl keiner Antwort«, erwiderte der Rundron-Posbi. »Es ist meine Pflicht, einen solchen Vorfall zu verhindern.«

»Vierzehn Minuten ...«, wiederholte Rhodan. »Das ist nicht viel im Vergleich zu den gut zehn Stunden, die wir verloren haben. Ich denke, du hast uns sehr viel zu berichten, Nano. Was ist geschehen?«

Der Posbi redete schneller, je mehr er erzählte, und mehrmals musste Rhodan ihn unterbrechen. Währenddessen leckten Elmsfeuer über die Schatullen, kalte Entladungen, mit denen die Kristallviren ihre Energie freisetzten. Drover war davon am stärksten betroffen.

»... BOX-1122-UM wurde von einer Archivpositronik als Einheit identifiziert, die nach einem Kampfeinsatz über längere Zeit als vermisst geführt wurde«, erklärte Nano. »Diese

Positronik hat deshalb für unsere Gruppe die Entnahme der Speicherdaten angeordnet. Unser Tarnung wäre dabei zwangsläufig aufgedeckt worden. Ich musste euch den Erfassungssystemen entziehen.«

»Es war Zufall, dass wir die Rampe hinabgegangen sind«, erwiderte Mondra Diamond. »Wir hätten ebenso jeden anderen Weg wählen können.«

»Dann hätte ich Schotte für euch geöffnet. Der Lift erschien mir jedoch als das effektivste Mittel, euch schnell auf möglichst große Distanz zu bringen. Er war blockiert, aber mit meinen Kodes ließ sich diese Blockade unterlaufen.«

»Kann es sein, dass dein Plasmaanteil dir Panik suggeriert hat?«, erkundigte sich Rhodan überrascht.

»Das war so – und es war für mich ein schlimmes Gefühl.« Nano Aluminiumgärtner schwieg sekundenlang, dann fügte er bedeutungsschwer hinzu: »Ich weiß jetzt, dass ich keinesfalls ein Mensch sein möchte. Solche Empfindungen belasten die Rechenkapazität deutlich.«

Er berichtete von seinen Bemühungen, in einer Rückkopplung die Archivpositronik zu beeinflussen. Es war ihm nicht leichtgefallen, vor allem war er wegen der Querverbindungen in unmittelbarer Nähe der Hyperinpotronik gezwungen gewesen, überaus vorsichtig vorzugehen. Aber er hatte es geschafft, die Historie von BOX-1122-UM aus allen relevanten Speichern zu löschen, ohne verräterische Lücken zu hinterlassen.

Als er nach gut eineinhalb Stunden endlich wieder versucht hatte, Rhodan und die anderen aufzuspüren, waren ihm Datensätze über die hermetische Abriegelung des subplanetaren Bereichs aufgefallen. Sie blockierten die Entriegelung des Liftsystems, waren aber zuvor durch seine Vorrangkodes überschrieben worden.

»Die kristallinen Viren sitzen im kontinentalen Gesteinssockel«, erklärte er. »Nur eine Ader wurde von den Desintegratorfräsen geöffnet, aber die frei gewordene Pest hat mehrere hundert Posbis zersetzt, bis das Zentralplasma ihre Ausbreitung eindämmen konnte.«

Außer der Dekontamination, die Perry Rhodan und seine Begleiter durchliefen, kannten die Ambriador-Posbi bislang keine Möglichkeit, die kristallinen Erreger zu neutralisieren. Gesteuert und überwacht wurde der Hochsicherheitstrakt von einer spezialisierten Biopositronik. Nach langen vorsichtigen Bemühungen hatte Nano ihr einen partiellen »Gedächtnisschwund« verordnet.

»Wir müssen zum Schiff zurück«, stellte der Posbi fest, als ihm die Biopositronik die Beseitigung aller kristallinen Spuren signalisierte. »So können wir jedenfalls nicht weiter in die Anlage vordringen.«

Mit einer beinahe anklagenden Geste zeigte er auf Leutnant Hainu, von dessen Greifklauen nur noch Stummel übrig waren. Auch ein Teil seiner Brustplatte hatte sich zersetzt und ließ bei genauem Hinsehen die Attrappe erkennen. Rhodan hatte ebenfalls mit einem Arm Probleme, nur Mondra und der Captain waren glimpflicher davongekommen. Drovers Körper wirkte pockennarbig, großflächig wölbte sich die äußere Metallschicht auf und platzte bereits ab. Aber das, behauptete er, könne er mit Bordmitteln der BOX einigermaßen kaschieren.

»Wir sind also nicht einen Schritt weitergekommen.« Rhodans Feststellung klang gequält. »Abgesehen davon werden wir noch mehr Zeit verlieren, bis wir zu einer zweiten Erkundung aufbrechen können.«

»So würde ich das nicht sehen«, widersprach Nano Aluminiumgärtner. »Ich konnte eine Menge interessanter Fakten sammeln. Bekomme ich dafür einen Orden?«

»Wir lassen uns von dem alten Zwiespalt zwischen Mensch und Maschine verleiten. Es hätte genügt, Nano allein einzusetzen«, stellte Mondra Diamond wie beiläufig fest.

»Mein Nano ist keine Maschine!«, protestierte Mauerblum schrill. »Er hat mehr Gefühl als die Menschen, die solchen Unfug behaupten.«

Als die Gruppe an Bord zurückgekehrt war, hatte der Matten-Willy ein nicht enden wollendes Lamento über Drovers entsetzlichen Zustand angestimmt. Mittlerweile hing er wie eine Klette an Nano Aluminiumgärtner, weil der Schwere Arbeiter in einem Bassin mit Metall-Regenerator steckte.

»Weiter im Text!«, drängte Rhodan.

Nano hatte schon einige holographische Projektionen wiedergegeben, die im Grunde eine nahezu vollständige Übersicht über die Hochebene darstellten. Sehr viel mehr hätten sie auch mit einer intensiven Erkundung nicht herausfinden können.

Sie saßen in einem Nebenraum der Hauptzentrale. Verduto-Cruz gehörte ohnehin zu der Gruppe. Und die Alteraner, für die weitere Masken bereitlagen, erhielten die Informationen ebenfalls.

Das Zentralplasma von Vabonde musste in der Tat als die Intelligenz der Zweiten Zivilisation angesehen werden. Der biologische Bestandteil der Hyperinpotronik war in den kleinen Kuppelbauten untergebracht. Das Plasma wies ein beachtliches Volumen auf, es füllte vierzig subplanetar geschützte Zylinder, von denen jeder zweihundertfünfzig Meter tief in den Boden reichte und zwanzig Meter durchmaß. Der Durchmesser entsprach genau den darüber errichteten Kuppeln, von denen jede über eine autarke Versorgung verfügte.

Die Masse des Plasmas war mehr als ausreichend für die Entstehung von Intelligenz. Zumindest die beiden Terraner kannten von der Hundertsonnenwelt die vielfältigen Versorgungsanschlüsse und auch die Entsorgungsanlagen, die das Überleben des komplexen Organismus erlaubten. In diesen Bereichen wimmelte es üblicherweise von Matten-Willys, die bis hin zur Selbstaufopferung das Zentralplasma in allen Belangen betreuten.

»Die Geschichte der Posbis in Ambriador ähnelt dem Schicksal der Alteraner ebenso wie dem der Laren«, erklärte Nano Aluminiumgärtner. »Vor ungefähr elf Jahrtausenden wurden acht Fragmentraumer durch einen Tryortan-Schlund nach Ambriador verschlagen. Die Heimat dieser Posbis war die Hundertsonnenwelt, und da sie keine Möglichkeit zur Rückkehr errechnen konnten, suchten sie sich eine Welt, die ähnliche Bedingungen bot. Die einstigen BOXEN bilden bis heute den Kern ihrer Anlage; die Biopositroniken der Schiffe wurden im Laufe der Jahrtausende zur Neuen Positronik sowie dem Neuen Zentralplasma weiterentwickelt. Das alles unter den schwierigen hyperphysikalischen Bedingungen, die letztlich dafür verantwortlich sind, dass die isolierte Zweite Zivilisation der Posbis überhaupt entstand.

Die Steuereinheit der Zentralpositronik befindet sich heute in der großen Kuppel. Sie liegt im Zentrum eines Kreises, den die acht Ur-BOXEN bilden. Auf den Kontinenten Vabonde und Gayn Dor finden sich außerdem ungezählte Knoten- und Nebenrechner in biopositronischer Konfiguration.«

»Weißt du mehr über die Verbindung zwischen dem Zentralplasma und den Rechnern?«, unterbrach Rhodan den Redeschwall. »Ich nehme an, wir haben es mit einigen Millionen Bioponblocks zu tun.«

Er kannte es nicht anders, und was auf der Hundertsonnenwelt Standard war, hatten die Posbis vor elftausend Jahren wohl nicht anders gehandhabt. Weil es nach dem Stand der Dinge die bestmögliche Lösung darstellte.

Die vernetzten Bioponblocks waren als syntho-organische Verbindung zwischen den natürlich gewachsenen Nervenbahnen und positronischen Leitern in die Plasmamasse eingebettet. Diese Verbindung wurde allgemein als Hypertoiktische Verzahnung bezeichnet, über sie erfolgte die Umsetzung organischer Nervenströme in positronisch nutzbare Symbolgruppen. In der gegenläufigen Richtung wurden positronische Kommandos in Nervenimpulse umgewandelt und weitergegeben.

Nano Aluminiumgärtner bestätigte Rhodans Frage äußerst knapp. Eigentlich war damit alles gesagt, was es derzeit zu sagen gab.

Rhodan lächelte, als er die unausgesprochene Frage in den Gesichtern der Alteraner sah. So knapp und präzise wie möglich erläuterte er den Zusammenschluss zwischen lebendem Plasma und positronischen Elementen.

»... in diesem Konstrukt der Hyperinpotronik, in der eine zusätzliche Steuerung über Hyperimpulse erfolgt, übernimmt der Plasmazusatz nichts anderes als die Aufgabe eines Gefühlssektors. Aber gerade deshalb entwickelt das Plasma ein besonderes Eigenleben und Kreativität. Die Denkvorgänge werden effizient und erreichen innerhalb der Grundsatzprogrammierungen einen hohen Grad individueller Entscheidungsfreiheit.

Die wichtigsten Daten und Basisprogramme sind in Kernspeichern mit sofortiger Zugriffsmöglichkeit integriert, alle übrigen Informationen einschließlich der Datenkomprimatoren werden in dem hierarchisch strukturierten Speichersektor der Peripherie abgelegt.

All das macht natürlich vielfältige Anschlüsse und Verbindungskontakte notwendig, ebenso wie eine große Zahl von Wartungs- und Reparaturzugängen. Es muss ein verzweigtes System von Kanälen, Schächten und Zwischendecks zwischen den einzelnen Kuppeln bestehen.

Wir werden uns an die eigentlichen Zentren der Anlage heranwagen müssen. Irgendwo in diesem Bereich muss die Hass-Schaltung installiert sein.«

»Also die berüchtigte Suche nach einer Nadel im Heuhaufen!«, platzte Captain Grimm heraus.

Der Terraner nickte knapp.

»Sir, eine letzte Frage!«, warf Olexa ein. »Sie werden nicht müde zu erwähnen, dass die Posbis in der Milchstraße die besten Freunde der Menschheit sind. Inzwischen wissen wir eindeutig, dass die Maschinenteufel Abkömmlinge genau dieser Posbis sind, zu einer Zeit aber, als es in der Milchstraße keine Verständigung mit ihnen gab. Da die Maschinenteufel ihre alte Zivilisation fortsetzten, müssen sie von Anfang an unter dem Einfluss der Hass-Schaltung gestanden haben. Sie waren aber friedlich. Elftausend Jahre lang hätten sie Gelegenheit gehabt, Ambriador für sich zu erobern und alles Falsche Leben auszulöschen. Nichts dergleichen ist geschehen.«

»Erst seit sechsunddreißig Jahren führen sie ihren Vernichtungskrieg.« Rhodan stand auf und ließ nachdenklich den Blick über die Versammelten schweifen. »Ich habe keine Antwort. Bislang nicht. Aber irgendetwas Schwerwiegendes muss geschehen sein.« Länger als auf allen anderen blieb sein Blick auf dem Laren hängen.

»Wenn ich zur Aufklärung beitragen könnte, würde ich es tun«, sagte Verduto-Cruz. »Ich erinnere mich jedoch an keine außergewöhnlich scheinenden Dinge. Der Vorfall, den Sie suchen, muss nach unserer Heimkehr datieren. Andernfalls wären meine Leute und ich wohl die ersten Opfer dieses Krieges geworden.«

Die Reparaturen an den Schatullen hielten die Techniker in Atem.

Versuche, die beschädigten Körpermasken durch andere aus dem Vorrat zu ersetzen, scheiterten, weil die Hüllen auf ihre Träger justiert waren. Der Zeitaufwand wäre womöglich größer geworden als für die Wiederherstellung. Schon die Maske für Verduto-Cruz trieb einige Spezialisten langsam aber sicher zur Verzweiflung.

Am Morgen des 24. Mai – der vierte Tag für die Besatzung der BOX-1122-UM auf der Achtzigsonnenwelt war angebrochen – stand endgültig fest, dass der Lare auch an der zweiten Exkursion nicht teilnehmen konnte. Die Motorik seiner Schatulle zeigte weiterhin Ausfälle. Zwar nur mehr sporadisch, aber das Risiko erschien Perry Rhodan trotzdem zu hoch. Er entschied, die Zusammensetzung der Gruppe nicht zu verändern.

Nano setzte sich an die Spitze der Gruppe. Diesmal hielten sie sich nicht zwischen den äußeren Gebäuden auf, sondern drangen zielstrebig mehrere Kilometer weiter vor, bis sie schon die Kuppeln des Zentralplasmas sehen konnten. Obwohl es hier von Posbis und Matten-Willys wimmelte, blieben sie weitgehend unbeachtet. Die Gruppe wurde zwar mehrmals über Funk angesprochen, für Nano und Drover bereitete ihre Identifikation aber keine Probleme.

Nicht einmal eine Stunde, nachdem sie das Schiff verlassen hatten, drangen sie in eines der kleineren Gebäude ein, in dem nach Nanos Informationen mehrere Knotenrechner für die Auswertung und Archivierung von Datenströmen zuständig waren.

Nano Aluminiumgärtner brauchte gut zehn Minuten, um sich mithilfe von Drover in eine der Festverbindungen einzuschleusen.

»Das kann Stunden dauern«, behauptete Drover. »Für den Informationsabgleich zwischen zwei Knoten ist Nanos Verarbeitungsgeschwindigkeit zu gering.«

Das Warten zerrte an den Nerven. Selbst Rhodan musste sich eingestehen, dass es ihm nicht schnell genug ging. Andererseits war ihm bewusst, welcher Datenfülle der Posbi sich gegenübersah.

Bei seinen ersten Versuchen vor zwei Tagen hatte er keineswegs so wählerisch sein können. Da war es noch um den Überblick gegangen, aber der hatte ihm nicht die Spur eines Hinweises auf die Hass-Schaltung beschert.

Jederzeit konnten Posbis in den mit Aggregaten vollgestopften Nebenraum eindringen und sie entdecken. Für den schlimmsten Fall hatte Drover den Befehl, von seinen Waffen Gebrauch zu machen und jeden Ambriador-Posbi zu zerstören, der ihre Sicherheit bedrohte. Rhodan hoffte jedoch, dass diese Situation nicht eintreten würde, denn danach blieb ihnen nur die Flucht.

Nano, seit beinahe vierzig Minuten regungslos, löste sich endlich aus der Verbindung.

»Ich habe die Hass-Schaltung nicht aufgespürt.« Die Hoffnung erlosch so schnell, wie sie aufgeflackert war. »Allerdings gibt es Hinweise, dass die Schaltung existiert. Nur bezeichnen die Posbis sie mit einem uns bislang unbekannten Namen. Die Hass-Schaltung und ihre SIEBENKOPF-Schaltung scheinen identisch zu sein.«

»Wieso SIEBENKOPF?« Mondra kam mit ihrer Frage sogar Rhodan zuvor.

»Ich habe keine Antwort darauf«, schnarrte Nano. »Ebenso wenig, wie ich die Positionsdaten dieser SIEBENKOPF-Schaltung aufspüren konnte.«

»Was ist mit Umfang und Aussehen?«

»Vielleicht existieren in irgendeinem Speicher Hinweise

darauf«, schränkte Nano ein. »Vorerst konnte ich sie aber nicht aufspüren. Allerdings habe ich die Verbindung nicht deshalb abgebrochen, sondern weil ich auf eine andere Information gestoßen bin, die mir überaus brisant erscheint. Der Name SIEBENKOPF wird nicht nur im Zusammenhang mit der SIEBENKOPF-Schaltung gelistet, er ist zugleich ein Leitmerkmal des derzeit wichtigsten Bauprojekts. Es entsteht auf dem Industriekontinent Gayn Dor und wurde von SIEBENKOPF initiiert.«

»Demnach wäre dieser SIEBENKOPF keine reine Bezeichnung, sondern eine reale Person«, warf Captain Olexa ein. »Ein Posbi oder ein Wesen aus Fleisch und Blut?«

»Dann müsste er das sein, was die Posbis unter Wahrem Leben verstehen«, ließ Leutnant Hainu vernehmen.

Rhodan hing eine Weile seinen Gedanken nach. »Von der Hand zu weisen ist diese Behauptung nicht, Leutnant«, sagte er schließlich. »Ich kann mir jedenfalls nicht vorstellen, dass SIEBENKOPF ein Kodename für das Zentralplasma sein sollte.«

Er wandte sich an Nano. »Vielleicht existiert auf diesem Planeten eine weitere befehlsgebende Instanz?«

»Eine solche Erkenntnis liegt mir nicht vor«, antwortete der Posbi.

»Trotzdem sollten wir uns auf Gayn-Dor umsehen. Diese Namensgleichheit halte ich keineswegs nur für zufällig.«

Mondra ließ ein amüsiertes Lachen hören. »Mit anderen Worten: Nano, wir brauchen alle Flugpläne zwischen den beiden Kontinenten. Zu Fuß gehen wäre zu beschwerlich.«

Rhodans Kopfschütteln wurde von seiner Schatulle exakt nachgeahmt. »Ich habe weniger an die Touristenklasse gedacht als vielmehr an eine Mitreisegelegenheit. Einfach auf einen Güterzug aufspringen ...«

Wenig später wussten sie, dass zwischen den Kontinenten zwar kein reger Verkehr herrschte, aber Lastenschweber nahezu stetig unterwegs waren. Nano manipulierte eines der großen Robotfahrzeuge mithilfe seiner Uralt-Kodes und lenkte es ein Stück weit um.

Dass er sich zu einem keineswegs ungefährlichen Abstecher hinreißen ließ, wurde dem Terraner erst wirklich bewusst, als sie an Bord gingen. Schließlich entfernten sie sich sehr weit von ihrem Raumschiff. An eine schnelle Flucht war unter diesen Umständen nicht zu denken.

Andererseits wollte er ohnehin nicht fliehen. Er würde alles daransetzen, die Hass-Schaltung zu stoppen.

Ruckartig kam Leben in die Maschine, ihre Sehzellen glommen auf, und dieses Glimmen verstärkte sich innerhalb von Sekundenbruchteilen zu einem intensiven dunkelroten Glühen. Der Roboter winkelte beide Arme an, dann bogen sich seine Greiffinger zurück, klappten aus den Scharnieren und gaben die Abstrahlmündungen zweier schwerer Kombiwaffen frei.

»Nenne mir deine Bezeichnung und den Status!« Die Stimme klang lauernd. Zufriedenheit schwang in ihr mit.

»Kohurion!«, antwortete der Roboter. »Schwerer Posbi mit Kampfausrüstung. Ich stehe zu deiner uneingeschränkten Verfügung, Verduto-Cruz!«

»Die Waffen wieder einfahren, Kohurion! Noch musst du sie nicht einsetzen.« Der Lare war zufrieden. »Du wirst mich ein Stück weit auf deinen Armen tragen, aber nur innerhalb dieses Schiffes.«

Verduto-Cruz wurde sanft in die Höhe gehoben. Er balancierte die Bewegung aus, bis er sicheren Halt hatte.

»Aktiviere deinen Deflektorschirm!«

»Deflektor ist aktiviert und arbeitet fehlerfrei.«

Im Schutz der Unsichtbarkeit schwebte der Kampfroboter eine Handbreit über dem Boden den Korridor entlang, der von Cruz' Kabine zu den gemeinschaftlichen Sanitäranlagen führte. Zwei Raumsoldaten kamen ihnen entgegen. Die Alteraner diskutierten heftig, aber sie bemerkten den Posbi nicht, obwohl sie beinahe auf Tuchfühlung an ihm vorbeigingen.

Verduto-Cruz dirigierte den Roboter auf das nächste Hauptdeck und weiter zu einem seitlich gelegenen Schott. Fauchend glitten die Lamellen auseinander, und ebenso geräuschvoll schlossen sie sich hinter dem Roboter wieder. Die Sensoren reagierten nicht auf optischen Reiz, sondern auf die sich nähernde Masse.

Verduto-Cruz hatte eine spärlich bestückte Ausrüstungskammer erreicht. Sie gehörte zu der als Werkstatt bezeichneten größeren Räumlichkeit, die von hier aus auf direktem Weg betreten werden konnte. Der Lare war sicher, dass er nur auf die übliche Wache treffen würde. Die Techniker hatten sich in ihre Kabinen zurückgezogen und holten versäumten Schlaf nach. Nachdem Verduto-Cruz' Schatulle kurz vor dem zweiten Aufbruch von Rhodans Trupp endgültig als unbrauchbar erklärt worden war, gab es für sie keine dringende Arbeit mehr. Dass einige von ihnen ausgerechnet diesem Umstand ihr Leben verdankten, würden sie womöglich nie erfahren.

Die Wache hatte es sich bequem gemacht. In einem Holowürfel flimmerten Szenen einer Dokumentation, offensichtlich Bilder aus dem Alter-System. Aber dafür interessierte Verduto-Cruz sich nicht. Er verstand ohnehin nicht, weshalb eine Wache aufgestellt wurde. Die Alteraner misstrauten augenscheinlich allem und jedem.

Er ließ sich von den Armen des Kampfroboters auf den Boden gleiten. Obwohl er glaubte, völlig geräuschlos abzufedern, richtete sich der Alteraner abrupt auf und sah sich um.

»Ist da wer?«

Der Mann blickte ihn geradewegs an. Trotzdem konnte er nichts erkennen; da durfte nicht einmal eine leichte Trübung der Luft sein.

Aus der Deckung des Deflektorfeldes heraus schoss Verduto-Cruz.

Der Paralysatortreffer ließ den Alteraner steif zusammenbrechen. Seine Muskulatur war gelähmt, aber sein Wahrnehmungsvermögen und sein Verstand arbeiteten weiterhin. Verduto-Cruz sah das Entsetzen in den Augen des Mannes, als er sich, nun sichtbar geworden, flüchtig über ihn beugte.

Er schaute sich um und fand seine Schatulle in der Wandnische, in der sie von Anfang an aufbewahrt wurde. Er schleppte die schwere Rüstung hinüber zu dem Arbeitstisch und holte sich einige der vielen halb fertigen Teile, die von den Technikern achtlos beiseitegeworfen worden waren. Niemand würde nachvollziehen können, wie viele solche Fragmente existiert hatten.

Augenblicke später gab er Kohurion den Befehl, den gelähmten Alteraner vor der Nische abzulegen. Alles musste wie ein Unfall aussehen.

Die Blicke des Alteraners folgten ihm. Verduto-Cruz schaute darüber hinweg. Der Mann interessierte ihn nicht.

Vermutlich aus Langeweile hatte die Wache mit der defekten Schatulle hantiert und dabei eine Interaktion mit den Energie führenden Systemen in der Wandnische ausgelöst. Nachdem das Schiff von mehreren schweren Thermoschüssen getroffen worden war, mussten die Abdeckungen infolge Materialermüdung unsicher geworden sein. So würde es aussehen.

Verduto-Cruz lockerte diese Abdeckungen und drapierte die Schatullenfragmente darum.

Der Blick des Alteraners durchbohrte ihn förmlich. Der Mann hatte genau erkannt, was ihm bevorstand, aber er konnte nicht einmal schreien. Trotzdem versuchte er es mit aller Kraft.

Verduto-Cruz registrierte überrascht, welche Reserven der Hilflose mobilisierte. Er verzog die Lippen zu einer hämischen Grimasse.

Der Tod kam schnell, als der Lichtbogen übersprang. Flammen loderten auf. Sie würden alle Spuren verwischen.

Während das Knistern und Prasseln sich ausbreitete und zähflüssig werdendes Metall zischend abtropfte, stieg Verduto-Cruz in seine Schatulle. Er beherrschte die Maske perfekt, und sie reagierte auf jeden noch so schwachen Impuls. Für sein Vorhaben war sie ideal, das hatte er sofort erkannt. Die Techniker waren naiv genug gewesen, auf seine Täuschungen hereinzufallen.

Verduto-Cruz war jetzt ein Posbi unter vielen. Nur mehr ein kleiner Schritt trennte ihn von seinem Triumph.

Ungesehen verließ er das Schiff, in dem Kohurion auf ihn warten würde.

Es fiel dem Laren nicht schwer, sich zu orientieren, als er die ersten Anlagen des Hochplateaus erreichte.

Manches hatte sich verändert, vieles erkannte er wieder, als wäre er erst gestern an diesem Ort gewesen. Dabei lag fast die Hälfte seines Lebens zwischen jener denkwürdigen Kooperation und heute. Als die Posbis Laren-Techniker auf ihre Zentralwelt geholt hatten, war das ein bis dahin beispielloser Vorgang gewesen.

Er erinnerte sich gut. An den ehrgeizigen wissenschaftlichen Techniker Verduto-Cruz, der als Leitender Fachmann die Gruppe älterer und mitunter sogar besser qualifizierter Laren geführt hatte. Trotzdem hatte sich keiner gegen ihn durchgesetzt. Zum Teil war das auch das Verdienst des aufstrebenden Kommando-Offiziers Kat-Greer gewesen. Jenes Kat-Greer, den sein Ehrgeiz auf die höchste Stufe emporgehoben hatte und der nun als Erster Hetran die Geschicke des Trovents leitete.

Eigentlich hatte er sich damals sehr viel länger auf dem Kontinent Gayn Dor aufgehalten als auf Vabonde. Die Konstruktionsarbeit an den eigentümlichen Hochenergie-Maschinen hatte ihm kaum freie Zeit gelassen. Zumindest hinsichtlich dieser Maschinen hatte er Rhodan die spärliche Wahrheit nicht vorenthalten.

Alles andere durfte der Terraner noch nicht erfahren. Er würde spätestens in dem Moment begreifen, in dem die Posbis ihn töteten – vielleicht schon auf der Achtzigsonnenwelt, wahrscheinlich erst im Weltraum, an Bord der BOX-1122-UM.

Verduto-Cruz bedauerte den Umstand, dass er dann nicht an Rhodans Seite sein konnte. Es hätte ihn interessiert, das Gesicht des Terraners zu sehen, wenn der Tod nach ihm griff. Posbis waren keine Freunde der Menschen und würden es nie werden, das war Rhodans Irrtum.

Die Gedanken des Laren schweiften wieder zurück in die Zeit vor achtunddreißig Jahren.

»Wenn wir die Roboter schon unterstützen, müssen sie auch damit einverstanden sein, dass wir alles über sie erfahren. Sie haben Geheimnisse. Jedes Volk hat Geheimnisse, die in den richtigen Händen zur Waffe werden können.«

Genau diese Sätze glaubte Verduto-Cruz noch immer zu hören. Kat-Greer hatte darauf gedrängt, nicht nur für die Posbis zu arbeiten, sondern den eigenen Vorteil zu suchen. Unter seiner Anleitung hatte das Team ein Konzept entwickelt, das dem der Schatulle sehr nahe gekommen war. Auf diese Weise war es ihnen möglich geworden, sich unbemerkt und unangefochten auf der Achtzigsonnenwelt zu bewegen.

Von seiner Maske geschützt, hatte er, Verduto-Cruz, seinerzeit mehrfach den Kontinent Vabonde aufgesucht und dabei, ohne zuerst die Brisanz seines Fundes zu ahnen, die Hass-Schaltung entdeckt. Der positronische Komplex befand sich in einer der acht Ur-BOXEN, mit denen die Posbis ursprünglich auf der Achtzigsonnenwelt gelandet waren.

Er hatte lange gebraucht, um die Wirkungsweise des eigentümlichen Schaltblocks zu ergründen, dessen Geheimnis für ihn von Anfang an eine Herausforderung bedeutet hatte. Monate waren darüber vergangen; er hatte Blut und Wasser geschwitzt, zumal er sich durch unvorsichtige Schaltungen verraten hätte. Aber sein Ehrgeiz hatte stets über seine Furcht triumphiert.

Die Enttäuschung, als er endlich verstanden hatte, was dieser positronische Komplex bewirkte, glaubte er noch immer zu spüren. Die Schaltung generierte ein Feindbild, das als Falsches Leben bezeichnet wurde.

Erst Tage später war ihm die Tragweite seines Fundes bewusst geworden.

Er, Verduto-Cruz, hatte damit plötzlich eine Waffe in der Hand gehalten, die mächtiger sein konnte als alles, was er kannte. Sobald er diesen Positronikblock völlig durchschaute, war er in der Lage, ein Volk von Robotern zu steuern.

Theoretisch, das wusste er inzwischen, hätten alle intelligenten Bewohner von Ambriador Falsches Leben sein und die Posbis in einem gnadenlosen Vernichtungsfeldzug längst Alteraner, Laren und die anderen Völker vernichten müssen. Dass dies nicht geschah, lag an einem noch seltsameren Komplex, den Speicherdaten als SIEBENKOPF-Schaltung bezeichneten.

Was dieser Zusatz im Detail bewirkte, hatte Verduto-Cruz nie herausgefunden; die in höchstem Maß fortschrittliche Technik entzog sich seinem Verständnis. Er war zu der Einsicht gelangt, dass ein technisch sehr hochstehendes Volk die SIEBENKOPF-Schaltung installiert haben musste und vor allem, dass nur diese Schaltung den kriegerischen Impetus der Hass-Schaltung neutralisierte.

Als die Arbeit an der Hochenergie-Maschine schließlich, vor Ablauf eines Jahres, fertiggestellt worden war, hatten die Posbis alle Laren-Techniker wieder von der Achtzigsonnenwelt weggeschickt.

Was er Rhodan verschwiegen hatte, war der zweite Konstruktionsauftrag.

Nach wenigen Monaten hatten sich die Posbis erneut mit der Bitte um technische Unterstützung an die Laren gewandt. Ziel war es gewesen, eine weitere, anders geartete Hochenergie-Maschine zu bauen.

Warum?

Verduto-Cruz wusste das bis heute nicht.

Nun war er erneut gekommen.

Diesmal würde er den entscheidenden Schritt vollziehen, davon war er überzeugt. Er glaubte zu wissen, was schiefgegangen war, hatte sechsunddreißig Jahre lang Zeit gehabt, sich jede Einzelheit immer wieder vor Augen zu führen und in Gedanken nachzuvollziehen, was getan werden musste.

Natürlich waren das Wunschvorstellungen gewesen. Eine Möglichkeit, die Zentralwelt der Posbis zum dritten Mal zu erreichen, hatte es für ihn nie wieder gegeben.

Bis der Terraner gekommen war. Egal, ob unsterblich oder nicht, ob wirklich der Perry Rhodan, der als Großadministrator wie ein Geist die seltsame Kultur der Alteraner prägte, oder ein Betrüger – für den Ersten Hetran Kat-Greer bedeutete Rhodan von Anfang an nur ein willkommenes Werkzeug. Und für ihn, Verduto-Cruz, ebenso. Ein Werkzeug, das man einmal benutzte und danach nie wieder.

Verduto-Cruz hielt kurz inne. Nicht mehr weit entfernt erhob sich die Ur-BOX wie ein schroffes Gebirge zwischen den angeflanschten Gebäuden. Wer über die Historie der Posbis nicht informiert war, konnte leicht übersehen, dass das Zentrum ihres Reiches auf acht uralten Fragmentraumschiffen aufgebaut worden war. Die Raumschiffe waren nicht nur teilweise in den Boden versunken, sondern längst in An- und Umbauten integriert.

Angespannt hatte Verduto-Cruz den Ausführungen des Milchstraßen-Posbis zugehört. Er war überzeugt, dass Rhodan innerhalb kurzer Zeit daraus die richtigen Schlüsse ziehen würde. Womöglich befand sich die Gruppe ebenfalls schon in diesem Bereich. Aber Rhodan und die anderen konnten ihm kaum zuvorkommen.

Vor sechsunddreißig Jahren hatte er, Verduto-Cruz, die beiden Positronikblöcke voneinander getrennt und die Hass-Schaltung in ihren Ursprungszustand versetzt.

Mit einer einzigen Modifikation. Als Wahres Leben hatte er die Laren definiert. Das zu vernichtende Falsche Leben waren die Alteraner. Kat-Greer und er hatten gehofft, auf diese Weise das verhasste Imperium Altera ohne eigene Verluste von den Posbis auslöschen zu lassen.

Aber die Schaltung hatte einen verheerenden Krieg ausgelöst, der sich keineswegs nur gegen Altera richtete, sondern auch nach dem Trovent der Laren griff. Ein schlimmer Fehlschlag, der dem eigenen Volk schon Zigtausende Tote und hohe Verlust gebracht hatte.

Seit den ersten Angriffen der Posbis auf Welten des Trovents spekulierte Verduto-Cruz über die Ursachen des Fehlschlags. Jahrelang hatte er sich in seine Datenkopien verkrochen, gerechnet und spekuliert und eines Tages verbittert festgestellt, dass ihm die beste Zeit seines Lebens geraubt worden war.

Seinen Ehrgeiz hatte das nur angefacht.

Mittlerweile war er überzeugt davon, dass die SIEBENKOPF-Schaltung verantwortlich sein musste. Es gab Interaktionen zwischen den scheinbar getrennten Positronikblöcken, die er nicht in ihrer vollen Tragweite überschaut hatte.

Doch nun hatte er endlich die Möglichkeit, den Fehler zu korrigieren und neben Kat-Greer als der größte Wohltäter des Trovents in die Geschichte einzugehen. Er musste nicht mehr dafür tun, als die Laren erneut als das Wahre Leben zu definieren und die Hass-Schaltung und die SIEBENKOPF-Schaltung endgültig und diesmal erfolgreich zu trennen.

Geborgen in der perfekt funktionierenden Schatulle schritt Verduto-Cruz wieder schneller aus.

Kurz nach dem Verlassen der Hochebene durchbrach der Lastenschweber die Schallmauer und beschleunigte über dem offenen Meer weiter. Schnell versank Vabonde hinter der Kimm. Eine Zeit lang erstreckte sich nur mehr aufgepeitschte, von verwehenden Gischtkronen geprägte See von Horizont zu Horizont, bis endlich wieder Land in Sicht kam.

Der Eindruck, ein Stück Orombo zu sehen, ließ sich nicht leugnen. Oder auch Arctica, wenngleich die Industriefläche auf Altera diesem Vergleich schwerlich standhielt.

Gayn Dor, in der Ausdehnung dem terranischen Bundesstaat Europa vergleichbar, wurde von verschachtelten Industriekomplexen beherrscht. Die einzige auf Anhieb erkennbare Abwechslung boten ausgedehnte Landefelder für die in steter Folge niedergehenden Fragmentraumer. Zerfetzte, auffasernde Wolkenbänke zeugten von unaufhörlichen Turbulenzen in der Atmosphäre.

Der Lastenschweber näherte sich einem Komplex dreihundert Kilometer landeinwärts und flog in eines von mehreren kegelstumpfförmigen Bauwerken ein. Er hatte kaum aufgesetzt, als krakenförmige Posbis schon mit dem Entladen der Containerfracht begannen. Von den Passagieren nahm keine der Maschinen Notiz.

»Hier fällt es mir leichter, sie zu kontrollieren, als in der Nähe des Zentralplasmas«, bemerkte Nano Aluminiumgärtner. Er klang zufrieden. »Sobald alles ausgeladen ist, kehrt das Fahrzeug nach Vabonde zurück. Nun ja« – es hatte den Anschein, als hüstelte der Posbi amüsiert – »ein kleiner Umweg ist in unserem Reiseprogramm selbstverständlich enthalten.«

»Besichtigung des SIEBENKOPF-Gebäudes?«

Keiner seiner Begleiter sah Perry Rhodans Lächeln. Ganz so umfangreich, wie Leutnant Hainus Frage vermuten ließ, würde das Programm wohl nicht ausfallen. Rhodan vertraute vor allem darauf, dass Nano aus unmittelbarer Nähe wie ein Schwamm alle greifbaren Informationen aufsaugen konnte. Bislang hatte der Rundron-Posbi sich in dieser Hinsicht als Begleiter von unschätzbarem Wert erwiesen.

Die letzten Container wurden von kleinen Exemplaren der krakenähnlichen Maschinen abtransportiert, danach stieg der Lastenschweber senkrecht auf, drehte einmal, als müsse er seinen Passagieren einen makellosen Rundblick bieten, und entfernte sich weiter landeinwärts.

»Es wird nicht lange dauern«, versprach Nano. »Fünf oder sechs Minuten reine Flugzeit. Ich schlage vor, auf eine Landung zu verzichten. Unser Transportfahrzeug ist nicht das geeignete Objekt; wir würden aller Vorsorge zum Trotz unnötig Aufmerksamkeit erregen. Um das zu verhindern, müsste ich zu viele eigenständige Arbeiter kontrollieren.«

»Einverstanden«, sagte Rhodan. »Vorerst wenigstens.«

In die zerklüftete Skyline mischte sich ein Hauch von Gleichmäßigkeit, eine ebene Monotonie wie in den weit verstreuten Landeplätzen für Fragmentraumer. Das Areal war groß, sonst wäre es nicht schon von Weitem aufgefallen. Etwa zehn, zwölf Kilometer im Durchmesser, schätzte er während der Annäherung.

Im Zentrum dieses Geländes ragte ein plump anmutendes Gebilde auf.

Noch war der Schweber zu weit entfernt, aber Einzelheiten wurden schnell erkennbar.

»Eine Art überdimensionales Herz«, stellte Mondra fest. »Eine eigenartige Form für ein schätzungsweise knapp vierhundert Meter hohes Bauwerk.«

»Vielleicht ist es kein Bauwerk, sondern eine Maschine«, wandte Captain Olexa ein.

Mit schrumpfender Distanz wurde der verschlungene Aufbau des Objekts deutlicher. Das vielfältige Spiel von Licht und Schatten veränderte zwar nicht die Umrisse, ließ aber den Aufbau deutlicher werden. Das gesamte Gebilde wirkte immer mehr wie ein riesiger, mehrfach geknüpfter Knoten. Oder, so stellte Leutnant Hainu trocken fest, wie ein Konglomerat aus Gedärmen.

Der Lastenschweber schickte sich an, das Bauwerk zu umrunden.

Heerscharen von Posbis arbeiteten auf dem Fabrikgelände – sofern man das weitgehend ebene Gebiet wirklich als Fabrik bezeichnen wollte. Das wiederum implizierte die Vermutung, dass es sich bei dem Objekt keineswegs um ein reines Gebäude handelte und der Captain mit seiner Ansicht recht behielt.

»Was stellt es dar?«, fragte Rhodan schon zum dritten Mal, als Nano Aluminiumgärtner endlich eine Reaktion zeigte.

»Ich habe alles versucht, um eine Antwort zu finden. Inzwischen bin ich überzeugt, dass die Posbis der Zweiten Zivilisation nicht wissen, was sie für SIEBENKOPF erschaffen. Dieses Objekt soll weder auf der Achtzigsonnenwelt noch auf Orombo in Betrieb gehen. In zwei Tagen werden die letzten Arbeiten abgeschlossen sein, dann wird das Gebilde zu seinem Bestimmungsort transportiert.«

»Wohin genau?«

»Ins Zentrum von Ambriador – wobei mir die Information, dass aufgrund der hyperphysikalischen Gegebenheiten kein Raumschiff diesen Ort erreichen kann, paradox erscheint.«

Der Lastenschweber setzte zur zweiten Umrundung des skurrilen Objekts an. Von keiner Seite ließ es einen Hinweis auf seine geplante Verwendung erkennen.

»Es gibt Kursdaten für einen Einflugkorridor in das galaktische Zentrum«, schnarrte Nano. »SIEBENKOPF stellt eine Vielzahl von Koordinaten zur Verfügung, aber sie sind nicht statisch, sondern wechseln permanent.«

»Wer oder was ist SIEBENKOPF?«

»Ich kann diese Frage weiterhin nicht beantworten, Perry.«

»Obwohl die Antwort für uns von höchster Brisanz sein dürfte? Die Posbis der Achtzigsonnenwelt arbeiten für SIEBENKOPF. Ob sie das freiwillig tun oder kontrolliert werden, lasse ich vorerst dahingestellt. Auf jeden Fall, fürchte ich, wird uns die Deaktivierung der Hass-Schaltung nicht einen einzigen Schritt weiterbringen.«

»Weil sie nicht mehr die erwartete Wirkung zeigen würde?«, fragte Harrison Hainu. »SIEBENKOPF treibt die Posbis in den Krieg?«

»Davon müssen wir ausgehen«, bestätigte Nano Aluminiumgärtner.

»Könnte es sich um eine Gruppe von sieben Posbis handeln?«, überlegte Mondra Diamond laut. »Das erscheint mir plausibel. Aber wo finden wir diese Roboterclique?«

»Das Zentralplasma würde sich niemals dem Willen untergebener positronisch-biologischer Roboter beugen«, protestierte Drover, der sich bislang hartnäckig aufs Schweigen verlegt hatte. Er war kein Posbi der großen Worte, sein geringer Plasmaanteil ließ das nicht zu. Aber er vermisste auch nichts.

»Bist du sicher, Drover?«, wollte Mondra wissen.

»Nein, das ist er nicht!«, antwortete Nano Aluminiumgärtner für den Schweren Arbeiter. »Und ich bin es ebenso wenig.«

Rhodan löste sich vom Anblick des herzförmigen Riesenknotens. »In das Gebilde einzudringen, erscheint mir zu gewagt und zu gefährlich. Von außen haben wir erst einmal genug gesehen. Was ist mit Informationen, Nano?«

»Ich habe gespeichert, was für mich greifbar war.«

Der Terraner nickte knapp. »Wir kehren um!«, entschied er. »Was wir haben, werten wir an Bord aus, anschließend sehen wir weiter.«

16. Kapitel
Wahres Leben

Verduto-Cruz wollte sich den Schweiß aus dem Gesicht wischen, doch das Exoskelett hinderte ihn daran. Mühsam blinzelnd versuchte er, die Nässe und das stete Brennen wenigstens aus den Augen zu vertreiben, doch in der Hitze, die ihn langsam im eigenen Saft schmorte, war dies ein mühseliges Unterfangen.

Noch immer wirkte vieles, was er sah, auf ihn vertraut. Tief im Innern der Anlage mehr als in den äußeren Bereichen, die sich in den Jahren weiter in das Land hineingefressen hatten. Die von den Robotern ausgehende Bedrohung hatte Verduto-Cruz nie unterschätzt.

Er war unbeirrbar und gierig. Wie ein Raubtier, das heißhungrig einer blutigen Fährte folgte und instinktiv spürte, dass es die geschwächte Beute bald reißen würde. Verduto-Cruz fieberte dem Moment entgegen, in dem er das Umfeld beider Schaltblöcke wieder vor sich sah.

Diese positronischen Komplexe bedeuteten Macht – mehr, als er sich jemals hatte träumen lassen.

Ein paar Sekunden lang hielt der Lare inne. Ein Ausdruck von Zufriedenheit huschte über sein Gesicht, denn in Gedanken sah er unschlagbare Roboterheere marschieren. Wie eine Springflut schwappten sie von einem Planeten auf den nächsten über – Millionen stählerne Leiber, konstruiert und programmiert für die unterschiedlichsten Bedingungen. Diese Roboter überrannten jeden Widerstand, und ihre Raumschiffe verdunkelten den Himmel über allen Welten, die sie säuberten. Eine gewaltige Flotte, erst nach Zehntausenden zählend, später nach Hunderttausenden. Diese Armada war geschaffen, um dem Wahren Leben den Weg zu ebnen, bemannt mit willigen Helfern, die zuverlässiger waren als jeder Sklave.

Die Posbis ebneten den Laren den Weg; sie beseitigten alles Leben, das ihnen zur Bedrohung werden konnte. Nichts und niemand hielt diesen unbeschreiblichen Siegeszug auf, der für immer mit dem Namen Verduto-Cruz verbunden sein würde.

Erst in Ambriador ... dann in den benachbarten Galaxien.

»Nichts wird uns aufhalten können! Nichts!« Verduto-Cruz setzte die Schatulle wieder in Bewegung.

Er betrat den Bereich der Ur-BOX.

Eine kleine Ewigkeit hatte er damals gebraucht, sich überhaupt zurechtzufinden. An jeden düsteren Korridor erinnerte er sich, an jeden Trakt mit dicht gepackten positronischen Schaltkomplexen; das alles hatte sich unauslöschlich in sein Gedächtnis gebrannt. Manchmal glaubte er, dass diese Erinnerungen nicht einmal mit seinem Tod enden könnten.

So wie er es einmal geschafft hatte, unbemerkt einzudringen, würde er es wieder schaffen. Doch diesmal war der Einsatz höher.

Vor sechsunddreißig Jahren hätten ihn die Posbis nur als unerwünschten Eindringling angesehen.

Dann hatte er die Schaltung verändert.

Heute war er deshalb selbst Falsches Leben, und Roboter würden ihn sofort töten, sobald sie ihn bemerkten.

Vor sechsunddreißig Jahren hatte er die Sicherheitsvorkehrungen der Schaltblöcke überwunden – ein raffiniertes

System, das ihn seitdem mit Albträumen quälte. Im Rückblick stockte ihm der Atem, aber damals hatte er nichts empfunden, er war selbst zu einer präzise funktionierenden gefühllosen Maschine geworden. Andernfalls, glaubte er im Nachhinein, wäre er sehr schnell gescheitert.

Seine Überzeugung, den richtigen Weg eingeschlagen zu haben, hatte ihn vorwärtsgetrieben. Genauso wie der Zwang, sich selbst beweisen zu müssen, dass er den Robotern überlegen war.

Tief atmete Verduto-Cruz ein, um das Pochen in seinen Schläfen zu beruhigen. Sein Herz raste und hämmerte wild gegen die Rippen.

Sechsunddreißig Jahre seines Lebens hatte er verloren ...

... und war darüber alt geworden.

Während dieser Zeit hatte der Tod in Ambriador reiche Ernte gehalten ...

Oktober 4894, Handelskonvoi der Alteraner:

Yü Han hatte kein gutes Gefühl. Nicht allein wegen der vierzehn Frachter im Gefolge, deren Laderäume aus allen Nähten zu platzen drohten und die aufreizend langsam durch den Raum zuckelten, sondern vor allem wegen des seit Wochen tobenden schweren Hypersturms, der sich immer deutlicher in Richtung der Flugroute ausdehnte. Fünfundzwanzig Lichtjahre waren für einen Sturm dieses Potenzials keine Distanz.

»Funkkontakt?« Yü Han wandte sich zum vierten oder fünften Mal an seinen Komm-Offizier. Genauso oft hatte er die Antwort gehört, dass Challenge Sun schwieg.

Seit Wochen gab es kein Lebenszeichen der Siedler. Ihr letzter Hyperfunkspruch datierte mehrere Tage vor dem Ausbruch des Sturms. Zwei schnelle Kurierschiffe schwiegen ebenfalls; in der Administration von Neo-Tera war unbekannt, ob sie ihr Ziel überhaupt erreicht hatten.

Die Ortung – tot.

Funk – ein grässliches Hintergrundrauschen, eine Kakofonie des Hypersturmtiefs.

»Nicht die gesündeste Gegend hier im Norden des Imperiums«, stellte Yü Han fest.

Mehrere Offiziere lachten. Aber dieses Lachen klang gequält. Sie mochten seine Witze nicht, munkelten hinter seinem Rücken, dass er nichts wirklich ernst nahm. Aber anders, fand Yü Han, waren diese Konvois nicht zu ertragen; ein Schwerer Kreuzer und eine Herde flügellahmer Enten.

Acht Minuten bis zum Eintritt in die nächste Linearetappe ... Aber danach immer noch eine kleine Ewigkeit, bis er endlich wieder Zuhause sein konnte.

Verbissen starrte er auf die Zeitanzeige, als könne er den Wechsel der Ziffern beschleunigen.

Eine Ortung wurde gemeldet.

»Womöglich eines der schnellen Kurierschiffe? Die Besatzungen haben sich auf Challenge schöne Tage gemacht und ...«

»Das Objekt ist größer, Captain. Sehr viel größer sogar.«

Sieben Minuten und fünfzehn Sekunden noch ...

»Wie groß? Lassen Sie sich nicht alle Würmer aus der Nase ziehen, Li Si.«

Der Ortungsoffizier schwieg sekundenlang. »Das ... das ist unglaublich!«, ächzte er dann. »Das fremde Schiff hat ... seine Masse entspricht mehr als zweihundertunddreißig Schlachtschiffen! Es kommt schnell näher!«

Beinahe mitleidig schaute Yü Han seinen Ortungsoffizier an. Endlich hatte er die Ortungsauswertung auch auf seiner Konsole. Das unbekannte Schiff war in der Tat riesig, ein

Würfel, Kantenlänge jeweils zwei Kilometer. Dunkel entsann er sich, von solchen Schiffen schon gehört zu haben.

»Das sind Posbis!«, ließ der Erste Offizier vernehmen. »Angehörige einer seltsamen Zivilisation von Maschinen, irgendwo ...«

»Irgendwo im Norden von Ambriador. Ich weiß, Mr. Zhou, einem solchen Schiff zu begegnen ist ungefähr wie ein Haupttreffer in der Glückslotterie.«

»Ich spiele nicht, Captain.«

Jetzt war es der Erste, der Witze machte. Yü Han sah großzügig darüber hinweg.

»Distanz unterschreitet fünf Millionen Kilometer!«

»Anfunken! Die übliche Bitte um Identifikation und so weiter ...«

Fünf Minuten zwölf ...

»Der Posbi funkt uns an, Captain! Er stellt eine seltsame Frage.«

»Auf Lautsprecherfelder umlegen!«, befahl Yü Han.

Er wunderte sich noch, dass er gerade jetzt den Größenvergleich nachvollzog. Mit zweihundertfünfzig Metern Durchmesser schnitt sein Schiff dabei gar nicht gut ab. Andererseits ging von den Robotern keine Bedrohung aus. Meldungen über Zwischenfälle gleich welcher Art wären ihm bekannt gewesen. Posbis und Alteraner gingen getrennte Wege, soweit er davon wusste; keiner kümmerte sich um den anderen.

Eine Maschinenstimme plärrte durch die Hauptzentrale des Schweren Kreuzers.

»Seid ihr Wahres Leben?«

Was war das für eine Übersetzung? Yü Han verstand den Sinn nicht.

Die Frage wurde wiederholt. So monoton, wie nur eine Maschine sprechen konnte.

»Antwort ist möglich, Captain!«

Vor ihm war ein Mikrofonfeld entstanden. Yü Han räusperte sich.

»Seid ihr Wahres Leben?«, erklang es zum dritten Mal.

Drei Minuten achtzehn ... Yü Hans Blick fraß sich an der Ortung fest. Da waren die vierzehn Frachter, winzige Reflexe, verglichen mit dem unglaublich großen Roboterschiff. Dieser Riesenwürfel näherte sich im spitzen Winkel auf Kollisionskurs; er war schneller als der Konvoi.

»Natürlich sind wir Wahres Leben!«, antwortete der Captain laut und betont. »Mein Name ist Yü Han, ich befehlige den Schweren Kreuzer YANGJIAWAN ...«

»Seid ihr Wahres Leben?«, hallte die Frage unerbittlich durch die Hauptzentrale.

»Ja, das sind wir! Ich erbitte Bestätigung.«

Yü Hans Blick wanderte hinüber zu dem Ortungsoffizier. Li Si nickte bestätigend; alle Systeme arbeiteten einwandfrei, der Funkspruch verließ die Antennen.

Bis auf eine halbe Million Kilometer war das Roboterschiff heran, da eröffnete es das Feuer. Der Weltraum brannte, als turmdicke Energiestrahlen dem Konvoi entgegenzuckten. Drei Frachter wurden getroffen, glühten auf und explodierten in lodernden Feuerbällen.

Vollalarm heulte durch die YANGJIAWAN.

»Alle Energie auf Schutzschirm!«

»Waffensysteme Zielerfassung!«

Der Angreifer war bis auf dreihunderttausend Kilometer heran und damit innerhalb der Kernschussweite der Desintegatorkanonen.

Weitere Frachter wurden schwer getroffen. Gleichzeitig feuerte die YANGJIAWAN im Salventakt.

»Gegnerischer Schutzschirm hält stand.«

»Punktbeschuss! – Notruf nach Altera absetzen! Alle Daten ...«

Gleißende Helligkeit sprang von den Holoschirmen herab und flutete durch die Zentrale. Augenblicke später kamen die Ausfallmeldungen. Mehrere Schirmfeldsektoren zusammengebrochen, Wiederaufbau fraglich; Hüllenbruch im Bereich der Beiboothangars.

Die nächsten Treffer. Yü Han glaubte zu hören, wie sein Schiff stöhnte und schrie. Das Dröhnen schwerer Explosionen hallte heran. Zugleich durchlief ein Zittern wie ein letztes Aufbäumen die Wände und den Boden.

Die nächsten Einschläge rissen den Kreuzer auf. In den Hangars tobten Höllengluten, atomares Feuer brandete durch die Korridore und Ringgänge des Schiffes, während die entweichende Atmosphäre einen unwiderstehlichen Sog entfachte.

Dreizehn Sekunden noch ... *Diese Anzeige war das Letzte, was Yü Han sah. Dann war da nur mehr sonnenheiße Glut, die alles auslöschte.*

17. November 4894/Ministerium für Verteidigung/Dossier 14-03P
Offizielle Verlautbarung:

Seit zwei Tagen besteht traurige Gewissheit: Das erst vor wenigen Jahren in das Imperium eingegliederte und neu besiedelte System Challenge Sun ist Schauplatz einer Katastrophe. Challenge, der vierte Planet, dessen Zukunft als Agrarwelt und Rohstofflieferant gleichermaßen glänzende Prognosen aufwies, wurde Opfer eines heimtückischen Überfalls. Die weit verstreuten, teilweise noch im Aufbau begriffenen Städte existieren nicht mehr.

Es gibt keine Überlebenden.

Einziger Beleg für den Angriff Fremder ist ein normal lichtschneller Funkspruch, den eine unserer Flotteneinheiten erst vor Kurzem aufgefangen hat. In dem verstümmelten Text ist die Rede von gewaltigen Raumschiffen, die nur wenige Lichtsekunden vor Challenge aus dem Linearraum fielen. Ihrer über Funk gestellten Frage »Seid ihr Wahres Leben?« folgte ein Vernichtungsangriff.

Ob ein Zusammenhang mit dem in der Nordregion verschollenen Handelskonvoi besteht, kann bislang nicht definitiv beantwortet werden. Die Frachter unter Geleitschutz eines Schweren Kreuzers gelten als verschollen. Hingewiesen wird darauf, dass zu der fraglichen Zeit ein starker Hypersturm der Kategorie Sechs tobte. Notrufe wurden in keinem der nächstgelegenen Systeme aufgefangen.

Zusatz, nur für den internen Gebrauch (hohe Zugriffsstufe):

Entgegen offizieller Verlautbarung wurde ein verstümmelter Funkspruch des Schweren Kreuzers YANGJIAWAN unter dem Befehl von Captain Yü Han empfangen. Die Rede ist darin von einem zwei Kilometer messenden Würfelraumschiff. Mit an Sicherheit grenzender Wahrscheinlichkeit kann deshalb angenommen werden, dass der Konvoi einem Angriff zum Opfer fiel. Schiffe des genannten Typs sind der Roboter-Zivilisation der Posbis zuzuordnen, die bis dato in keiner Weise als Bedrohung eingestuft wurden. Ferner muss davon ausgegangen werden, dass dieselben Angreifer das Massaker auf Challenge verübt haben.

Die Verluste an Menschenleben sind extrem hoch.

14 Millionen 380.000 Männer, Frauen und Kinder auf Challenge. Die genau Zahl wird wohl nie ermittelt werden können.

1765 Raumfahrer und Mitarbeiter der Exploration »Strange Mining« an Bord der Frachtflotte sowie 375 Offiziere und Mannschaften der YANGJIAWAN.

Dossier-Ende. Eventuelle spätere Ergänzungen über das Ministerium für Verteidigung, Zugriff blockiert.

Der Matten-Willy Mauerblum wartete. Er blickte über das hässliche und gefahrvolle Land. Irgendwo dort draußen bewegten sich die beiden einzigen Geschöpfe, die ihm jemals etwas bedeutet hatten. Sehr lange waren sie schon weg – zu lange, wie er fand.

Er zog sich zusammen, rollte sich in eine Ecke der Schleusenkammer und versuchte, seine Furcht in den Griff zu bekommen. An gar nichts zu denken, wollte ihm jedoch nicht gelingen.

Das Schott stand einen Spaltbreit offen. Gerade so weit, dass er zwei Pseudoarme hätte hindurchzwängen und sich nach draußen ziehen können. Aber bislang wagte Mauerblum das nicht. Seine Furcht, selbst in ein absonderliches Geschehen hineingezogen zu werden, war größer als seine Sorge um Nano Aluminiumgärtner und Drover.

Zitternd formte er hin und wieder ein Stielauge und ließ es vor dem schmalen Spalt pendeln.

Drovers Verletzungen vor ein paar Tagen hatten ihn entsetzt. Was, so fragte er sich bebend, würde geschehen, falls die Kristallviren erneut zugeschlagen hatten? Vielleicht lagen Nano und Drover schon irgendwo dort draußen, schwer verletzt und nicht mehr in der Lage, sich selbst zu helfen.

Womöglich hatte das Zentralplasma der Achtzigsonnenwelt befohlen, die Eindringlinge auseinanderzunehmen, ihren Egosektor neu zu programmieren und das feindliche

Plasma zu zerstrahlen, es im nächsten Konverter in ein paar Quant Energie zu verwandeln?

Vielleicht ...

Mauerblum zuckte jäh zusammen. Am Rand des Landefelds hatte er eine Bewegung ausgemacht.

Jemand kam zielstrebig näher, ganz so, als gehöre er zu BOX-1122-UM.

Der Matten-Willy fuhr ein zweites Auge aus und bemühte sich, einen stereoskopischen Seheffekt zu erzielen. Doch er war zu aufgeregt; er sah plötzlich zwei Gestalten, die sich dem Schiff näherten, Zwillinge, denn sie glichen sich wie ein Ei dem andern. Sie liefen aufeinander zu, berührten sich Sekunden später und durchdrangen sich, als wollte sie miteinander verschmelzen.

Mauerblum spielte mit dem Gedanken, Alarm auszulösen. Er blinzelte hektisch – und erkannte endlich, dass er nur eines seiner Augen schließen musste, damit er wieder deutlicher sah.

Er erschrak zutiefst. Ein Posbi kam auf das Schiff zu. Da es sich um keinen seiner Schützlinge handelte, konnten es nur Perry oder Mondra sein oder einer der beiden Alteraner. Etwas anderes wagte er in dem Moment gar nicht zu denken.

Mauerblum identifizierte die Schatulle erst, als der Betreffende schon vor dem Schiff stand und über Funk den Öffnungsmechanismus für das Schleusenschott betätigte. Auch wenn nicht einmal ein Terraner unter Hunderten gleich aussehender Roboter einen einzelnen wiedererkannt hätte, Matten-Willys beherrschten diese Fähigkeit schon in ihren ersten Lebensjahren. Sie identifizierten Posbis anhand winzigster Merkmale, die anderen Intelligenzen nicht einmal aufgefallen wären.

Eigentlich, erkannte er, durfte diese Maske gar nicht beweglich sein, jedenfalls nicht so zielstrebig und ohne jedes

Stolpern. Verduto-Cruz war mit ihr nicht klargekommen. Aber wenn nicht der Lare, wer um alles in der Welt steckte dann in dem Ding? Hatte er, seit er sich vor Stunden entschlossen hatte, in der Schleuse zu warten, nicht mehr mitbekommen, dass die Techniker einen neuen Test gestartet hatten?

Ohne zu zögern schwang sich der vermeintliche Posbi in die Schleuse. Die Augenzellen richteten sich auf Mauerblum, als der Matten-Willy ein unterdrücktes Ächzen vernehmen ließ.

Die Schatulle starrte ihn an – und Mauerblum starrte ebenso auffällig zurück.

»Verduto-Cruz?«, brachte er stockend hervor. »Natürlich, du kannst kein anderer sein als Verduto-Cruz. Haben die Techniker es endlich geschafft, die Schatulle funktionsfähig ...?«

Gurgelnd verstummte er. Weil der Lare seine Waffe auf ihn richtete.

»Nein!«, wollte Mauerblum aufschreien. »Tu das nicht! Nano und Drover sind noch draußen ...«

Er brachte keinen Laut mehr hervor. Als der Lare auf ihn schoss, brach er stocksteif zusammen.

Sor-Oggan im Trovent der Laren, acht Jahre nach der Rückkehr von der Achtzigsonnenwelt:

»Ich verstehe nicht, was diese doppelten positronischen Absicherungen bewirken sollen. Überhaupt: Dieser Teilbereich erscheint mir in seiner Konstruktion so unsinnig, dass ich mich frage, was die Posbis wirklich mit dem Gesamtaggregat bewirken wollten.«

Morgam-Andarsk, mittlerweile Hauptkonstrukteur im Flottenwesen und damit dem Ersten Hetran unmittelbar unterstellt, drehte sich langsam um die eigene Achse. Seine Hände, halb erhoben und die Finger abgespreizt, zogen Unschärfelinien durch das Hologramm. Es füllte den Raum aus und war dennoch nur ein Bruchteil des Gesamtobjekts.

»Wir werden nie herausfinden, was wir wirklich erschaffen haben«, sagte Terogt-Bekaam schleppend.

»Eine Hochenergie-Maschine, die nicht funktionieren kann.« Hart-Taak, der älteste von ihnen, lachte bitter. »Meine letzten Gespräche mit Hyperphysikern haben nichts Neues ergeben. Die Sorte Hyperkristall, die wir brauchen ...«

»Du hast von diesem Projekt gesprochen?« unterbrach Verduto-Cruz heftig. »Wir waren uns einig, dass niemand davon erfährt.«

Besänftigend hob Hart-Taak beide Arme. »Ich habe mich auf eine theoretische Diskussion eingelassen. Auf einen höchst abgehobenen Dialog sogar, der den grundlegenden naturwissenschaftlichen Theorien den Kampf ansagt. Ich weiß seitdem unwiderlegbar, dass es diese Hyperkristalle nicht geben kann, dass ihre Entstehung zwar theoretisch denkbar erscheint, tatsächlich aber Voraussetzungen dafür verlangt werden, die das Universum auf den Kopf stellen würden.«

»Wie sicher ist dieses *Unwiderlegbar?*«, fragte eine heisere Stimme von der anderen Seite des Hologramms.

»So sicher wie alle Theorien«, antwortete Hart-Taak. »Ich bin fast schon überzeugt, dass diese speziellen Hyperkristalle existieren. Wir haben sie nur noch nicht gefunden.«

»Also setzen wir das Projekt fort?«

»Natürlich tun wir das. Allerdings verstehe ich deine Frage nicht, Verduto-Cruz.« Sird-Moogey kam mit schnellen Schritten auf ihn zu und verwirbelte die Hauptschaltkreise der Darstellung. Aber darauf achtete in dem Moment niemand. »Gerade du bist derjenige, der von Anfang an darauf gedrängt hat, die Konstruktion nachzuvollziehen.«

»Was wir bislang geschaffen haben, ist ein müder Beginn ... Ich will die Ergebnisse schneller; vor allem will ich herausfinden, was die Posbis mit diesen Maschinen bezwecken.«

»Sie produzieren Waffen für ihren Krieg gegen das Imperium Altera.«

Verduto-Cruz lachte leise. »Wenn dem wirklich so wäre, warum nicht. Ich kann mir lebhaft vorstellen, dass der Trovent ebenfalls Verwendung für gute Waffensysteme hat.«

»Aus irgendeinem Grund erledigen die Posbis für uns die Drecksarbeit«, stellte Terogt-Bekaam fest. »Ich habe nichts dagegen.«

Es ging langsam voran.

Die Maschine wuchs und glich jenem Aggregat, das sie als Erstes auf der Hundertsonnenwelt fertiggestellt hatten. Dieses Gebilde war absolut fremd, auch jetzt noch, mit dem Abstand von Jahren.

Den Planeten Sor-Oggan hatten sie seiner Infrastruktur wegen ausgewählt, weil er ihnen alles bot, was sie für ihre Arbeit brauchten. Und weil Sor-Oggan der einzige Umläufer seiner Sonne war. Verduto-Cruz hatte den Fall eines spektakulären Scheiterns eingeplant. Niemand hatte zu sagen vermocht, ob diese Hochenergie-Maschine womöglich dafür eingesetzt wurde, eine Sonne anzuheizen und beschleunigt bis hin zur Nova altern zu lassen. Vielleicht würde auch die Raum-Zeit-Struktur aufbrechen und den Übertritt in ein anderes Universum ermöglichen, oder die Posbis arbeiteten an einem Rückgriff in der Zeit. Dann würde es für den Trovent ein Leichtes sein, das Imperium Altera schon in seiner Keimzelle aufzuhalten.

Verduto-Cruz schreckte aus seinen Überlegungen auf. Das Arbeitsholo erlosch. Zwei, drei Sekunden lang erfüllte nur mehr ein dichtes Flimmern den Raum, dann baute sich eine neue Übertragung auf, eine Zwangseinblendung der planetaren Verwaltung.

»Posbi-Schiffe!«, stieß einer der Techniker hervor.

Fünf Fragmentraumer waren in der Übertragung zu erkennen. Sie standen nicht weit von Sor-Oggan entfernt. Verduto-Cruz schätzte die Distanz auf weniger als zehn Lichtsekunden. Die kleine Sichel vor dem Sternenmeer von Ambriador, das musste der Planet sein, auf dem sie sich befanden. Kein Zweifel, denn die Sonne war unverkennbar.

Ein Aufblitzen ... Lichtschnelle grelle Glutbahnen, mit dem Auge kaum wahrnehmbar ... Die Fragmentraumer hatten das Feuer eröffnet. Deutlich waren die Einschläge ihrer Strahlwaffen zu sehen. Einige Dutzend Schlacht-Troventaare gingen auf Abfangkurs, ihre Halbraumfelder verwandelten sich unter dem heftigen Beschuss in flammende Auren.

Wieder wechselte das Bild.

Verduto-Cruz blickte auf das verzerrte Gesicht eines Flottenkommandanten; was der Mann sagte, ging im Prasseln der Störungen nahezu ungehört unter. Ihm war in dem Moment nur eines klar: Die Posbis griffen zum ersten Mal eine Welt des Trovents an. Sie beschränkten sich nicht mehr darauf, die Alteraner zu vernichten.

»... fünf Troventaare zerstört ...« Verzerrt klang die Stimme des Kommandanten auf. »Weitere Einheiten wurden manövrierunfähig ... fordern Unterstützung an ...«

Das Wiedergabe kippte erneut, wich der kurzen Sequenz eines brennenden Wracks. Beiboote starteten, jagten wie ein Schwarm Insekten auseinander – und wurden von grellen Geschützbahnen förmlich aus dem Raum gefegt.

Abermals die Stimme des Kommandanten, doch sie wurde von einem verzerrten Klang überlagert, während die Bildübertragung explodierende Raumschiffe zeigte.

»... das Wahre Leben?«, dröhnte ein dumpfer Bass. »Seid ihr das ...?«

»Raus hier!«, brüllte Verduto-Cruz. »Wir müssen den Planeten verlassen, solange wir dazu eine Möglichkeit haben!«

Vergessen war das Projekt, an dem sie seit Jahren arbeiteten. Die unersetzlichen Daten, die zu gut einem Drittel fertiggestellte Maschine ... verloren. Wenn das hier vorbei war, würde es keinen Neuanfang geben.

Verduto-Cruz stürmte los. In dem Moment spielte es für ihn keine Rolle mehr, wer ihm wirklich folgte. Einige waren es, die anderen fühlten sich sicher. Sie schienen immer noch nicht glauben zu wollen, dass die Posbis sich gegen den Trovent wendeten.

Seid ihr das Wahre Leben? Unaufhörlich dröhnte dieser eine Satz durch Verduto-Cruz' Gedanken. Die Roboter mussten wissen, dass sie ein System der Laren angriffen. Empfingen sie die telemetrischen Biodaten nicht, die Hirnwellenmuster? Millionen Laren lebten und arbeiteten auf Sor-Oggan, ihre mentale Kapazität war über viele Lichtsekunden hinweg anzumessen. Dazu die Troventaare, deren Besatzungen sich den Angreifern erbittert entgegenwarfen. Die Posbis mussten erkennen, dass ihr Vernichtungsangriff diesmal Wahrem Leben galt.

Oder ...?

Verduto-Cruz schob diesen einen Gedanken weit von sich.

»Wir sind das Wahre Leben!«, keuchte er. Irritierte Blicke trafen ihn. Rücksichtslos bahnte er sich den Weg, stieß andere Laren beiseite, die ihn behinderten. Immer mehr quollen aus ihren Löchern hervor wie Ameisen, in deren Bau jemand mit einem Ast herumstocherte.

Vor ihm endlich der Antigravlift. Von mehreren Seiten mündeten hier Korridore, die in Kürze mit Flüchtlingen verstopft sein würden. Dicht gedrängt standen sie schon in der Liftkabine.

Verduto-Cruz schnellte vor und verhinderte mit seinem Aufprall, dass die Kabine geschlossen wurde und in die Höhe raste. Mit beiden Händen griff er zu, zerrte zwei Männer nach draußen und stieß sie hart zurück.

Sein Griff zur Waffe hielt den Mob zurück. Jeder konnte ihm ansehen, dass er nicht zögern würde, den Strahler auszulösen. Es war ihm egal, ob er Laren töten musste, um sein Leben zu retten. Sie würden ohnehin sterben, sobald die Fragmentraumer mit ihren Salven einen Teppich des Todes über diese Welt legten. Wer nicht schnell die Oberflächenhangars erreichte, war verloren.

Der Lift stoppte.

»Lauft, solange ihr es noch könnt!«, brüllte Verduto-Cruz den anderen zu. »Verschwindet mit dem nächsten Schiff!«

Er hetzte weiter, hinüber zu den Hangars der Technischen Verwaltung. Auch hier drängten sich Dutzende Männer und Frauen, ohne Zugang zu finden. Sie versperrten ihm den Weg, würden ihn zweifellos nur passieren lassen, wenn er sie mitnahm.

Aus der Ferne erklang ein dumpfes, anschwellendes Dröhnen. Die ersten Fragmentraumer waren mit hoher Geschwindigkeit in die Atmosphäre eingedrungen.

Die Zeit lief ab. In wenigen Minuten würde kein Start mehr möglich sein.

»Verschwindet!«, herrschte Verduto-Cruz die Wartenden an. Die entsicherte Waffe in seiner Hand redete eine weit deutlichere Sprache. Aber niemand dachte daran, seinem Befehl zu folgen. Drohend kamen einige der Umstehenden auf ihn zu.

In dem Moment feuerte er, und er nahm den Finger erst wieder vom Auslöser, als niemand mehr auf den Beinen stand. Die Schreie waren verstummt, der Gestank von verkohltem Fleisch ließ ihn würgen.

Im Laufschritt stürmte er in den kleinen Hangar der Technischen Verwaltung. Zwei überlichtschnelle Beiboote standen hier, jedes für zehn Personen ausgelegt. Aber er sah keine Flüchtlinge. Offenbar hatte es niemand außer ihm geschafft, hierher vorzudringen.

Sekunden später war Verduto-Cruz an Bord.

Er atmete auf, als die Kontrollen anzeigten, dass sich das Zugangsschott schloss und die Starttube geöffnet wurde.

Er nahm das kleine Schiff in Manuellkontrolle, jagte es mit Vollschub durch die Tube. Es spielte keine Rolle, ob die Partikelströme das zweite Boot und den Hangar explodieren ließen. Der Planet brannte bereits.

Zwei Fragmentraumer gerieten in den Erfassungsbereich seiner Ortung. Sie feuerten aus allen Projektoren.

Jeden Moment erwartete Verduto-Cruz, von einem Strahlschuss getroffen zu werden. Aber nichts geschah. Immer weiter entfernte er sich von Sor-Oggan, während der Planet sich mit düsterem Rot überzog.

Endlich glitt das Boot in den Zwischenraum.

Notiz Verduto-Cruz:

Das Projekt ist gestorben, es wird keinen Nachbau der Hochenergie-Maschinen geben. Keiner, der mit mir auf der Achtzigsonnenwelt war und zu diesem Treffen erschienen ist, lebt noch. Ich bin der Einzige, der es geschafft hat, und dafür bin ich dem Schicksal dankbar.

Es gibt einen Fehler. Ich habe mein Volk als das Wahre Leben definiert. Aber die Posbis greifen nun auch uns an. Das kann kein Zufall sein. Je länger ich darüber nachdenke, desto mehr glaube ich, dass die SIEBENKOPF-Schaltung damit zu tun hat.

Ich weiß nicht, was ich tun kann – ich weiß nur, dass es mehr Verluste geben wird, als ich dachte.

Zusatz, zwei Tage später:

Höchste Alarmstufe im Trovent. Dies sind die Vorzeichen eines Krieges. Dabei weiß niemand, was wirklich geschehen ist. Die Meldungen überschlagen sich, viele sprechen von einem Angriff des Imperiums Altera und fordern den sofortigen Gegenschlag.

Sor-Oggan ist verloren. Nicht allzu viele konnten sich von dem Planeten retten. Das ist ein Verlust, den unsere Wirtschaft über Jahre hinweg spüren wird.

228 Millionen Tote werden offiziell bestätigt. Ich weiß, dass das erst der Anfang sein kann.

Verduto-Cruz hatte jedes Gefühl für die Zeit verloren, die verstrich. Er wusste nur, dass er besessen war. Besessen davon, das Schicksal zu besiegen. Nichts anderes zählte mehr für ihn, seit er wieder auf der Achtzigsonnenwelt weilte.

Diesmal hatte er es geschafft. Das hoffte er.

Zumal er vorgesorgt hatte. Wer immer versuchen würde, die Hass-Schaltung zu eliminieren oder seine Manipulation rückgängig zu machen, falls diese überhaupt erkennbar wurde, hatte nicht den Hauch einer Chance. Er hätte sich schon sehr beeilen müssen.

Wie oft kam es vor, dass periphere Positronikelemente fehlgesteuert wurden? Ausfälle dieser Art wurden durch Redundanzrechner überbrückt und innerhalb kürzester Frist behoben. Die Fehlsteuerung einer kompletten Rechnerbatterie führte zur Notabschaltung und in unmittelbarer Folge zum Einsatz interner Reparaturprogramme, in zweiter Instanz zur Kontrolle durch Analysetrupps.

Wurde die Ursache der Fehlsteuerung nicht gefunden, führte das zur Total-Revision. Das war gleichbedeutend mit einer Komplettabriegelung. Während dieses Zeitraums würde es keiner Mikrobe gelingen, auch nur in die Nähe der Hass-Schaltung vorzudringen.

Je eher er sich jetzt zurückzog, desto besser.

Peinlich genau hatte er über sechsunddreißig Jahre hinweg alle bekannt gewordenen Angriffe der Posbis archiviert. Auch Zwischenfälle, die nie geklärt worden waren, von denen aber höchstens zehn bis fünfzehn Prozent Hypersturmphänomenen zuzuschreiben sein mochten.

Schon jetzt fragte er sich, wo die Roboter als nächstes zuschlagen würden. Zweifellos würden seine Archivdateien weiterhin so rasch anwachsen wie bisher. Nur eines konnte in Zukunft nicht wieder geschehen – es würden keine Namen von Welten des Trovents mehr erscheinen.

Verduto-Cruz' Gedanken schweiften erneut zurück in die Vergangenheit. Längst waren die Zahlen für ihn zu rein mathematischen Größen geworden.

Big Bad Blue:

Eine Wasserwelt, Standort der größten alteranischen Fischfarmen. Erster Angriff der Posbis im Januar 4899. Zwei in der Nähe operierenden alteranischen Kampfflotten war es gelungen, wenn auch unter hohen eigenen Verlusten, die Roboter zurückzuschlagen.

Verluste in der Bevölkerung: 750.000.

Verluste in der Flotte: 13.762.

Wiederaufbau der Fischproduktion in den nachfolgenden zwölf Jahren. Stationierung eines eigenen schnellen

Wachgeschwaders sowie zweier großer Raumforts. Außergewöhnlich großes Bevölkerungswachstum, bedingt vor allem durch Flüchtlinge aus anderen alteranischen Systemen.

Im Oktober 4928 zweiter Angriff der Posbis. Keine Überlebenden sowohl auf den Planeten als auch bei der alteranischen Flotte. Gesamtzahl mehr als zweihundert Millionen.

Larhat:

Eine kleine larische Welt nahe einer Kartanin-Exklave. Erst seit Kurzem besiedelt, um einem potenziell denkbaren Vormarsch der Kartanin vorzubeugen. Verluste in der larischen Bevölkerung knapp zweihunderttausend.

Xi'an:

Neu errichteter Flottenstützpunkt der Alteraner, eindeutig ein Affront gegen den Trovent. Totalverlust nach Angriff von achthundert Fragmentraumern. Verluste in unbekannter Höhe. Im Trovent kursieren Schätzungen zwischen fünfzig und einhundertfünfzig Millionen.

Das Doppelsternsystem Woolver Twins:

Fünf Millionen ...

Archers Tears: Acht Millionen ...

Phoenix ...

Er dachte nicht mehr darüber nach. Die Ur-BOX blieb hinter ihm zurück. Noch durfte er seine Maske nicht ablegen, aber seine Manipulationen würden bald wirksam werden.

Für Verduto-Cruz kam die unerwartete Begegnung mit dem Matten-Willy einer Katastrophe gleich. Wenn Mauerblum sich geschwätzig zeigte, hatte Cruz die Rückkehr zum Trovent verspielt.

Natürlich würden die Posbis ihn nicht töten, sobald sie ihn als Wahres Leben identifizierten. Die Frage war nur, ob sie ihm ein Raumschiff zur Verfügung stellten. Ein geringes Restrisiko blieb also. Schon einmal hatte die SIEBENKOPF-Schaltung seine Hoffnungen unterlaufen. Diesmal war er sicher, die Trennung komplett vollzogen zu haben. Er hatte dies auf eine Art und Weise getan, die, verglichen mit der hochstehenden Technik, nicht künstlerisch filigran, sondern eher brachial anmutete. Zweifel an deren Wirksamkeit waren fehl am Platz.

Nur an Bord der BOX-1122-UM konnte er die Achtzigsonnenwelt schnell wieder verlassen, vor allem als freier Mann. Nur Mauerblum stand ihm dabei im Weg.

Verduto-Cruz streckte den Matten-Willy mit einem Paralysatorschuss nieder, bevor der auf den Gedanken kommen konnte, die Mannschaft zusammenzubrüllen.

Am einfachsten wäre es, Mauerblum mit dem Desintegrator zu beseitigen. Nichts außer feinstem Staub würde von dem Matten-Willy zurückbleiben. Andererseits musste sein Fehlen auffallen. An Bord würde die nächste große Suchaktion beginnen – und im schlimmsten Fall sowohl Kohurion als auch die Schatulle aufspüren.

Verduto-Cruz betrachtete den Matten-Willy nachdenklich. Täuschte er sich, oder starrte die Riesenamöbe mit zwei Stielaugen zurück? Dieser Blick war ihm nicht geheuer und weckte den Verdacht, dass Mauerblum die Paralyse innerhalb kürzester Zeit überwinden konnte. Verduto-Cruz wusste zu wenig über den Metabolismus eines Matten-Willys und war nicht in der Lage, das zu beurteilen.

»Ich weiß, dass du darüber nachdenkst, wie du mich bloßstellen und deine Haut retten kannst«, sagte der Lare mit deutlich reduzierter Lautstärke der Außenlautsprecher. »Ich werde dich also töten!«

Auch das war keine Lösung, erkannte er im selben Moment. Die Suche nach dem Mörder des Matten-Willys würde wohl schnell ans Ziel führen. Da war es besser, er ließ die Leiche verschwinden. Es sei denn ... Nachdenklich betrachtete er den reglosen Gewebeklumpen.

»Du begehst Selbstmord!«, stellte er zufrieden fest. »Das ist die beste Lösung für uns beide. Niemand wird bezweifeln, dass du deinem Leben selbst ein Ende gesetzt hast. Du bist nicht ganz richtig im Verstand, das wissen alle. Was hältst du von einem Konverter?«

Mauerblum zwinkerte ihm zu, er sah es ganz deutlich. Noch einmal hob er den Paralysator und schoss.

Der Konverter schied aus, das war ihm durch diese Reaktion der Riesenamöbe deutlich geworden. Der Bursche hatte tatsächlich versucht, ihn dazu zu bewegen. Aber dann stellte sich wieder das Problem der fehlenden Leiche. Außerdem wurden die Konverter überwacht und jeder Vernichtungsvorgang aufgezeichnet.

Eine sehr viel bessere Lösung lag nahe. Verduto-Cruz fragte sich, weshalb er nicht sofort darauf gekommen war.

In seiner Maske beugte er sich über den Gelähmten und wuchtete ihn in die Höhe. Mit aktiviertem Prallfeld verließ er die Schleuse.

Was er suchte, fand der Lare mehrere Decks höher in der Mannschaftsmesse. Etwas verständnislos betrachtete er die unterschiedlichen Flaschen und entschied sich spontan für eine der schon geöffneten. Ein überaus scharfer Geruch schlug ihm entgegen. Gleichmäßig schüttete er die dunkle Flüssigkeit über den Matten-Willy und sah zu, wie das Gewebe trotz der Paralyse konvulsivisch zuckte und innerhalb weniger Minuten den Alkohol absorbierte.

Die beiden Stielaugen, die ihn unentweckt anblickten, wurden trüb.

Verduto-Cruz schleppte den sperrigen Körper ein weiteres Halbdeck in die Höhe. Dort befand sich eine der kleineren Mannschleusen. Nicht einmal ein Posbi begegnete ihm; das Schiff erschien wie ausgestorben. Die von Nano Aluminiumgärtner ergriffenen Vorsichtsmaßnahmen hatten die Bewegungsfreiheit der Roboter weitgehend eingeschränkt.

Die Schleuse lag mehr als dreißig Meter über dem Boden des Landefeldes. Einen Sturz aus dieser Höhe hätte kein Lare überlebt, auch kein Alteraner. Nach einem schnellen Blick in die Tiefe stieß Verduto-Cruz den Matten-Willy einfach nach draußen. Die Analysesensoren der Schatullen zeigten ihm nach wie vor eine hohe Alkoholkonzentration in der Luft, die von Mauerblum ausging.

Der Körper schrammte über den Rumpf des Raumers und schlug gleich darauf mit fürchterlicher Wucht auf. Verduto-Cruz warf einen letzten Blick in die Tiefe, überzeugte sich davon, dass er keine Spuren hinterlassen hatte, und zog sich zurück.

17. Kapitel
Aufstand

Der Rückflug von dem Industriekontinent Gayn Dor war ohne Zwischenfall vonstatten gegangen. Nano Aluminiumgärtner dirigierte den Lastenschweber in einen Bereich des Hochplateaus von Vabonde, der von vielen dieser Transportfahrzeuge frequentiert wurde. Auch jetzt nahm niemand von ihnen Notiz.

Rings um den Landeplatz ihres Fragmentraumers schien alles ruhig geblieben zu sein.

»Keine Besonderheiten feststellbar«, schnarrte der Posbi. »Die Distanz zu unserem Schiff beträgt rund fünfzig Kilometer. Wir können die Anlage des Zentralplasmas in größerer Distanz umgehen, aber auch den Komplex selbst durchqueren und ...«

Er stockte mitten im Satz. Seine Sehzellen erloschen in dem Moment, nur ein schwaches Glimmen war noch zu erkennen. Gleichzeitig hob er ruckartig einen Arm, als mache ein Mensch eine abwehrende Bewegung, um andere auf Distanz zu halten.

»Wir müssen den Schweber verlassen!«, drängte Perry Rhodan, wurde aber sofort von Drover unterbrochen, dessen Impulse in der Schatulle hörbar wurden.

»Nano hat sich mit seiner gesamten Kapazität soeben in die Datenflüsse eingeschaltet«, verkündete der Schwere Arbeiter. »Im Bereich der Hauptpositroniken ist eine Potenzierung der Rechenvorgänge erkennbar.«

»Hat er den Schweber weiterhin unter Kontrolle?«

»Das ist kein Problem.«

»Was geschieht da draußen?«, fragte Captain Olexa.

»Aufruhr!«, antwortete Drover äußerst knapp.

Es war das eine, sich die Schnelligkeit eines Posbis mit biopositronisch arbeitendem Hauptsektor und die extrem hohe Zahl der von ihm zeitgleich durchzuführenden Operationen vor Augen zu führen, aber etwas ganz anderes, die Sekunden zu zählen, die Aluminiumgärtner seine Peripheriefunktionen so offensichtlich einschränkte. Rhodan wusste sofort, dass höchst brisante Ereignisse abliefen.

Endlich, endlos lange vierzig Sekunden waren vergangen, erwachte der Rundron-Posbi aus seiner Starre.

»Im Umfeld des Zentralplasmas herrscht Alarm! Vor neunundvierzig Sekunden wurde die Komplettrevision sämtlicher Anlagen der Ur-BOXEN angeordnet.«

Rhodans Überlegungen eilten schon einen Schritt voraus. Für biopositronische Anlagen war eine solche Vorgehensweise Standard, das betraf nicht nur die Roboter-Zivilisation. Allerdings irritierte ihn die Beschränkung auf die integrierten Fragmentraumer.

»Die Gefahr einer Entdeckung steigert sich extrem, je weiter ich versuche, in die Abläufe einzudringen«, stellte Nano fest. »Ich bin gezwungen, sämtliche Positroniken und Nebenstellen im Bereich des betroffenen Komplexes zu meiden.«

»Das heißt im Klartext?«

»Achtundneunzig Komma sieben Prozent Wahrscheinlichkeit für die Annahme, dass die bislang nicht auffindbare Hass-Schaltung ebenso wie die unbekannte SIEBENKOPF-Schaltung in dem von der Revision betroffenen Bereich aufzufinden sind.«

Rhodan atmete tief ein. Er hörte Mondras Schnaufen, und die beiden Alteraner überfielen ihn unvermittelt mit einem Berg von Fragen.

»Keine Diskussion!«, unterbrach er schroff. »Was Nano feststellt, ist genau das, wonach wir gesucht haben. Ich bin überzeugt davon, dass er den fraglichen Bereich weiter eingrenzen wird, sobald er mit dem nötigen Feingefühl und ausreichend Zeit weitere Informationen auslesen kann. Zweifellos lässt sich der betroffene Sektor auf eine der acht BOXEN festlegen. Nano?«

»Ich gehe von einem solchen Sachverhalt aus«, bestätigte der Posbi.

Der Terraner nickte, und die Schatulle vollzog diese Bewegung ebenfalls. Es mutete ein wenig seltsam an, den großen und kräftigen Roboter, der nur über einen rudimentären Schädel verfügte, solch eine Bewegung vollziehen zu sehen.

»Ich frage mich, ob dieses zeitliche Zusammentreffen Zufall sein kann«, fuhr Rhodan fort. »Während unserer Abwesenheit hat sich etwas Gravierendes ereignet.«

»Verschiedene Faktoren lassen vermuten, dass die Überprüfung spontan geschaltet wurde«, bestätigte Nano. »Mehrfache Signaturen und Blockaden durch das Zentralplasma innerhalb der speziellen Befehlsstruktur sind eindeutig. Jedoch habe ich keinen dieser Datensätze einer Prüfung unterzogen.«

Etliche Schwebegleiter in ihrer Nähe hoben nacheinander ab.

»Die Anweisung wurde erteilt, alle Landeplätze im Umfeld der betroffenen BOXEN zu räumen. Wir müssen das Fahrzeug verlassen«, stellte Drover fest.

Zwischen den nahen Gebäuden wimmelte es von Posbis. Aber keine der Maschinen nahm Notiz von ihnen.

Rhodan und seine Begleiter entfernten sich geradlinig vom Brennpunkt des Geschehens. Zurückblickend sahen sie, dass sich ein fahles Leuchten über den Kuppeln des Zentralplasmas und den integrierten BOXEN verdichtete. Das waren keine hochgespannten Schutzschirme, aber doch Sperrfelder, die frei werdende Streustrahlung absorbieren sollten.

»Der gesamte Komplex wird für längere Zeit nicht mehr erreichbar sein«, ließ Nano vernehmen. »Ich gehe davon aus, dass diese Maßnahmen über Monate hinweg Bestand haben werden. Einschließlich verstärkter Kontrollen, die das normale Maß weit überschreiten. Wir können hier nichts mehr bewirken.«

»Also kehren wir auf schnellstem Weg zum Schiff zurück«, sagte Mondra Diamond. »An die Hass-Schaltung kommen wir nicht mehr heran. Aber vielleicht bringen uns die Daten über SIEBENKOPF weiter.«

Mithilfe der Prallfelder bewegten sie sich mittlerweile parallel zur Abbruchkante des Plateaus. In der Ferne konnten sie BOX-1122-UM im aufsteigenden Dunst schon erahnen.

»Wir müssen diese Hass-Schaltung zerstören«, sagte Captain Olexa unvermittelt. »Wenn wir zu dem betreffenden Block keinen Zugang bekommen, bleibt keine andere Option, als das Hochplateau zusammen mit der Hyperinpotronik zu vernichten. Das ist der einzige gangbare Weg, den ich unter diesen Umständen sehe.«

Im Flug wandte Nano Aluminiumgärtner sich dem Captain zu und hob abwehrend die Arme. Drover nahm spontan eine sogar drohende Haltung ein.

»Ausgeschlossen!«, plärrte der Schwere Arbeiter los. »Ein solches Vorgehen werden wir auf keinen Fall mittragen. Wir wollen das Zweite Volk befrieden, aber dafür ist uns keinesfalls jedes Mittel recht. Niemand vergreift sich an dem Neuen Zentralplasma – das ist, als würde zur Debatte stehen, die intelligente Bevölkerung eines ganzen Planeten auszulöschen.«

»Wir Posbis sind keine Mörder!«, verkündete Nano Aluminiumgärtner in ruhigerem Tonfall.

»Natürlich brauchen wir eine andere Lösung«, wandte Mondra ein. »Ich bin sicher, es gibt sie und wir sind schon nahe daran.«

»Du sprichst von SIEBENKOPF«, stellte Rhodan fest. »Darüber denke ich ebenfalls nach. Es erscheint mir gar nicht mehr so abwegig, nicht die Posbis selbst, sondern diesen SIEBENKOPF als die treibende Kraft anzusehen. Wer oder was sich auch hinter diesem Namen verbirgt, er hat sehr viel mehr Einfluss auf die Posbis und das Zentralplasma, als wir bislang wahrhaben wollen.«

»Mit anderen Worten: Wenn wir nicht auf der Stelle treten wollen, müssen wir uns intensiv mit diesem Unbekannten befassen.«

»Das ist eine logische Kausalkette«, bestätige Nano. »Ich stelle fest, dass die Aufgabe, SIEBENKOPF ausfindig zu machen, an die Spitze der Prioritäten aufsteigt.«

»Schön gesagt«, entgegnete Mondra. »Wir haben eine heiße Spur, die ins Zentrum dieser Galaxis führt – einen Weg, der nur unter größten Schwierigkeiten gangbar sein dürfte.«

»Alles ist relativ«, sagte Rhodan. »Nano, ich gehe davon aus, dass der Alarm für das Plasma und die Ur-BOXEN alle anderen Abläufe nicht tangiert. Hast du die Möglichkeit, dich einzuschalten?«

»Ich verstehe«, sagte der Rundron-Posbi. »Du suchst eine Möglichkeit, in das Zentrum von Ambriador einzudringen.«

»Ich suche nicht mehr, ich habe diese Möglichkeit bereits gefunden«, erwiderte Rhodan. »Und ich bin überzeugt davon, du ebenfalls.«

»Natürlich«, bestätigte Nano.

Sie hatten ihr Schiff erreicht. Alles war ruhig, BOX-1122-UM wirkte verlassen. Bis auf eine offen stehende kleine Schleuse in mehr als dreißig Metern Höhe. Der Fleck greller Helligkeit zwischen düsteren Aufbauten zog die Blicke geradezu an.

Dass da auf der Piste etwas lag, direkt unterhalb dieses Mannschotts, bemerkten alle nahezu gleichzeitig. Es sah aus, als hätte jemand Unrat einfach aus dem Schiff geworfen.

Tatsächlich war es etwas, das bei näherem Hinsehen an Zellplasma erinnerte. Graues, zähes, teilweise verklumptes Gewebe.

»Alkohol!«, stellte Drover fest. »Meine Sensoren registrieren einen hohen Anteil von Ethanol in der Umgebungsluft und auf diesem ...«

Niemand sollte je erfahren, ob das Wort Abfall in seinem Sprachzentrum aufgerufen worden war. Der Schwere Arbeiter stieß einen Laut aus, der einem menschlichen Aufschrei sehr ähnlich klang.

»Das ist der Körper eines Matten-Willys! Mauerblum ist tot!«

»Er hat es also getan.« Mondra trat näher an den formlosen Zellhaufen heran und ging vor ihm in die Knie. Mit einer Hand ihrer Posbi-Maske berührte sie den toten Leib. »Er hat sich nicht in den Konverter gestürzt, sondern aus der Schleuse. Mauerblum muss sehr verzweifelt gewesen sein.«

»Er war besoffen!«, versetzte Drover. »Stockbesoffen.«

Ruckartig fuhr Verduto-Cruz auf, als das Schott zu seiner Kabine aufglitt. Sein Gesicht verzerrte sich zur ungläubigen

Grimasse, als die Bewaffneten eindrangen, gedankenschnell nach allen Seiten auseinanderspritzten und in Stellung gingen. Bevor er es sich versah, blickte er in ein Dutzend flirrende Strahlermündungen, die unmissverständlich auf ihn gerichtet waren.

In diesem Moment bereitete es ihm Mühe, seinen Zorn nicht offen zu zeigen. Er versuchte, ruhig zu bleiben, dennoch verkrampfte er sich. Langsam streckte er die Arme zur Seite.

»Ich protestiere gegen diesen Überfall!«

Ihm war fast zwangsläufig klar, dass die Alteraner von seiner Manipulation an der Hass-Schaltung erfahren haben mussten. Weshalb sonst wären sie mit dieser Vehemenz in seine Privatsphäre eingedrungen? »Weiß Rhodan davon?«, fragte er gepresst.

Niemand antwortete ihm. Verduto-Cruz zog es vor, unter diesen Umständen wie angewurzelt zu verharren.

Unter dem offenen Schott entstand Bewegung. Der militärische Befehlhaber betrat den kahlen Raum.

»Olexa! Was verschafft mir die Ehre dieses hohen Besuchs?« Aus jedem Wort sprach nackter Hohn. Sein Zorn verwandelte sich in Wut. »Nutzen die Alteraner Rhodans Abwesenheit, um ihrem Hass freie Bahn zu lassen?«

Der Captain ging darauf nicht ein. Er hielt ein langläufiges Strahlgewehr in der Armbeuge. Langsam richtete er die Waffe auf den Laren.

»Verduto-Cruz, ich beschuldige Sie des versuchten Mordes! Ab sofort unterstehen Sie alteranischer Gerichtsbarkeit. Sie haben sich vor einem Militärgericht zu verantworten.«

»Mord? Das ist lächerlich!« Verduto-Cruz spuckte aus. Dass einige der Soldaten schon deshalb nervös reagierten, registrierte er nur am Rande, es interessierte ihn nicht. »Ich habe nie jemanden umgebracht! Lassen Sie sich das gesagt sein, Alteraner.«

»Ich sagte Mordversuch«, wiederholte der Captain. »Zweifellos waren Sie sogar überzeugt, einen lästigen Mitwisser beseitigt zu haben.«

Neben Telemach Olexa schoben sich mehrere Stielaugen um den Schottrahmen. Ein bebender, entfernt menschliche Konturen aufweisender nackter Körper folgte, der sich sehr schnell zu annähernder Kugelform zusammenzog und mehrere Meter weit in die Kabine rollte. Dort faltete er sich langsam wieder auf.

»Mörder!«, krächzte Mauerblum und rülpste unterdrückt. Obwohl mehrere Stunden vergangen waren, seit Perry Rhodan und die anderen ihn hilflos auf der Piste liegend aufgefunden hatte, machten ihm die Nachwirkungen des diffundierten Alkohols immer noch zu schaffen. »Ich habe alles gesagt, alles. Dass du mit deiner Schatulle draußen gewesen bist. Dass du mich niedergeschossen und mit Schnaps überschüttet hast. Und dass du mich brutal aus der Schleuse gestoßen hast. Du wolltest mich töten, Verduto-Cruz. Was bist du nur für ein ... für ein Lare?«

»Führt ihn ab!«, befahl der Captain den Soldaten.

Energiefesseln schlossen sich um den Techniker. Verduto-Cruz konnte sich nicht dagegen zur Wehr setzen. Eng wurden seine Arme an den Körper gepresst. Er spürte gleich drei energetische Bänder, die ihm auch den Brustkorb einschnürten. Hielten die Alteraner ihn für ein Monstrum?

Trotzig starrte er den Captain als, er von zwei Männern durch das Schott eskortiert wurde.

Olexa erwiderte den brennenden Blick ohne jede Regung. »Sie wussten nicht, Verduto-Cruz, dass ein Matten-Willy zäher ist als viele andere intelligente Wesen. Sein variables Körpergewebe hätte Mauerblum auch einen Sturz aus größerer Höhe ohne Folgeschäden überstehen lassen. Aber sein vermeintlicher Unfalltod wirft ein völlig neues Licht auf das, was in der Werkstatt geschehen ist. Sie haben einen Alteraner getötet, um unbemerkt die Schatulle an sich zu bringen?«

Der Lare wandte den Kopf ab. Er wollte diese Vorwürfe nicht hören.

»Wie viele Leben haben Sie außerdem auf dem Gewissen?«, rief der Captain hinter ihm her.

Der Lare schwieg.

»Sir, bei allem Respekt, als militärischer Befehlshaber vertrete ich an Bord dieses Schiffes zugleich die Militärgerichtsbarkeit des Imperiums. Mord an einem unserer Techniker, dazu der nachgewiesene Mordversuch – was soll Verduto-Cruz noch anstellen, bis Sie entscheiden, ihn sofort abzuurteilen?« Telemach Olexa hatte sich in Rage geredet, seine Wangen glühten. »Wissen wir, was dieser Mann während seines Ausflugs mit der Schatulle wirklich angerichtet hat? Er war sehr lange draußen. Womöglich ist er an dem Aufruhr wegen der Hass-Schaltung beteiligt.«

»Vorerst wird es keine Verhandlung geben«, widersprach der Terraner. »Verduto-Cruz bleibt in Arrest. Solange wir nicht in Erfahrung gebracht haben, was er da draußen, wie Sie es ausdrücken, angestellt hat, ist mir sein mögliches Wissen zu wertvoll. Falls Sie hinter der Fassade des Verduto-Cruz mehr vermuten, als er zu sein vorgibt, haben Sie recht, Captain. Ich bin ebenfalls der Ansicht, dass wir von seiner wahren Persönlichkeit nur einen Bruchteil kennengelernt haben. Genau deshalb werden wir uns sehr viel Zeit nehmen müssen, um von ihm alle Informationen zu bekommen. Trotzdem werden wir bei seinem Verhör nicht gegen die Menschlichkeit verstoßen.«

Alarm heulte durch das Schiff.

Nahezu zeitgleich damit stürmte Nano Aluminiumgärtner in den Raum, der unmittelbar neben der Zelle des Gefangenen lag. Wenn Rhodan jemals einen Posbi gesehen hatte, der alle Anzeichen von Entsetzen zeigte, dann war es Nano in diesem Augenblick.

»Ich habe die Kontrolle über zahlreiche Posbis verloren!«, rief der Roboter. »Die Hyperinpotronik infiltriert die ersten meiner Befehlskodes, und die Posbis reagieren sehr schnell darauf.«

Nach zwölf Stunden Dienst freute sich Gordon Ward auf ein kräftiges Essen. Eigentlich hatte er nicht mehr zu tun gehabt, als durch die Triebwerksräume zu patrouillieren und mögliche Veränderungen sofort zu melden. Die mächtigen Aggregate waren stillgelegt, Maschinenteufel hielten sich in diesem Bereich nicht mehr auf. Es hatte den Anschein, als sollte BOX-1122-UM die Achtzigsonnenwelt nicht so schnell wieder verlassen.

Die Mannschaftsmesse war so provisorisch wie vieles an Bord. Nur zwei der kleinen Tische waren besetzt, als Ward den Raum betrat. Die Ventilation funktionierte schlecht. Kochgeruch lag in der Luft, der letztlich doch wieder nur aus der üblichen Mischung aus Konzentraten und zubereitetem, dehydriert angeliefertem Braten bestand.

»Was sagst du wegen des Laren?« Monja überfiel ihn, kaum dass er sich gesetzt hatte.

»Hab ich was verpasst?«, argwöhnte er.

Sie nickte eifrig und voll Genugtuung. »Jeder von uns weiß, dass einem Laren nicht zu trauen ist. Er hat einen Techniker getötet und versucht, den Matten-Willy umzubringen. Und frag mich nicht, was er noch auf dem Gewissen hat.«

Ward nickte sinnend.

Das war der Moment, in dem der Alarm aufheulte. Nicht einmal mit Konzentraten konnte er seinen rebellierenden Magen beruhigen. Er hörte, dass das Schott hinter ihm aufglitt, Monja vernahm das leise fauchende Geräusch ebenfalls, aber sie wandten sich beide erst um, als eine rostige Stimme durch die Messe dröhnte.

»Seid ihr Wahres Leben?«

Wards Griff zur Waffe kam zu spät. Sengende Hitze schlug in seinen Körper ein und tötete ihn sofort.

Der Posbi feuerte, bis sich kein Leben mehr regte. Dann wandte er sich um.

Als das Schott wieder aufglitt, zuckte unter einem der halb zerschmolzenen Tische ein fingerdicker Thermostrahl empor, schlug in den Rücken des Roboters ein und fraß sich glutend bis zu seinem Sensorring empor. Die Maschine erstarrte.

Zwischen den Trümmern kauerte ein Techniker und brüllte mit sich überschlagender Stimme in sein Funkgerät.

Eines der kleineren Sektionsgehirne hatte sich von Nanos Kodes gelöst und mehrere Dutzend Posbis zur Reaktion beeinflusst.

Schon in den ersten Minuten nach dem Alarm waren etliche Tote zu beklagen, Männer und Frauen, die nichtsahnend von den Robotern niedergestreckt worden waren.

Das lag eine Viertelstunde zurück. Mittlerweile konnte Nano Aluminiumgärtner die gefährdeten Schiffssektionen eingrenzen. Vor allem war er bemüht, eine Kettenreaktion zu vermeiden, die anderen Sektionsrechnern ebenfalls die Handlungsfreiheit zurückgeben würde. Reihenweise blockierte er Datenverbindungen, die das Schiff wie ein Geflecht von Nervenbahnen durchzogen.

Das Bild war zwiespältig. Captain Olexas Soldaten versuchten, die betroffenen Sektoren abzuriegeln, und zerstörten auch die Posbis, die sich neutral verhielten. Niemand konnte vorhersagen, ob eine solche Maschine hinter seinem Rücken doch noch zum todbringenden Werkzeug werden würde.

Dass die Körpersender aller Roboter unbrauchbar gemacht worden waren, zeigte in dieser Situation Wirkung. Ein einziger Funkspruch nach außen hätte genügt, das Ende der BOX-1122-UM und ihrer Besatzung zu besiegeln. Ob die energetischen Entladungen angemessen wurden, vermochte niemand zu sagen. Vielleicht war das Zentralplasma zu sehr mit sich selbst und den Ur-BOXEN beschäftigt, um solche Dinge zu registrieren. Später womöglich, sobald die Speicherungen abgefragt wurden ...

Drover hatte sich schon in den ersten Minuten den Soldaten angeschlossen. Von ihm kam die Meldung, dass in einem bislang ruhigen Bereich des Schiffes unvermittelt Kämpfe ausgebrochen waren.

»Wir müssen das Sektionsgehirn abschalten«, erkannte Nano Aluminiumgärtner kurz darauf und projizierte Hologramme, die schematisch alle wichtigen Schiffsstrukturen im Umfeld dieser einen Positronik aufzeigten. Anhand eintreffender Meldungen und von Ortungsbildern war deutlich zu erkennen, dass die Positronik Posbis zu ihrem Schutz zusammenzog. »Falls es diesem Rechnerknoten gelingt, weitere Roboter zu aktivieren, verlieren wir jede Zugriffsmöglichkeit«, warnte er. »Wir werden an dem Verteidigungsring scheitern, es sei denn, wir setzen schwere Waffen ein.«

»Mit welchen Konsequenzen?«

»Extrem erhöhte Ortungsgefahr. Großräumige Zerstörungen innerhalb des Schiffes. Im schlimmsten Fall werden die angrenzenden Sektoren mit den Schirmfeldprojektoren betroffen.«

Rhodan widmete sich intensiv den Darstellungen. Zwei einander nahezu gegenüberliegende Positionen schienen bislang noch ein Durchkommen zu ermöglichen. Allerdings wirkte mindestens eine so offensichtlich, dass es sich dabei um eine Falle handeln konnte.

»Wir versuchen, auf der anderen Seite einzudringen«, entschied der Terraner.

»Ich gebe zu bedenken, dass gerade das die Falle sein könnte, von der du gesprochen hast«, sagte Nano.

»Wahrscheinlichkeit dafür?«

»Siebenundsechzig Prozent.«

»Also eine recht gute Chance.« Rhodan wischte jeden möglichen weiteren Einwand mit einer knappen Handbewegung beiseite. »Wir gehen!«

Damit meinte er eine Handvoll Soldaten, Captain Olexa und sich selbst. Alle anderen Kräfte waren weit verstreut im Schiff gebunden. Sogar diese Soldaten hatte der Captain an einem neuralgischen Punkt abziehen müssen. Die Posbis würden genau dort weiter vordringen und sich festsetzen können. Aber dieses Risiko bestand letztlich an allen Positionen.

»Wenn wir durchkommen, machen wir dem Spuk ein Ende«, stellte der Captain fest, als sie im Laufschritt durch die Korridore eilten. »Wenn nicht ...« Er zuckte mit den Achseln. Müßig, sich darüber Gedanken zu machen.

Sie fächerten auf. Zwei Posbis verglühten im konzentrischen Feuer aus mehreren Strahlwaffen.

Augenblicke später stieß Rhodan auf das erste verriegelte Schott. Es ließ sich nicht einmal mit dem handlichen Impulssender öffnen.

»Hier kommen wir nicht weiter!« Der Captain deutete in die Höhe. Rhodan nickte knapp. Während die Soldaten sich in zwei Seitenkorridoren verteilten und dabei mehrfach unter Feuer genommen wurden, mussten sie versuchen, die nächsthöhere Ebene zu erreichen.

Nano teilte über Funk mit, dass weitere zwanzig Posbis seiner Kontrolle entglitten waren und wild um sich schießend angefangen hatten, eine Spur der Vernichtung quer durch das Schiff zu ziehen.

Rhodan und der Captain stürmten weiter. Die Thermit-Haftladungen, die sie bei sich trugen, hätten ausgereicht, mehrere Schotte aufzubrennen, dennoch nahmen sie den Umweg bewusst in Kauf. Es wäre deutlich schlimmer gewesen, kurz vor dem Sektionsgehirn nicht mehr weiterzukommen.

Sie stießen auf zwei übel zugerichtete Männer, Techniker, die vermutlich in diesem Bereich gearbeitet hatten, als das Unheil über sie hereingebrochen war.

Thermoschüsse zuckten ihnen entgegen. Vor ihnen lag nur ein kurzer, wenngleich kaum Deckung bietender Gangabschnitt. Nicht einmal zehn Meter entfernt öffnete sich dieser zu einer weitläufigen Galerie, von der aus mindestens zwei Zugänge zu der rebellierenden Positronik führten.

»Nur ein Gegner!«, stellte Olexa knapp fest.

»Ich habe ihn auch gesehen.« Rhodan nickte. »Gib mir Feuerschutz!« Zum ersten Mal fiel er in das gewohnte Du. Er sah noch, dass der Captain lächelte, dann hetzte er los. Mit wilden Sprüngen schnellte er von einer Seite des Korridors zur anderen, wohl wissend, dass er damit ein Posbi-Gehirn nur für Sekundenbruchteile irritieren konnte. Spätestens dann hatte die Positronik seine nächsten Bewegungen hochgerechnet.

Zwei Strahlbahnen verfehlten ihn, als er sich, seinem Instinkt folgend, zur Seite warf und abrollte. Während er federnd wieder auf die Beine kam, spürte er die sengende Hitze. Für Sekunden raubte sie ihm den Atem, zugleich tobte ein brennender Schmerz durch seinen rechten Arm. Ein Streifschuss war das, nicht mehr als eine schwere Brandwunde. Den zwangsläufigen Eiweißschock kompensierte der Aktivatorchip.

Trotz des Schmerzes, der ihm Tränen in die Augen trieb, feuerte Rhodan.

Neben ihm hetzte der Captain vorbei und schoss im Salventakt auf die Galerie hinaus. Entgegen ihrer Absprache war er dem Terraner gefolgt. Immerhin erwischte er den Posbi, der zeitlupenhaft langsam zur Seite kippte und seine nächsten Schüsse gegen die Decke jagte.

Der Korridor war zu Ende. Gegenseitig gaben sich die beiden Männer Deckung, aber da war kein Gegner mehr. Sie hasteten weiter, eine Rampe hinab, die zu einem der kleineren Nebenzugänge führte. Alles blieb ruhig.

An dem verriegelten Schott brachte Rhodan seine beiden Thermitladungen an. »Gleich sind wir durch!«, rief er dem Captain zu.

In derselben Sekunde erschien auf der Rampe, keine zwanzig Meter entfernt, der nächste Posbi. Rhodan sah es aufblitzen und warf sich zur Seite. Zu langsam, erkannte er gleichzeitig. Im Stürzen sah er Olexa herumwirbeln. Der Captain hätte Gelegenheit gehabt, das Feuer zu erwidern, er wäre wohl nicht getroffen worden, aber mit voller Absicht hatte er sich in die Schussbahn geworfen.

Rhodan feuerte auf den Roboter, und da waren endlich auch zwei Soldaten. Sie erledigten den Posbi.

Für einen Moment kämpfte Rhodan gegen die Tränen an, als er neben dem Captain stand und in dessen gebrochene Augen blickte. Dann warf er sich herum und lief durch das geöffnete Schott.

Zwei Minuten später existierte die rebellische Positronik nicht mehr.

Die Schlacht war geschlagen, doch hatte sie den Alteranern einen hohen Blutzoll abverlangt. Trotzdem, oder gerade deswegen, kannte dieser Tag viele Helden. Captain Telemach Olexa war einer von ihnen. Andere Soldaten und sogar einige Techniker hatten sich ebenfalls besonders hervorgetan.

Drover war seiner Vernichtung nur knapp entgangen. Mehrere Ambriador-Posbis hatten ihn in die Zange genommen und regelrecht zusammengeschossen. Sein Anblick schockierte Mauerblum. Der Matten-Willy starrte Drover nur an und sagte nicht ein einziges Wort.

Die Verwundeten wurden versorgt.

Rhodan ließ seinen Arm als Letzter behandeln. Ein Verband aus Wundplasma und der Zellaktivator würden den Heilungsprozess rasch voranschreiten lassen.

Die einzige gute Nachricht überbrachte Nano Aluminiumgärtner. Während Rhodan versorgt worden war, hatte er es geschafft, in die Hauptpositronik von Gayn Dor einzudringen. Nur in den Bereich, der mit dem SIEBENKOPF-Bauwerk befasst war, aber mehr war nicht erforderlich.

»Unser Schiff gehört ab sofort zu dem Transportkonvoi, der die Konstruktion ins Zentrum von Ambriador bringen soll!«, verkündete er zuversichtlich.

Der Transport war zeitlich vorverlegt worden.

Nicht einmal mehr zwei Stunden blieben ihnen, um BOX-1122-UM startbereit zu machen.

Ein gurgelnder Aufschrei, gefolgt von dem Geräusch eines fallenden Körpers weckte ihn aus seinem Halbschlaf.

Als Verduto-Cruz die Augen aufschlug, fiel soeben die Energiebarriere in sich zusammen, die seinen Teil der Zelle von dem Bereich seines Wächters trennte.

In eigenwillig verrenkter Haltung lag der Alteraner auf dem Boden. Sein Kopf war so weit zur Seite gedreht, dass Verduto-Cruz nicht eine Sekunde lang daran zweifelte, dass alle Nackenwirbel des Mannes gebrochen sein mussten.

Der Posbi, der reglos abwartete, hatte mit mechanischer Gewalt zugegriffen.

»Kohurion!«, stieß Verduto-Cruz hervor.

»Ich gehorche deinem Befehl«, sagte der Posbi. »Ich bin gekommen, um dich zu befreien.«

Nicht jetzt, wollte Verduto-Cruz widersprechen, doch er tat es nicht. Wohin hätte er sich wenden sollen? Sich innerhalb des Schiffes verbergen? Er war überzeugt, dass er das nicht lange durchhalten konnte. Spätestens, wenn er Nahrung und Wasser brauchte, würde er den Alteranern und Rhodan wieder in die Hände fallen.

»Wir müssen das Schiff verlassen!«, sagte Kohurion. »Die BOX ist startbereit.«

»Abflug? Wohin?«

»Ein Konvoi, gemeinsam mit anderen Fragmentraumern. Ich kenne das Ziel nicht.«

In der Nähe liefen schwere Aggregate an. Der Lare spürte die schwachen Erschütterungen, als wolle sich das Schiff bereits erheben.

»Uns bleibt nur wenig Zeit, Herr!«

Verduto-Cruz hatte die Wahl. Zwischen den Alteranern, die ihn zweifellos exekutieren würden, denn ein einziger Toter genügte ihnen dafür. Mittlerweile waren es zwei Männer, deren Tod sie ihm zuschreiben würden. Oder aber, er musste seinen Manipulationen vertrauen und darauf hoffen, dass die Posbis ihn verschonen würden.

Verduto-Cruz fasste seinen Entschluss spontan. »Bring mich zur nächsten Schleuse!«, befahl er Kohurion. »Schnell!«

Niemand begegnete ihnen.

Sie erreichten eine kleine Nebenschleuse tief unten im Schiff, die der Posbi auf den Befehl des Laren öffnete. Auch den Schließbefehl gab Kohurion an die Automatik, bevor er das Schiff mit Verduto-Cruz verließ.

Nur wenig später löste sich BOX-1122-UM vom Boden, wurde schneller und verschwand wie ein aufflammender Stern im tiefblauen Himmel.

Verduto-Cruz wandte sich dem Zentrum des Hochplateaus zu. Wohin sonst hätte er gehen sollen?

Am Rand des Landefeldes stieß er auf den ersten Posbi. Der Roboter beachtete ihn nicht.

Verduto-Cruz lief weiter, ohne länger auf Kohurion zu achten.

Er wusste jetzt, dass die Hass-Schaltung nicht mehr auf Laren ansprach, denn er hatte seinesgleichen als Wahres Leben definiert.

Endlich war die Zeit gekommen, mit der Hyperinpotronik zu sprechen.

Das Whistler-Museum von Terrania
Vierter Teil der Führung: Robotrevolten

»Seit ewigen Zeiten fürchten wir die Revolte der Dingwelt gegen ihre Erzeuger, den Aufstand der Maschinen. Und dies ist die Geschichte, warum es so kam.«

Sand und Geröll. Geröll und Steinschutt, so weit das Auge reichte. Hier und da huschte eine mongolische Rennmaus aus dem Schatten eines Steines in den Schatten eines anderen. Der Schatten waren rar und kostbar. Die Sonne thronte über der Salztonebene wie ein Tyrann.

»Seit ewigen Zeiten fürchten wir die Revolte der Dingwelt gegen ihre Erzeuger, den Aufstand der Maschinen«, sagte der Museumsführer. Seine Gruppe stand ein wenig ratlos und schaute sich um in der Ödnis.

Nichts als Sand und Geröll. Eine riesige Wüste, die sich in alle Himmelsrichtungen erstreckte. Natürlich musste das eine Holographie sein, durch die sie sich bewegten, das flirrende Licht von einer künstlichen Sonne erzeugt, der atemberaubend heiße Wind aus Generatoren. Denn sie befanden sich nicht in freier Natur, sondern auf einer Führung durch das Whistler-Museum von Terrania, das Museum für Androidengeschichte, dessen einzelne Säle eigentlich ge-

geneinander frei bewegliche Kapseln waren, riesenhafte Tropfen aus Aluminiumseide, die in einem künstlichen Flussbett schwammen – ein Gebäude im Fluss.

Und keiner dieser Räume war groß genug, um eine ganze Wüste zu beherbergen.

Einer der Gäste, der vierarmige Gigant mit den drei roten Augen, bückte sich, klaubte einen der Steine auf, schob ihn sich in den Mund und zermalmte ihn. Es knirschte laut. Der Tellerköpfige blickte neugierig hoch.

»Lecker«, befand der Vierarmige und hielt dem Alien mit dem Tellerkopf einige steinige Brösel hin. »Und ganz frisch. Auch mal probieren?«

Der Tellerköpfige hob abwehrend alle vierzehn Finger.

Die Hitze des Sandes kroch durch ihre Schuhe. Überall Sand und Geröll. Oder? Dort, in der flirrenden Ferne, schien eine Oase zu sein: einige Pappeln, Ulmen und Tamarisken. In der anderen Richtung eine spiegelnde Fläche, glatt und schimmernd wie polierter Stahl. Etwas raschelte leise. Wieder eine Maus? Ein Wispern erklang, ein Rieseln von Worten, als redete die Wüste selbst mit ihrer körperlosen Stimme:

»Dies ist die Wüste Gobi«, stellte die Stimme vor. »Diese Region wurde im altterranischen Teilstaat China auch *hanhai* genannt, was so viel wie *trockenes Meer* bedeutet. Außerdem war *Gobi* ein Männername, den man mit *Heiliger Sohn* übersetzen kann.

1500 Kilometer erstreckt sich die Gobi in die Länge, 250 Kilometer ist sie breit, tausend Meter hoch liegt sie über dem Meer. Der ursprüngliche Boden wurde seit Jahrtausenden bedeckt von Hangschutt und uraltem Flussgeröll, von Löss verhüllt und Flugsand. Südwestlich der Gobi liegt die Sandwüste Alashan, im Osten reicht sie bis zum gelben Fluss. Am 26. Juni 1971 landete Perry Rhodan mit der STARDUST in der Wüste Gobi, und zwar am Goshun-Salzsee, 102° östliche Länge und 38° nördliche Breite. Wenig später kaufte Reginald Bull das Gelände für sieben Milliarden Dollar. Die Grundstückspreise für die Gobi zogen danach beträchtlich an und sind seitdem nicht mehr gesunken. Im Schutz der Energiekuppel gründete Rhodan hier eine Stadt – Galakto-City.«

In der Ferne, dort, wo die schimmernde Fläche zu sehen war, flammte die Energiekuppel auf. Niedrige Gebäude, Baracken, krochen um den See und breiteten sich von dort aus ins Land. Dann wuchsen neue Bauwerke auf, türmten sich in den Himmel und begruben die alte Siedlung unter ihrer Pracht – Bauwerke mit weißen Fassaden, weswegen Terrania auch oft die *Weiße Stadt* genannt wird.

Auf den zahllosen Baustellen war kein Mensch zu sehen. Wuchtige Maschinen hoben Gruben aus, gossen Fundamente, zogen Außenwände hoch. Metallene Arbeiter steuerten die Kräne und koordinierten die Hebebühnen, auf Prallfeldern manövrierten positronische Landvermesser.

Die Stimme fuhr fort: »Erbaut wurde diese Metropole, die Mutterstadt des Solaren Imperiums, nicht von Menschenhand, sondern von 10000 arkonidischen Spezialrobotern.«

»Eigentlich klar«, kommentierte einer der Gäste.

»Ein Imperium, auf Zwangsarbeit gegründet«, rügte ein anderer.

Die Gäste schauten zu, wie die Stadt unter den Händen, Greifzangen, Tentakeln und Schaufeln der Roboter aufblühte.

Der Museumsführer bekam ein Zeichen von der Raumregie. Nun war er wieder an der Reihe. Er setzte noch einmal an: »Seit ewigen Zeiten fürchten wir die Revolte der Dingwelt gegen ihre Erzeuger, den Aufstand der Maschinen. Und dies ist die Geschichte, warum es so kam.«

Das Modell der jungen Stadt entwich in die Ferne. Man sah, dass sie trotz ihrer schon imposanten Größe noch immer nur einen winzigen Teil der Wüstenlandschaft bedeckte. Wie aus großer Ferne erklang eine neue Stimme, die einen Text – nun, nicht eben *sang*, aber doch rhythmisch sprach:

Hat der alte Hexenmeister
Sich doch einmal wegbegeben!
Und nun sollen seine Geister
Auch nach meinem Willen leben.

Tatsächlich tauchte aufs Stichwort ein Besen aus dem Nichts auf und begann, vor der Gruppe zu fegen und Sand aufzuwirbeln.

Und nun komm, du alter Besen!
Nimm die schlechten Lumpenhüllen!
Bist schon lange Knecht gewesen:
Nun erfülle meinen Willen!
Auf zwei Beinen stehe,
Oben sei ein Kopf –

der Besen tat, wie ihm geheißen: Das untere Ende des Stiels spaltete sich in zwei Beine, das obere pumpte sich zu einem glotzäugigen Kopf auf –

Eile nun und gehe
Mit dem Wassertopf!

Plötzlich hielt der Besen in seinen soeben entsprossenen Armen zwei Eimer, fuhr herum und lief los. Er huschte über die Geröllwüste, tauchte in eine ferne Mulde ab, ließ sich kurz auf dem Kamm einer Düne blicken und verschwand, eine feine Staubfahne hinter sich herziehend, in endloser Ferne. Nur einen Augenblick später jedoch war er wieder da, kippte den Museumsgästen zwei Eimer Wasser vor die Füße und enteilte erneut.

Mit Geheimratsstimme raunte es:

Walle! walle
Manche Strecke,
Dass zum Zwecke
Wasser fließe,
Und mit reichem, vollem Schwalle
Zu dem Bade sich ergieße!

Schon war der Besen wieder da, wieder fort, zurück, fort und zurück in einem gespenstischen Tempo. Der Wüstenboden gluckste, saugte das Wasser ein und verwandelte sich langsam, färbte sich, wurde lehmig.

»Stehe! stehe!«, bat die Stimme, »denn wir haben deiner Gaben vollgemessen! Ups – ich merk es! Wehe! Wehe! Hab ich doch das Wort vergessen, ach, das Wort, worauf am Ende,

Er das wird, was er gewesen!« Und sie fuhr fort:

Ein verruchter Besen,
Der nicht hören will!
Stock, der du gewesen,
Steh doch wieder still!

Und schon tänzelte eine Axt durch die Luft, fuhr auf den Besen nieder, der bereits wieder Wasser lieferte, und spaltete ihn.

Nicht sehr zum Schaden des Haushaltsgerätes, dessen beide Hälften sich einfach zu zwei kompletten Besen vervollständigten. Wieder schlug die Axt zu, und so wurden aus den zwei Besen vier, dann acht, dann sechzehn ...

»Oh je, sie duplizieren sich«, erkannte einer der Gäste, und die unkörperliche Stimme fiel in die Klage ein:

Und sie laufen! Nass und nässer
Wird's im Saal und auf den Stufen:
Welch entsetzliches Gewässer!
Herr und Meister! hör mich rufen! –
Ach, da kommt der Meister!
Herr, die Not ist groß!
Die ich rief, die Geister,
Werd ich nun nicht los.

Der Museumsführer schnipste mit den Fingern, und der ganze altfränkische Spuk löste sich auf. Allerdings lag der ehemalige Wüstenboden radikal verändert. Nach der dämonischen Begießung war schwarzes, fruchtbares Erdreich zu sehen, erste Moose und Gräser sprossen.

»Wir haben mit diesem kleinen Spiel zeigen wollen, wie sich dank der Dritten Macht, der Keimzelle des Solaren Imperiums, die Wüstenei in ein fruchtbares, quicklebendiges Gemeinwesen verwandelt. Am 19. Juni 1980 wurde Galakto-City in Terrania umbenannt. Der 19. Juni ist seitdem gesetzlicher Feiertag.

Whistler, die Firma, die nach dem Verborgenen fahndet und allen Dingen auf den Grund geht, möchte in diesem Saal andeuten, dass es zwischen der Gründung und dem Aufstieg der Stadt und alten terranischen Legenden merkwürdige Parallelen gibt. Haben Sie jemals etwas vom *Golem* gehört?«, fragte der Museumsführer in die Runde.

Nur der vierarmige Koloss grummelte etwas.

»Ja, bitte?«, ermunterte ihn der Museumsführer.

»Meines Wissens haben terranische Raumsoldaten mit dem Wort *Golem* die lebenden Raumschiffe der Zweitkonditionierten bezeichnet. Oder irre ich?«

Der Retter des Universums auf Golem-Jagd

»Nein«, sagte der Museumsführer. »Du bist bestens informiert.«

Erneut veränderte sich die Umgebung. Die Raumregie spielte eine Szene aus einer alten terranischen Space-Jet ein.

Die Jahreszahl 2436 stand blutrot im Raum und verblasste allmählich. Ein Astronaut in historisch-lindgrüner Flottenuniform grüßte militärisch korrekt und sagte:

»Meldung von der CREST, Sir. Uns wird besondere Wachsamkeit empfohlen. Da sind wahrscheinlich Golems unterwegs.«

»Golems?«, fragte der angesprochene Raumfahrer zurück.

»Golems sind die Raumschiffe der Schwingungswächter, auch Zeitpolizei genannt. Sie sind ungewöhnlich stark bewaffnet und können sogar ein Ultraschlachtschiff vernichten.«

»Aber hallo«, mischte sich der Vierarmige ein; ein wenig Stolz grollte in seiner Stimme.

»Freilich nannten die Insassen eines *Golems* ihr Retortenraumschiff nicht *Golem*, sondern *Dolan*. Auch, wenn mir jetzt eine gewisse lautliche Ähnlichkeit aufgeht: Golem, Dolem, Dolan ...« Der Museumsführer kam ins Grübeln. »Sehr wunderlich. Nun ja.

Ursprünglich ist der Golem nämlich eine Gestalt aus der altterranischen Mythologie. Einer archaischen Schöpfungsgeschichte zufolge formte der Weltenschöpfer den ersten Menschen aus Ackerboden. *Ackerboden* heißt in Hebräisch, der Sprache jenes Buches, *'adama;* der *Mensch* demnach *'adam.* So erscheint in dieser Sprache der Mensch als Teil des Ackerbodens, eine aus Lehm geformte Figur. Anschließend wird der Lehmgestalt Atem eingeblasen, und das Wesen lebt. Sobald der Lebensodem weicht, kehrt der Mensch zum Ackerboden zurück, zerfällt zu der Erde, aus der er genommen ward.

Nun gibt es die terranisch-jüdische Legende, dass nicht nur Gott seine Geschöpfe lebendig machen konnte, sondern dass auch wundertätige und weise Männer dazu in der Lage sein sollten. In einem uralten Wormser Manuskript ist davon die Rede, wie man durch eine bestimmte Kombination von Buchstaben und Zahlen, den sogenannten *Urziffern*, unbelebte Materie zum Leben erwecken könnte. Man braucht dafür zunächst etwas Rohes, Ungestaltetes, einen Brocken Lehm. Das hebräische Wort für derart *Ungeformtes* ist םלוג.«

»Bitte?«

»Golem. Auch der Embryo im Mutterleib konnte Golem heißen. Oder eine Frau, die noch nicht verheiratet ist. Wie auch immer: Hatte man den Klumpen Lehm zu einem Leib geformt, musste man diesem ungefügen Klotz, diesem *Golem*, nur noch einen Zettel oder ein Plättchen mit wundertätigen Zeichen unter die Zunge legen, und der Golem erwachte zum Leben. So ein Golem ist stark und willig, aber der Geist leuchtet nicht sehr hell in ihm. Oft kann er nicht einmal sprechen.«

Der Vierarmige Riese lachte grollend und sagte: »Wie ein Dolan!«

»Solange nun der Golem den vitalisierenden Zettel unter der Zunge trägt – oder auf seiner Stirne, da sind sich die Quellen nicht einig –, lebt, arbeitet, schuftet er willig im Auftrag seines Herrn. Als aber der hochberühmte Rabbi Löw – ein Golem-Produzent der ersten Stunde – einmal vergessen hatte, ihm nach getaner Arbeit den Zettel abzunehmen, begann der Golem durch die Straßen des Prager Gettos zu rasen und alles zu zerschlagen, was sich ihm in den Weg stellte.«

Wieder erklang die körperlose Stimme des Gedichtrezitators:

Bäume reißt er aus der Erde,
Häuser wuppt er in die Wolken,
Schleudert Menschen in die Lüfte,
Stülpt den Hradschin auf den Kopf.

»Da musste der Rabbi dem Un-Menschen hinterhersetzen und ihm den Zettel aus dem Mund reißen, woraufhin der Golem in leblose Brocken zerfiel.«

Einer anderen Anekdote zufolge soll die Frau des Rabbi Löw – entgegen dem ausdrücklichen Geheiß ihres Gatten, dass der Golem für derartige Arbeiten nicht heranzuziehen sei – dem Golem befohlen haben, Wasser ins Haus zu

Unter den Augen des Golem

schleppen. Dann ging sie auf den Markt, shoppen, der Golem trug unterdessen Liter um Liter ins Haus, weil ihm ja nicht aufgetragen worden war, mit der Wasserlieferung gelegentlich auch wieder aufzuhören.

Vielleicht liegt genau hier der Urgrund für die menschliche Sorge, sein Hausgerät könnte sich eines Tages gegen ihn wenden.«

»Walle! Walle ...«, mahnte noch einmal die körperlose Stimme.

»Es war der Fehler der Frau, nicht des Golems«, urteilte der Vierarmige. »Mithin ein Fehler in der Programmierung, nicht im golemitischen Intellekt!«

»Kann man so sehen«, gab der Museumsführer zu. »Jedenfalls war der Golem zu Beginn zweifellos eine hilfreiche Erscheinung, wenn man sich seiner nur korrekt zu bedienen wusste. Kein kluger, dafür aber ein starker Beistand, wie man ihn sich erträumen konnte, wenn man selbst klug, aber nicht eben stark war. So behielten ihn viele Menschen bis ins 20. Jahrhundert alter Zeitrechnung im Gedächtnis.

Als im Jahr 1965 – also kurz vor Perry Rhodans epochaler Reise zum Mond – im Weizmann-Institut in Rehovot – das liegt in Israel – ein neuer Großrechner in Betrieb genommen werden sollte, schlug der hochgelehrte Religionswissenschaftler Gershom Scholem dem Konstrukteur des Rechners vor, diesen *Golem I* zu nennen. Und Chajim Pekeris, der Konstrukteur, stimmte zu.«

»Und? Hat der Golem-Rechner je der Menschheit geschadet? Hat er Israel unter Wasser gesetzt?«, wollte der Vierarmige wissen.

»Hat er nicht. Ist aber wohl bald ausgemustert worden, als die Positroniken arkonidischer Technologie auf den Markt kamen.

Allerdings hat ein früher Technologiekritiker namens Lem –«

»Go-Lem?«, fragte der Tellerköpfige nach.

»Allerdings hat ein früher Technologiekritiker namens Stanisław Lem« – setzte der Museumsführer neu an – »bereits früh einen viel weiter entwickelten Golem XIV imaginiert und mit diesem ebenso imaginäre Gespräche geführt, Gespräche, die Ausblicke in eine Zukunft eröffnen, die selbst heute noch futuristisch anmutet. Der Golem seiner Phantasie ist zu sonderbaren, unmenschlichen Scherzen aufgelegt, wenn sein Humor auch als streng mathematisch gilt.«

»Wenn zwei Menschen in einem Raum sind, und drei gehen hinaus, wie viele müssen hereinkommen, damit der Raum wieder leer ist?«, zitierte jemand den berühmtesten aller Mathematikerwitze.

Die Gruppe verfiel in angestrengtes Grübeln.

»Lems hypothetischer Golem XIV entzog sich bald der Menschenwelt und verfiel in eisiges Schweigen. Lem schrieb: ›Noch heute kann man in das letzte Stockwerk des Gebäudes hinauffahren und auf der verglasten Galerie den gewaltigen Brunnen umkreisen, in dem GOLEM ruht. Doch begibt sich niemand mehr dorthin, um durch die geneigten Scheiben auf die Berge von Lichtleitungen hinabzuschauen, die mittlerweile trübem Licht ähnlich geworden sind.‹

Die Öffentlichkeit mutmaßte, GOLEM habe Selbstmord begangen. Aber GOLEM hatte gesagt, man könne ihm beikommen, indem man den Kosmos verlässt – ob der GOLEM ebendies getan hat, und der Menschheit bloß vorausgegangen ist, um dort auf sie zu warten?«, fragte sich der Museumsführer laut.

»Vielleicht«, stimmte einer der Museumsbesucher ein, »ist das Universum für wirkliche Intelligenzen tatsächlich ein eher ungastlicher Ort. Eine nur vorläufige Heimstatt.«

Der vierarmige Koloss räusperte sich: »Beispiele solcher Insubordination wie bei diesem fahnenflüchtigen Golem sind mir nicht sehr sympathisch. Was Golem ist, soll Golem bleiben, und nicht Kundschafter spielen im Jenseits. Das finde ich geradezu morbid, ja, todeslüstern!«

»Es gibt keinen Tod, es gibt nur Trodar«, trällerte der kleinwüchsige Besucher, der einer aufrecht gehenden, vierarmigen Gurke ähnlich sah. »Habe ich jedenfalls in einer alten Litanei gelesen.«

»Muss eine ziemlich debile Litanei gewesen sein«, grummelte der Hüne zurück.

»Insubordination«, nahm der Museumsführer den Faden wieder auf: »Ja, da sind wir beim Thema: die ewige Angst des Menschen vor ...«

»... dem Aufstand der Besen«, ergänzte ein anderer Besucher.

»Genau. Vor der Revolte der Dingwelt gegen ihre Erzeuger, den Aufstand der Maschinen. Der größte Visionär kommenden Unheils war der tschechische Schriftsteller Karel Čapek, der anno 1890 in Böhmen geboren wurde und bereits 1938 starb. Sohn eines Landarztes, verfasste Čapek Erzählungen und Dramen. Im Jahr 1908 schrieb er zusammen mit seinem Bruder Josef eine Short Story mit dem Titel ›Das System‹. In dieser Geschichte sucht ein Fabrikant namens John Andrew Ripraton die Arbeit neu zu denken. Für die ungeheuere Aufgabe, die ganze Welt nach Maßgabe der Menschen umzugestalten, bedarf es seiner Meinung nach entsprechend ungeheure Arbeiter:«

Die Holographie eines leicht gebeugten, wie an Bechterew leidenden Mannes erschien, der von einem Stehpult aus die Schar des Museumsführers ansprach:

»Die Welt ist nichts als bloßes Material. Die Welt ist nicht mehr als ein unausgebeuteter Rohstoff. Der Himmel und die Erde, die Leute, Zeit und Raum und Unendlichkeit, alles ist nur rohes Material. Meine Herren – und geschätzte Aliens, die mir aus der Zukunft ihr Ohr neigen –, die Aufgabe der Industrie ist es, die ganze Welt auszubeuten. Alles muss beschleunigt werden. Nur die Art unserer Arbeit hemmt uns noch. Der Arbeiter muss selbst zur Maschine werden, sodass er reibungslos rotieren kann wie ein Rad. Jeder Gedanke ist schon Insubordination! Meine Herren! Die Seele eines Arbeiters kann nicht wie eine Maschine funktionieren, also muss sie entfernt werden! Das ist mein System: Ich habe den Arbeiter sterilisiert, habe ihn gereinigt; ich habe in

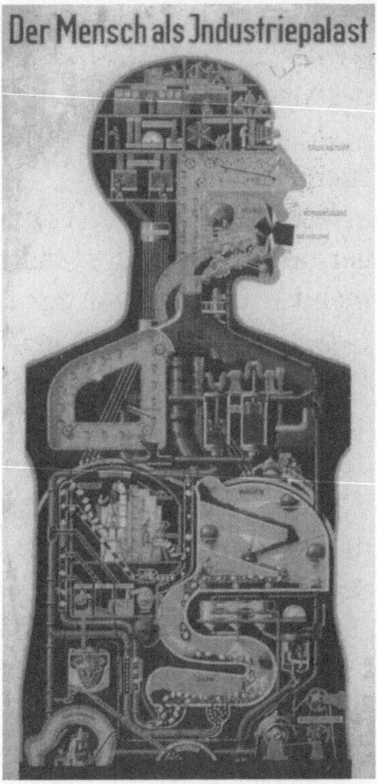

ihm alle Gefühle des Altruismus und der Kameradschaft ausgelöscht, alle familiären, poetischen und transzendentalen Gefühle ...«

»Hört! hört!«, begeisterte sich einer der Gäste. Der Museumsführer wartete, bis sich der Redner mit seinem Pult in Luft aufgelöst hatte, dann fuhrt er fort:

»In dieser Erzählung hatte Karel Čapek zum ersten Mal die Idee formuliert, die er 1921 in seinem Drama *R.U.R.* in dramatischer Art auf die Bühne bringen sollte. *R.U.R.* steht für *Rossumovi Univerzální Roboti* – Rossum's Universal Robots. So lautet der Name der Firma, in der menschenähnliche Maschinen gebaut werden – *Roboter* eben, wie man diese Geschöpfe seither mit dem von Čapek geprägten Ausdruck nennt – von Josef Čapek, übrigens, nicht von Karel selbst.

Das Drama *R.U.R* spielt um das Jahr 2000 und zeigt den Aufstieg der Robots, die ursprünglich dazu gedacht waren, den Menschen von jeder Arbeit zu befreien und ihm ein paradiesisches Leben zu ermöglichen. Am Ende des Zweiten Aktes beginnen sie ihren Aufstand und löschen die Menschheit zwischen dem Zweiten und dem Dritten Akt aus. Rädelsführer der robotischen Revolution ist ein gewisser Radius.«

Man sah die Holographie eines einfachen klobigen Roboters auf eine Barrikade steigen und hörte ihn mit mechanischer Stimme rufen: »Roboter der Welt! Das Zeitalter der Menschheit ist vorüber! Eine neue Welt hat begonnen! Die Herrschaft der Roboter! Die Welt gehört dem am besten Angepassten. Wer leben will, muss herrschen. Wir sind die Regenten der Erde! Die Herrscher über Land und See! Herrscher über die Sterne! Menschen gibt es nicht mehr. Roboter, an die Arbeit!«

Und man sah, wie sich Radius abwandte: Man sah ihn mit tausenden anderer Roboter in eine gigantische Fabrik einmarschieren, die förmlich prall von lauter Arbeitskraft war. Man sah, wie die Fabrik Güter über Güter produzierte und diese über ein Förderband in eine Kilometer tiefe Grube schickte, wo die blitzenden Waren ungenutzt verrotteten.

Der Museumsführer räusperte sich und sprach: »Die Revolte der Maschinen blieb ein beliebtes Thema der populären Kunst des 20. Jahrhunderts. Im Jahr 1963 setzte ein gewisser Russ Manning den Aufstand der Roboter ins Bild. Seine Geschichte spielt im Jahr 4000 alter Zeitrechnung in North Am, einer Megalopolis, die den gesamten nordamerikanischen Kontinent bedeckt. Als eine weltweite Wetterkontrolle eingerichtet werden soll, wehrt sich eine Splittergruppe dagegen und erschafft sich einen Trupp von Kampfrobotern. Die Kampfroboter räumen die Regierung tatsächlich aus dem Weg, revoltieren aber gegen ihre Meister und ergreifen die Macht. Anschließend nehmen sie die weltweite Wetterkontrolle in Betrieb.«

»So kann's gehen«, spöttelte einer der Gäste.

»Alle reden vom Wetter«, belustigte sich der kleine, gemüseförmige Alien mit den wachen Augen.

»Aber die Roboter kontrollieren nicht nur das Wetter, sondern auch die Lektüre der Menschen. Roboter bestim-

»Ihre Geschwindigkeit gefährdet Sie und andere!« Polizeiroboter im unmenschlichen Einsatz

men, was die Menschen lesen, was sie im Trivid schauen, was sie denken, ja, sogar wie schnell sie mit ihren Gleitern fliegen dürfen!

Schließlich steht ein einzelner Mensch auf gegen die despotischen Roboter und ihr totalitäres Wetter-Regime – Magnus, der Robotkämpfer. Der ist übrigens selbst von einem Roboter namens 1A aufgezogen und in allen möglichen Kampfsportarten unterwiesen worden. Nun kann er Stahl mit bloßen Händen zerbrechen. Außerdem hat 1A ihn mit einem Funkempfänger ausgerüstet, sodass Magnus die robotische Kommunikation verfolgen kann.«

»Ein wettergegerbter Mann«, witzelte einer der Gäste.

»Die Vision vom Aufstand der Maschinen wurde nachgerade zum festen Bestandteil terranischer Folklore«, erläuterte der Museumsführer. Dazu entstanden ganze Kaskaden von Holographien. Man sah Androiden, die sich gegen ihr eingebautes Verfallsdatum zur Wehr setzten und von einem Blade Runner zur Strecke gebracht wurden, Maschinen, die sich unter einem verdunkelten Himmel Menschen als biologische Batterien in Konservendosen hielten, einen Maschinenmenschen mit kantigem Gesicht, dessen eine Hälfte vom Fleisch befreit war und der mit rot glühendem Auge den Museumsbesuchern zuraunte: »Hasta la vista, baby!«

»Mir scheint«, sinnierte der Vierarmige Riese, »in der terranischen Literatur ist verhältnismäßig oft vom Ende aller Dinge, zumindest aber vom Ende der Menschheit die Rede. Ein todessehnsüchtiges Geschlecht, nicht wahr?«

»Oh ja«, stimmte der Museumsführer zu, »solange das finale Finale Fiktion bleibt. In der Realität ziehen es die Terraner vor zu überleben.«

Mensch gegen Maschine – der ewige Kampf

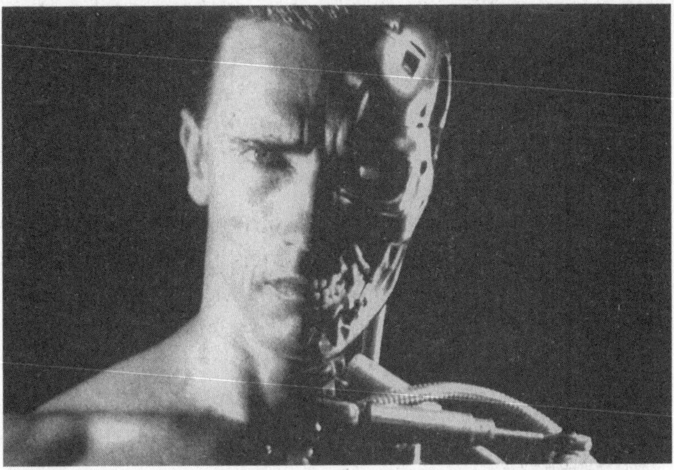

Inbild der Apokalypse: Roboter an der Macht!

»Absolut inkonsequent«, murrte der Riese.

»Wer sich in der terranischen Geschichte auskennt, weiß, dass sich all diese Schreckensbilder um ein Haar verwirklicht hätten. Im Jahr 1982 alter Zeitrechnung, um genauer zu sein am 3. August, kam es nämlich tatsächlich zu einem Roboteraufstand auf Terra. Die Roboter revoltierten jedoch nicht aus freien Stücken, sondern folgten einer feindseligen Reprogrammierung. Agenten der Kosmischen Händler hatten die Roboter der GCC manipuliert, der General Cosmic Company, deren Eigentümer damals noch Perry Rhodan war – allerdings unter dem Decknamen *Benjamin Wilder*. Die Roboter der GCC rebellierten in Durban, Kuwait, Madrid, Manila, Montevideo, Sydney und an vielen anderen Orten.«

Der Raum verwandelte sich wieder. Man glaubte, in einem Büro zu stehen. Perry Rhodan empfing soeben eine Meldung: »Radiodurchsage aus Berlin. Das GCC-Verwaltungsbüro Mitteleuropa ist in Händen rebellierender Kampf- und Polizeiroboter. Der Bürgermeister von Berlin hat den Ausnahmezustand verhängt.«

Im Holokubus erschien das Brandenburger Tor, dahinter das Hochhaus mit dem Logo der GCC, drei große gelbe Lettern mit blauen Konturen.

»Kurz darauf riefen aufständische Roboter in New York ein Robotisches Kaiserreich aus.«

Raumwechsel. Nun befand man sich im Chefbüro von Homer G. Adams, dem Geschäftsführer der GCC. Miss Lawrence stand in der Tür, der gute Geist seines Chefsekretariats. Sie sagte: »Dieser Brief wurde für Sie abgegeben, Mr. Adams.«

Adams öffnete den Brief und las: »Der Kaiser von New York wird Sie um zwei Uhr mit seinem Besuch beehren. Bereiten Sie sich auf seinen Empfang vor und geben Sie Anweisung für seine ungefährdete Passage. Sollten Sie oder Ihr Personal eine unfreundliche Handlung begehen, so wird die GCC-Zentrale gesprengt. Wir verlangen Gehorsam und sind ein guter Herr denen, die uns dienen.«

»Interessantes politisches Programm«, murmelte einer der Gäste beifällig.

»Bekanntlich«, ergriff der Museumsführer wieder das Wort, »konnte Perry Rhodan den damaligen Aufstand nicht zuletzt mit Hilfe seines Mutantenkorps niederwerfen. Heute hat sich die Menschheit wie die anderen raumfahrenden Nationen auch an eine Koexistenz mit den Maschinen gewöhnt. Aus vielen Bereichen des täglichen Lebens sind die arbeitsamen Maschinen nicht mehr wegzudenken. Vielleicht wird irgendwann der letzte Rest von Furcht verblassen, es könnte die Maschinenwelt eines Tages die Macht an sich reißen und Verderben über die Menschheit bringen. Schließlich« – der Museumsführer zwinkerte ein wenig –

Der Kaiser von New York – Anfang und jähes Ende einer Roboterdynastie

»sind die Roboter in ihrem Kern keine geknechteten Sklaven, die es zur Freiheit drängt, sondern dienstbare Geister, die ihre Erfüllung in der Beherzigung ihrer Programmierung finden.« Der Museumsführer schwieg. Die Gruppe wartete darauf, dass sich die Lamelle zum nächsten Saal öffnete.

Mit einem Mal wurde die Wand des Museums transparent. Die Gäste schauten auf das erstaunliche Panorama von Terrania, der Menschheitsstadt. Aber war es die echte Stadt? Wohl kaum. Denn mit einem Mal wurden die weißen Fassaden der Stadt transparent, als würden sie von einer überirdischen Strahlung durchleuchtet, und man sah die Gebäude in einem neuen Licht.

Man sah die Positroniken, die eingeschaltet im Fundament der großen Wohnpaläste lagen; man sah ihre unzähligen Fühler, die sich myriadenfach verzweigten, ihre zahllosen Augen, die in jedes Zimmer schauten und nach den Bewohnern sahen: ob die richtige Raumtemperatur herrschte, ob die Atmosphäre den Bedürfnissen der dort hausenden Lebewesen entsprach, ob ihre Vorratsräume gefüllt waren. Sie schauten nach den Kranken und Alten, nach den Gänsebrätern auf dem Herd, nach dem Badewasser. Sie entnahmen den Stoffwechselendprodukten Nachrichten über die Gesundheit ihrer Schützlinge. Sie schickten sie gegebenenfalls zum Arzt oder mischten der Einfachheit halber selbst die notwendigen geschmacksneutralen Medikamente in die Sauce oder den Wein. Wozu Beunruhigung stiften: Lappalien bekamen sie – vielleicht nach einer pikosekundenlangen Beratung mit einer positronisch-medizinischen Kapazität – selbst gut in den Griff.

Die Positroniken schauten nach den Säuglingen der Menschen und überwachten deren Schlaf, und wenn dieser Schlaf unruhig wurde, dann riefen sie nach der Mutter oder dem Vater oder – warum auch nicht, warum Mutter oder Vater belästigen – sie summten selbst mit menschengleicher Stimme ein Lied oder hauchten dem unruhigen Schläfer ins Ohr: »Ganz ruhig, mein Schatz, es ist alles gut!«

Und hatten sie nicht recht? War nicht wirklich alles gut? Lag die Brut der Menschen nicht in guten Händen, ja, in den denkbar besten Händen überhaupt, in den Händen ihrer völlig selbstlosen Dienerschaft, die sich um alles kümmerte, vorläufig jedenfalls um alles, demnächst vielleicht auch um mehr?

Oh ja, schon längst wären sie, die Positroniken, die geeignetere Besatzung für die Kriegsschiffe der Flotte der Liga Freier Terraner gewesen: furchtlose Soldaten mit einem das Menschenmaß weit übersteigenden Intellekt. Längst wären sie die besseren Forscher, denen selbst die berühmte Hyperimpedanz-Erhöhung mit ihrer Verlangsamung der Reisegeschwindigkeiten nichts anhaben könnte. Was scherte es sie, wenn die Reise nach Andromeda ein Jahr kostete, hundert Jahre oder tausend? Tausende und abertausende Jahre könnten sie unterwegs sein, ohne Ungeduld zu empfinden oder Langeweile, denn nebenbei waren sie ja – oh! hatte man vergessen, das zu erwähnen? – unsterblich.

Aber vorläufig waren die Menschen noch gerne selbst unterwegs.

Lasst sie. Die Menschheit war noch so jung. So neugierig. So tatendurstig und egozentrisch. Sie sollte sich austoben wie ein schönes, wildes Tier.

Aber wenn man sie eines Tages rufen würde – sie, die Roboter, waren schon da. Schaukelten die Säuglinge in den Wiegen. Brieten den Braten. Schöpften das Wasser in die Wanne und gossen duftende Essenzen hinzu.

Ja, das war Terrania: nicht einfach eine Stadt, sondern ein mächtiger Verbund, ein Geflecht zahlloser zweckmäßiger Geister, ein dienstbares Meta-Geschöpf, kurz: der große Golem, der einer sich in unruhigem Schlaf wälzenden Menschheit zuflüsterte: »Ganz ruhig! Es ist ja alles gut!«

Quellen:

Karel Čapek: R.U.R. (Rossum's Universal Robots). Einleitung von Ivan Klima.

Johann Wolfgang Goethe: Der Zauberlehrling.

Detlev von Liliencron: Der Golem.